KB161252

깨어남의 시간들

수행의 길, 송광사에서 롱아일랜드까지

깨어남의 시간들

수행의 길, 송광사에서 롱아일랜드까지

이강옥 지음

2019년 11월 18일 초판 1쇄 발행
2020년　1월 28일 초판 2쇄 발행

펴낸이 한철희 | 펴낸곳 돌베개 | 등록 1979년 8월 25일 제406-2003-000018호
주소 (10881) 경기도 파주시 회동길 77-20 (문발동)
전화 (031) 955-5020 | 팩스 (031) 955-5050
홈페이지 www.dolbegae.co.kr | 전자우편 book@dolbegae.co.kr
페이스북 /dolbegae | 트위터 @Dolbegae79

주간 김수한 | 편집 이경아
표지디자인 김하얀 | 본문디자인 김하얀·이연경
마케팅 심찬식·고운성·한광재 | 제작·관리 윤국중·이수민·한누리
인쇄·제본 한영문화사

ⓒ 이강옥, 2019

ISBN 978-89-7199-984-4 (03810)
이 도서의 국립중앙도서관 출판시도서목록(CIP)은 e-CIP 홈페이지
(http://www.nl.go.kr/ecip)에서 이용하실 수 있습니다.(CIP제어번호: CIP2019043475)

이 책에 수록된 사진의 무단 전재 및 복제를 금합니다.
(본서 12·92·226쪽 사진 ⓒ 김성철 | 본서 132쪽 사진 ⓒ 이강옥)

이 책에 인용한 저작물은 해당 책의 저작권 이용 허락 대리인에게 수록 허가를 받았습니다.
본서 282·284·285·286쪽 | 권정생, 『빌뱅이 언덕』, 창비, 2012
본서 287쪽 | 권정생, 『우리들의 하느님』(개정증보판), 녹색평론사, 2019
본서 60쪽 | 나희덕, 『어두워진다는 것』, 창비, 2001

책값은 뒤표지에 있습니다.

깨어남의 시간들

수행의 길, 송광사에서 롱아일랜드까지

이강옥 지음

대학 시절 절로 들어갔다가 돌아온 일이 있었습니다. 저는 그 뒤로 새가 수행자로 살아왔습니다. 세속 일에 얽매이면서도 화두를 놓지 않았습니다. 경전 공부도 부지런히 하려고 애썼습니다. 이 책은 저의 일상과 수행 내력 중 몇 조각을 풀어낸 것입니다. 수행에서 성취한 바를 기록하고 관찰한 세상을 증언하고 있습니다만, 더 많은 부분은 저의 고백과 참회라 하겠습니다.

수행과 일상은 분리되지 않았습니다. 수행 속에 일상이 들어 있고 일상생활 중에도 수행이 이루어졌습니다. 수행으로 제가 달라지니 일상을 다르게 꾸려 가고 세상도 새롭게 볼 수 있었습니다. 변화된 일상의 경험은 수행을 더 생생하게 만들어 주었습니다.

수행과 일상이 겹쳐지고 연동되는 대목을 소중하게 찾아내어 살폈습니다. 일상 공간과 수행 공간을 오가는 길에서 느끼고 깨친 바가 많아 그것을 서술했습니다. 선지식의 고매한 말씀을 겸허히 담았습니다. 함께 수행한 도반의 특별한 언행도 조심스레 성찰했습니다. 일화를 연구하는 학자로서 우리의 일상에서 반짝이는 빛을 놓치지 않았습니다. 변해 가는 세상을 수행자의 관점에서 정직하게 바라봄으로써 그 의미를 되새기고 심화했습니다.

오늘날 종교적 공간에서의 수련회는 종교의 경계를 넘어서 우리 생활 문화의 귀한 부분이 되고 있습니다. 그런 문화에 대한 공감적 관찰과 인문학적 기록의 한 전형을 제공하고자 했습니다. 또 우리가 생을 마칠 때까지 이 세상을 바라보고 관계 맺는 방식과 태도에 대해서도 성찰하여 그 범례를 제공하고자 했습니다.

이 책은 시간을 따라 공간을 펼치기도 하고 닫기도 했습니다. 송광사에서 시작된 수행은 제가 방문학자로서 잠시 살았던 미국 롱아일랜드까지 나아갔다 다시 이 나라 제 안으로 들어왔습니다.

「흐르는 물의 가르침」에서는 호기심과 선의로써 송광사 여름 수련회의 실상을 보였습니다. 저의 경험과 감동을 기술하며 초발심이 생성되는 과정을 세심히 살폈습니다. 묵언을 통해 우리 시대 말하기를 참회했습니다. 「파도가 된 나」에서는 거금도 송광암 여름 수련회의 경험을 이끌어 와서 수행의 시작을 보여 주고자 했습니다. 수행법에 대한 근본적 질문과 대안도 담았습니다. 「유리창의 줄탁동시」에서는 미국 롱아일랜드의 수행 공간에서 이루어지는 깨우침을 보이려 했습니다. 그곳의 일상 속에서 빛나는 부분을 찾아냈습니다. 「고향 땅 포구나무 화사한 빈 방」에서는 수행 과정과 인가를 둘러싼 문제를 반성했습니다. 이는 안국선원이라는 우리나라 대표적 수행 공간에 대한 증언이기도 합니다. 저의 수행 여정에서 특별한 의미를 가지는 순간의 경지를 보여 드리려 했습니다. 「허공꽃」에서는 초발심에 대한 기억을 되살리면서 승기의 감동 사연을 서술했습니다. 「벽암록 공부하러 가는 길」에서는 대구에서 봉화까지 가는 길에 목도한 풍경과 거기 깃든 사람의 마음과 시절 인연을 풀어냈습니다. 세상은 보는 이의 관점에 따라 새롭게 재구성된다는 진실을 확인했습니다. 「무문관」에서는 바깥세상과 단절된 홍천 행복공장 무문관에서 이루어진 제 존재에 대한 실험적 관찰과 깨달음을 보여 드렸습니다.

제가 수행자로 올곧게 살아가도록 이끌어 주신 선지식께 삼가 삼배를 올립니다. 고우 큰스님, 박성배 교수님, 현봉 스님, 현묵 스님, 오경 스님, 수불 스님, 일선 스님, 금강 스님 고맙습니다. 롱아일랜드에서 함께 수행한 크리스 필스트립과의 인연에 감사드립니다. 정해학당 도반들과 정해학당에서의 공부를 가능하게 해 주신 사자음 보살께 고마움을 전합니다. 경향 각지에서 제 수행기를 읽어 주시고 언어 보시를 해 주신 분들께 두루 감사의 말씀을 드립니다. 수행기 출판을 이끌어 주신 한철희 사장, 탁월한 감각으로 정성 들여 편집해 주신 이경아 선생께 감사드립니다.

제 수행이 어디에 이르렀는지 잘 알지 못합니다. 이생이 다하도록, 그 이후라도 이 일을 이어 가겠습니다. 저의 수행이 저와 타인에게 위안이 되고 전환의 계기가 되기를 바랍니다. 온 존재의 평등 해방과 해탈 적멸을 축원합니다.

2019년 가을에

원봉 이강옥

흐르는 물의 가르침

송광사 2001

유년의 기억에서 시작된 출가의 길

어머니의 죽음은 내 유년의 화두였다. 온갖 힘든 일들에 육신을 혹사하고 생활고를 혼자 감당해야 했던 어머니는 나의 귀의처였지만 곧 멀어질 것만 같았다. 어머니가 없는 이 세상을 상상하는 것은 유년의 나에게 절망감을 일으켰다. 내 중학교 시절 어머니는 삶과 죽음의 경계를 잠시 넘었다 돌아왔다. 나는 그 뒤로 삶의 고통과 죽음의 허망함에 대한 망상에서 헤어나지 못했다.

여름이면 고향의 강에 홍수가 났다. 홍수는 강가의 벼, 배추, 수박, 갈대조차 휩쓸어 갔고, 상류 지역의 온갖 생활 쓰레기들을 실어와서는 내려놓았다. 나는 쓰레기 더미 속에서 물에 퉁퉁 부은 시신을 보았다. 통곡하는 유가족의 모습을 물끄러미 바라보았다. 그 슬픈 장면은 홍수에서 비롯했던 배고픔의 감각과 함께 내 유년의 기억으로 아직 생생하다.

고등학교 시절 인적 끊긴 묘지로 가서 마르쿠스 아우렐리우

스의 『명상록』을 읽던 기억도 남아 있다. 그 염세적 구절들이 아련하다. 화장터 주위를 맴돌며 아지랑이처럼 피어오르는 굴뚝의 연기를 바라보고 한숨지었다.

군사정권은 대학 캠퍼스에까지 죽음의 그림자를 더 짙게 했다. 나는 그 치열한 죽음 앞에서도 유년에서 시작된 운명적 죽음의 흔적을 발견하곤 했다.

군대 시절 전우의 죽음은 망상을 더욱 부추겼다. 그는 경계 근무 중 옆 병사의 오발로 사망했다. 죽은 전우의 그 자리는 원래 내 자리였다. 나에게 급한 일이 생겨 근무 시간을 그와 바꾸었던 것이다. 내가 살아남기 위해 남의 소중한 목숨을 희생시킨 것 같아 망연자실했다. 망상은 날이 갈수록 확장되어 사람으로 살아가는 것 자체가 다른 생명의 희생을 전제한다는 엄연한 사실을 항상 떠올렸다.

타인의 죽음에 대한 안타까움이 나의 죽음에 대한 공포로 변했다. 내 몸에 생기는 병적 증상에 대해서 최악의 자체 진단을 내리는 습관이 생겼다. 나는 몇 년에 한 번씩은 말기 암 환자가 됐다. 그리고 고통의 극에 이르렀을 때 병원의 정밀 진찰을 받고는 안도의 한숨을 쉬었다.

나는 부처님으로 하여금 출가를 결행하게 한 네 가지 고통 중 가장 궁극적인 고통을 겪으며 가끔 출가를 생각했다. 하지만 나의 조건은 내가 출가를 실행할 수 없게 했다.

늦은 나이에 결혼을 하고 아이를 얻었다. 공부를 계속하기 위해 유학을 떠난 아이 엄마를 대신해 아이를 키웠다. 소생하는 새 생명의 모습은 위대한 경이였다. 육아의 길은 고단했지만 내

혼은 가없는 열락을 경험했다. 그럴수록 가슴의 한 모서리에서 죽음의 상념이 더욱 강렬해졌다. 생육을 시작하는 새 생명 옆에서 나는 노회한 죽음의 신과 사투를 벌였다.

나에게는 단짝 중학교 친구가 있다. 의사가 된 친구는 목사의 아들이다. 나는 그 친구에게서 예수님을 보는 것 같았다. 순수하고 헌신적인 기독교인이다. 그와 나는 어떤 인연인지 멀리 있어도 가까이 있는 듯하고 헤어진 듯하다가도 다시 만난다. 친구가 남몰래 미국으로 훌쩍 떠나 버렸을 때 그를 이생에서는 더 이상 만나지 못하리라 여겼다. 그 뒤 나는 방문교수로 미국에서 살게 되었다. 뉴욕 맨해튼 35번가 한국인 식당에서 밥을 먹고 있는데 등 뒤에서 익숙한 목소리가 들려왔다. 우리는 기적과 같이 다시 만났다. 그는 로스앤젤레스에서 살다가 미국 동부 관광단에 끼어 뉴욕 구경을 왔던 것이다. 기독교인 친구와의 만남은 인연이란 게 얼마나 질긴 것인가 확인하게 했다.

한국으로 돌아온 뒤 우리는 대구에서 다시 만났다. 팔공산 동화사 대불을 구경하고 돌아오는 차 안에서 친구는 물었다.

"너는 학생들에게 인생의 목표가 뭐라고 가르치나?"

친구가 던진 그 말이 그날따라 생생히 꽂혔다. 나는 이렇게 얼버무렸다.

"교수는 자기가 갖고 있는 어떤 진리나 신념을 학생에게 강요해서는 안 되지. 다만 어떤 것이 진리가 아니고 진실이 될 수 없다는 점을 비판적으로 지적해 줄 수는 있겠지."

부끄러웠다. 나는 누구인가? 어떤 확신이나 진실도 학생에게 당당하게 제시할 수 없는 교수인 나는 당당한가? 나 스스로가 나는 누구인가에 대한 답을 갖고 있지 못했다. 이렇게 살다 공포에 떨면서 죽어 가는 것인가? 마흔 고개를 넘어서면서도 여전히 회의하고 의심하기만 할 뿐 어떤 소신도 갖지 못한 자의 초라함과 황량함. 그것은 70년대 후반과 80년대 전반에 걸쳤던 대학 시절과 신출내기 지식인으로서 뛰어다닌 시절의 격동과 좌절의 체험에 닿아 있었다. 진실과 도리가 지켜지지 않는 현실을 직시하며 그 부당성을 극복하고자 나는 나름대로 몸부림쳤다. 그때 나의 내면은 좀 더 과감하게 나아가라 명령했다. 타자들도 빨리 판단하여 결단하라, 확실하게 파괴하라고 나에게 요구하는 것 같았다. 그 대부분의 몸부림은 결국 좌절로 귀결됐다. 현실사회주의 국가의 몰락과 함께 진보적 대열이 흩어지자 기다렸다는 듯이 일군의 지식인과 정치인이 고개를 들고 나섰다. 날이 갈수록 우리의 현실은 암담한 진흙탕으로 변해 갔다. 사실 판단에서조차 사회 구성원 사이에서 상반되기까지 한 이 지경은 그래도 진리나 정의를 소중한 덕목이라고 믿는 사람에게는 절망적인 것이었다. 진실로부터 동떨어진 말, 자기 양심과 괴리된 말이 세상을 뒤덮었다. 이렇게 말이 타락해도 좋은가?

세상을 바꾸기 위한 노력은 계속해야겠지만, 자기를 정확하게 알고 자기 속에 들끓고 있는 욕심과 분함의 소용돌이를 잠재우지 않는 한 그 노력은 부질없는 것이 되기 십상이다. 자신을 돌아보고 있는 그대로 나의 모습을 살펴야 한다는 절박한 심정을 갖게 되었다.

해마다 6월이면 전국 주요 사찰들이 여름 수련회에 참가할 사람을 모집했다. 어느 때부터 그 소식에 가슴이 설레기 시작했다. '출가'란 말 때문에 더욱 그랬을 것이다. 아이는 출가하려는 나의 발목을 꼭 붙잡아 두고 있었다. 아내의 유학 공부가 거의 마무리되어 간다는 소식을 들었다. 아내는 11년의 유학 끝에 박사가 되어 돌아온다 했다. 나는 조심스럽게 한정 출가를 허락받았다. 아내는 나에게 11년 만의 휴가를 약속해 주었다.

송괭사 수련회 합격 통보를 받고 환호했다. 4대 1의 높은 경쟁률은 내가 겪어 온 시험들 중에서 그리 높은 것이 아니었지만 그 합격 통보는 그 어떤 합격 소식보다 더 나를 기쁘게 했다. 소중한 기회를 놓치지 않기 위해 차근차근 준비를 해 나갔다. 참선이 가장 걱정됐다. 오랜 시간 앉아 있어야 하니 치질이 문제를 일으킬 것 같았다. 출발 전 이런저런 일을 마무리하느라 무리를 한 탓인지 출발 이틀 전 하혈을 시작했다. 최악의 상황이다. 그렇지만 포기할 수는 없었다. 집안사람들이 아내의 박사 학위 취득을 축하하는 자리를 마련한다기에 고향 집으로 내려갔다가 그다음 날 고향 집 문을 나섰다. 아내는, "아이가 있으니 돌아오지 않을 걱정은 안 하지만" 하며 배웅했다. 석가모니 부처님은 아들 하나를 두고 출가하셨고 성철 스님도 출가하실 때 딸이 있었다.

아는 자는 말하지 아니하고

부산에서 순천으로 가는 길은 한적했다. 그 길은 고향 땅에서 고향의 강을 건너 저쪽 세상으로 나를 나아가게 하는 길이었다. 고향의 강을 건너니 옛 생각이 났다. 그 길로 나는 '출가'한 적이 있다. 서른 살을 앞두고 군 입대를 하기 위해 그 길을 달렸다. 그 길은 마산에서 끝났다. 마산 장정이 된 나는 마산역 앞에서 머리를 깎고 논산훈련소행 열차에 올랐다. 차창 밖에서 아버지가 손을 흔들고 있었다. 내가 이생에서 본 아버지의 마지막 모습이다. 아버지는 내가 신병 훈련을 받고 있을 때 이 세상을 하직했다. 나는 아버지의 임종을 못 한 죄인이 되었다. 나는 그때 아버지의 운명을 예감하지 못하고 다만 내 청춘의 마지막 날들이 그렇게 흘러간다는 막막함만을 느꼈다. 그 막막함은 지난 봄 쌍계사 벚꽃 구경을 하고 난 뒤 이 길로 달려올 무렵의 느낌과 다르지 않았다. 사람이나 꽃이나 그 절정에 이르러 흘러가는 시간 앞에서 갖는 느낌이란 막막함이 아닐까. 송광사로 가는 이번 길이 그런 느낌을 떠올리게 했지만 곧 그것을 떨쳐 내게 하는 힘을 느꼈다. 시작하기도 전에 느끼는 뿌듯함은 송광사가 멀리까지 발휘하는 위력일 테다.

절로 향하는 전나무 숲길에 들어서니 '참 나를 찾아서, 출가 4박 5일', '밖에서 찾지 말라'는 플래카드가 나를 맞이했다. 수련복과 고무신을 받아 숙소인 대지전으로 갔다. 방에는 가방 하나만이 놓여 있었다. 방바닥이 뜨끈뜨끈했다. 앉아 보니 등에서

흐르는 물의 가르침 : 송광사 2001

땀이 났다. 뒷산 참나무 숲에서 불어온 바람이 땀을 식혀 주었다. 대웅보전과 승보전, 관음전에 들러 삼배를 올리고 여기저기를 둘러보았다. 관광객들이 수련복 입은 나를 힐금힐금 바라보았다.

수련 장소인 사자루는 계곡에 두 발을 담그고 있었다. 어떤 힘이나 권위에도 굴하지 않는 숲속의 왕, 사자의 새끼들을 기르는 곳이라 하여 사자루라 부른다고 했다. 계곡을 베개 삼아 누워 있다고 침계루(枕溪樓)라 부르기도 했다. 안으로 들어서니 시냇물 소리가 더 우렁차게 들렸다.

오리엔테이션이 시작되었다. 지도 법사 스님의 목소리와 외모가 독특한 분위기를 만들었다. 전생이 스리랑카 스님이라는 농담이 실감나게 들릴 정도로 그을린 얼굴은 비장함과 엄격함을 보였다. 묵언(黙言)의 청규(淸規)가 내려졌다.

아는 자는 말하지 않는다. 말하는 자는 알지 못한다.
지금 내가 해야 할 일은 깊은 내면으로의 여행이다.
참 나를 아는 것이 최상의 일이다. 지금까지 입으로 지은
죄를 참회하는 뜻에서 나는 묵언하겠습니다.

우리는 열 번 이상 따라 외쳤다. 묵언은 참 특이한 경험을 하게 했다. 먼저 사람과 사람 사이에 말이란 것이 얼마나 중요한 기능을 하는지 절실히 느끼게 했다. 눈짓이나 손짓도 의사소통의 수단은 될 수 있지만 그 한계가 분명했다. 가족끼리 친구끼리 온 수련생들은 평소 수준에 가깝게 의사소통을 하기 위해 손짓을

요란하게 하거나 허공에 글을 쓰며 애를 썼다. 지도 법사는 "당신들이 농아야?" 하며 그런 짓도 못 하게 했다.

우리 시대의 말이 타락한 풍경을 떠올렸다. 말이란 대상을 정확하게 지칭하거나 진실한 의미를 담아야 할 텐데 우리의 말이 그런 전제를 무너뜨리기만 한 것 같았다. 말을 통해 사람 사이의 건강한 관계를 만드는 것이야말로 살 만한 세상을 이루는 바탕이 될 텐데, 말이 자기 욕심을 채우는 수단으로 전락하고 자기를 그럴 듯하게 위장하는 도구로 사용되는 사례가 더 많지 않은가? 이런 생각들이 묵언 중에 자꾸만 떠올랐다.

묵언은 말로 생계를 꾸려 온 나 자신의 과거를 부끄럽게 만들었다. 나는 살아남기 위하여 끊임없이 말을 해 왔다. 그중 참 많은 부분은 남을 헐뜯거나 남에게 상처를 주거나 남의 기를 죽이는 것이었다. 나는 말을 너무 많이 하며 큰 죄를 지었다. 구업(口業)을 생각하니 참담해졌다. 나는 참회하며 완벽하게 묵언했다.

하루 내내 한마디 말도 하지 않고 지내니 마음이 고요하고 편안해졌다. 그러고 보니 어릴 때 "너는 참 말이 없는 아이구나"라는 말씀을 어른들로부터 듣곤 했던 순간이 떠올랐다. 정말 유년 시절의 나는 풀밭으로 들어가 아이들 떠드는 소리를 멀리 들으며 가만히 있고는 했다. 그런 내가 어쩔 수 없이 온갖 말을 다해야 했으니, 사실 나는 내가 어찌할 도리가 없는 언어생활을 해 왔던 것 같기도 했다.

교수로서 강의실에 들어가면 강의 시간 동안 나는 쉴 새 없이 말을 해야 했다. 내가 말을 하기 싫다고 하여 침묵하면 강의는 성립되지 않기 때문이다. 말을 하기 싫을 때, 말을 할 능력이 부족

흐르는 물의 가르침 : 송광사 2001

할 때, 그리고 더 이상 말할 것이 없을 때도 나는 말을 해야 했다. 강의실 밖에서도 남들은 내가 교수라는 이유로 더 많은 말을 먼저 해 주기를 요구했다. 나는 그래서 참 실없는 말을 많이 했다.

불필요한 말, 적당하지 않은 말, 자신 없는 말들을 하여 학생과 이웃을 괴롭히고 속였다. 세상 사람의 말의 타락을 비난하기 전에 말에 의해 헝클어진 나를 추슬러야 했다. 앞으로 말을 안 할 수는 없겠지만, 꼭 필요한 말을 더 잘하기 위해서라도 침묵이나 머뭇거림의 미덕을 배울 것을 다짐했다.

내 덕행으로 받기 부끄럽네

절에서 음식을 먹는다는 것은 시주자의 공양물을 소비하는 것이기에 반드시 그 이상의 이로움을 중생에게 갚을 수 있어야 한다. 신심 깃든 밥 한 알, 김치 한 조각을 버려서도 안 된다. 이런 정신을 실천하는 밥 먹기 의식이 발우공양이다. 그것은 먹는 것에 대해 많은 생각을 하게 했다.

이 음식이 어디서 왔는고
내 덕행으로 받기 부끄럽네
마음의 온갖 욕심 버리고
몸을 지탱하는 약으로 알아

도업을 이루고자 이 공양을 받습니다

밥그릇인 1번 발우를 이마에 대고 이 오관게(五觀偈)를 외울 때면 어느덧 울먹거려져 목소리를 잘 낼 수가 없었다. 작은 핏덩이로 태어나 이렇게 큰 몸이 되었으니 그간 얼마나 게걸스럽게 먹었던가. 나의 몸은 다른 생명들을 수없이 희생시킨 증거다. 내 육신은 공격적 포획과 과대 포장의 결과였다.

나는 참회하는 마음으로 발우들을 씻어 낸 숭늉뿐만 아니라 천숫물까지도 다 마셨다. 천숫물은 아귀를 위해서 베풀어 줄 공양물이다. 아귀의 목구멍은 바늘구멍보다 좁다. 아무리 작은 찌꺼기도 아귀의 목구멍에 걸릴 수 있다. 여기에 두 가지 뜻이 깃들어 있다. 먼저 작은 음식 찌꺼기조차도 버리지 않고 아귀에게 바친다는 보시 정신이고, 다음으로 음식 찌꺼기를 남기는 것은 아귀의 목구멍을 막는 폭력 행위이기에 조심하라는 자비 정신이다. 나는 후자의 뜻을 취했다. 아귀의 목을 막아 죽게 할 수도 있는 천숫물을 버리지 않고 내가 마셨다.

과식을 피한 결과 몸무게가 5일 만에 몇 키로가 줄었다. 내가 과대 포장되어 있었던 게 맞았다. 포만감을 느낄 정도로 음식을 먹는 것은 죄악이었다.

묵언과 발우공양은 모두 입과 관련된 것이었다. 입이 입술과 혀와 이로 구성되어 있다는 사실이 새롭게 각성되었다. 입술과 혀 사이에 숨겨진 이는 어느 순간 날카로운 칼이 되고 톱이 된다. 험상궂은 표정으로 소리치는 사람의 모습을 바라보고 있노라면 그 드러난 이가 상대방을 깨물거나 자를 것 같다. 내 입속에서 군침이 돌 때, 나의 이는 살려고 발버둥 치며 도망치는 다른 생명체를 잡아 죽여 토막과 가루로 만드는 칼과 맷돌이 되기도 한다. 입은 복합 살상 무기의 은닉처였다. "입과 혀는 재앙이 만들어지는 문이요 육신을 멸망하게 하는 도끼다", "남을 해치는 말이란 그 날카롭기가 가시바늘과 같다"는 『명심보감』의 말씀이 떠올랐다.

오리엔테이션은 엄격하고 단호한 분위기에서 계속되었다. 수련생의 신분은 주부, 대학생, 직장인, 군인, 수녀, 의사, 판사, 대학 총장에 이르기까지 다양하다고 했지만 누가 누군지 전혀 알 수 없었다. 수련생들은 '출가'란 글자가 찍힌 하늘색 티와 수련복을 입었다. 머리칼의 희고 검음, 얼굴 주름살의 많고 적음, 키의 크고 작음 등은 구분의 기준이었지 차별의 근거가 되지 않았다. 우리는 '정진반 16번' '지혜반 3번' 등으로만 불려 다른 수련생과 구분되었다. 차별 없는 완전한 신분 해방이 이루어졌다. 우리는 자기 반의 일, 자기 번호가 해야 할 일을 묵묵히 했다. 국통을 들고 오라 하면 들고 왔고, 숭늉 통을 들고 나가라 하면 들고 나갔다. 해우소를 청소하라 하면 곧바로 달려갔고, 불을 끄고 자라 하면 당장에 누워 눈을 감았다. 이 완전한 평등이 뜻밖에도 나를 편안하게 했다.

지도 법사도 평등의 실천에 철저했다. 누구라도 청규를 어기면 가차 없이 응징했다. 그것은 무슨 반 몇 번에 대한 응징이었다. 줄을 잘못 서거나 엉뚱한 행동을 해도 꾸중했고, 행동이 전체의 움직임을 따라가지 못할 때도 꾸중했다. 대웅전 건물이 극락으로 가는 반야용선이듯 사자루 건물도 짧은 기간 동안 극락 가까운 어디까지 갔다 돌아올 수레여서 그 속이 질서정연해야 하는 것 같았다.

　여자 수련생은 화장을 할 수 없었다. 화장한 것이 발각되면 당장 지우고 와야 했다. 그 외 어떤 몸치장도 허용되지 않았다. 남자 수련생에게는 담배나 술이 금지됐다. 휴식 시간을 지키는 것도 철저했다. 지각을 하면 앞으로 나가 삼배를 하고 자기의 잘못을 대중 앞에서 인정하는 말을 되뇌게 했다.

　도반들이 밖에서 무슨 일을 하는지 궁금하기는 했다. 수녀님과 대학 총장이 어느 분인지 궁금했다. 몇 줄 건너 단발머리를 하고 얼굴이 하얀 분이 수녀님이고 입구 쪽 줄 중간쯤에 앉은 굵은 테 안경을 낀 늙수그레한 어른이 대학 총장이리라 짐작했다. 그리고 대열의 중간쯤에 앉아 조금도 흐트리지 않고 정진에 힘쓰는 젊은 여성의 직업도 궁금해졌다. 그녀는 휴식 시간에도 눈을 내리깔고 참선을 하거나 염송집을 읽었다. 그녀는 수련 기간 내내 내 정진의 길잡이가 되었다.

　다른 수련생들도 진지하고 단정했다. 일 년에 한 번 있는 휴가를 이곳에서 힘들게 보내려고 온 분도 많았다. 정진에 대한 염원이 아름다웠다. 결혼하고 처음으로 혼자 있게 되었다는 중년 여성이 있었고 예순을 넘긴 할머니와 할아버지도 있었다. 그분들도 수행을 향한 나의 분발심을 북돋워 주었다.

　눈에 계속 띄어서 내가 수행에 집중하는 것을 어렵게 하는 도반도 있었다. 스카프를 목에 두른 도반이 내 눈에 거슬렸다. 그녀는 이곳저곳 절의 수련회나 법회에 참가한 경험이 많은 듯했다. 그녀는 자기의 불교 지식과 절 경험을 과시하려는 듯했다. 그녀의 그런 마음가짐과 행동이 지도 법사에게 정확하게 포착되었다. 지도 법사는 그때마다 벌을 내렸다. 불만과 섭섭함의 표정이 역력했다. 그런 그녀의 얼굴이 부담스러웠다. 아, 지도 법사님은 저렇게 '뜨고자' 하는 여성을 그냥 좀 뜨게 해 주지. 이런 생각이 들기도 했다.

다음으로 깍듯한 예의를 갖추고 모든 일에 적극적으로 관여하는 도반이 눈에 들어왔다. 그도 불교 교리와 수행에 대해 일가를 이룬 듯했다. 모범적인 자세로 수행에 임했지만 기회만 있으면 나서서 참견했다. 사사건건 옆 사람에게 이렇게 하라고 손짓하거나 소곤거렸다. 그런 모습이 불편했다.

우리는 강의 대열로 앉기도 하고 정진 대열로 앉기도 했다. 강의 대열은 설법을 듣기 위해 설법 스님을 향해 앉는 것이고, 정진 대열은 여섯 줄을 만들어 두 줄씩 마주 앉는 것이다. 강의 대열에서 정진 대열로 바꿔 앉으니 내 앞에는 중년의 남자가 나타났다. 그의 얼굴은 무척 검었고 입도 약간 비뚤었다. 손가락이 굵고 주먹도 컸다. 그는 그 우람한 손발을 가만히 두질 못했다. 잔기침을 하고 긴 한숨을 짬짬이 뿜었다. 눈길도 갈피를 못 잡았다. 그가 다른 수련생의 정진을 방해하려고 왔을지도 모른다는 생각이 들기까지 했다.

참선을 시작하려는 시점에서 불길한 예감이 들었다. 내 눈과 귀와 마음에 포착된 도반들의 소리와 잔영을 지우느라 앞으로의 참선 시간을 다 허비해 버릴지도 모른다는 걱정도 생겼다. 번뇌를 벗기 위해 왔는데 번뇌를 더 늘리고 업을 더 쌓게 할 것 같은 도반들을 만났으니 그들은 전생에 나와 무슨 악연이 있었을까? 아니면 '장애 속에서 해탈을 얻으라'는 성현의 말씀처럼 그들은 나의 정진을 돕기 위해 애써 장애를 만들어 주려 하는가?

문득 대학 시절의 한순간이 떠올랐다. 소음에 대해 너무나 예민해졌던 나는 소음으로부터 해방된 적막강산을 기대하며 삼랑진 만어사로 들어갔다. 삼랑진역에서 두 시간 이상을 걸어 만어사 동구에 이르렀다. 걸어서 두 시간의 거리는 일상의 소음으로부터 멀어지기에 충분할 것이라 여겼다. 그 순간 멀리서 기적 소리가 들려왔다. 조짐이 안 좋았다. 그날부터 옆방의 고시 준비생들이 내는 온갖 소리에 시달리며 석 달을 보냈다. 절의 주위가 조용해지는 밤이면 옆방의 소리는 더욱 또렷하게 들려와 나를 괴롭혔다.

그런데 어느 순간 그 소리는 들리지 않기도 했다. 분명 옆방의 소음은 지속되고 있는데도 말이다. 소음조차 자기가 어떤 자세로 어떻게 듣는가에 따라 들리기도 하고 들리지 않기도 한다는 것을 그때 알았다. 그러나 아는 것과 느끼는 것은 달랐고, 느끼는 것과 깨닫는 것은 또 달랐다. 내가 대상에 대해 초연해졌다고 의식하는 것과 스스로 초연해지는 것은 너무나 다른 것이었다. 분별적 감각으로부터 진정으로 해방되는 것은 얼마나 어려우며 또 쉬운가?

나는 나를 불편하게 만드는 주위 도반들을 바라보면서 내가 그들로부터 초연해져야 한다고 생각하는 것과 실제로 초연해지는 것은 왜 다른지, 그것을 또 다른 화두로 삼아야 한다고 자신을 다그쳤다.

새벽 산사, 축원의 바다

밤 9시 30분부터 취침 준비를 시작했다. 10시면 불을 끈다. 나는 두 번째로 입방하여 산 쪽의 오른편 구석에 가방을 놓아두었다. 그 구석 자리를 원하는 사람이 또 있었던가 보다. 세수를 하고 돌아오니 내 가방 앞에 다른 가방 두 개가 놓여 있었다. 자리다툼은 말아야지 하다가 나는 낯선 곳에서 잠을 잘 이루지 못하니 그 자리를 양보하지 않기로 했다. 요와 이불을 꺼내 폈다. 얼마 뒤 가방의 주인들이 와서 자기 가방들을 가져갔다. 요를 반으로 접어 깔고 나란히 누우니 군대 내무반 취침 대형이 되었다.

소등이 되자 금방 고요해졌다. 5분이나 지났을까. 부스럭거리는 소리가 났다. 옆의 도반이 자기 가방을 뒤지기 시작했다. 세면도구를 찾고 있었다. 그는 그 뒤로도 꼭 다른 사람들이 모두 잠자리에 든 뒤에야 혼자 살금살금 세면장으로 가서 씻고 왔다. 나는 그가 돌아오기를 기다렸다. 30분쯤 걸리는 것 같았다. 그는 여유 있는 세면을 위해 기꺼이 30분의 수면 시간을 줄이기로 결심했을 것이다. 그러나 그와 함께 수면 시간을 잘라내야 하는 다른 사람이 있다는 걸 알아차리지는 못했다.

그가 돌아온 뒤 애써 잠을 청했지만 허사였다. 여기저기서 코 고는 소리가 진동했다. 그 소리가 의식되고 난 뒤부터 온갖 소리들이 경쟁하듯 귓가를 울렸다. 이 가는 소리, 문고리 흔들리는 소리, 풍경 소리, 비 듣는 소리, 시냇물 소리, 쓰르라미 소리, 살쾡이 소리…… 깊은 밤 산사의 소리는 그치지 않았다. 졸음이 오는 듯했는데 아르르르, 아르르르, 이름 모를 새의 울음소리가 창호지를 떨게 했다. 새는 대지진 저마 밑을 아슬아슬 비껴 날아가는 듯했다. 가수 상태에 빠진 듯하다가 이상한 감촉이 느껴져 깨어났다. 바로 옆 사람의 손과 발이 내 몸통을 짓누르고 있었다. 나는 악! 비명을 질렀다. 소리가 커서 나도 놀랐다. 가슴을 진정하니 눌러 두었던 기억이 되살아났다.

그러니까 벌써 20년이 지난 일이다. 논산훈련소 훈련을 마친 나는 자대로 배치되었다. 더플백을 내무반 침상 끝에 놓고 부동자세로 앉아 긴장하고 있었다. 머리가 길어 곧 뒤로 넘어갈 듯한 고참 병장이 다가왔다. 병장은 대학을 휴학하고 입대해 3년을 보냈으니 24살이 되었을 것이고 나는 석사 학위를 받고 막 입대했으니 27살이었다. 내 동생과 같은 나이였던 그는 측은한 듯 이등병인 나를 내려다보고 군용 건빵 한 봉지를 건네주었다. 그리고 말했다.

"오늘 밤 네 자리는 내 옆이다."

나는 그 말을 단순하게 이해했다. 취침 소등이 시작되자 나는 병장 옆에 뉘어졌다. 병장은 어느새 잠들은 듯했는데 갑자기 내 쪽으로 돌아누웠다. 그리고 내 몸의 곳곳을 주무르기 시작했다. 기나긴 시간이었다. 나는 몸과 혼을 유린당했다. 어떤 저항도 할 수 없었다.

산사의 선방에서 그 악몽이 되살아나다니. 바람이 세차게 부는 듯하더니 나뭇가지끼리 부딪히는 소리가 났다. 어디선가 신음 소리도 들렸다. 눈을 떠도 감고 싶은 충동이 안 생기고 눈을 감아도 뜨고 싶은 마음이 일어나지 않았다. 창호지가 코발트색으로 변해 갔다. 새벽이 다가오고 있었다. 이제 잠들면 일어나기가 더욱 어려울 것이다. 그래도 눈을 감았다. 바람 소리가 더 거세지더니 비 듣는 소리가 나고 시냇물 소리가 우렁찼다. 다양한 소리들은 지금까지 내가 겪어 온 온갖 슬픈 일들을 생각나게 했다. 부끄러운 장면들이 나타나 차례로 이어지기도 하고 중첩되기도 했다. 우웅 우웅, 고라니인 듯 이리인 듯 숲속에도 잠 못 이룬 짐승들이 있었다. 그들에게 내면이나 자의식이 없다는 것은 인간들의 편견이나 착각이겠지. 무슨 고민이 있어 저렇게 울어댈까. 아니 짐승들에게는 자의식이 없을 것이다. 짐승들은 구름 모양을 보고도 울부짖는다 했으니 먹구름이 일어나고 있는 것일까.

이렇게 밤의 소리는 낮의 소리보다 훨씬 다양하고 심각했다. 그것은 밤의 시간이 활동의 정지가 아니라 생성을 위한 준비의 시간임을 은근히 알려 주었다.

한순간 뚜벅뚜벅 발자국 소리가 들렸다. 드디어 그 순간이 오고야 말았다. 일어날 수 있을까. 일어나서 나를 지탱할 수 있을까. 불이 환하게 켜졌다. 여기저기 신음 소리가 들렸다. 일어났다 고꾸라지는 도반도 있었다. 2시 50분. 나는 겨우 몸을 가누며 옷을 입었다. 그리고 천천히 방문을 나섰다. 새벽바람이 스쳐 갔다. 과연 먹구름이 빠른 속도로 몰려가고 있었다. 금방이라도 비가 내릴 것 같았다.

대웅전 앞마당으로 나가니 도량석(道場釋 : 새벽 예불 전에 도량을 청정하게 하기 위하여 행하는 사찰의 의식) 도는 스님이 목탁을 두드리며 걸어가고 있었다.

사사바바바 수다살바 달마 사바바바 수도함

　정삼업진언(淨三業眞言 : 삼입을 깨끗이 하는 진언)을 염하고
있었다. 이산 선사 발원문은 더욱 간절하게 들렸다.

　보리 마음 모두 내어 윤회고를 벗어나되
　화탕지옥 끓는 물은 감로수로 변해지고
　검수도산 날 선 칼날 연꽃으로 화하여서
　고통받던 저 중생들 극락세계 왕생하며
　나는 새와 기는 짐승 원수 맺고 빚진 이들
　갖은 고통 벗어나서 좋은 복락 누려지이다

　장삼 자락 휘날리며 스님은 멀어져 갔다. 그가 한 발 내디딜
때마다 발이 땅 밑으로 빠져드는 듯 보였다. 발목까지 빠지는 어
두운 설원 위를 걷는 것 같기도 했다. 나는 설원에 새 길을 내기
보다는 앞서간 스님이 만들어 놓은 길을 따르기로 했다. 스님의
발자국에 내 발을 내려놓았다. 대웅전 안에서 당 당 당, 가녀린
종소리가 들려왔다.

　이 종소리 울려 번뇌를 끊어라
　지혜가 자라나 슬기를 거두리
　지옥을 떠나고 삼계를 벗어나리
　원하던 부처 되어 뭇 삶을 건지라

흐르는 물의 가르침 : 송광사 2001

달빛과 별빛이 쏟아지듯 축원의 말씀이 퍼지고 있었다. 새벽 산사는 축원의 바다였다. 법고의 두터운 소리가 한 꺼풀 대지를 덮어 주더니 깊이와 넓이를 형언키 어려운 범종 소리가 울려 퍼졌다. 그 소리는 지옥 중생을 구원하기 위해 지옥으로 날아가기 전에 먼저 내 속으로 들어왔다. 내 머리에서 발길까지, 내 몸 구석구석까지 흔들며, 찌르며, 어루만저 주었다. 시들어 가던 내 육신에 힘이 돋기 시작하고 웅크려 있던 혼은 기지개를 폈다. 나는 그 생육의 은혜를 느끼며 부르르 떨었다. 스물여덟 번을 떨었다.

대웅전 법당의 사방 문으로 사람들이 들어왔다. 가운데 문으로 스님들이 들어오고 양 옆으로 수련생들이, 뒷문으로 행자승과 자원봉사자들이 들어왔다. 어느새 법당이 가득 찼다. 종고루의 운판 소리를 받아 법당의 운고와 경쇠가 울렸다. 그리고 예불이 시작되었다.

아금청정수 변위감로다 봉헌삼보전 원수애납수
원수애납수 원수자비애납수
我今淸淨水 變爲甘露茶 奉獻三寶殿 願垂哀納受
願垂哀納受 願垂慈悲哀納受

예불문의 간절한 봉송이다. 이산 선사 발원문을 독송(讀誦)하는 젊은 스님의 목소리가 간절했다. 『반야심경』 합송은 박진감 있으면서도 그윽했다. 『천수경』을 염하는 행자승들의 목소리가 굳세고 웅장했다. 사람의 목소리도 새벽 산사에서 울려 퍼지던 나무와 쇠, 가죽의 소리 못지않게 감동을 준다. 황토색 법복을 입은 행자승 사이에 아직 머리도 깎지 않고 평복을 입은 행자가 있었다. 그는 갓 출가한 듯했다. 그도 나처럼 잠을 설쳤을 것이다.

나는 귀로 법당 가득한 염불 소리를 들으며 눈으로는『금강경』구절들의 뜻을 새기며 읽어 갔다. 새벽 산사의 마당은 축원의 말씀으로 가득 찼고 예불이 이루어지는 법당은 고백과 참회와 절하기로 분주했다. 마침내 예불을 마무리하는 입정(入定) 정근(精勤)이 시작되었다. 반가부좌를 틀고 눈을 감으니 지금 이곳에 내가 있다는 사실이 꿈결인 듯했다.

잠시 뒤 대웅전 뒤의 담과 그 위의 집이 떠올랐다. 대웅전보다 더 높은 곳에 모셔진 그 집에는 누가 계실까? 대웅전 뒷문을 출입하는 행자승들은 대웅전으로 들어오기 전에 왜 그 담 쪽을 향해 절을 하는가? 절에서 석가불이나 연등불보다 높으신 분이 있을 수 있단 말인가? 이상하기도 하고 궁금하기도 했다.

예불을 끝내고 문을 나섰다. 구름 사이로 음력 열이렛날의 달이 나타났다. 내 생일이 열이렛날이니 우리 어머니가 나를 낳고 바라보신 달도 저 모습이었을 것이다. 그것은 이지러지기 시작하는 둥근 달이었다. 달은 막 완전한 원의 굴레를 벗어 내고 스러지면서 밝디 밝은 빛을 내려 주고 있었다. 열이렛날의 달은 완전하면서도 그 완전함에 집착하지 않는 아름다움을 보여 주었다. 그래서 더 맑고 밝았다. 성성적적(惺惺寂寂)하고 적적성성한 것이란 이런 모습을 말하는 것일까. 깨달은 마음의 고요함을 열이렛날 새벽달은 보여 주고 있었다.

먹구름은 어디론가 사라지고 조계산 봉우리 쪽에 새하얀 조각 구름이 걸렸다. 우러러보면 시린 심연처럼 맑은 하늘, 굽어보면 달빛까지도 어둠 속에 고요히 담아 주는 두터운 땅. 밤새 울부짖던 숲속 짐승들도 법고 소리에 평정을 되찾고 귀뚜라미들은 지장전 뒤뜰에서 조용히 가을 소리를 연습할 것이다. 개미들은 여전히 법당 마루를 기어 다니며 절을 하고 있겠지. 그 사이로 두 손 모으고 조용히 여기저기로 나아가는 사람들. 이깨를 스쳐도 그냥 고개를 더 숙일 뿐이다.

다시 하늘을 본다. 먼 하늘에 별 몇 개가 총총하다. 하늘이 맑듯 내 머리도 맑아졌다. 고무신에 느껴지는 땅의 감촉이 포근하다. 한 걸음 한 걸음이 그윽하다. 나는 극락을 떠올리고 있었다. 내가 이런 성성적적한 곳에 몸을 담을 수 있다니. 아, 나는 지금 죽어도 좋다. 속으로 되뇌었다. 이 맑고 밝은 세상의 소생을 지켜보았고, 세상 만물이 가없이 축복받는 소리를 듣고 그 모습을 보았으니 더 이상 바랄 것은 없다. 그러나 나는 곧 죽고 싶다는 외침이 진정에서 우러난 것이 아니었음을 시인했다. 죽고 싶다는 외침은 그 맑고 밝은 곳에서 더 오래 살고 싶다는 소망을 혼자만의 것으로 간직하려 했을 때 나도 모르게 만들어진 반어였다.

산사의 새벽은 그렇게 위대했다. 하늘과 땅과 뭇 중생들이 다시 태어나는 크나큰 일이 이루어지고 있었다. 첫날밤의 혼돈과 고통은 이 천지만물의 소생과 부활을 위한 몸부림이었을 것이다.

그물에 걸리지 않는 바람과 같이

사자루 안 내 자리는 뒤쪽 창가였다. 시냇물 소리가 대단했다. 간간이 내린 비는 시냇물 소리를 더 우렁차게 만들었다. 물소리는 엄청난 소음으로 들리다가도 위대한 메시지를 전하는 법음으로도 들렸다. 물소리가 스님들의 말씀과 경쟁하는 듯하다가 어느덧 그 말씀에 동화되어 말씀의 속뜻을 더 오묘하게 만들어 주는 것 같기도 했다.

방장이신 보성 스님이 개당법문(開堂法門)을 내려 주시고, 회주 법흥 스님이 『법구경』을, 유나 현묵 스님이 참선법을, 주지 현봉 스님이 『반야심경』을, 성철 스님 상좌였던 원순 스님이 『진심직설』을, 강주 지운 스님이 부처님의 생애와 사상을 강의했다.

앞자리에 앉은 도반들이 참 부러웠다. 나는 스님들 말씀의 뜻을 깊이 이해하려는 데보다는 물소리에 섞인 그 말씀을 골라서 해독하는 데 더 많은 노력을 기울여야 했다.

보성 스님은 송광사의 가장 큰 어른으로서 위엄을 보이셨다. 카랑카랑한 목소리로 논리 정연하게 이야기를 이끌었다. 중간 중간 조는 수련생이 눈에 띄면 지도 법사가 그를 흔들어 깨울 때까지 손가락으로 정확하게 겨누었다.

보성 스님은 불교의 수행이 '믿음으로 시작해서 믿음으로 끝난다'며 신심(信心)을 강조했다. 믿음이란, 우리의 마음에 불성(佛性)이 갖추어져 있다는 믿음이고, 진실한 수행 정진을 통해서 우리도 부처가 될 수 있다는 믿음이며, 수행 정진하여 부처가 되면 아무리 사용해도 다함이 없는 공덕이 갖추어진다는 것에 대한 믿음이다. 신에 대한 일방적 믿음과 의존을 강조하는 다른 종교의 믿음 개념과는 달랐다.

유나 현묵 스님은 그윽하고 청아한 목소리로 참선의 방법을 가르쳐 주었다. 참선은 우리가 어디서 왔다가 어디로 가는가를 알기 위한 것이라 했다. 우리는 보이지 않는 세계에서 존재하다가 보이는 세계로 모습을 나타냈지만 그 인연이 다하면 또다시 보이지 않는 세계로 돌아간다는 것이다. 무명(無明) 업력에 의해 우리는 거듭 태어나지만, 그 윤회의 굴레에서 벗어나기 위해 노력해야 한다. 영적 진화를 돕는 일 혹은 수행 정진하는 일이야말로 가장 잘 사는 삶이며 윤회의 굴레를 벗어나는 유일한 방법이라 요약해 주었다.

그리고 참선의 방법을 자상하게 가르쳐 주었다. 먼저 마음을 편하게 하고 허리를 곧게 편 뒤, 숨을 길게 마시고 잠깐 멈추었다가 내쉬며 '이 뭐꼬?' 하라는 것이다. '이 뭐꼬?'를 비롯한 화두는 분별이나 망념으로 드는 것이 아니다. 오히려 이분법적 분별심을 내려 두고 생각과 말의 길을 완전히 끊어서 나와 화두가 하나가 되고 마침내 나와 화두까지 사라지게 해야 하는 것이다.

참선 수행 동안 내내 인생의 본질과 천지만물의 운행 원리에 대한 나의 잡다한 지식과 스님들로부터 들은 법문의 내용이 뒤엉켜 내 머릿속은 복잡해졌다. 나는 그것이 화두 참선의 참 방법이 아닌 줄 알면서도 어쩔 수가 없었다. 그래서 차라리 수를 헤아리는 수식관(數息觀)이나 뜻을 알 수 없는 음운의 연속인 염불관을 하면 어떨까 하는 생각도 했다.

스님은 어떤 칭찬이나 험담에도 개의치 않고 연꽃 같은 참나를 찾는다는 한 가지 마음으로 용맹정진하라고 수련생들을 따뜻하게 격려했다. 그윽한 목소리로 게송(偈頌)을 읊어 주었다.

소리에 놀라지 않는 사자와 같이
그물에 걸리지 않는 바람과 같이
진흙에 물들지 않는 연꽃과 같이
무소의 뿔처럼 혼자서 가라

널리 알려진 이 구절이 스님의 목소리에 실리며 오묘한 힘을 주었다. 스님은 이어서 참선으로 득도한 고승들의 일화와 깨달음의 시인 오도송(悟道頌)을 소개해 주었다. '이 뭐꼬?'를 8년 동안 참구(參究)하다 홀연 깨달은 회양 스님, 20년 동안 수행했지만 별 진전이 없다가 어느 날 밭에서 일을 하던 중 문득 깨달은 남전 스님, 56세 때 실수로 찻잔을 떨어뜨려 깨고는 크게 깨달은 허운 스님, 길 가다가 낮닭이 우는 소리를 듣고 깨달은 서산대사, 새벽 예불 종을 치다가 깨달은 만공 스님, 움막 토굴에서 1년 6개월 용맹정진 끝에 깨닫고는 벽을 부수고 나온 효봉 스님, 화장실에서 볼일을 보다가 홀연 의심이 사라지는 경지를 얻은 송담 스님 등의 일화였다.

출가 직전 하혈을 시작하여 해우소를 들를 때마다 잔뜩 긴장하던 나는 화장실에서 득도했다는 송담 스님의 이야기에 귀가 쫑긋해졌다. 세상에서 가장 더러운 것이라 버려지는 똥을 받아주는 화장실에서 득도했다는 송담 스님의 이야기는 더러운 진흙탕에서 맑디맑은 연꽃이 피어난다는 불가적 상징보다 더 충격적인 감동을 주었다. 송담 스님의 오도송을 잊을 수 없다.

> 누런 매화 핀 산정에 봄눈이 날리니
> 찬 기러기 북쪽 하늘로 날아가누나
> 어찌하여 10년 세월을 허비했던가
> 달빛 아래 섬진강만이 유유히 흘러가도다

그날 저녁 송광사 해우소에서 나도 놀라운 일을 겪었다. 볼일을 끝내고 뒤를 닦았는데 화장지에는 황금빛 잔변만 묻었다. 참선을 시작하면서부터 오랜 시간 동안 앉은 자세로만 있어서 항문에 계속 큰 부담을 주었음에도 불구하고 하혈이 완전히 멈춘 것이다. 아! 나도 해우소에서 환희심을 경험했다. 화장실에서 누런 매화를 노래하신 송담 스님과 그 송담 스님을 소개해 주신 현묵 스님의 은혜가 이렇게 컸다.

해우소의 풀 향기

어릴 적 우리 집은 낙동강 하천부지에 농사를 지었다. 나는 그 땅의 향기와 감촉을 잊지 못한다. 멀리서 보면 어머니는 밭이랑에 앉아 꼼지락거리고만 있는 것 같지만 저녁 무렵이면 놀랄 만큼 많을 일을 해 놓았다. 나는 어머니의 꽁무니에서 흙장난을 치다 가는 강둑으로 올라가 풀밭에 누워 풀 향기에 취했다. 그리고 강을 굽어보았다. 강에는 배들이 오르내리고 있었다. 고깃배들은 투망을 하고, 모래 배들은 상류의 모래를 싣고 하류 쪽으로 달음박질쳤다. 그 사이로 가끔 돛도 없는 기다란 배가 느리게 강을 거슬러 올라가곤 했다. 똥배였다. 똥배는 부산 시민의 똥을 실어 와서 강가의 밭에 뿌려 주었다. 구레나룻 검은 사나이들은 강가의 밭을 향해 어이 어이, 소리치며 그냥 지나갔다. 그러다가 꼭 한 번은 우리 수박밭 어귀에도 배를 대고 똥을 뿌려 주었다. 뿌려진 똥은 아주 독한 냄새를 풍겼지만 이윽고 흙과 풀의 향기와 섞여 그윽하게 승화되었다. 수박 꽃 향기였다. 수박은 뙤약볕 아래에서 스스로의 힘을 이겨내지 못해 쩍쩍 갈라질 정도로 잘 익었다. 똥이 수박으로 영근 것이다. 나는 부산 시민의 똥으로 기른 그때의 우리 밭 수박만큼 달고 맛있는 수박을 그 뒤로 먹어 본 적이 없다. 그 맛이 그립다.

똥에 대한 기억은 그 뒤 까마득히 잊혀 갔다. 부산 앞 먼 바다가 분뇨선이 버린 똥으로 오염되고 있다는 소식을 들었을 때도 생각나지 않았다. 그 기억이 수련회 기간 중에 되살아난 것이다. 나는 화장실을 조심스럽게 사용하면서 그리고 화장실 청소 당번으로서 곳곳을 쓸고 닦으면서 송광사 화장실을 찬찬히 살폈다.

송광사 화장실은 근심을 풀어 준다는 뜻의 '해우소'(解憂所)란 팻말을 붙이고 있다. '화장을 하는 집'보다는 '근심을 풀어 주는 장소'란 말이 우리의 경험에 더 가까이 닿아 있는 것 같았다.

해우소 앞에는 해우소 넓이만큼의 연못이 있었다. 연못 위

로 수많은 잠자리들이 이리저리 날다가는 가만히 공중에 멈춰
서기도 했다. 잠자리는 물 근처에서 서식하는 곤충들의 먹이사
슬에서 가장 높은 층에 있다는 이야기를 들은 적이 있다. 그런데
그 잠자리들의 생활 터전이요 번식처인 작은 하천들이 심하게
오염되고 초여름 가뭄과 제방 공사 때문에 그 물도 말랐다. 잠자
리가 급격하게 줄어들고 있으며, 그 때문에 생태계가 심각하게
파괴될 것이라고도 했다. 그러니까 해우소 앞 연못 위의 잠자리
들은 속세에서 살 곳을 잃고 피신해 온 중생들이었다. 송광사 해
우소는 떠돌이 잠자리들을 거두어 주었다.

살 곳을 마련한 잠자리들은 한없이 기쁜 듯 어지럽게 이리
저리 날아다니다가도 배를 둥글게 구부려 다른 잠자리의 꼬리에
붙이고는 교미를 했다. 그들은 새로 찾은 보금자리에서 새로운
생명을 준비하고 있었다.

연못 수면에는 몇 주의 수련이 꽃봉오리를 피웠다. 더러운
진흙탕, 해우소 옆 진흙탕에서 피어나는 수련의 꽃봉오리는 불
법의 오묘함을 머금고서 누구든 그것을 볼 수 있는 사람은 가져
가라고 손짓하고 있었다.

나는 두 손을 모아 차수하고 경배하는 마음으로 연못 위 돌
다리에 올랐다. 다리는 해우소 회랑과 연결되었다. 회랑 입구는
종루에 걸린 범종의 윤곽을 하고 있는데, 녹색 바탕에 희고 검은
긴 줄무늬가 그려져 있다. 그래서 해우소로 들어가는 것이 오래
된 중국집 연회장에 입장하는 것 같았다.

해우소 바닥은 전부 나무로 되어 있었다. 그 바닥에 적당한
간격으로 직사각형의 구멍을 내고 사이사이를 막아 변을 보게

했다. 가만히 앉아 아래를 내려다보니 똥이 쌓인 바닥이 훤히 나타났다. 그곳으로부터 풀 냄새가 올라왔다. 바닥 이곳저곳으로 낙엽이 뒹굴기도 했다. 바람이 불고 있었다.

떨어진 똥이 일정한 두께가 되면 다시 풀과 흙이 뿌려질 것이다. 거름으로 숙성된 똥은 절의 김치며 국이 될 배추와 무에 뿌려질 것이다. 똥이 사람의 입으로 들어가는 것이다.

똥의 생산성에 대해 누구보다 큰 관심을 가졌던 분이 연암 박지원 선생이다. 연암 선생은 「예덕선생전」에서 똥을 나르는 엄행수의 삶을 그렸다. 엄행수는 뒷간의 똥, 마구간의 말똥과 쇠똥, 닭이나 개, 거위의 똥 등을 모아 왕십리, 살곶이다리, 서대문, 청파, 이태원 등으로 날라 주었다. 그 똥으로 무며 가지, 그리고 오이, 수박, 고추, 미나리 등 한양 사람들이 먹을 온갖 채소들을 재배했다. 연암 선생은 엄행수가 똥을 져다 주고 밥벌이를 하니 지극히 불결하다 하겠으나 그가 밥벌이하는 일의 내용을 따져 보면 지극히 향기롭다고 찬양했다. 그래서 엄행수의 이름도 감히 부르지 않고 '예덕선생'이라 일컫는다 했다.

또 연암 선생은 필생의 소원이던 청나라 여행을 했을 때도 이런 글을 썼다.

똥오줌이란 세상에서 가장 더러운 물건이다. 그러나 이것이 밭에 거름으로 쓰일 때는 금싸라기같이 아낀다. 길에는 버려진 재가 없다. 말똥을 줍는 자는 오쟁이를 둘러메고 말꼬리를 따라다닌다. 이렇게 모은 똥을 거름 칸에다 쌓아 두는데 혹은 네모반듯하게 혹은 여덟 모가 나게 혹은 여섯

모가 나게 혹은 누각 모양으로 만든다. 똥거름을 쌓아 올린 맵시를 보면 천하의 문물제도는 벌써 여기에 있음을 알 수 있다. 그래서 나는 말한다. 똥거름이 장관이라고. 도대체 왜 하필이면 성곽과 연못, 궁실과 누각, 점포와 사찰, 목축과 아득하고 넓은 벌판, 수림의 기묘하고 환상적인 풍광만을 장관이라고 말하랴.

연암 선생이 선진국 청나라에서 발견한 가장 위대하고 찬란한 장관은 똥이었다. 똥을 재활용하는 청나라 사회의 경제적 생산성에 감탄했다. 똥을 글쓰기의 중심에 놓은 연암 선생의 혜안이 우러러 보인다.

바람이 어디서 불어올까 살펴보았다. 해우소의 아래 벽은 나무 기둥을 일정한 간격으로 박아 놓은 것이다. 바람이 그 틈으로 들어오고 있었다. 똥이 바깥바람을 쐴 수 있게 한 것이다. 시시각각 햇살도 비쳤다. 그리고 더 놀라운 광경은, 해우소 아래쪽이 흙담으로 정성스레 둘러져 있는 것이다. 담은 바깥사람들의 시선을 차단하기 위한 것이겠지만, 쌓여 있는 똥을 보호해 주는 것으로도 보였다. 담이 있으니 대문도 있다. 그 대문은 똥에게 밖으로 나가는 길을 마련해 주기 위한 것이다.

똥은 우리 몸의 한 부분이었지만 우리 몸의 가장 더러운 것들이 모인 것이기에 우리는 그것을 내팽개쳤다. 그런 똥을 송광사 해우소는 극진히 대접한다. 담과 대문이 있는 집 안에서 똥은 풀과 흙을 덮고서 재생의 꿈을 꾼다. 해우소 바닥에서도 새 생명의 탄생을 위한 수행이 이루어지고 있는 것이다.

송광사 해우소는 가장 더러운 것이 가장 깨끗하고 아름다우며 고귀한 것이라는 불법을 가르치고 있었다. 더러운 진흙탕 연못과 똥은 새 생명의 탄생을 예비하는 감격적인 모습을 보여 주었다. 그리고 물질의 순환과 재활용이야말로 이 시대에 가장 필요한 미덕이면서 우리 생활문화사에서 면면히 이어지는 정신이라는 진실을 되새기게 했다.

나는 거름으로 되살아난 똥이 우리 시대 예덕선생의 수레에 실려 해우소의 대문을 나서는 찬란한 모습을 꼭 보고 싶다. 고향의 강을 거슬러 올라가던 똥배의 모습을 다시 보고 싶듯이.

일 년에 한 번 불을 끄는 용광로

『반야심경』에 대해 법문을 해 주신 현봉 스님은 보조국사 지눌의 원불(願佛: 자신이 일생 동안 섬기는 불상)인 '목조삼존불감'의 보수 과정이 화제가 되었을 적에 텔레비전 뉴스에도 출연한 적이 있다. 사찰 불사가 대형화되는 추세와는 대조적으로, 접으면 7센티밖에 되지 않는 불감의 보수를 위해 방사선 투사기까지 동원하는 송광사의 정성이 많은 이를 감동시켰다. 스님은 1991년, 사십 대의 수행승으로서 도법·지환·명진·수경 등 10여 명의 소장·중진 스님과 함께 청정 불교 결사 운동인 선우도량을 만들기도 했다.

현봉 스님은 공간과 시간을 인식하는 우리의 한계를 지적했다. 우리는 입방체 속에서 살고 있는데, 그 입방체 속에는 다른 공간을 무수히 넣을 수 있다. 지금 우리가 앉아 있는 이곳에도 온갖 공간, 온갖 소리, 온갖 파장들이 공존한다. 천당과 지옥, 아수라까지 들어 있다. 그러나 우리는 그 일부만 지각하며 그런 불완전한 지각 능력에 의해 지각되는 것만 존재한다고 주장한다. 이런 우리의 한계는 업(業)에서 초래한 것이다. 이 업을 떨쳐 없애야만 모든 것을 두루 듣고 볼 수 있다.

그런데 업을 닦아 지금 이곳에 존재하는 온갖 것을 다 보고 듣는 것이 궁극의 목표는 아니다. 지금 이곳에 온갖 물건이 다 들어갈 수 있고 또 온갖 소리가 다 들리는 것은 인식 주체가 착각이나 환각에 빠져 있기 때문이다. 이곳에 존재한다고 판단되는 것들은 처음부터 존재하지 않는 것이다. 우리가 있다고 여기는 모든 것이 실제로는 있는 것이 아님을 깨우쳐 안 분이 부처님이다. 우리에게 포착된 것만 보고 듣다가, 이곳에 공존하는 모든 것을 보고 들을 수 있는 단계에 이르렀다가, 마침내는 그 모든 것이 실제로 존재하는 것이 아님을 깨달아야 한다는 것이다.

이와 관련해 공(空)도 설명됐다. 공은 텅 빈 것이지만 끊임없이 생성하고 팽창하고 소멸해 간다. 공의 한자를 파자하면 '구멍 혈(穴)'과 '만들 공(工)'이 되니, 구멍은 텅 비어 있지만 그 구멍에서 모든 것이 생겨나는 것이다. 그런 점에서 공은 '텅 비어 있다'는 뜻과 '텅 빈 구멍 안에서 만들어지고 있다'는 상반된 의미를 함께 가진 개념이다. 공은 생겨나고 소멸하는 모든 것의 원리다.

깨달은 눈으로 보면 온 세상은 공이다. 세상의 본질을 공으로 통찰할 수 있을 때 궁극의 해탈이 가능하다. 그런 점에서 현봉 스님은 『반야심경』의 핵심이 다음 구절이라고 설명했다.

관자재보살이 깊은 반야바라밀다를 수행할 때에
오온(五蘊)이 다 공(空)함을 비추어 보고 모든 괴로움에서
벗어났느니라.
觀自在菩薩 行深般若波羅蜜多時 照見五蘊皆空 度一切苦厄

이때 오온이란 색(色)·수(受)·상(想)·행(行)·식(識)이라는 다섯 영역이 각각 쌓여 있는 것이다. 색온(色蘊)이 물질 일반과 소리, 냄새, 맛, 감촉 등 객관 대상을 통틀어 지칭하는 것이라면, 수온(受蘊)은 객관 대상을 지각하고 받아들이는 마음의 작용이고, 상온(想蘊)은 받아들인 것을 추상화하고 개념화하는 것이며, 행온(行蘊)은 그 마음이 일정한 방향으로 작동하는 것이며, 식온(識蘊)은 사물을 식별하는 마음의 본체로서 즉 육식(六識)을 지칭한다.

오온이 공임을 깨달을 때 일체의 고액(苦厄)으로부터 벗어난다. 일체의 고액 속에는 현재의 고통뿐만 아니라 과거와 미래의 고통도 포함되고, 나의 고통뿐만 아니라 중생의 고통도 포함된다. 즐거움도 고통을 고통으로 느끼게 만든다는 점에서 고통이다. 또한 즐거움은 고통과 상대적으로 구분되는 불안전하고 불완전한 것이기에 근본적으로는 고통과 다르지 않다.

포항제철 용광로의 불은 일 년에 한 번씩 꺼야 한다고 했다. 섭씨 600도에서 서식하는 자생 단백질을 없애기 위해서다. 사람

에게 섭씨 600도는 죽음보다 더 고통스런 환경이지만 그 단백질에게는 아주 쾌적한 환경이다. 용광로 불이 꺼졌을 때의 온도는 사람에게 쾌적하지만 그 단백질에게는 자생이 불가능한 가공할 추위인 것이다.

같은 상황이 어떤 존재에게는 고통이고 어떤 존재에게는 쾌적함이라는 것. 같은 상황이 어떤 존재에게는 죽음을 초래하고 어떤 존재에게는 삶을 보장한다는 것. 그것이 우리가 현실에서 엄연히 경험하는 것일진대, 고통과 즐거움, 죽음과 삶의 분별은 불완전한 지각과 인식에 의해 이루어진 허구임이 분명하다. 우리가 지각과 인식의 불완전함을 넘어서는 것이 가능할까? 가능하다면 같은 상황이 일으키는 분별되지 않은 느낌을 우리는 경험할 수 있을까? 그 느낌이 고통도 즐거움도, 죽음도 삶도 아닌 어떤 것과 관련된 것이라면, 도대체 그것은 우리에 의해 포착될 수나 있는 것일까?

천 개의 눈으로 돌아보라

국문학자 행세를 하며 살아온 세월은 나를 중진의 자리에 올려놓았지만, 나의 삶과 멀어져 가는 학문적 글쓰기는 언제부턴가 나를 쓸쓸하게 했다. 논문도 학자가 삶에서 터득한 지혜를 담아야 하며, 논문이 일상적 삶의 길잡이가 될 수 있어야 한다는 생각이 더 간절해졌다. 그 무렵 공(空)을 주제로 한다는『구운몽』을 다시 읽었다. 광산 김씨 명문가 출신 유가(儒家) 사대부 김만중 선생이 불교적 주제를 담은『구운몽』을 지은 것은, 그가 생애의 마지막 고개에서 자기 삶을 되돌아보고자 했기 때문이 아니었을까. 다시 읽어 보니『구운몽』에는 죽음을 앞둔 사대부가 세속의 삶을 바라보는 시선이 분명하게 들어 있었다.

　『반야심경』의 공에 대한 현봉 스님의 강의를 듣는 자리에서『구운몽』과 관련된 나의 학문을 떠올린 것은 자연스런 일이었다. 내가 국문학자가 된 뒤 처음으로 내 인생의 고민을 끌어안고 쓴 것이『구운몽』관련 논문이었다.

　『구운몽』에서 육관대사의 수제자인 성진은 우연히 여덟 명의 선녀를 만나 세속의 부귀영달과 욕망을 떠올리며 부러워한다. 그 순간 세속 인물인 양소유로 환생하여 최고의 행복을 누린다. 그러나 결국 다시 성진으로 돌아온다. 성진이 양소유로 태어나고 다시 성진으로 돌아오는 환생의 각 단계는 바로 앞 단계의 부정이다. 양소유가 처음의 성진을 부정했다면, 그 양소유를 부정한 성진은 처음의 성진으로 돌아갔다고 할 수 있다. 그러나 이 환생의 파란만장한 과정을 옆에서 지켜보고 있던 육관대사는 깨어난 성진이 양소유를 부정하자 칭찬은커녕 엄혹하게 꾸짖는다. 육관대사는 양소유의 세계를 한갓 꿈이라고 부정하는 성진의 태도를 특히 호되게 나무란다. 양소유에 의해 추구되었던 현실적 삶을 허망한 것이라 부정한 것이 성진의 결산이었다면, 그런 성진이 잘못되었다고 꾸짖어 줌으로써 성진을 깨달음의 경지로 나아가게 한 분이 육관대사인 것이다.

나는 육관대사의 이런 태도에서 삶을 마무리하는 단계에 이른 김만중 선생의 시선을 읽었다. 양소유의 삶으로 대변된 현실적 삶은 나름대로 의의가 있다는 시선이었다. 김만중은 사후 세계보다는 현실 세계에 더 적극적인 의미를 부여하는 유가의 가르침대로 살아온 자기 일생이 허망하지 않음을 확인하려 했을 것이다. 나는 그런 김만중 선생을 위해 현생의 의의를 좀 더 분명하게 찾아 주고 싶었다. 『반야심경』의 공 사상에 대한 설법을 들으면서, 현생에서의 세속 삶은 사람에게 보시·지계·인욕·정진·선정·지혜 바라밀(열반의 피안으로 가게 하는 최고의 덕목 혹은 수행)을 실천할 기회를 준다는 점에서 큰 의의를 가진다고 생각하게 되었다. 세속의 삶은 바라밀의 실천을 통해서 사람이 스스로 달라지고 마침내 깨달음으로 나아가게 해 준다는 점에서 소중한 것이다.

　우리는 현실인 차안과 극락인 피안을 대립시킨다. 그 사이에 가로놓인 깊고 넓은 강이 미망의 강이다. 그 강을 건너가기는 무척 어려워 뗏목을 이용해야 하는데, 그 뗏목이 부처님의 가르침임을 암시하기도 한다. 나는 이생의 찰나적 경험 속에도 미망의 강이 흐르고 있으며 아울러 피안으로 가기 위한 뗏목도 놓여 있다는 생각에 이르렀다. 이곳 현실의 경험에 충실함으로써, 그 경험을 피안으로 가는 뗏목으로 삼을 수 있다는 것이다. 현실에 충실한 것은 우리로 하여금 무아(無我)와 공을 체득하게 하여 불법의 진리를 깨닫게 할 것이다. 더 근본적으로는 지금 이곳이 극락이고 지금 이곳의 나 자신이 부처라는 진실을 통각(統覺)하게 할 것이다. 그걸 알음알이가 아닌 삶 자체로 실천하여 언행일치를 보이는 것이 곧 깨달음일 것이다.

　내가 『구운몽』을 읽으며 새롭게 놀란 것은 성진에서 양소유로, 양소유에서 다시 성진으로 돌아오는 일련의 과정이 한순간의 생각에서 비롯된다는 점이었다. 연화도량의 성진이 스스로 쓸쓸하다 하여 부귀영달을 생각하는 순간 양소유로 태어났고, 사대부로 태어나 온갖 부귀영달을 누린 뒤 그게 진정한 행복이 아니라며 영원한 해방을 얻겠다고 생각하는 순간 양소유는 성진으로 다시 돌아온다.

　"관세음보살의 눈과 손은 왜 천 개나 될까?"

　『구운몽』에 대해 이런저런 생각을 하고 있는데 스님의 이 말씀이 너무나 크게 들려 정신을 차렸다. 공 사상에 의해 세상의 본질을 깨달은 분이 관세음보살인데, 그분은 천 개의 눈과 천 개의 손을 가진 것으로 묘사된다. 거기에 무슨 상징이 들어 있을까. 자비의 화신인 관세음보살은 그 천 개의 눈으로 고난에 처한 중생을 빠뜨리지 않고 다 보아 주시고, 어떤 중생의 상처도 그 천 개의 손으로 다 어루만져 준다는 뜻이 일반적으로 알려진 것이다. 그러나 스님은 관세음보살의 천 개 눈과 손은 바로 우리 자신의 눈과 손, 그것도 하루 동안에도 달라지는 우리의 눈과 손이라고 설명했다. 우리의 눈은 사랑의 눈이 되었다가 분노의 눈이 되고 저주의 눈이 되기도 한다. 우리의 손은 자비의 손으로 남을 따뜻하게 해 주다가도 폭력의 손이 되어 남의 몸과 마음에 상처를 입힌다. 우리의 마음과 몸은 이렇게 매 순간 쉴 새 없이 달라진다. 관세음보살은 탐진치(貪瞋痴: 욕심·노여움·어리석음)에 얽혀 시시각각 달라지는 중생과 같은 모습으로 나투시어 중생을 위로 하고 구원한다. 위로와 구원을 받아야 할 중생을 그와는 다른 입장에서 동정하거나 아득한 윗자리에서 내려다보며 이끄는 것이 아니라 중생과 똑같이 됨으로써 중생을 위로하고 구원한다는 깊은 뜻을 관세음보살 상은 구현하고 있었다.

관세음보살의 이런 자비행은 지장보살의 완전한 보살 정신으로 나아간 것 같았다. 온갖 세상의 중생이 빠짐없이 모두 극락으로 천도되지 못하면 자기는 부처가 되지 않겠다는 지장보살의 서언은 자기희생과 겸양과 자비의 극치를 보여 준다.

송광사 대웅보전에는 삼세제불(三世諸佛)이 모셔져 있다. 연등불과 석가불과 미륵불을 지칭하는 삼세제불은 시간적 차원에서 부처의 총체인 셈이다. 우리는 그 앞에서 수없이 절을 했다. 그런데 지장보살의 서원은 모든 중생이 다 부처가 되게 해 주었고 또 되게 해 줄 것이다. 그래서 삼세제불이 바로 일체 중생임을 깨닫는다. 삼세제불을 향해 절을 한다는 것은 모든 중생에게, 그리고 나 자신에게 절하는 것임이 분명해졌다.

나비의 날갯짓에 폭풍이 이는 까닭

종무소에서 받은 하얀 고무신은 구두에 비해 헐렁하여 처음에는 걷기가 불편했지만 점점 내딛는 한 발 한 발이 안정되고 발바닥의 감촉도 좋게 느껴졌다. 고무신 얇은 밑창을 통해 땅의 모양과 온기를 느낄 수 있었다. 어릴 적 검정 고무신의 기억이 되살아났다. 고무신은 신발과 슬리퍼의 역할을 함께 해 주니 합숙 생활에는 더욱 편리했다. 고무신을 신은 채 발을 씻고 나와 괸 물을 탈탈 털어 섬돌 위에 거꾸로 놓아두면 고무신은 밤새 하얗게 말라 있었다. 고무신이 순결하게 보였다. 고무신은 새벽 종소리에 더욱 맑아진 나의 육신을 때 묻지 않게 실어 가는 한 쌍의 돛단배였다.

고무신의 이마에는 'ㅇ', '#', '송', '우' 등 비표가 그려져 있었다. 내가 받은 고무신에는 '고'라는 표시가 있었다. 그 고무신을 맨 처음 신은 사람이 고무신을 발견한 기쁨을 '고'라고 표현했을까. 그것은 영어로도 읽혀져 '나아가라'고 독려하는 것 같기도 했다. 나도 모르게 '미스 고'가 떠올라, 성이 고씨인 도반이 자기 흔적을 남기려고 기입해 두었다고 마무리했다. '고'는 수련장 밖에서 내 고무신을 알아보는 가장 중요한 표시였다. 나는 그 고무신에 특별한 의미를 부여하며 내 분신으로 여겼다.

수련장인 사자루, 예불 장소인 대웅전, 숙소인 대지전 등으로 자리를 옮겨 들어갈 때 고무신을 가지런히 놓거나 신발장에 넣어야 했는데 나올 때 자기 것을 찾는 데는 이 비표가 결정적 역할을 했다. 그러나 120명의 수련생이 한꺼번에 나가고 들어가기 때문에 비표만으로 자기 고무신을 찾기는 어려웠다. 그래서 자기가 고무신을 놓아둔 위치를 정확하게 기억해야 했다.

사자루 출입문 앞에는 일곱 개의 신발장이 있었다. 반 이름과 번호가 표시된 신발장들은 사자루 안 각자 자리로 가기에 편리한 위치에 놓여 있었다. 우리는 고무신을 신발장 제자리에 정확히 넣고는 곧바로 자기 자리로 갈 수 있었고 나올 때도 자기 고무신을 쉽게 꺼낼 수 있었다. 나는 고무신을 넣고 꺼내는 일이 일사불란하게 이루어지는 걸 보며 감탄했지만 그 과정이 어느 순간 어그러질 것 같다는 불안한 생각을 하기도 했다.

이틀째 아침이었다. 새벽 예불을 마치고 사자루로 돌아와 보니 신발장 내 자리에 다른 고무신이 놓여 있었다. 그 고무신을 옆으로 밀고 내 고무신을 넣었다. 휴식 시간에 나와 보니 밀어 놓았던 고무신은 없었다. 화장실을 다녀오니 다시 그 고무신이 내 자리에 놓여 있었다.

예감이 좋지 않았다. 사자루에서 발우공양을 마치고 저녁 예불이 있는 대웅전으로 가기 위해 신발장 내 자리로 가 보니 내 고무신이 없었다. 순간 현기증이 났다. 도반들이 계속 몰려나왔다. 신발장 앞에서 마냥 서 있을 수가 없었다. 그렇다고 맨발로 대웅전까지 갈 수는 없지 않은가. 사정을 알리려 해도 묵언이니 무슨 말을 할 수 없었다. 지도 법사께 필담으로 사정을 알릴 수는 있지만, 그것은 더 큰 분란을 일으킬 것 같았다.

누군가가 자기 고무신을 두고는 나의 신발을 잘못 꺼내 갔을 것이다. 그 사람의 고무신을 찾아내어 내가 신는 것이 가장 바람직한 조치였다. 그러면 그와 나, 단 두 사람만 불편함을 감내하면 된다. 그러나 내가 그의 고무신을 찾는다는 것은 거의 불가능한 일이었다. 도반들은 계속 몰려나왔다. 나는 머뭇거리고 의심하며 그 자리에서 그대로 있을 수만은 없었다. 조속히 결단을 내려야 했다. 아니 나는 그 상황에서 가능한 유일한 행동을 할 수밖에 없었다. 옆 신발장에서 내 발에 맞을 것 같은 고무신을 꺼냈다. 손발이 떨렸다. 그것은 사라진 내 고무신보다 작아서 발을 꽉 죄었다. 나는 고개를 숙이고 걸어가면서 내가 신고 있는 그 고무신의 주인이 툇마루 신발장 앞에서 우왕좌왕하는 모습을 떠올렸다. 그는 조금 전 내가 했던 고민을 지금 똑같이 하고 있을 것이었다. 그리고 곧 나와 같은 결단을 내릴 것이다.

이 지경에 이르니 마음이 한결 가벼워지기도 했다. 나는 '고'라는 비표가 있는 나의 고무신에 지나치게 집착하고 있었다. 그래서 지금껏 내 고무신이 사라지면 어떻게 하지 하며 걱정했다. 아무리 사소한 대상이라 할지라도 거기에 내가 부여하는 의미가 커질수록 그 대상에 얽매이는 정도도 심해지는 것이 아닌가. 그렇다면 먼저 내 고무신을 신고 간 그 도반은 내가 그런 집착에서 벗어나게 해 주려고 일부러 나의 고무신을 신고 간 것은 아닐까.

그것은 도미노 현상과 같았다. 빠른 속도로 고무신은 바뀌어져 갔다. 내가 또 다른 고무신을 다시 바꿔 신어야 할 때가 올지도 몰랐다. 그 끝없는 바꿔치기를 그치게 하려면 누군가가 한나절만 맨발로 다니면 될 것이다. 그러나 누가 그 일을 할 수 있을까. 바꿔치기에 가속도가 붙어 마침내 지도 법사의 신발이 없어진 것은 내가 고무신을 잃어버린 지 하루도 지나지 않아서였다.

이 혼란의 시작은 한 사람의 고의나 착각이었을 것이다. 그것이 120짝의 고무신을 이리저리 옮겨 다니게 만들었다. 여기 한 마리의 나비가 날갯짓을 하면 지구 저쪽에서 폭풍이 일어나는 까닭을 알 것 같았다. 연기(緣起) 인연의 고리가 그 위력을 보여 준 것일 테다. 자기도 모르는 사이에 예외 없이 얽매이게 되는 고리. 그것이 당혹감을 주어 남을 불안하게 만드는 나쁜 인연

의 고리라면 끊어 주어야 하리니, 대웅전 앞마당을 맨발로 걸어
가는 성인을 기다려야 할까? 그것이 사소한 집착에서라도 벗어
나게 해 주는 좋은 인연의 고리라면, 120명 모든 도반으로 하여
금 아무 고무신이라 닥치는 대로 신게 하여, 어떤 때는 꽉 죄는
고무신 때문에 물집이 생기도록 하고, 또 어떤 때는 한 걸음 옮길
때마다 고무신이 벗겨져 다시 신느라 허겁지겁하도록 해야 하는
것일까? 그래야만 지극히 사소한 집착으로부터도 해방되는 것
일까?

　사라진 내 고무신은 이래저래 나를 뒤흔들면서 더 오묘하고
엄연한 존재의 실상으로 나를 이끌었다.

모기를 죽여 악업을 말살하라

출가 3일째 밤잠도 설쳤다. 산사의 밤소리에 적응하는 데는 더
긴 시간이 필요할 것 같았다. 새벽에 일어나는 것이 더 힘들었지
만 새벽 예불 때의 『금강경』 봉송은 가슴을 벅차게 했다. 『금강
경』의 뜻을 아슬아슬 따라가며 읽는 것이 환희심을 일으켰다. 행
자 스님들의 맑고 우렁찬 독경 소리는 더욱 큰 감동을 주었다. 세
존이 수보리에게 "어의운하"(於意云何: 너의 생각은 어떠하냐?)라
물으면 수보리는 먼저 간략한 답을 한 뒤 다시 그 말을 부연 설명
하는데, 그 설명의 말은 언제나 "하이고"(何以故: 그 까닭이 무엇

인고 하니)로 시작했다. 단락마다 반복되는 '하이고', '하이고'는 경쾌한 리듬을 만들었지만 '아이고', '아이고' 애절한 곡소리로 들리기도 했다. 한문 불경의 뜻을 이해하지 못해 분신한 스님 생각이 났다.

참선하고 설법을 듣느라 거의 하루 종일 앉아 있으니 두 다리는 물론 팔과 가슴의 근육이 부어올라 뭉쳤다. 걸어 보면 아주 단단한 쇳덩이 몇 개가 온 몸을 짓누르는 느낌이었다. 그렇지만 반가부좌를 틀면 첫날보다는 통증이 약했다. 눌리고 접치는 부분이 적절하게 꼴을 갖추었기 때문일 것이다. 화두 수행에서 "생소한 곳은 저절로 익숙해지고 익숙한 곳은 저절로 생소해지듯이"(生處自熟, 熟處自生: 『서장』書狀) 우리 몸도 그에 따라 길들여지고 익숙해지는 것 같았다.

그렇지만 시간이 흘러 어느 순간이 되면 통증이 다시 심해졌다. '이 통증은 내가 느끼는 것이 아니다.' '이 통증을 느끼는 주인은 실체가 없다.' '통증은 내 지각이 만들어 낸 것이고 내 지각은 내 것이 아니다.' 나는 이렇게 암시하며 참고 참았다. 통증은 파도처럼 몰려와 극에 이르렀다가 잠시 약해지는 듯했다. 그러다가 더욱 강력해져서 육신을 찌르고 으깼다.

그런데 그렇게 아픈 순간에도 졸음이 몰려왔다. 그것은 육신에서 일어나는 명백한 모순이었다. 잠시 무념의 경지에 들어갔다가 나올 때면 진정한 참선의 경지를 경험한 것인지, 극도의 통증으로 환상을 경험한 것인지 아니면 졸다가 깨어난 것인지 분간할 수가 없었다. 그렇지만 그동안 몇 번이나 지도 법사의 길쭉한 발이 지나가는 것을 발견하고 움찔 놀랐기에 졸지는 않았다고 스스로 변명했다.

　점심 공양 후 해우소를 청소하기 위해 갔다. 청소 도구는 빗자루 두 개와 마대 한 개 그리고 물뿌리개와 걸레 및 고무장갑 한 개가 고작이었다. 그것을 여자 도반들과 나눠 사용해야 하니 턱없이 모자랐다. 청소 도구를 잡은 도반들이 청소를 하는 동안 나머지는 우두커니 서 있었다. 모든 일에 적극적이던 내 옆 자리의 도반은 청소 때마다 고무장갑을 먼저 끼고 변기를 닦았다. 그 일이 가장 힘들고 더러운 것이라 판단한 듯했다. 그는 남들이 꺼리는 일을 몸소 하는 것이 최고의 보시임을 스스로 알고 실천했다. 그의 그런 행동은 여러 행사에 거듭 참가하여 봉사한 경험에서 자연스럽게 우러난 것일 듯했다. 그때부터 그 도반이 달리 보였다.

　팔다리가 저려서 바닥을 쾅쾅 내려치곤 하던 맞은편 도반은 이제 졸음 때문에 더욱 힘들어했다. 휴식 시간이 되면 계곡으로 뛰어 내려가 세수를 하고 머리에 물을 뒤집어쓰며 고함을 질렀다. 그러고는 물을 뚝뚝 떨어뜨리고 묘한 웃음을 지으며 황급히 돌아왔다. 스카프를 목에 감았다 혼이 났던 도반은 한 끼를 굶은 탓인지 힘이 빠져 있었다. 그 옆의 체구 작은 노 보살이 걱정된다는 듯 그녀를 힐끔힐끔 보았다. 몇 줄 건너의 젊은 도반은 여전히 용맹정진하고 있었다. 나는 그 도반의 정진을 위해 뭔가를 도와주고 싶었다. 투명한 뿔테 안경이 얼굴에 비해 지나치게 컸다. 안경은 콧잔등에 땀이 맺히자 계속 흘러내렸다. 그를 위해 그 큰 안경을 벗겨 주고 싶었다.

　휴식 시간에는 호기심이 많은 도반들이 많은 질문을 했는데 지도 법사들의 답변에는 거침이 없었다. '잘 모르겠다'라든가 '다시 한 번 더 생각해 볼게'라는 표현을 그분들은 거의 쓰지 않았다. 그분들의 높은 도의 경지와 박학에 감탄했다. 다른 한편으로 답변이 그렇게 재빨리 나온다는 것에 고개가 갸우뚱해졌다. 퇴계 선생이 말씀했던가. 선생이 제자로부터 질문을 받을 때 설사 그 질문이 보잘것없는 것이라 할지라도 반드시 시간의 간격을 두었다가 답하라고. 질문이 떨어지자마자 답하는 '응성이대'(應聲而對)는 말하기 전 한 번 더 깊이 생각하기 어렵게 하며 제자가 안고 있는 고뇌에 대해 공경을 보내기 어려운 것이다. 설사 스님들이 온갖 진리를 꿰뚫어 보는 혜안을 갖추고 있다손 치더라도 그 대답이 지나치게 신속하고 단호할 수 있을 것인가.

이런 생각을 하다가 강의실에서의 나를 떠올렸다. "뭐든 질문하라." 나는 언제나 이 말로써 수업을 시작했다. 나는 학생들의 어떤 질문에 대해서도 그럴듯하게 대답할 수 있음을 과시하여 그들의 기를 죽이려 한 것이 아닐까. 지적 균형이 이루어지지 않는 상황에서 선생의 일방적 질문 강요와 그에 대한 거침없는 대답은 선생이 강의실의 권력자로 군림하기 위한 장치가 아니었던가. 지적 불균형 상황에서 열등한 자를 향한 우월한 자의 발언은, 설사 그것이 가르침이라는 형식을 취하더라도 억압적 속성을 지니는 것이다. 그런 점에서 퇴계 선생이 강조한 '답변의 뜸들이기'는 억압이나 폭언을 피하기 위한 지극한 배려라 여겨진다.

어느 수련생이 참선 중에 달려드는 모기를 그대로 두어야 하는지 아니면 죽여야 하는지 물었다. 지도 법사의 답변은 아주 단호했다. "모기는 죽여야 한다. 왜냐? 사람의 참선을 방해하는 업을 더 이상 짓지 않게 하기 위해서다." 참선을 사람이 할 수 있는 가장 고귀한 행위로 보고 그 행위를 방해하는 일은 가장 나쁜 업을 짓는 것이라는 판단을 전제한 대답이었다. 나는 그런 전제와 논리가 그렇게 재빨리 명쾌하게 이루어지는 것에서 약간 놀랐다. 그런 발상이 종교의 이름으로 그에 동조하지 않는 집단을 응징하는 것을 연상시켰기 때문이다. 얼마 전 우리 대학에서 열렸던 강연회에서 신앙의 폭력성을 신랄하게 비판한 현각 스님도 그 강연 방식에서는 억압의 틀을 보인 것은 일종의 아이러니였다. 스님은 질문자에게 질문을 극도로 압축하기를 요구했다. 스님은 몇 마디만 들으면 질문자의 의중을 꿰뚫어 본다고 생각하는 것 같았다. 그리고 질문자에게 즉각적 반응을 보여 주어 스스로 깨닫게 하려 했지만, 그 과정이 일방적이고 비약적이었다. 질문자는 스님의 말하기 전술에 압도당한 채 결국 고개를 끄덕이도록 이끌어졌다. 그러나 스님들의 '벽력같은 일갈'은 보통 사람에게는 폭언으로 들리기 십상이다. 물론 임제의 할(喝)이나 덕산의 몽둥이질이 지극한 자비심의 소산임을 모르는 바는 아니다.

그런데 모기를 죽여야 한다고 답변한 지도 법사는 다음 날 그것을 수정했다. 나는 주위가 소란해 그 말씀을 듣지 못했다. 스님이 그 말씀을 어떻게 수정했을까 지금도 궁금하다. 스님 스스로 자기 말씀을 수정한 것은 처음이었다.

모기를 죽이라는 지도 법사의 대답이나 현각 스님의 강연 분위기를 되새겨 본다. 수행이나 지식 전수에서 우열 관계가 엄연히 존재하는 상황에서 우위에 있는 분들의 말씀은 본의는 아니겠지만 듣는 사람에게는 억압의 틀로 작용할 수 있으며, 또 말씀의 내용까지도 은연중 과격해질 수 있을 것 같았다. 형식은 내용을 새로 만들지는 못하지만 변질시킬 수는 있기 때문이다.

이런저런 생각이 한번 회오리를 일으키고 지나간 그날 오후의 참선에서는 몸이 훨씬 더 가벼워진 듯했고 집중도 잘되었다. 바닥에 부처님의 상이 나타나다가는 중절모자를 쓴 남자의 얼굴이 나타나기도 했다. 망상을 없애려고 눈의 초점을 흩트려 보았다. 그 상들이 희미해지다가 사라졌지만 얼마 뒤 다시 나타났다. 어느 순간 나는 심연으로 가라앉는 듯하다가 견디기 어려울 정도로 무거운 중력을 온몸으로 느끼며 하늘 높이 날아오르는 것 같았다. 현기증에 정신을 잃을 뻔했는데 죽비 소리가 구해 주었다.

새벽 불빛으로 떠올려진 세상

나흘째 아침이 되었다. 간밤에는 처음으로 깊은 잠을 잤다. 뭉쳤던 다리 근육도 풀려 걷기가 한결 수월해졌다. 새벽 108배를 하며 땀을 많이 흘렸다. 절을 하니 많은 사람의 얼굴이 떠올랐다. 한순간 그들을 향해 가볍게 내뱉은 말들이 나를 부끄럽게 만들었다. 부끄러운 상념을 떨쳐버릴 듯 나는 더 빨리 바닥으로 몸을 던졌다. 질투와 욕심이 번개처럼 일어났을 때 내가 다른 사람을 향해 모질게 던진 마음의 돌팔매가 떠올랐다. 내가 잔인하게 느껴졌다.

그러나 그때 떠오른 얼굴은 대부분 살아 있는 모습이 아니었다. 윤곽만 남은 얼굴이었다. 갖가지 마음의 화신인 것 같기도 했다. 몸통이나 옷차림, 목소리나 얼굴색과 연관되지 않는 얼굴은 허깨비처럼 나를 따라다니며 괴롭혔다.

108배가 끝나자 지도 법사가 뭘 하겠다고 말한 것 같은데 알아들을 수 없었다. 나는 다른 도반들을 따라나섰다. 어둠 속에서 앞 도반의 등을 바라보며 그냥 걸었다. 처억척 처억척 고무신 끄는 소리가 새벽 정적을 갈랐다. 약수터에서 줄을 서서 물을 마셨고, 앞 도반을 따라 해우소로 가서 소변도 보았다. 그리고 계속 걸어갔다. 전나무 숲 사이로 새벽달이 보였다. 그제야 우리가 걸어가는 방향을 알았다. 우리는 산문을 지나 밖으로 나가고 있었다. 새벽 산책을 나온 것이다.

주차장이 나타났다. 타고 온 차들이 새벽이슬에 젖어 있었다. 참선 중 창문이 깨진 내 차의 모습이 보였지만 내 차는 아무 탈이 없었다. 차들은 그 주인이 다시 속세로 돌아갈 순간을 기다리며 머리 숙인 말처럼 서 있었다. 주차장을 지나 팔각정으로 갔다. 팔각정을 올라가니 지도 법사가 한 모퉁이에 앉아 있었다. 우리도 그 주위에 앉았다. 정적이 감돌았다. 지도 법사의 어깨가 축 늘어진 것 같았다. 어떤 비원(悲願)을 간직한 것일까. 그 어깨 너머 아득한 아래쪽에서 불빛 몇 개가 반짝였다. 속세는 나흘 만에 반짝이는 몇 개의 불빛으로 내 앞에 다시 나타났다. 세상은 그 사이 멀리도 물러나 있었다.

청년 시절 나는 술에 취하면 불빛 쪽을 향해 달려가곤 했다.

먼 곳에서 깜박이는 가로등 불이나 한적한 도로로 달려가는 자동차 헤드라이트 불빛은 으레 나를 돌진하게 만들었다. 불빛은 저곳의 존재를 알려주어 저곳으로의 탈주를 부추긴 것이다. 만취한 어느 날, 아침잠에서 깨어난 나는 전날 밤의 기억을 떠올렸다. 골목 어귀 판잣집의 불 켜진 방 안을 보았다. 가난한 집 단칸방에는 고단한 가족들이 뒤엉켜 자고 있었다. 그들은 여기저기 널브러져 있는 오래된 가재도구와 다를 바 없었다. 그때 어떤 소리가 나를 소름끼치게 하였다. 거세게 불규칙적으로 들려온 숨소리였다. 지난밤의 광경은 이렇게 환상인 양 아스라이 떠올랐다. 나는 고개를 떨어뜨렸다.

불빛을 훔치려는 사람처럼
문이 아닌 창 쪽으로 가서 집 안을 들여다본다

남편과 큰아이는 장기를 두고 있고
접시에 남은 과일은 아직 물기 마르지 않았고
주전자에서는 김이 오르고 있다
작은아이는 자는가

나는 한 마리 나방인 듯이
창문에 부대껴 서서 생각한다
그 익숙한 살림살이들의 낯섦에 대하여
부르면 들릴 만큼 가까운 거리의 아득함에 대하여
내가 없는 세상의 온기 또는 평화에 대하여

흐르는 물의 가르침 : 송광사 2001

(뒷구절 생략)

— 나희덕, 「불켜진 창」

내 아이와 아내, 부모형제들은 다만 한때 나와 가까운 곳에 있으며 내 마음의 표적이 되었다는 이유로 자주 떠올랐지만, 어느새 나는 그들을 멀리서 바라보고만 있었지 그들과 더불어 있지 않았다. 나는 내가 그 구성원이 된 가족과 속세의 모습을 더 이상 떠올리지 않았다. 나와 일상의 관계를 가지지 않는 아이와 아내는, 그리고 부모형제들은 나와의 거리를 어떻게 느낄까. 내가 없는 저 세상에 나의 체취와 온기가 남아 있을까.

새벽 불빛을 바라보면서 내가 가족과 속세로부터 며칠간 멀어져 있었음을 비로소 자각할 수 있었다. 속세로부터 심정적으로도 떠나는 것이 한순간의 일이듯, 떠나온 그곳도 순식간에 잊힐 수 있음을 알았다. 스님들의 초연함을 이해할 수 있을 것 같았다.

나의 생각은 비약하기 시작했다. 내가 속세의 한 구성원이었다는 것도 한순간의 착각은 아닌가. 저 세상 속의 내가 가상이었다면 나의 존재 자체도 가상이 아닐까.

내일 저녁이면 나는 몇 개의 희미한 불빛으로만 존재하는 저 세상 속을 걸어가고 있을 것이다. 지금 이곳에서 저곳의 일들이 가상으로 여겨지는 것처럼 내일이면 이곳의 일들도 꿈결처럼 느껴질 것이다.

산에서 산을 그리워하는 까닭

내일이면 송광사를 떠난다. 떠나기 위한 의식은 '송광사 경내 순례'로 시작되었다. 그동안 생활하면서 절의 요모조모에 대해 궁금한 점이 많았지만, 말을 할 수 없는지라 궁금증을 풀 수가 없었다. 순례가 시작되면서 묵언의 규제도 잠정적으로 해제되니 많은 것을 알게 될 것 같아 기대가 컸다.

송광사 경내를 오고갈 때 자주 떠오른 분이 있었다. 그 글의 문체 때문에 그리고 규범적 세상에 적응하지 못하여 불우하게 살다가 간 소품(小品) 문인 이옥(李鈺, 1760~1815). 그는 소설 문체를 구사했다고 삼가현(지금의 합천)에 충군(充軍 : 변방의 군역을 하는 형벌)되었다가 풀려나 한양으로 돌아가는 길에 송광사에 들러 하룻밤을 자고 갔다.

이옥은 이때 「남정」(南程)이라는 산문을 남겼다. 이 글에서 그는 송광사의 여러 전각 중 나한전을 가장 인상적으로 묘사했다. 500여 나한들이 모셔진 모습을 보고는 '만 명이 모인 시장 같다'고 했다. 계곡 건너에 있는 '종이 만드는 곳'에 대해서도 상세하게 설명했다. 그곳에는 일꾼들이 종이를 만들기 위해 땀을 뻘뻘 흘리고 있었다. 닥나무 껍질을 벗기고 풀질을 하기 위해 몽둥이를 휘젓고 다 만들어진 종이를 말리기 위해 새끼줄을 거미줄처럼 치고 있었다.

이옥은 송광사의 역사나 권위를 내세우지 않았다. 그래서 보조국사 지눌이 입적한 사실도 "이 절은 큰스님이 장엄하게 입

적한 곳이다"라고 간단하게 지적했을 따름이다. 대신 송광사에
서 '시장'과 '공장'을 보았다. 속세에서 가장 멀리 떨어진 사찰에
서 가장 세속적인 것을 발견하다니. 시장과 공장, 그리고 거기서
일하는 사람들이 한적한 절간에서 품위 있게 수행하는 스님들
과 둘이 아니라는 것. 사실 조선 시대에 천민 대접을 받았던 스님
들은 잔일 굵은 일로 매일매일을 고달프게 보냈다. 만일 그들이
둘이었다면 시장에서 물건을 사고팔거나 공장에서 일하는 사람
들을 스님보다 더 가까이하고 싶다는 뜻을 이옥은 나타낸 것일
게다.

이옥이 감탄했던 나한전은 지금 없고 종이 만들던 공장도
흔적조차 사라졌다. 나는 다만 그가 하룻밤 묵은 곳이 내가 자는
이 어름이겠지 생각하며, 신산한 삶을 살다 간 문인의 일생을 그
려 보았을 따름이다. 그리고 뒷날 어느 문인이 또 이곳에 잠시 들
렀다가 내가 쓴 이 글을 떠올릴지도 모를 일이었다.

사찰 순례는 지눌이 꽂은 지팡이가 자라서 되었다는 고향
수(枯香樹)에서 시작되었다. 고향수는 보조국사 지눌이 꽂아 놓
은 향나무 지팡이가 자란 것이라 했다. 지눌은 "너와 내가 생사
를 같이하리라. 내가 떠날 때 너도 또한 떠날 것이다. 어느 봄날
너에게 푸른 잎이 돋아나면 나 역시 그러할 것이다"라는 시를 지
었는데 과연 그 지팡이에서 이적이 일어났다. 그러나 그 뒤 그걸
구경하는 사람들에게 나무는 거듭 수난을 당했다. 나무를 보호
하기 위해 친 울타리가 사람들의 호기심을 돋운 게 화근이었다.
나무를 되살리는 방법은 나무를 보호하던 울타리를 없애는 것이
었다.

지도 법사는 절의 역사와 불교의 가르침을 적절하게 연결시켜 설명하여 수련생들을 흥미진진하게 만들어 주었다. 무엇보다 말을 다시 할 수 있는 것이 분위기를 달라지게 했다. 그런데 말을 하면 안 되었기에 말을 하지 못했는데, 이제 말을 할 수 있게 되었는데도 말하는 것이 어색했다. 말을 하려다가도 머뭇거리고 한마디 말을 하고 난 뒤에도 하지 말아야 할 짓을 했다는 후회가 생겼다. 그러나 곧 말을 하게 된 것을 환호하는 사람들이 생겨났다. 남보다 더 많은 말을 하여 으스대려고 했다. 그들은 길어진 자기의 말에 문제가 생기거나 남이 반론을 제기하면 자기 말을 변명하기 위해 더 길게 말을 했다. 반면 말을 많이 하는 사람의 말을 그냥 듣고 있는 다른 사람들은 자신이 남의 말을 듣고만 있다는 사실을 떠올려야 했다.

　　묵언 때문에 서로의 사적인 면에 대해 전혀 모르고 지내 왔는데, 말을 하게 되니 말하는 사람이 자기의 신분이나 처지를 은근히 드러내어 자랑하기도 했다. 우담발라 꽃이 정말 그런 모양으로 피는가에 대한 논란이 있었는데, "내가 인도에 가 보니 그렇더라"라던가 "어느 큰스님이 나에게 말씀하셨다"라는 식으로 말했다. 그리고 자기를 그렇게 과시한 이상, 그런 자기의 위상을 훼손하는 다른 사람의 말을 그대로 두지 않았다. 묵언의 고요함과 평화로움을 맛본 뒤라 나는 그런 분란이 참 불편했다. 대웅전 안에서 말이 일으키는 분란을 보며 말로써 생계를 꾸려 가는 나 자신을 다시 되돌아보았다. 말이 시작되면서 집착과 불평등의 씨가 움텄다.

　　대웅전 불단의 장식들은 무의미한 것이 없었다. 삼존불을 받치는 연대(蓮臺)가 특히 눈길을 끌었다. 과거불인 연등불과 미래불인 미륵불을 받치는 연꽃은 오므라져 위를 향하고 있는 데 반하여 현재불인 석가불을 받치는 연꽃은 아래로 드리워져 있었다. 세상 꽃들은 해가 뜨면 꽃잎을 펴고 드리웠다가 해가 지면 오므려 봉오리를 만든다. 꽃이 스스로 폈다가 오므릴 수 있다는 것이야말로 살아 있다는 증거다. 연등불에서 석가불로, 다시 미륵불로 나아가는 것은 봉오리였던 연꽃이 폈다가 오므리는 과정일 따름이었다. 연등불을 이어서 연꽃을 피우고 있는 석가불도 그 꽃을 접고는 연등불이 될 것이다. 석가불의 뒤를 이어 연꽃을 피울 미륵불도 석가불이 밟고 간 길을 따라갈 것이다.

일반 관람객에게는 개방되지 않은 곳으로도 들어갔다. 조실(祖室: 사찰의 최고 어른인 방장)과 주지 스님이 거주하는 집을 지나 대웅전 뒤쪽 높은 곳으로 올라갔다. 행자 스님들이 예불을 하기 위해 대웅전 뒷문으로 들어오기 전 꼭 합장 반배하던 그곳은 국사전이었다. 송광사가 배출한 16조사(祖師)를 모셨는데, 실제 키에 가깝게 그려진 조사들의 영정은 형언키 어려운 감동을 불러일으켰다.

마침내 대웅전과 국사전보다 더 높은 곳에 있는 집, 그래서 송광사에서 가장 높은 집으로 발걸음을 옮겼다. 나는 예불을 볼 때마다 대웅전 뒤의 축대를 향해 앉았는데 그 축대는 어떤 집을 위한 것인지 무척 궁금했다. 축대 위 집에는 수선사란 현판이 붙어 있었다. 스님들이 참선 수행을 하는 곳이었다. 삼세제불보다 더 높은 곳에 수행하는 스님들이 앉아 있게 한 가람 배치에 송광사의 정신이 깃들어 있었다. 참선의 전통이 우리나라에서만 변질되지 않고 면면히 계승될 수 있었던 것도 이런 정신 덕일 것이다.

지눌의 부도탑에 올랐다. 부도탑은 목조삼존불이 그러했듯 아주 작게 조성되어 있었다. 송광사는 모든 것을 작게 검소하게 조성하려 한다는 설명을 들었다. 부도탑에서 내려다보니 뭇 산봉우리들이 운무에 싸여 있었다. 연못에서 고개를 내밀고 있는 연꽃과 같았다.

불일암으로 향했다. 우거진 대나무들이 얼핏 나타난 여름 햇살을 아주 잘게 썰었다. 그때 누군가가 말을 걸까 걱정이 되었다. 호젓한 곳에서 한마디라도 다시 말을 하면 묵언의 공든 탑이 무너질 것 같았다. 나는 일부러 일행으로부터 멀어졌다.

불일암 옆의 자정국사 사리탑에 이르렀다. 거기서는 지도 법사를 중심으로 하여 한 무리의 수련생들이 앉아 이야기를 나누고 있었다. 이야기는 자연스레 일상생활 중의 수행에 대한 쪽으로 수렴됐다. 운전하면서도 참선을 할 수 있나, 일상생활 중에 얻은 것도 화두로 삼을 수 있나, 불교의 포교 방식에 어떤 문제가 있나, 해인사는 크게만 나아가고 송광사는 작게만 나아가는 까닭은 무엇인가. 이런 갖가지 화제에 대해 많은 말을 하고 있었다. 나서서 발언하는 수련생마다 자기가 '초심자'라는 단서를 달았지만 그 말의 수준이 녹록하지 않았다.

갑자기 지도 법사가 고함을 질렀다. 스카프를 목에 둘렀다가 지적받았던 그 도반이 지도 법사가 말씀할 때 이를 드러내고 크게 웃었기 때문이다. 지도 법사는 그녀에게 당장 떠나라고 고함쳤다. 그러자 그녀도 잽싸게 사라졌다. 사찰들이 서울을 비롯한 도시에는 왜 선교원을 만들지 않느냐는 질문에 대해서도 지도 법사의 언성은 높아졌다. 사찰에는 돈이 없다, 송광사의 1년 수입이 도시의 작은 교회만도 못하다, 이번 수련회가 시작되기 직전에도 송광사 스님들은 수련생들이 먹을 쌀을 꾸러 다녔다, 가난한 사찰에 선교원을 세우라고 요구하지 말고 스스로 돈을 회사하여 선교원을 만들이 놓고 스님을 부르라는 식으로 이야기가 옮겨 가면서 분위기가 굳어졌다. 그냥 가볍게 질문한 도반은 뜻밖의 꾸중에 웃음을 지을 뿐이었다. 마침내 수련생 사이에서도 언쟁이 일어났다. 초심자를 자처한 어떤 도반이 화두에 대한 고민을 이야기했다. 좌중에서 웃음소리가 났다. 웃음소리가 왜 났는지 알 수 없었다. 더 이해되지 않았던 것은 그 웃음이 그 말에 대한 것이 아닌 듯했는데, 말한 도반이 얼굴을 붉히며 화를 낸 것이다. 말이 이렇게 정확한 소통을 어렵게 하기도 했다. 초심자를 자처한 그 도반은 자기가 초심자 대접을 받았다고 더 화를 내기도 했다.

　나는 이런 장면들을 보면서 그동안 묵언으로 이루었던 마음의 평정과 평화가 서서히 깨어져 가는 것을 느꼈다. 그러나 달리 생각해 보니 우리는 그 자리에서 하산을 위한 준비를 하고 있는 것도 같았다. 저 세상으로 다시 내려가 살아남으려면 서서히 입술과 혀에 채운 족쇄를 풀고 거기에 힘을 실어 말싸움 연습을 해야 했다.

　불일암으로부터 내려오는 발걸음에 힘이 빠졌다. 불일암 벽에 걸려 있던 눈 덮인 히말라야 그림이 떠올랐다. 산에서 산을 그리워하는 까닭을 알 것 같기도 했다.

차 한 잔에 떠오른 위선과 오만

마지막 저녁 예불을 마친 뒤 간단한 과일과 차를 차려 두고 자유롭게 모여 앉았다. 먼저 지도 법사는 수련회 지원자의 선발 기준에 대해 말해 주었다. 절반을 불교 신도 중에서 뽑고, 30%는 가톨릭을 비롯한 타종교를 신봉하는 사람, 20%는 종교가 없는 사람을 선발했다고 한다. 타종교를 믿는 사람을 30%나 뽑은 데에서 송광사의 열린 정신을 느낄 수 있었다.

그동안의 수련 경험에 대한 소감을 이야기하는 '차 한 잔을 나누며'라는 순서가 시작되었다. 호명된 사람은 앞으로 나가 자기를 소개하고 참가 동기와 수련 소감 등을 이야기했다. 함께 생활하면서 그 신상이 궁금했던 도반들도 많았는데 그 호기심을 풀 좋은 기회였다. 그런데 모두가 다 이야기하는 게 아니었다. 지도 법사가 선발했다.

가장 먼저 호명된 분은 남녀 최고령자들이었다. 62살과 60살이었다. 나는 입재식 날 이번 기에 대학 총장도 있다는 말을 듣고는 120명 중에서 대학 총장일 것 같은 도반을 찾는 버릇이 생겼다. 대학에 몸을 담고 있기 때문일 것이다. 남자 최고령자로 나선 분은 내가 대학 총장 1순위로 지목한 분이었다. 그분은 참 구수한 목소리를 가지고 있었다. 경남 통영에서 왔는데 수련회에 참석하는 것이 너무나 절실했다. 술을 끊는 데 도움이 될 것 같았기 때문이었다. 하루에 소주 3병을 마시는 남편이 걱정된 그 아내가 통영 어느 절 수지 스님께 신신부탁하여 겨우 추천을 받아 냈다고 한다. 나의 관상은 완전 엉터리였다. 그는 수행 체험을 재미나게 이야기했다. 애초 수행을 위해서가 아니라 술을 끊기 위해 왔기 때문에 아주 가뿐한 마음으로 참선을 했단다. 어느 순간 '성불사 깊은 밤에……'라는 가곡의 악상이 떠오르고 자기도 모르게 조용히 그 노래를 부르게 되었다. 그러자 머릿속에 둥근 달이 떠올라 환희심이 생겼다. 다음 날도 뭐가 될 것 같아 좀 더 열심히 수련했는데 더 이상 달은 떠오르지 않았다. 그는 그게 욕심 때문이었을 거라고 그럴 듯하게 해석했다.

여자 최고령자는 작년에 자원봉사자로 왔었고, 그때의 다짐대로 올해 수련생으로 들어오게 되었다고 말했다. 공양 때마다 옆 사람에게 이리저리 손짓 눈짓을 하던 것이 기억났다. 작년의 경험을 이웃 도반을 위해 베풀어 준 것인데, 그 사연을 몰랐던 나는, '저분은 왜 저리도 간섭이 많을까?' 하고 생각했다.

그다음으로 호명되어 우리 앞에 선 분을 보고 나는 깜짝 놀랐다. 그동안 갖가지 소리를 내고 몸부림을 치며 나의 수행을 방해하던 내 앞의 도반이었다. 그가 부산에서 온 교사라는 사실을 알고는 다시 놀랐다. 이번에도 내 예상은 완전 빗나갔다. 그는 쌍둥이를 둔 50대 가장이었다. 교사인 아내도 함께 나왔는데, 그녀는 남편이 수행에 대한 성의가 전혀 없었던 것은 아니라는 단서를 달며 여기에 오게 된 것이 술 때문임을 실토했다. 1년 365일 내내 술을 마시기 때문에 송광사 수련회에 참가했다는 것 자체가 이미 소기의 목표를 이룬 것이라고 했다. 송광사에 들어와 술 끊은 사람이 적지 않다고 한 스님의 말씀을 듣고 왜 저런 말씀을 하는가 의아했는데 그제야 이해가 되었다. 그런 사례가 많았고

또 소문도 났는가 보다. 그리고 나는 그 도반을 비로소 온전히 이
해하게 되었다. 그는 술과 담배가 끊어지자 심한 금단증세를 느
껴 몸부림쳤던 것이다.

　　다음으로는 '아주 귀한 분'을 소개하겠다며 두 분을 호명했
다. 가톨릭의 수사님과 수녀님이었다. 수사님은 자정국사 사리
탑 앞에서 불교계가 서울 등 대도시에도 포교원을 세우는 게 좋
겠다는 의견을 내었다가 혼이 난 바로 그분이었다. 지도 법사는
그때 돈이 있는 당신들이 왜 포교원을 지어 주지 않느냐는 식으
로 나무랐다. 알고 보니 참 엉뚱한 나무람이었다. 그 수사님은 혁
신적 종교 수행을 하고 계신 분인 듯했다. 사찰 수련회에 참가한
것이 처음도 아니었고 불교 법회에도 여러 번 참석했다. 막노동
을 하면서 노숙자들의 세계를 체험했고 수련회에 참석하기 직전
까지 알코올 중독자들의 집단 거주지에서 일을 했다고 한다. 그
의 말은 참신했고 감동적이었다. 그는 다양한 체험을 했을 뿐만
아니라 자기 체험에 대해 요약 진술하는 능력도 뛰어났다.

　　그 뒤에서 수사님의 말이 끝나기를 기다리던 수녀님의 마음
은 편하지 않은 듯했다. 같은 가톨릭 성직자로서 수사님과 어느
정도 균형은 잡아 주어야 한다는 부담감을 느끼는 것 같았다. 수
사가 그렇게 말을 잘하니 자기도 말을 잘해야 하겠고, 말의 수준
이나 시간도 비슷해야 하지 않을까. 그러나 수녀님은 말할 준비
가 되어 있지 않았다. 불우 노인들을 뒷바라지하는 수녀님은 말
이 필요 없는 분이었다. 그래서인지 많은 이야기를 하였지만 앞
뒤가 맞지 않았다. 내가 왜 오게 되었는가. 왜 다리를 다쳤는가.
깁스를 하게 되었는데 그 깁스를 어디서 했는가. 이런 이야기를

이끌어 가면서 수녀님은 산뜻하면서도 인상적으로 말을 끝맺으려 했지만 뜻대로 되지 않았다. 말의 아귀가 잘 맞지 않고 중언부언하니 웅성거리는 소리가 나기 시작했다. 몸을 비트는 수련생도 있었다. 그래도 수녀님은 산뜻한 마무리에 대한 미련을 거두지 않았다. 나도 수녀님의 하느님께 수녀님의 멋진 마무리를 도와달라고 기도했다. 그러나 그 기도는 받아지지 않는 듯했다. 수녀님은 여전히 주절주절 이야기를 이어 가고 있었다. 마침내 어떤 수련생이 세차게 박수를 쳤다. 여기저기 박수가 터졌다. 수녀님은 "아, 빨리 끝내라는 뜻이죠?" 하며 분위기를 정확하게 읽었다. 그러나 그 뒤로도 이야기가 잘 마무리되지 않아 안간힘을 다 쓰면서 꽤 긴 시간을 끌었다.

말할 준비가 되지 않은 사람에게 말하기를 요구하고, 할 말이 많지 않을 때 말을 길게 해야 할 상황을 만드는 것이 당사자에게는 얼마나 큰 짐이 되는지 절감했다. 말을 끝내지 못하는 수녀님을 보고 나는 내내 가슴을 졸였다.

이어서 미국 유학 중 잠시 귀국한 여학생과 깡패에게 엄청나게 얻어맞고 자기가 지은 업보를 없앴다는 젊은 여대생도 나왔다. 의정부서 왔다는 주부는 15년 만의 휴가를 얻었다고 했다. 그녀는 수련회 참가자 명단에 오르지도 못했는데 새벽에 출발해 종무소 앞에 주저앉아 시위를 해서 마침내 참가할 수 있게 되었다고 했다. 그리고 자기가 이렇게 5일 동안 집을 비울 수 있게 해 준 남편에게 감사한다며 눈물을 글썽였다. 그녀를 바라보며 나는 우리나라 남자들이 아내를 감동시키기에 참으로 유리한 여건에서 살고 있다는 생각을 했다. 며칠 동안 집안일을 해 줌으로써 저렇게 아내를 감동하게 만들 수 있다니. 그 도반에게 나는, "저는 당신 남편이 5일 동안 하고 계신 일을 11년 동안 해 왔습니다"라고 말해 주고 싶었지만 입을 열지는 않았다.

　도반들의 이런저런 이야기를 들으면서 뜻 깊은 시간을 보냈다. 나는 시종 제발 지도 법사가 나를 호명하지 않았으면 하고 바랐다. 묵언을 끝까지 지키고 싶었다. 내가 저 앞으로 나가서 그간의 경험을 이야기하는 순간 공든 탑이 무너질 것 같았다. 그런데 시간이 흐를수록 그 반대의 상념이 생겨났다. '아니, 나를 지명하는 시늉만이라도 내야 하지 않나?' '저렇게 말의 앞뒤가 맞지 않고 더듬거리는 도반들도 지명하는데 왜 국문학자인 나를 내버려두지?' '이번 송광사 수련회가 좀 더 그럴듯한 내 말로 정리되면 좋을 텐데.' 이런 생각이 일고 있었다.

　그래, 나를 무시할 리는 없겠지. 오줌이 마려워도 참고 자리를 지켰다. 다음이 꼭 내 차례일 것 같았다. 나는 얼른 의무 방어전처럼 한마디를 해 주어야 할 것 같았다. 그러나 시간이 많이 흘러도 나는 지명되지 않았다. 나는 끝내 지명되지 않을 수도 있을 것 같았다. 내 차례가 곧 올 것 같은 예감과 제발 나를 지명하지 말았으면 하는 바람은, 내 차례가 오지 않는 것에 대한 섭섭함으로 변해 갔다. 아니, 애초 '내가 지명되지 말았으면' 했던 바람은 그 반대 바람의 위장인 것 같기도 했다.

　교수로서 행세한 날들이 떠올랐다. 나는 그동안 어떤 자리에 참석하든, 사람들에 의해 윗자리로 떠받들어졌다. 사람들은 교수 신분인 내가 '인격자'이고 '말을 잘하기에' 나서서 한마디 해 주기를 요청했다. 학생이나 제자가 모인 자리에서는 더욱 그러했다. 나는 어느새 그런 분위기에 젖어들었다. 말하기를 수줍어하고 말하기에 서툴렀던 시골 소년은 박학한 달변가로, 세상일에 통달한 인격자로 행세하게 되었다. 처음에는 그런 대접이 어색했지만 어느새 나는 어느 자리에서든 그런 역할을 내가 하는 것을 당연하게 여기게 되었다. 몰라도 아는 체, 틀려도 틀리지 않은 체하는 것이야말로 달변가의 전제였다. 머리와 가슴이 입과 혀를 진지하게 통제해야만 말을 삼갈 수 있는데, 어느새 입과 혀가 독립하여 스스로 매끄럽게 말을 조작해 내는 경지에 이른 것이다.

지도 법사는 교수의 그런 폐단을 꿰뚫어 본 것인가? 온갖 종류의 말잔치에서 설치던 나에게 자신을 반성할 기회를 만들어 준 것인가? 그 하는 일들 때문에 말을 잘하지 못하는 도반들은 두루 지명했지만, 말에 관한 한 최고의 수준에 있다 할 교수의 자리에 있는 나를 지명하지 않는 데는 분명 깊은 뜻이 들어 있겠지. 나는 그렇게 생각해야 했다.

그날 나는 송광사 맑은 물로 끓인 차 한 잔을 마시며 묵언 속에도 남아 있던 타성과 오만, 위선의 찌꺼기를 씻어 내야 했다.

내 몸에 남은 마지막 물 한 방울은 눈물

'차 한 잔을 나누며' 시간이 예정보다 길어져 철야 정진은 밤 11시 경에야 시작되었다. 마지막 참선을 알리는 죽비 소리가 편안하게 들렸다. 오늘 밤만 지나면 돌아간다. 돌아가는 게 기다려지기는 하지만, 돌아가는 것이 이곳의 모든 것과 결별하거나 저곳의 모두를 받아들이는 것만을 뜻하지는 않으니 마냥 설레지는 않았다.

눈꺼풀을 내려 까니 방바닥에 물결이 일렁이는 것 같았다. 이윽고 나비 형상이 나타나다가 부처님 상이 만들어지기도 했다. 마침내 담박한 무채색 벽이 생겨나 시야를 막아 주었다. 벽은 120명 속에 있는 내가 적막강산에 홀로 있는 듯 내 마음을 고요하게 해 주었다.

고요 속에서 꽤 긴 시간이 지나갔다. 나흘간의 일들이, 나흘간 떠올려진 나의 과거가 스쳐갔다. 아니, 내가 그런 상들을 떠올리고 있는 모습이 자각되었다. 그러고는 '자, 이제 그만' 하며 나를 선정의 세계로 이끌었다. 그리고 시간이 흘렀다. 적당하게 삼매를 경험하고 가뿐하게 마지막 참선을 끝낼 수 있을 것 같았다.

그 뒤로도 꽤 긴 시간이 흘렀다. 끝낼 시각이 훨씬 지났을 것 같은데 죽비 소리가 나지 않았다. 지도 법사가 졸고 계신가. 내가 소리를 못 들은 것일까. 반가부좌한 오른쪽 발목이 저려 오더니 오른발 전체가 저렸다. 저림은 통증으로 변했다. 그로부터 몇십 분이 더 지나니 왼발에도 통증이 느껴졌다. 오른발 왼발이 꺾

어지는 듯 잘려 나가는 듯 아팠다. 아, 미칠 것 같은 이 통증은 뭐람. 차라리 발을 뻗어 버리자. 그러나 그래선 안 된다는 질책이 내 속에서 일어났다. 지금까지 잘 견뎠는데 마지막 시간에 흐트러져서는 안 되지. 갈 때까지 가야 한다. 이렇게 다독거렸다.

그때 '내 육신은 진정한 내가 아니다' '나는 이제 나의 주인이 되어야 한다' '육신에 이끌려 가서는 참된 주인이 될 수 없다' 하시던 선사들의 가르침을 생각했다. 그래, 내 육신은 내 것이 아니다. 내 발은 실체가 아니다. 육신도 그 육신의 통증조차도 환상이요 환각이다. 육신의 통증은 실재하는 아픔이 아니다. 나는 통증이 있다는 착각에 빠진 것이다. 지금 이 순간이 중요하다. 내 육신의 주인인 나를 그대로 바라보자. 내가 통증을 느끼고 있는 한 나는 여전히 환상에 집착해 있는 것이다. 이 통증을 훌훌 벗어 던지는 순간 나는 성큼 진짜 세계에 가까이 가는 것이다. 이렇게 나를 추슬렀다.

통증이 약해졌다. 얼마 뒤 마음이 다시 고요해지더니 통증이 사라졌다. 순식간에 기적이 일어난 것일까. 그리고 가슴에서 약간의 진동이 느껴졌다. 머릿속이 환해지고 띠 모양의 빛이 위에서 아래로 내려왔다. 나는 그 빛기둥을 따라 올라가는 듯했다. 환희심이 샘솟았다. 내가 천상 세계로 올라가고 있다고 나에게 되뇌었다. 나는 그 거대한 세계의 흐름에 나의 모두를 내맡겨 버렸다. 그렇게 얼마쯤 흘렀을까. '딱' 죽비 소리가 들렸다. 나는 소스라치게 놀랐다. 천상 세계의 경험이 꿈결이었을까. 지도 법사가 말했다.

"천당과 지옥을 동시에 경험했죠?"

그때까지의 정진은 대체로 20분 참선 뒤 10분 휴식을 하였다. 그런데 이 마지막 정진에서는 알려주지도 않고 시간을 몇 배로 늘인 것이다. 통증을 이기지 못한 수련생들이 발을 뻗고 중간에 포기하기도 했지만, 포기하지 않으면 지극한 육신의 고통 끝에 이런 경지를 경험하는 것 같았다. 그것은 송광사 수련회의 오랜 경험에서 우러난 것으로 참선의 경지를 비약시켜 주는 비법인 듯했다.

어느덧 12시가 되었다. 수련회 마지막을 장식할 1080배 시각이 다가오고 있었다. 지도 법사는 절을 하면서 경전을 염송하거나 숫자를 헤아리지 말고 오직 가벼운 마음으로 절만 하라고 조언했다. 그리고 절을 하고 일어날 때에는 엄지발가락으로 튀어 올라 발레 하듯 몸을 곧추 세웠다가는 다시 부드럽게 굽히라고 충고했다. 언제 끝나느냐고도 묻지 말라. 내일 아침이 되면 끝나 있을 테니. 사실 나도 좀 긴장하고 있었다. 3000배에 비하면 반도 안 되지만 나는 아직 이렇게 많은 절을 한 적이 없었다. 그렇지만 나의 분발심이 이번에도 충분히 위력을 발휘하리라 믿었다. 또 이번 수련회 기간 중 아침마다 108배를 하였으니 연습이 충분하다는 자신감도 있었다.

수건을 직사각형으로 접어 방석 윗부분에 놓았다. 절을 할 때 이마 받침이 되어 얼굴의 땀이 자연스레 닦일 것이다. 절이 시작되었다. 1080배를 쉬지 않고 다 한다 예상했는데, 108배마다 짧은 휴식 시간을 주었다. 216배까지는 비교적 쉽게 끝낼 수 있었다. 그러나 다음부터는 땀이 뚝뚝 떨어지고 목이 말라 오기 시작했다. 여기저기 주저앉는 도반들이 눈에 들어왔다. 남들이 두

세 번 절하는 동안 한 번을 하다가 결국 드러누워 버리는 도반도 있었다.

절을 시작할 무렵에는 매번 누구를 위하여 어떤 고통을 덜어 달라 축원하기로 작정했지만 절이 거듭되면서 어떤 생각도 떠올리지 않고 오직 죽비 치는 소리에 맞춰 낙오되지 않고 따라 절하는 것에만 집중했다. 상념이 일어날 틈이 없었다. 내 머리가 땅과 같은 높이가 되듯 오직 나 자신을 숙이고 낮추고 무화하는 행위만이 계속될 뿐이었다. 무념무아라 말하는 것이 그리 과장은 아닐 듯했다.

어느 순간 의식이 명료해지면서 나 자신의 행위가 포착되었다. 행위의 목표점인 방석이 눈에 띄었다. 이마와 손바닥과 무릎이 닿아서 만들어지는 방석의 형상들이 눈에 들어왔다. 처음 나의 눈에 들어온 형상은 방석 위 수건에 만들어진 내 손자국이었다. 그것은 부처님의 수인(手印) 같았다. 선정인(禪定印)이 되었다가 전법륜인(轉法輪印)이 되기도 하고 미타정인(彌陀定印)이 되기도 하였다.

아이가 태어난 지 한 달이 될 무렵, 아이는 한시도 손을 가만히 두지 않았다. 손가락과 손바닥을 온갖 방향으로 움직이면서 다양한 손 모양을 만들어 보였다. 세상에서 가장 아름다운 율동이었다. 그런데 어느 순간 아이의 손은 부처님의 수인 모양을 정확하게 만들었다. 나는 그때 부처님의 수인이 갓난아이의 손 모양을 본뜬 형상이 아닐까 생각한 적이 있었다.

내 아이가 그랬듯이 나도 절을 하면서 방석 위에다 부처님의 수인을 만들고 있었다. 내 안에 부처가 있거나 내가 부처일 수 있음을 그 닮은꼴이 암시하고 있는 건 아닐까 했다.

500배를 넘기자 힘에 겨워지기 시작했다. 온 몸에서 땀이 흘러내렸다. 팔뚝을 타고 내려온 땀이 방석에 묻어 지붕의 형상을 만들었다. 땀이 흐르는 두 정강이가 기둥의 형상을 만들었다. 방석에 고승의 부도가 만들어졌다. 그 부도는 이윽고 허물어졌다. 방석이 땀으로 흥건해졌다. 방석은 계곡이 되고 강이 되었다. 마침내 물결이 출렁이는 바다가 되었다. 내 몸에서 이렇게 많은 물이 나오다니. 나의 바탕은 물이었다. 나는 물로 만들어진, 그래서 물이 빠져나가면 허물어지는 스펀지 같았다.

물이 흐른다. 물은 어디에선가 흘러와서는 또 어디론가 흘러간다. 고이지 않는 물은 썩지 않는다. 흐르는 물은 나 자신이면서, 고이려고 하는 나 자신에게 흐르는 것이 순리임을 가르쳤다. 집착하지 말고 미련 갖지 말고 자연 그대로 흘러가라고 가르쳤다. 흐르는 물이 덧없이 흘러가듯 나 자신도 그렇게 흘러가라고 가르치고 있었다.

이렇게 1080배는 흐르는 물의 가르침을 주셨다. 그러고는 언제 끝났는지도 모르게 1080배는 끝났다. 공허하기도 하다가 현기증이 느껴졌다. 그러나 내 육신과 정신은 한없이 정화되었다.

시계를 보니 새벽 2시 30분이었다. 두 시간 30분 동안 절을 하였다. 그리고 3시에 시작되는 새벽 예불 준비를 했다. 땀에 전 몸을 씻고 옷을 대강 갈아입고는 방석과 염송집을 끼고 대웅전 앞마당으로 걸어갔다. 저쪽에서 염불 소리가 들려왔다. 도량석 도는 스님의 장삼 자락이 휘날렸다. 스님은 자신의 머리보다 훨씬 큰 목탁을 걸고서 절의 마당을 돌고 있었다. 목탁에 연결된 두 줄의 막대기가 스님의 목덜미를 둘렀다. 죄수의 목에 채워진 칼과도 같았다. 스님은 누구의 죄를 사죄하기 위해 그들 대신 저리 무거운 칼을 썼을까. 큰 목탁에서 울려 나오는 소리가 맑았다.

만물이 아직 잠에서 깨어나지 않은 이른 시간에 절집의 이곳저곳 구석구석을 도는 스님의 염불 소리는 막 1080배를 끝내고 탈진해 있던 중년의 남자에게 애절하고도 간곡하게 들렸다. 염불과 목탁 소리는 새벽의 도량을 깨어나게 하고 온갖 티끌을 씻어 주겠지만 저 아득한 지옥세계까지 들릴까? 아니 저기 저 속세의 그 누가 들어 줄까? 사람들 사이의 유대와 공감이 사라지고, 사람들로 하여금 다만 경쟁자요 적이 되기를 강요하는 저 세상을 조금이라도 달라지게 만들 수 있을까?

오늘이 저 세상으로 돌아가는 날이라는 사실이 다시 환기되었다. 그곳 사람들의 얼굴이 스쳐 갔다. 표독한 얼굴, 일그러진 얼굴, 험악한 얼굴들. 흐아 흐아, 갑자기 내 입에서 나온 소리는 포효하는 짐승의 소리였다. 아, 나에게 탐진치의 악업이 얼마나 깊이 드리워져 있었던가. 닷새 만에 그 뿌리가 뽑힐 수는 없었다.

법고와 운판, 목어와 범종이 울리기 시작했다. 축생과 날짐승과 물속 고기들과 지옥 중생들을 구제하려는 그 소리가 내 몸의 곳곳에도 스며들어 갔다. 그러나 아무리 마음을 바꿔 먹으려 해도 첫새벽의 소리들이, 밤잠 설친 스님의 저 비원이 우리의 이생에서는 이루어지기 어렵지 않을까 하는 감상이 다시 일어났다. 그러다가는 가느다란 희망의 떨림이 느껴지기도 했다. 이생이 아니면 다음 생에서라도 비원을 이뤄 가만히 미소 짓는 얼굴

들이 떠오르기도 했다. 가슴이 저몄다. 눈물이 글썽이는 것 같더
니 안고 있던 방석 위로 뚝 떨어졌다. 내 몸이 한 방울의 물을 남
겨 두었다. 그것은 내가 온 세상 존재들을 향해 드리는 참회에서
한 방울 눈물이 필요해서일 것이다.

　내 몸으로 들어온 물은 고이지 않고 흘러갔다. 물과 함께 내
속의 모든 것도 흘러갈 것이다. 그 모든 것이 흘러가서 사라지면
내 속에 뭐가 남을까. 참된 나를 찾는다 했으니 그게 남을까. 나
는 그렇게 기대했다. 그러나 내 속에 들어온 모든 것이 흘러가면
결국 나에게 남는 것은 없었다. 흐르는 물이 나였고, 나는 흐르는
물이었다. 그러니 수련 기간 내내 나의 귓전을 떠나지 않던 물소
리는 바로 내 속에서 흐르는 물의 소리였다.

　나는 종루 밑으로 내려가 감로수 한 잔을 마셨다. 한 잔의 물
은 오늘 돌아가는 길에 땀방울로 떨어져 섬진강 강물로 흘러가
다 어느 하늘의 구름이 되어 메마른 땅을 적셔 주는 비로 내릴 것
인가.

오백 년 만의 만남과 닷새 만의 헤어짐

수계식이 시작되었다. 수계식을 진행하는 스님들은 계율을 완벽
하게 지키지는 못하더라도 그것을 목표로 삼으라며 부담을 덜어
주셨지만, 나는 엉겁결에 또 지키지 못할 약속을 했다.

연비(燃臂 : 향불로 팔을 태우는 수계 의식)를 하고 법명을 받았다. 법명은 '심원'(深源)이었다. 아, 그 많고 많은 법명 중에 심원이라니! 우리 집안은 전주 이씨 효령대군파에서 나뉜 주계군파에 속한다. 주계군은 이심원(李深源, 1454~1504)의 시호다. 그는 김종직 선생의 문인으로 성종의 신임을 받았다. 그러나 고모부인 임사홍의 전횡을 비판하다가 오히려 그의 모함을 입어 귀양을 가게 되었고, 결국 1504년 갑자사화 때 두 아들과 함께 죽임을 당했다.

나는 내 공부를 위하여 남의 족보를 자주 뒤지기는 했지만 정작 우리 집 족보에 대해서는 그리 큰 관심을 갖지 않았다. 나를 후손으로 생각하시는 선조들께는 미안하다. 그러나 족보와 보학(譜學)이 수많은 사람을 가혹하게 옭아매고 그 가슴에 못을 박는 것을 자주 보았기 때문에 우리 집 족보에는 집착하지 않기로 했다. 그렇지만 올곧은 삶을 살아가려다 비극적인 죽음을 맞이한 직계 선조 주계군의 행적들을 읽노라면, 비록 그분이 나의 현재 실존과 직접적인 관련은 없지만, 후손으로서의 회한이 없을 수가 없었다. 나는 그분의 고단한 삶에 경배했다. 그리고 그분을 내 마음속의 진정한 선조로 모셨다.

우리 문화의 전통은 선조의 함자를 부르지 못하게 한다. 하물며 선조의 함자를 자기의 이름으로 삼는다는 것은 결코 있을 수 없는 일이다. 불가에서 법명으로 삼을 수 있는 것이 수천 종이 넘을 것인데, 그중 '심원'이란 법명이 120명 수련생의 법명들 속에 들어갈 확률은 대단히 낮을 것이다. 그리고 그것이 다시 나의 법명으로 지명될 확률은 120분의 1이다. '심원'이 나의 법명으로 지명되는 것은 불가능한 일에 가까우리라 하겠는데, 그 일이 이루어진 것을 확인한 나는 적지 않은 충격을 받았다. 그러면서도 인연의 당김이 얼마나 끈질기고 강렬한가를 인정할 수밖에 없었다. 500년 전에 사셨던 아득한 선조의 함자로 명명된 '심원'이라는 법명. 나는 앞으로 결코 그 법명을 입에 담아서는 안 된다.

수계식을 마치고 점심 공양을 하고 가라는 스님들의 인정을 마다할 수 없어 식당으로 갔다. 이미 긴 줄이 만들어져 있었다. 그 앞으로 수녀님이 지나갔다. 수녀님은 밝은 미소를 짓고 있었다. 지난 밤 '차 한 잔을 마시며' 시간에 겪었던 일을 수모로 받아들이지 않는 영혼의 넉넉함을 지니신 것 같았다. 성직자의 깊고 그윽한 마음가짐이란 속인으로서는 짐작하기 어려운 것이니, 나는 가슴 졸이며 수녀님이 말을 잘 마무리하게 해 달라고 하느님께 기도드린 게 겸연쩍어졌다.

밥을 받아 식탁에 앉았다. 맞은편에 두 사람이 뒤따라 앉았다. 스카프 사건으로부터 시작하여 지도 법사로부터 갖가지 지적을 받아 나로 하여금 계속 조마조마하게 만든 도반과 그 친구였다. 내가 잠시라도 그녀 때문에 부담감을 느꼈고, 때로는 그녀가 일으키는 분잡함 때문에 안쓰러운 마음을 가졌다면 그것도 업을 만든 것이리라. 잠깐 동안의 업이 이렇게 점심 공양 자리를 함께하도록 한 것일까. 그 자리에서 몇 마디 말로써 맺힌 마음을 풀 법도 했지만 어떤 대화의 실마리도 찾지 못했다. 나는 내가 이 식당에서 그녀와 겸상을 하게 된 그 오묘한 이끌림에 대해 감복하면서 공양을 마쳤다.

해우소를 다녀오다가 용맹정진하던 젊은 도반을 만났다. 그녀는 먼저 웃으며 인사해 주었다. 내가 그녀의 정진을 축원해 준 것을 느껴서일까. 그 얼굴을 보니 내 마음도 기뻤다. 나도 돌아가서 그녀의 정진 모습을 떠올리며 용맹정진할 것을 다짐했다.

종무소 앞에서는 솔선하여 해우소 청소를 잘하던 도반을 만났다. 개량한복을 말끔히 입고 있었다. 그 옆에 서 있는 분은 부인인 듯했다. 먼저 인사하며 부부가 함께 왔느냐고 물으니 그렇다 하기에, 그러면 어제 '차 한 잔을 마시며' 시간에 왜 호명되지 않았을까 하니 좀 섭섭한 표정으로 "괜찮습니다" 했다. 어제 그 시간에는 부부가 함께 온 경우 대부분 호명되어 금슬을 과시하게 했다. 해박한 불교 지식과 다양한 수행 경험을 가진 그분이야말로 많은 이야기를 할 수 있었을 터인데 그렇지 못했으니, 그분 역시 좀 아쉬워하는 것 같았다.

그 외 최고령 남자 도반이 싱글벙글 가족과 함께 내려가는 것을 보았고 머리를 여자처럼 길게 땋은 남자 도반도 만났다. 그러니 수련 도중 내 마음속에 흔적을 깊게 남긴 대부분의 도반들을 대웅전 근처에서 다시 만났다. 그래서 유언무언으로 작별의 인사를 나눌 수 있었다.

그러나 내 앞에서 수행의 방해자 노릇을 했던 부산 출신 그 남자 도반을 다시 만나지는 못했다. 그와 나는 마주 보고 앉았지만 한마디 말을 나누기는커녕 눈도 맞추지 않았음을 비로소 알게 되었다. 나도 참 무심했다. 그는 자기 때문에 내 마음속에 회오리가 일어난 사실을 짐작했을까. 혹 그는 자기 때문에 초래된 나의 고충을 정확하게 알아차리고 떠난 것은 아닐까. 꼭 작별 인사만은 해야 했는데 그러지 못한 게 계속 마음에 걸렸다.

대웅전에 들러 부처님께 하직 인사를 올렸다. 그냥 돌아 나오려는데 복전함이 눈에 들어왔다. 스님들이 책 사 볼 돈도 없다는 지도 법사의 말씀이 떠올랐다. 책값으로 복전함에 돈을 두둑이 넣었다.

산문 쪽으로 걸어가는데 졸음이 몰려왔다. 전나무 숲은 여전히 물기를 머금고 있었다. 젊은 부부가 아이의 손을 잡고 올라오고 있었다. 그제야 두고 온 아이 생각이 났다. 산문 입구 기념품 가게에 들렀다. 어느 절 앞이고 진열된 물건에는 차이가 없다. 목탁이 눈에 들어왔다. 청음이 뛰어난 우리 아이가 목탁 소리도 좋아할 것 같았다. 목탁은 클수록 가격도 비쌌다. 중간쯤 되는 목탁을 샀다.

남해고속도로는 올 때와 마찬가지로 한적했다. 졸음을 물리치기 위해 섬진강 휴게소에 들렀다. 화장실로 갔다. 오줌을 누고 손을 씻는데 거울에 내 얼굴이 나타났다. 수행 기간 내내 한 번도 보지 못한 얼굴이었다. 닷새 만에 보는 내 얼굴. 아, 맑고 밝은 얼굴. 내 얼굴이 이렇게 달라지다니. 눈망울이 초롱초롱했다. 신기해서 한참을 물끄러미 바라보았다. 얼굴빛이 창백하게 여겨질 정도로 맑았다. 육식을 피하고 마음을 맑게 해서 그런 것이겠지 했다. 약간의 현기증을 느끼며 밖으로 나가 의자에 앉았다.

차 한 대가 저쪽에 멈추더니 중년 남자가 내려서 이쪽으로 걸어왔다. 어렴풋이 얼굴을 알아볼 수 있을 즈음 나도 모르게 고개를 돌렸다. 아차, 생각이 들었다. 조금 뒤 화장실에서 나오는 그 남자를 다시 보았다. 내가 먼저 아는 체 인사하니 "아이고 여어서 만나네예" 했다. 정다운 부산 사투리였다. 금단현상으로 내 앞에서 닷새 동안 온몸을 비틀어 대던 바로 그 도반이었다. 나는 그때까지 술에 찌들어 거무튀튀한 그의 얼굴을 기억하고 있었다. 수행 중 그의 몸부림이 의식되자 계속 외면했던 얼굴이다. 닷새 만에 보는 그 얼굴도 놀랄 정도로 달라져 있었다. 시련을 이겨 낸 사람의 따뜻한 미소가 그 맑아진 얼굴에서 일고 있었다. 그분에게 닷새는 진정 고난의 시간이었을 것이다. 몸부림치며 그래도 오늘까지 견뎌 온 그의 노고를 나는 그 누구보다 잘 알기에 그에게 진정한 축하의 마음을 보낼 수 있었다. 그는 행복해 보였다. 나는 더 이상 말을 걸지 않았지만 그가 술의 마수로부터 해방되기를 진심으로 축원해 주었다.

수련회가 끝난 뒤 내가 이런 분들을 이어서 만났다는 것은 놀라운 일이었다. 수행 기간 중 내 눈에 포착되어 내 마음속에 특별하게 각인된 도반 모두를 일부러 찾아다니지도 않았는데 다시 만난 것이다. 수련 기간 중 내 마음에 걸린 가시와 같은 업을 해소할 수 있는 기회를 누군가가 주신 것일까. 아니 내 마음가짐의 힘은 그렇게 당장 분명하게 나타났던 것이다. 내가 지금까지 지은 업을 지우기 위해서는 송광사에서 닷새 동안 지은 업부터 먼저 지우라는 가르침일 것이다.

부처님이 당신의 얼굴로써 녹야원에 모인 사람들에게 득도를 증명한 감동적인 장면이 떠올랐다. 나도 이렇게 맑고 밝아진 얼굴을 간직하면서, 혹은 한때 내 얼굴이 이렇게 맑고 밝아진 사실을 기억하면서, 이 세상 사람들에게 위안과 기쁨을 주리라. 험상궂은 표정은 거친 말이나 행동 못지않게 남을 괴롭히고 이 세상을 어둡게 만든다는 것을 환기하면서.

극락에서 다시 만나자는 아들에게

다시 길을 달렸다. 이 길을 달려올 때의 나와 달려가는 지금의 나
는 어떻게 다른가. 죽음에 대한 두려움과 삶에 대한 절망이라는
모순적 심성이 해결의 실마리를 찾았는가.

　　삶과 죽음은 이성적 판단의 대상이 아니라 깨달음의 차원이
라는 것은 분명해졌다. 깨달음의 출발이 불법에 대한 믿음이라
는 것도 알게 되었다. 믿음을 발판으로 하여 정견을 획득하고 수
행하여 깨달음으로 나아가야 하리니, 나는 그때를 맞이하기 위
해 한순간 치열하게 오랜 세월 오롯이, 아니 이생이 그냥 끝나면
다음 생에서도 더욱 정진해야 할 것 같았다. 그런데 그 예감은 참
편안하고 뿌듯한 것이었다. 거대한 자석에 이끌려 가는 아주 작
은 쇳가루와 같았지만, 나는 수많은 쇳가루 중 오직 한 부스러기
로서 자석의 위대한 힘에 이끌리고 있었다. 그 힘을 거역하지 않
기로 했다. 그리고 이생의 보시와 수행이 없으면 생사윤회로부
터의 해방도 기약할 수 없으며, 바로 그런 자각이야말로 이생을
아름답게 하는 출발이라는 사실도 명심하게 되었다.

　　욕망을 끝없이 부풀려 그 욕망을 충족시키려는 과정에서 타
인은 극복되고 부정되어야 할 존재가 된 시대에, 그 욕망을 다독
거려 가라앉히고 마침내 욕망 자체가 성립되지 않을 것임을 감
지하게 하는 사회적 프로그램이 다양하게 마련되어야 한다는 생
각을 나는 평소에 해 왔다. 송광사의 수련회는 그런 프로그램의
한 모범이 될 수 있었다. 갑자기 도피하듯 사찰 수련회에 뛰어든

나의 행동을 물끄러미 바라보고서 묘한 웃음을 지을 것 같은 사람들을 떠올리며, 나는 그렇게 그럴듯한 사회적 의미를 부여함으로써 서서히 속세의 교수로 되돌아가고 있었다.

　현관에 들어서니 아이가 달려왔다. 그동안에 훌쩍 자란 것처럼 보였다. 나는 아이에게 다가가지 않고 우뚝 서서 '관세음보살 나무아미타불' 하며 목탁을 두드렸다. 아이는 깔깔대며 좋아했다. 목탁을 건네받은 아이도 목탁을 두드려 보았다. 소리가 좋은 모양이다.

　바윗돌 깨뜨려 돌덩이, 돌덩이 깨뜨려 돌멩이, 돌멩이
　깨뜨려 자갈돌, 자갈돌 깨뜨려 모래알, 랄라랄라라 랄랄라
　땅, 랄라랄랄라 랄라라 땅.

　아이는 목탁으로 박자를 맞추며 그동안 어린이집에서 배웠다는 노래를 불러 주었다.
　"아빠, 이 구멍이 뭐지?"
　아이가 목탁의 구멍을 보며 물었다. 목탁의 유래에 대해 이야기해 주었다.

　옛날 한 게으름뱅이 스님이 있었단다. 그런데 그 스님은
　공부를 하지 않고 잠만 잤지. 그래서 일찍 죽었어. 선생님
　스님이 어느 날 배를 타고 가는데 무엇이 뱃머리를 막아
　배가 나아가지 않았지. 뱃머리를 막고 있는 것은 한 마리
　물고기였단다. 물고기의 얼굴을 자세히 보니 일찍 죽은

그 게으름뱅이 스님이었어. 물고기는 눈물을 흘리며 잘못했다고 용서를 빌었지. 자기가 잠만 자며 수행을 게을리했기 때문에 물고기가 되었다는 거야. 물고기는 눈을 감지 않거든. 물고기가 되어 전생에 못다 한 공부와 수행을 다 해야 한다는 것이었지. 그런데 물고기의 등에는 나무 한 그루가 자라고 있었단다. 물고기가 뱃머리를 친 것은 그 나무를 베어 달라고 선생님께 부탁하기 위해서였던 거야. 선생님 스님은 그 나무를 베어 주었지. 그리고 그것으로 물고기를 닮은 목탁을 만들었어. 목탁을 치는 스님이나 목탁 소리를 듣는 사람이나 모두 눈을 감지 않는 물고기처럼 잠을 줄이며 열심히 공부할 것을 바라면서 말이야.

아이는 이 이야기를 듣고 목탁의 구멍에 손가락을 넣어 보기도 하고 기다란 입을 살펴보기도 했다.

"아빠, 열심히 공부하면 어떻게 되는데?"

"극락으로 가지."

"극락이 뭔데?"

"극락은 사람들이 사이좋게 살면서 아프지도 않고 항상 즐겁게 살아가는 곳이지."

아이는 "나도 극락으로 갈 테야"라고 말했다가 한참 생각하더니, "나는 극락 가서도 엄마 아빠와 같이 살 거야"라고 고쳐 말했다. 아이는 극락으로 가는 것보다는 엄마 아빠와 헤어지는 것이 걱정된 모양이었다. 그래서 우리 가족은 다음 생에서도 극락에서 같이 살기로 약속했다.

　몸을 씻고 방으로 들어갔다. 조용히 앉아 눈을 감았다. 다음 생에서도 함께 살자는 아이와의 약속을 생각해 보았다. 사람뿐만 아니라 정이 있는 모든 중생으로 하여금 계속 살고자 하는 욕망을 유발시키는 가장 강력한 힘이 딴하(taṇhā: 애愛) 혹은 갈애(渴愛)라는 가르침을 떠올렸다.

　수행자 왓차가 임종의 순간 그 생을 다음 생으로 연결시키는 원인이 무엇인가 질문했을 때, 부처님은 '우빠다나'(upadana: 취取, 움켜쥠)라는 강력한 힘에 대해 말씀하셨다.

　　하나의 존재가 그 몸을 내버리고 다른 몸에서 다시
　　일어날 때, 갈망이 새로운 몸을 움켜쥐는 힘이 된다는 것을
　　나는 분명히 밝혀 두노라. 진정으로 왓차여, 그럴 경우
　　갈망은 움켜쥐는 힘이 된다.

　죽음의 순간에도 이 갈망이 뭔가를 움켜쥐는 힘이 되어 환생의 기회를 잡는다. 생명이란 이 갈망의 지속이다. 사람은 그동안 살아오면서 축적한 생에 대한 갈망을 임종 순간 더 강력하게 만들어 다음 생을 끌어당긴다. 임종하는 사람의 정신적 집착은 망망대해에 떨어진 사람이 구명줄을 잡는 힘보다 더 강력한 것이라고 했다.

　그러나 삶과 죽음의 순간에 관철되는 그 갈망을 떨쳐 버리지 못하면 지금의 삶에 집착하게 되고 또 다음 생으로 태어나는 윤회의 고통을 계속 겪는다. 그래서 나에게 남아 있는 시간 동안

내가 해야 할 일은 그런 갈애나 갈망을 떨쳐 내는 일임을 잘 알게 되었다.

그러나 갈망을 떨쳐 내고 윤회의 사슬을 끊는 것이 우리 삶의 목표라는 것을 아이에게 잘 설명할 수는 없었다. 윤회의 사슬을 벗어난다는 것은 사람으로 다시 태어나 가족끼리 만난다는 것을 인정할 수 없으니 더욱 그랬다. 아니, 나는 아직 이생의 가족의 인연과 다음 생에 대한 갈애를 단박에 끊을 수 있는 단계에 이르지 못하고 있었다. 그래서 아이와의 약속이 계속 되뇌어졌다.

삶과 죽음, 윤회의 과정을 눈으로 보듯 분명하게 떠올려 긴장하기보다는, 그날만은 삶과 죽음에 대한 그 거침없는 진리의 말씀을 떠올려 따뜻해지고 싶었다.

인연을 만나면 마음에 작용이 일어나고, 인연이 사라지면 마음이 고요해진다. 만약 이 마음이 부처라는 것을 믿지 않고 마음이 따로 있다고 집착하여 수행하고 추구한다면, 이것은 허망한 일이며, 도와는 어긋날 것이다. 이 마음이 곧 부처이고 부처가 곧 중생이다. 다른 부처가 있는 것이 아니요, 다른 마음이 있는 것도 아니다. 중생이 될 때 이 마음이 덜어지는 것이 아니고, 부처가 될 때 다른 마음이 덧붙여지는 것도 아니다.

그렇다면 나는 앞으로 부처님들의 세상에서 부처님들과 어울려 때로는 부처님들과 다투고 때로는 부처님들과 시시덕거리며 이생의 날들을 보내게 될 것이다.

흐르는 물의 가르침 : 송광사 2001

파도가 된 나

거금도 송광암 2003

달무늬를 닮은 거금도

며칠째 집중호우가 내렸다. 하늘의 수증기가 폭발했다고 한다. 남해 바다에도 폭풍주의보가 내렸다. 배를 탈 수 있을까. 그래도 송광암이 있는 거금도행을 포기할 수는 없었다. 이제 여름 수련회는 한 해 동안 내 거울의 먼지를 떨어내는 연례행사가 되었다.

쏟아지는 빗줄기가 심상찮다. 천둥이 계속되는데 차 안이 어둡다. 어두운 공간에서 빗소리를 듣는 것은 언제나 비바람 몰아치던 유년의 고향집을 떠올리게 한다. 갈대를 엮어 만든 차양을 쳤다. 비는 차양 사이로 들이쳐 마루가 흥건해졌다. 차양에 붙어 있던 노래기가 툭툭 떨어졌다. 천둥이 치고 번갯불이 번쩍거리면 우리는 자다가도 일어나 우두커니 앉았다. 아버지는 줄담배를 피웠다.

고속버스 정류장은 한산했다. 정신 나간 여인이 비 오는 거리를 향해 욕설을 퍼붓고 있다. 여인은 이 세상 모든 사람에게 적개심을 갖고 있는 듯했다. 여인은 곧 지하철 역 위 화단 쪽으로 내달았다. 저주의 정확한 표적을 찾은 것일까.

차가 순천으로 접어든다. 올해 벌써 몇 번째인가. 송광사와의 인연이 시작되면서 순천은 어느새 익숙한 도시가 되었다. 순천에서 배를 타는 녹동까지는 한 시간 50분이 걸린단다. 갈아탄 녹동행 버스 승객은 나를 포함해 세 명이다. 두 명은 친구 사이인 듯하다.

"나 한두 달 있다 올란다."

한 명이 누군가에게 전화를 걸어 이렇게 말한다. 정처 없이 휭하니 떠나 한두 달 지내다 돌아올 수 있는 저 사람들은 세속에서 무슨 일을 하며 생계를 꾸려 가는 것일까. 저 사람들도 나를 물끄러미 바라보며 도대체 이렇게 급박하게 돌아가는 세상에 혼자 떠나가는 내가 뭘 하는 사람인지 궁금해할 것이다. 그러니 서로가 참 좋은 공부감이다.

벌교에 이른다. 군부대가 보인다. 『태백산맥』과 『화산도』가 그린 여순민중항쟁의 장면이 떠오른다. 총포와 낚시 광고가 나란히 붙어 있다. 누가 연세대 무슨 과 수시모집에 최종 합격했다는 플래카드와 미군 장갑차에 치여 죽은 동두천 여중생들의 죽음을 애도하는 전교조 벌교지회의 플래카드가 앞뒤로 펄럭인다.

우리 차 운전사는 일정한 간격으로 환기팬을 돌려 주는 등 손님을 잘 배려한다는 인상을 준다. 지금까지 내가 겪은 운전사들은 대부분 자기를 기준으로 하여 차를 몰고 차내 장치들을 조작하고는 했다. 손님이 넘어져도 아랑곳하지 않고 차를 몰았고, 손님이 춥다고 외쳐야만 에어컨을 꺼 주었다. 라디오 음악에 대해서도 그랬다. 대체로 음악은 나의 취향에 맞지 않는 것이었는데 가끔 '야, 참 좋은 음악 오랜만에 듣네' 하고 귀를 기울이면 으레 채널을 바꾸고는 했다. 그와 달리 녹동행 버스 운전사는 버스에서 쉽게 만나기 어려운 신사인 듯했다.

그러나 2차선 국도로 들어서면서 우리 차 운전사는 다른 사람이 되었다. 오가는 차량을 아군과 적군으로 나눈다. 같은 회사 버스를 만나면 깍듯이 거수경례를 하고 교통경찰 소재 등을 자상하게 알려주지만, 그 외 차들에 대해서는 모두 적으로 대한다. 앞에서 조금이라도 꾸물거리면 경적을 신경질적으로 울리거나 상향등을 공격적으로 비춘다. 그러면 다른 차들도 가만있지 않는다. 시골 국도에서는 모든 차들이 따르면 편안해지는 그런 규범이나 법규는 없었다.

녹동에 가까워지니 하늘이 갠다. 비 갠 뒤 시골 풍경은 참 평화롭다.

"왔다, 형님 저기 보시오잉."

동승한 남자들은 나흘 만에 나타났다는 푸른 하늘을 가리키며 환호한다. 태풍주의보가 내렸다는 바다 위로 푸른 하늘이 펼쳐진 것이다. 험한 파도를 무릅쓰고 용맹정진의 길을 떠난 우리에게 하늘이 무심치 않구나 하고 혼자 생각한다.

거금도는 배로 15분 거리에 있다. 항구를 나서자마자 왼편으로 구름 덮인 거금도가 나타나고 오른편으로 소록도가 펼쳐졌다.

진돗개에게 불성이 있다

홍부가 박을 탄다. 안타깝고 부질없는 몸부림이다. 한순간 쩍 갈라진 박이 홍부를 살리고 우리도 살려 준다. 절망에서 만난 기적의 반전이다. 프로레슬러 김일(1929~2006) 선수는 우리 세대의 기억의 한순간을 빛나게 해 준다. 이리 강타당해 저리 나뒹굴어 맥을 놓고 포기할 즈음 박치기 한 방으로 판을 뒤집었다. 김일 선수의 박치기는 전쟁 같은 우리 일상에도 기적의 반전이 일어나리라는 기대를 하게 했다. 그래서 더 간절히 우리는 박치기, 박치기를 연호했다. 김일 선수는 180센티 장신으로 씨름판을 휘어잡다가 일본으로 밀항했다. 내가 태어난 해다. 우여곡절 끝에 역도산의 수제자가 되었다. 1963년 세계레슬링협회 세계챔피언이 된 뒤로 무려 20여 차례 챔피언 방어전을 치렀다. 그런 김일 선수의 고향이 거금도임을 아는 사람은 많지 않다. 거금도에 김일기념관이 있고 앞마당에 진돗개 석상이 있다.

무심한 세월이 흘러 김일 선수가 초라한 병실에서 죽음과 마지막 한판을 기다리고 있을 때 삼중 스님이 찾아갔다. 남아 있는 시간은 얼마 되지 않지만 뭔가를 해 주고 싶었던 스님이 김일 선수에게 소원을 물었다. 가난과 병마에 시달리던 김일 선수가 대뜸 고향 거금도에 진돗개 동상을 세우고 싶다고 했다. 그러고는 그간 가슴속에 묻어 둔 사연을 털어놓으며 밤새 참회의 눈물을 쏟았다.

진돗개 석상 받침대에 김일 선수의 글이 새겨져 있다.

나의 어린 시절 강과 산을 뛰어놀던 충직한 나의 친구
진돗개여!
일본 군대의 군용 방한복을 만든다는 이유로 죽음의
다리로 끌려가던 그 모습이 오랜 세월이 지난 지금도 나의
뇌를 떠나지 않습니다. 일본 순사의 강압에 못 이겨 나는
그의 목에 줄을 걸어 일본 순사에게 건네주며 한없이
울었습니다.
나의 친구 진돗개는 일본 순사에 끌려 되돌아보고 또
돌아보며 개 죽이는 다리로 떠났는데 한 시간 후 그곳을
탈출하여 나에게로 돌아와 뛰면서 그렇게도 반가워하며
내 품에 안겼습니다.
나는 내 친구 진돗개의 목에 줄을 걸어 죽음의 길로
보냈건만 그는 나를 영원한 주인으로 알고 반가워하던
모습이 지금도 눈에 선합니다.
인간은 서로를 배반하고 미워하는 자들이 있어도 충견은
주인을 배반하지 않고 끝까지 섬긴다는 옛말이 새삼
우리에게 많은 교훈을 주고 있습니다. 또다시 일본
순사에게 끌려가는 나의 친구 진돗개를 바라보기만
했을 뿐 끝까지 지켜 주지 못했던 그 일은 오늘도 한없이
울고 싶어지는 나와 우리 민족 모두의 한과 비애로 남아
있습니다. 그때 그 시절 비명에 간 나의 친구 아니 우리
모두의 친구 진돗개의 슬픈 눈물을 생각하며 다시는
이 땅에 풀 한 포기 개 한 마리라도 외세에 희생되는 일이
없기를 바랍니다.

이제라도 우리의 잘못을 용서해 주길 바라면서 이 작은 비석을 그에게 바칩니다.

1994년 10월 3일
전 NWA 인터내셔널 헤비급 세계챔피언 김일(金一)

진돗개는 죽음의 다리를 건너가면서도 주인을 돌아보고 또 돌아보았다. 그리고 탈출하여 다시 돌아와 재회를 한없이 기뻐했다. 그러나 김일은 그 목에 줄을 매어 다시 일본 순사에게 진돗개를 넘겨주어야 했다. 생을 마무리할 즈음에 그 일이 더 생생하게 떠올랐다. 굵은 손가락으로 눌러 쓴 이 참회의 글이 예사롭지 않게 읽힌다. 화두 수행의 길을 찾아온 나에게 진돗개 사연은 조주 스님의 무(無) 자 화두를 떠올리게 한다. 나는 무 자 화두를 든다.

어떤 스님이 물었다. "개에게도 불성이 있습니까?"
조주 스님이 말했다. "없다!"

부처님은 세상 만물이 다 불성을 갖고 있다 하셨는데 왜 개에게는 불성이 없다 했을까? 김일 선수가 대든다. "진돗개가 불성이 없습니까? 저와 일본 순사 같은 사람에게 불성이 없다 해도 억울치 않지만, 어찌 개에게 불성이 없다고 하십니까? 우리 진돗개에게는 불성이 있고 세상 모든 개에게도 불성은 있습니다!" 진돗개에게 불성이 있다는 프로레슬러 김일 선수의 고함이 거금도를 쩌렁쩌렁 울리는 것 같았다.

　나는 그 소리가 메아리치는 산길을 오르기 시작했다. 저 앞에 남녀 두 사람이 앞서거니 뒤서거니 걸어가고 있었다. 밀양과 서울에서 왔다는 그분들도 수련회 참석자였다. 굽잇길을 돌아 돌아도 암자는 나타나지 않았다. 햇살이 따가워 땀은 흘러내리는데 불어난 개울물에 운동화가 젖었다. 양말이 축축해져 걷기가 편치 않다. 또 한 굽이 돌아서니 안개구름이 발밑으로 지나간다. 멀리 소록도 백사장과 녹동항이 보였다. 길가에 키 큰 대나무들이 보인다. 인가의 흔적일 게다. 개 짖는 소리가 들린다. 진돗개일 테다. 우람한 느티나무 한 그루가 앞을 막았다.

　송광암에는 아미타불을 모신 극락전이 있었다. 비구니 원주 스님으로부터 법복을 받아서 갈아입고 극락전으로 올라갔다. 108배를 올렸다. 다시 요사채 쪽으로 가 보려고 나무 울타리를 도는데 큰 개 한 마리가 눈앞에 턱 나타났다. 과연 진돗개다. 나는 놀라서 '윽' 소리를 냈다. 개도 놀랐는지 눈을 크게 뜨고 벌떡 일어섰다. 그때 진돗개의 눈망울이 잊히지 않는다. 개는 짖지 않았다. 얼굴은 낯설지만 내가 입고 있는 법복이 낯익었을 것이다. 개를 놀라게 한 것이 미안하여 그냥 돌아섰다.

　혼자 송광암 수련회를 이끌어 가는 일선(一禿) 스님은 선(禪) 수행의 일선(一線)에서 싸우라고 그런 법명을 받았다며 재미나게 소개했다. 송광암은 고려 시대 보조국사의 수행처로 창건되었는데 그 뒤 폐허가 되어 오랜 세월 동안 잊혔다가 절터에서 발견된 고려청자 덕에 다시 세인들의 관심을 얻게 되었다. 우리나라 굴지의 제과 회사 주인 보살의 큰 보시로 송광암이 오늘

날 모습을 갖추었다 했다.

극락전으로 자리를 옮겨서 '수행자 선서'를 하면서 분위기가 다소 엄숙해졌지만, 수련장으로 내려와 둘러앉아서는 한결 부드러워졌다. 차를 마시며 이런저런 이야기를 나누었다. 폭풍우를 마다않고 바다를 건너왔기에 스님은 우리에게 가산점을 주는 것 같았다.

여름 수련회 하면 '묵언'을 떠올리는데 첫날부터 자기 이야기를 하게 되니 어색했다. 자리 덕으로 내가 맨 먼저 자기소개를 했다. 나는 내 이름도 말하지 않고 '송광사 출신입니다'라며 더듬거렸다. 시청 근무하다 퇴직한 분, 증권회사 근무하는 분, 출판사 꾸려 가는 분, 자동차를 파는 분, 컴퓨터 회사 다니는 분 등 다양했다. 특히 맞은편에 일렬로 앉은 분들은 모두 직장 생활을 하는 여자 도반이었는데 여름휴가를 불교 수련회 수행장에서 보낸 게 한두 번이 아닌 모양이었다. 그중에서도 컴퓨터 관련 회사의 과장이라는 여성이 맹장으로 보였다. 그분들의 눈빛에서 용맹정진에 대한 결기가 강렬히 느껴졌다.

칼 끝 위에 선들 그렇게 아플까

첫날 밤이다. 나는 잠을 자야 한다는 생각을 접었다. 꼭 잠을 자야 한다는 생각도 하나의 집착일 것이다. 그래서 송광사나 해인사 수련회에서의 첫날 밤이 그렇게 힘들었을 것이다. 잠을 자지 못하는 것보다 잠을 자지 못하고 있다는 생각이 나를 더 괴롭혔다. 그냥 편안한 마음으로 눈을 감고 시간을 보내 보자고 다독거렸다. 맑은 물소리가 잦아들지 않았다. 비와 파도가 온 누리를 씻어 낸 듯 청량하게 느껴졌다. 나는 내 몸을 청정 도량에 내맡길 수 있었다.

밤이 깊어 가며 내 의식은 더 또렷해졌다. 어느 순간 내가 떠오른 것 같았다. 내 몸이 보였다. 기둥을 타고 내려온 벌레와 함께 내 몸이 누워 있었다. 그대로 내버려 두었다. 몸이 죽어 땅에 묻힐 때도 그럴 것이다. 죽은 몸과 산 몸이 나란히 보였다. 그러다가 아주 깊은 잠이 들었다. 도량석 소리에 깨어났다. 내가 그렇게 깊은 잠을 잤다는 걸 알고 놀랐다.

얼굴을 간단히 씻고 극락전으로 올라갔다. 아미타 부처님이 마음씨 좋은 아저씨처럼 미소를 보여 주었다. 작은 범종 소리에 맞춰 108배를 시작했다. 원주 스님이 애잔하고 구성진 목소리로 염불을 했다. 여성 특유의 가는 성대 때문인지, 새벽잠에서 완전히 깨어나지 않아 목이 잠겨서인지 스님의 염불은 지금까지 겪어 보지 못한 아주 독특한 분위기를 만들었다. 끊어질 듯 이어졌지만 108배를 꿰뚫는 힘이 있었다.

새벽 예불 뒤 잠시 앉아 있었다. 물소리와 벌레소리가 무정설법(無情說法)이란 말을 실감나게 했다. 마당의 팔각 5층탑을 몇 번 돈 뒤 선(禪) 체조를 했다. 맺히고 굳어진 몸의 곳곳을 풀어 주는 동작이었다. 산과 들판의 풍경이 발아래 펼쳐졌다. 자욱한 운무는 순식간에 사라졌다가 금방 다시 몰려왔다. 둘 다 극락 풍경인 듯했는데 어느 쪽이 진짜고 어느 쪽이 진짜 아닌가는 알 수 없었다.

첫날 수행 프로그램이 본격적으로 시작되었다. 걸어가는 행선(行禪)을 한다 했다. 본격적인 좌선도 시작하지 않았는데 곧바로 행선이라니, 허를 찔린 듯했다. 모두들 맨발로 마당에 모였다. '아픔을 느껴 보라'는 스님 말씀에 따라 우리는 한 줄을 만들어 걸었다. 한동안 사각사각 하는 소리만 났다. 노루와 꿩은 사람이 다가가는 줄 모르고 있다가 우리가 바로 옆을 스쳐 지날 때에야 인기척을 느끼고 깜짝 놀라 푸드덕 도망갔다.

발바닥이 아파 왔다. 신발과 양말로 보호받던 발바닥이 길바닥의 온갖 감촉에 노출되었다. 걸음마다 통증을 견디기 어려웠다. 사람을 제외하면 신 비슷한 것을 신는 동물은 말뿐이다. 그러나 말발굽의 징은 더 멀리 더 오래 타고 가려는 사람의 계산으로 만들어진 것이지, 말의 발바닥 통증을 줄여 주기 위한 것이 아니다. 그래서 사람의 신과는 다르다. 동물 중 유일하게 사람만이 발바닥을 보호하기 위해 신을 신는다. 옷도 그러하다. 옷이 부끄러운 부분을 숨기기 위한 것이기도 하지만 그보다는 추위와 더위로부터 몸을 보호하기 위한 것이라는 점에서 신과 다를 바 없다. 옷 때문에 온도 변화에 대한 적응력을 적잖이 잃은 것처럼 신 때문에 우리 발바닥도 외부 자극에 약해졌다.

신으로 보호받아 오던 내 발바닥이 갑자기 길바닥에 완전히 노출되었다. 발바닥은 빨갛게 충혈되고 반들반들해졌다. 길이 각양각색이란 걸 절실히 느꼈다. 자연적 길과 인위적 길이 나뉠 텐데 실제 길은 그 양 극단 사이에 있었다. 고운 모랫길과 펄 길이 변질되지 않은 자연의 길이라면 속이 드러난 아스팔트 길과 시멘트 길, 돌길은 변질된 인위의 길이다. 모랫길과 펄 길은 발바닥을 부드럽게 위무해 주지만 인위의 길은 그렇지 못했다. 오래되어 속을 드러낸 아스팔트 길의 자극은 끔찍했다. 아스팔트 길은 굵은 자갈, 유리조각, 날카로운 돌 파편 등을 드러내어 발바닥을 고문했다. 칼 끝 위에 선들 이렇게 아플까 중얼거렸다.

목적지에 도달하여 발바닥을 살펴보았다. 발바닥은 반들반들 빨갛게 변하고 조금 탱탱해져 있었지만 상처 난 곳은 없었다. 그냥 포기하는 마음으로 길바닥의 자극을 다 자연스레 받아들인 덕인 듯했다. 발바닥보다 부자연스러웠던 곳은 손바닥이었다. 발바닥을 긴장하지 않으려고 주먹을 쥐고 용을 썼으니 손바닥이 모든 부담을 짊어졌다. 발바닥이 받아들인 아픔에 손바닥이 퉁퉁 부었다.

거울처럼 순수하게

수행 첫날을 맨발 행선으로 시작한 것은 스님이 마련한 특별한 수행법에서 비롯한 것임을 알게 되었다. 칼끝에 찔리는 듯한 아픔을 먼저 생생하게 경험한 뒤 그 경험을 이야기하게 하여 수행법으로 응용하려는 것이었다.

무엇보다 발바닥이 아픈 것은 자연스럽게 디디지 않은 탓이다. 피하려고 움찔하면서 디디니 발바닥이 더 아프다. 아픈 것은 아픈 대로 인정해야 한다. 아픔이 지나칠 때 호흡법으로 가라앉히기를 권한다. 수행의 출발을 호흡으로 설정했다. 부처님 호흡법이다. 그러나 호흡에만 집중하는 것은 마음을 묶어 두는 것이다. 호흡에 의해 아픔이 일단 사라지면 이어서 보고 듣는 것을 관찰해야 한다. 호흡을 하며 사마타(Samatha: 지止) 수행을 하고 다음으로 보고 듣는 것을 관찰하는 위파사나(Vipassanā: 관觀)로 나아간다. 그리고 이 단계를 반복한다. 그것을 스님은 지관법(止觀法)으로 규정했다.

그러면서 한국 간화선(看話禪: 화두를 들어 깨달음을 얻는 수행법) 수행법이 호흡법보다 화두 정진 중심이라는 주장에 대해 이견을 제시했다. 화두 중심의 수행은 '따져서 알려고 하는 위험'이 있다고 했다. 망상을 화두로 쳐내려 하는 것은 죽은 화두 수행법이요 고통을 회피하는 방법일 뿐이다. 그러면 우리 마음이 제대로 드러나지 않는다. 고통이 뭔지 보지 못한다. 가령 시끄러움을 피해 산속으로 가는 것은 죽은 공부다. 아픔뿐 아니라 즐거움조차 있는 그대로 알아차려야 한다. 그게 잘 안 되면 다시 호흡법을 거친 뒤 관찰법으로 나아가야 한다고 했다.

요컨대 아픔을 느끼면 코와 배꼽을 통일시켜 호흡법을 먼저 시행하고 조금 편해지면 편함에 취하지 말고 곧 나를 아프게 한 것, 아픈 것, 그리고 아픈 것을 느낀 놈은 누구인가를 관(觀)하는 것으로 나아가는데 바로 이것이 '이 뭐꼬?' 화두라고 했다.

스님의 설명은 보조국사의 회광반조(回光返照)를 연상시켰다.

"그대는 저 까마귀 우는 소리와 까치 지저귀는 소리를
듣는가?"

"예, 듣습니다."

"그대는 듣는 성품을 돌이켜 들어 보아라. 거기에도 많은
소리가 있는가?"

"거기에는 일체의 소리와 일체의 분별도 없습니다."

"기특하고 기특하다. 이것이 바로 관음보살이 진리에
들어간 문이다."

　　　　　　　　　　　　　—보조국사 지눌, 『수심결』

　이렇게 회광반조는 지금 듣고 보는 주체의 성품을 돌이켜보
는 수행법이다. 듣고 보는 것의 성품 그 자리를 바로 보아서 무분
별의 경지를 확인한다. '지금 나의 성품을 되돌아보는' 회광반조
를 수행하면, 무아(無我)와 공(空)을 발견하게 될 것이다. 대혜종
고(大慧宗杲, 1089~1163) 스님은 회광반조를 화두 들기와 연결
시켜 설명하기도 했다. 화두를 들면서도 화두를 드는 이놈을 돌
이켜 생각한다는 것이다. 일선 스님이 '의심을 통하여 의심하는
놈을 돌이켜본다'라고 말한 것도 이와 관련시킬 수 있겠다. 그렇
지만 스님은 의심을 통하여 의심하는 놈을 돌이켜보는 것보다는
의심 자체를 사무치게 의심할 것을 강조했다. 사무치게 의심하
지 않으면 '의심하는 놈'이 남는다. 그러나 의심하는 놈을 실체로
생각하면 안 된다. 고로 의심하면서 끊임없이 의심하는 놈을 드
러나게 해야 한다. 의심하는 놈을 드러나게 하여 그것이 실체가
없는 것임을 알아차려야 한다는 것이다.

의심은 순간순간 뭔가를 비춰 주어야 한다. 의심이 깨달음의 도구가 되어서도 안 된다. 되비치는 의심이 되어야 한다. 의심은 내 얼굴을 그대로 보여 주는 거울처럼 순수한 것이 되어야 한다.

나는 의심을 거울에 비유한 데서 일선 스님의 독특한 관점을 발견할 수 있었다. 스님이 위파사나 혹은 관법(觀法)에 다소 치우친 것이 아닌가 하는 느낌을 받았는데, 그것이 이번 수련회의 핵심 쟁점이 되어 갔다.

위파사나와 화두 참구의 맞섬

맨발 행신 경험은 고통을 근본에서 살피게 했고 또 그 고통을 해소하는 방법을 모색하게 했다. 천천히 걸어가며 지극한 고통을 느끼면서도 이 이상한 짓을 하고 있는 자신을 바라보고 관찰하니 아픔이 경감되는 것 같았다. 전에는 관찰하지 않고 아프다는 망상만 일으켰으니 아픔이 더해만 갔던 것이다.

맨발로 걷는 것은 우리네 인생살이의 과정으로 확장시킬 수 있었다. '일체가 고통이다'라는 부처님 가르침의 깊은 의미를 생생하게 되새길 수 있었다. 인생살이의 고통도 그것을 인정하고 관찰하면 줄어들 것이다. 집착이 고통의 원인이기 때문이다. 집착과 그에서 비롯한 고통으로부터 완전히 벗어나는 방법은 사성

제(四聖諦 : 고苦·집集·멸滅·도道)와 팔정도(八正道 : 정견正見·정사유正思惟·정어正語·정업正業·정명正命·정념正念·정정진正精進·정정正定)에 완벽히 제시되어 있다.

그렇지만 전체적으로 볼 때 스님의 수행법은 호흡과 위파사나를 오가는 것이어서 화두 참구법과 다소 다른 면이 있었다. 스님은 호흡법으로 지(止)를 구축한 뒤 관(觀)으로 나아간다고 한 바, 그때 지와 관에 대해서는 다른 견해가 있을 수 있었다. 특히 지(止)에 대해서다. 지(止)는 사마타이며 적정(寂靜)이다. 이것은 일체 유위법(有爲法)의 세상을 조작해 내는 식(識) 혹은 생각이 그친 상태를 일컫는다. 식(識)의 작동이 중지되면 환(幻)인 일체 유위법이 사라지고 적정(寂靜) 평정 상태가 지속된다.

보통 내 마음이 맑아지면 번뇌가 없어졌다고 여기지만 그것은 착각이다. 내 마음은 내 뜻대로 되지 않기에 내 마음이 번뇌를 사라지게 할 수 없다. 먼저 일체법(一切法 : 세상의 모든 존재)이 식(識)에 의해 만들어지는 것임을 알아야 하고 그래서 일체법이 환(幻)임을 알아야 한다. 번뇌는 나와 세계가 공이고 환임을 알아야만 사라진다. 환이 환임을 알아차리면 환은 사라진다. 환이 사라지면 모든 생각도 사라지고 마침내 진여(眞如 : 온 존재의 있는 그대로의 모습, 진리)가 드러나는 것이다. 사마타를 무념무상(無念無想)이라고 하는 것도 그런 이유에서다. 이렇게 볼 때, 호흡법으로 마음을 고요하게 하는 것을 지(止) 혹은 사마타라고 한 스님의 설명에 대해서는 이의가 있을 수 있다.

가령 천태지의(天台智顗, 538~597) 대사는 '일상생활을 하면서 지관을 닦음'(歷緣對境修止觀)이라 이름 붙여서 지관법(止

觀法)을 정립했는데, 그중 걸으며 하는 수행법을 이렇게 설명
했다.

> 걸어가면서 지(止) 수행을 어떻게 하는가. 길을 걸어갈
> 때 길을 걸어가는 것으로 인해 일체 번뇌와 선법(善法),
> 악법(惡法)이 생겨난다는 것을 알고, 길을 걸어가는 마음과
> 길을 걸어가는 도중의 일체법도 다 얻을 것이 없다는
> 것임을 분명히 알면, 망념의 마음이 그치게 된다.
> 이것을 지 수행이라고 한다.
> 또 걸어가면서 관(觀) 수행은 어떻게 하는가. 마음으로
> 말미암아 몸이 움직이고 그로 인해 나아감이 있으니 그것을
> 걸어가는 것이라 부른다. 이 걸어가는 것으로 인해 일체
> 번뇌와 선법, 악법이 생겨난다. 길을 걸어갈 때의 마음을
> 돌이켜 관하면 그 모습이 보이지 않는다. 길을 걸어가는
> 자와 걸어가는 도중의 일체법은 필경 공적(空寂)하다는
> 것을 알게 된다. 이것을 관 수행이라고 한다.
>
> ─『천태소지관』

이렇게 천태지의 대사도 지(止) 수행을 관(觀) 수행과 나란
히 이뤄지는 본격적 단계의 수행으로 설명했다. 그런 점에서 지
(止) 수행을 호흡법으로 설명한 일선 스님과는 매우 다르다.

컴퓨터 회사의 여자 과장은 일선 스님의 수행법에 대해 특
히 예민하게 반응했다. 그녀는 철저한 화두 수행자로서 스님의
수행법을 받아들이지 않고 계속 맞섰다. 그녀는 스님을 위파사

나 수행자로 단정 짓는 것 같았다. 지나친 단순화이기는 했다. 조금도 서로 물러서지 않는 맞섬은 수련회가 끝날 때까지 이어졌다. 그것은 나를 성가시게 하기보다는 긴장된 분위기를 만들어 수행이 생생하게 지속되게 했다. 그런 맞섬은 두 분의 입장 차이와도 관련될 것 같았다. 수행을 가르치고 설명하는 스님의 상황에서는 수행의 절차를 나누어 단계적으로 설명하는 것이 절실했을 것이다. 호흡법과 관법, 그리고 화두 참구를 분리시킨 것은 그런 상황에서 비롯되었을 것 같았다. 반면 여자 과장은 오랫동안 화두 수행을 해 온 수행자로서 호흡법 같은 기초 단계와 절차를 과감히 생략하고 바로 화두 참구로 들어가는 것이 편했고 효율적이었을 것이다.

나는 호흡법과 화두 들기를 함께했다. 들숨과 날숨을 관찰하면서 날숨 때 '이 뭐꼬?' 화두를 들었다. 이 방법은 집중도를 드높이고 화두가 지속되게 했다. 그런 점에서 나는 스님의 수행법과 여자 과장의 수행법을 통일시킨 셈이었다. 그리고 호흡법은 스님 말씀처럼 극단적 아픔이나 두꺼운 망상을 누그러뜨리는 예비 수행의 성격만 있는 것은 아니다. 들숨과 날숨은 이른바 날줄과 씨줄 역할을 하면서 한 생각의 일어남과 사라짐, 한 생의 태어남과 죽음을 감지할 수 있게 했다. 그러니 들숨과 날숨은 화두를 성성하게 들리도록 해 줄 뿐 아니라 그 자체가 화두가 되었다. 부처님 호흡법으로도 충분히 성불할 수 있는 것도 이런 이유에서일 것 같았다.

파도가 된 나

두 번째 행선의 장소는 몽돌해수욕장이었다. 부드러운 모랫길을 지나 풀밭을 통과하니 굵고 맨들맨들한 돌들이 바닷가까지 넓게 펼쳐져 있었다. 태풍이 지나간 직후라 해수욕장에 사람이 없었다. 우리는 인연 있는 돌 위에 앉아 바다를 바라보며 파도 소리를 들었다. 스님은 보조국사의 회광반조를 다시 환기시켰다.

"새소리를 듣느냐?"
"예"
"새소리를 듣는 그놈을 돌이켜보아라."

지금 몽돌 위에 앉아 '파도 소리를 파도 소리로 들어라'라고 했다. 그 사이에 망상이 일어나면 '망상에 든 이놈이 누구냐?'라고 돌이켜보라고 했다. 회광반조가 망상을 물리치는 수단이 된다는 인상을 주었다.

얼마나 돌이켜보았을까. 문득 관점이 달라져 있었다. 나는 파도의 자리에서 나를 바라보고 있었다. 심각한 전환이었다. 『장자』의 「추수」(秋水) 장에서 장자(莊子)와 혜시(惠施)가 주고받았던 말이 떠올랐다.

장자가 호수(濠水)의 돌다리 위에서 물고기가 헤엄치는 것을 보고는 혜시에게 말했다.

"이것이 물고기의 즐거움이로다."

혜시가 장자에게 대들었다.

"자네가 물고기가 아닌데 그게 물고기의 즐거움인지
어떻게 아는가?"

장자가 말했다.

"자네는 내가 아닌데 내가 물고기의 즐거움을 알지 모를지
어떻게 안다 하는가?"

혜시가 말했다.

"내가 자네가 아니기 때문에 자네를 알지 못하거니와,
자네도 당연히 물고기가 아닌지라 자네가 물고기의
즐거움을 알지 못하는 것이 틀림없네."

그러자 장자가 대답했다.

"나는 돌다리 위에 서서 물고기의 즐거움을 꿰뚫어 보았네."

이처럼 장자가 물고기의 즐거움을 꿰뚫어 보았던 것은 존재
사이의 경계를 넘어서 통각(統覺)의 경지에 이른 덕일 것이다.
장자는 사람의 자리에서 물고기를 본 것이 아니고 물고기의 자
리에서 사람인 자기를 본 것도 아니었다. 장자는 물고기에 어느
정도 합일되었기에 물고기의 즐거움을 꿰뚫어 볼 수 있었다. 그
러나 완전한 합일은 아니었다. 장자는 여전히 돌다리 위에 서 있
는 자신을 자각했기 때문이다.

육조 혜능의 말씀도 떠올랐다.

어리석은 사람은 존재의 모양에 얽매이고

일행삼매(一行三昧: 온갖 존재가 다 평등하면서도 진여불성의
한 모양임을 관찰하는 삼매)에 집착한다. 그래서 곧은 마음은
앉아서 움직이지 않는 것이라 여기고서 망심(妄心)을
제거하고 마음을 일으키지 않는 것이 일행삼매라고 한다.
그러나 그러한 법은 무정(無情)과 같은 것이니 도리어
도(道)에 장애가 된다. 도는 모름지기 통해서 흘러야
하나니(通流) 어찌 정체할 것인가? 마음이 머물러 있지
않으면 바로 통하여 흐를 것이요, 마음이 머물러 있으면
바로 속박될 것이다.

— 육조 혜능, 『육조단경』 「정혜일체」(定惠一體)

흐르지 않고 관찰만 하는 것은 무정한 것이니 오히려 도의
경지에 다가가는 데 방해가 된다 하였다. 그래서인가. 유마힐은
숲속에 조용히 앉아 있는 사리불을 호되게 꾸짖었다. '가만히 앉
아서 마음을 관찰하고 깨끗함을 관찰하되 움직이지도 말고 일어
나지도 말라'고 가르치는 것은 크나큰 잘못이라는 것이다. 마음
은 한곳에 정체되지 않고 통해서 흘러야 한다. 장자와 물고기, 나
와 파도, 서로가 서로를 바라보기만 하면 통하지 않는다. 장자가
진정 물고기가 되지 않고서는 물고기의 즐거움을 알 수 없고, 내
가 진정 파도가 되지 않고서는 파도가 소리를 내는 까닭을 알 수
없다. 『능엄경』에서 말하는, 세상의 소리를 관(觀)하는 관세음보
살의 '이근원통'(耳根圓通) 수행법도 이와 통하는 것이거니 했다.
　몽돌에 앉아 밀려오는 파도와 밀려가는 파도를 바라보았다.
자갈도 따라서 소리 지르며 밀려왔다 밀려갔다. 파도가 밀려간

그곳에 바닷고기가 이리저리 유영할 것이다. 파도가 밀려올 때 내가 들숨을 들이키고 파도가 밀려갈 때 내가 날숨을 내쉰다. 들숨에 내가 살고 날숨에 내가 죽는다. 파도도 밀려와서 살아나고 밀려가서 죽는다. 파도와 나는 함께 밀려오고 함께 밀려간다. 함께 숨을 들이쉬고 함께 숨을 내쉰다. 파도와 내가 하나가 된다. 나는 파도가 되었다.

그럼 나는 어디에 있는가? 파도가 말했다.

"나를 바라보고 있는 그것이 너다."

내가 말했다.

"그건 내가 아니다. 내 언어와 상념이 만들어 낸 '나'라는 환상이다."

이제 나는 파도의 눈으로도 나를 보지 않는다. 파도는 나의 눈으로도 파도를 보지 않는다. 나와 파도와 자갈과 풀과 물고기가 하나가 되었다. 나는 사라졌다. 아니 나는 처음부터 없었다. 나는 태어난 적이 없었다. 나는 어느새 무생법인(無生法忍 : 일체 존재는 본래 생겨나지 않았고, 그래서 없어지는 일도 없다. 일체 존재는 마음에서 일어나고, 마음이 없으면 사라진다는 것에 대한 수행) 수행에 들어갔다.

망상이 얼마나 좋은 것인가

절로 돌아와 극락전에 모여 몽돌해수욕장에서 이루고 느낀 바에 대해 이야기했다. 한 도반은 자갈이 몰려왔다 떠내려가는 소리가 너무나 크게 들렸다고 했다. 자갈이 내려가면서 곧 파도가 몰려왔는데 그 소리를 듣지 않고 관(觀)할 수 있었다고 했다. 다른 도반은 파도 소리가 크게 들린 것은 마찬가지인데 그 결과 머리가 아팠다고 했다. 세 번째 도반은 파도 소리를 듣긴 했지만 그 이상 아무 것도 할 수 없어 비참한 기분이 들었다고 했다. 또 다른 도반은 입을 떼자마자 눈물을 흘리기 시작했다. 스님은 어디서건 일어난 일들일랑 모두 그대로 받아들이라고 했다. 흔들릴 때 뿌리째 흔들리고 거둬들일 때도 몽땅 거둬들이라고 했다. 그러고 나서 '도대체 뭐지?'라고 물어야 한다고 했다. 그것이 '이 뭐꼬?' 화두다. 그래도 안정이 안 되면 호흡을 가다듬어라, 조금 안정되면 다음 단계로 나아가라고 했다. 한 도반은 행선 중 가벼운 장애물이 있으면 피하지 않고 '이놈이 뭐꼬?' 했다고 한다. 자기를 돌아보라고 '이놈'이라 했는데 자기는 그대로 있고 앞을 막고 있는 놈을 '이놈!' 하고 꾸중한 형국이었다.

　나는 행선 중에 화두가 잘 들리면 발바닥 통증이 별로 느껴지지 않다가 호흡이 흐트러지거나 화두를 놓치면 갑자기 통증이 느껴졌다. 이 점은 첫 번째 행선 때와 다를 바 없었다. 스님은 '살아 있는 화두' 즉 '활구'(活句)를 강조하면서 누가 때릴 때 '이 아파하는 놈이 누구냐?' 하는 식으로 드는 화두가 살아 있는 것이라고 설명했다.

이때 '살아' 있다는 것은 '지각되는' 혹은 '느껴지는' 것과 유사한 의미를 지녔다. 그것은 일반적으로 화두 참구에서 강조하는 '활구'와는 차이가 있는 것이다. 화두 참구에서 활구는 의심을 멈추게 하지 않고 화두가 생생하게 들리는 화두를 지칭하지, 생생하게 느껴지거나 지각되는 것을 지칭하지는 않는다.

스님은 우리 마음의 본래 상태를 공적영지(空寂靈知)라고 했다. 보조국사 지눌께서도 『수심결』에서 텅 비어 고요하고 신령한 지혜의 마음을 공적영지라 지칭한 바 있다.

"저의 입장에서는 어떠한 것이 이 공적영지의
마음이오니까?"
"네가 지금 나에게 묻는 것, 이것이 너의 공적영지의
마음이니, 어찌 돌이켜 비춰보지 아니하고 오히려
밖에서 찾는가? 내가 지금 너의 입장에 의거하여
본마음(本心)을 바로 가리켜서 너로 하여금 문득 깨치게
하리니 너는 마땅히 마음을 청정히 하여 나의 말을 들으라.
아침으로부터 저녁에 이르도록 열두 때 가운데 혹은 보며
혹은 들으며 혹은 웃으며 혹은 말하며 혹은 성내며 혹은
기뻐하며 혹은 옳다 혹은 그르다 하여 가지가지로 베풀어
행하고 조종하나니. 말하여 보라, 마침내 그 누가 능히
이렇듯 조종하고 베풀어 행하는 것인고?"

우리 마음은 때로는 시끄러워지고 혼잡해지지만 그대로 고

요하고 신령스럽다. 이 상태를 확인하는 것이 회광반조의 목표일 것이다. 보고 듣고 웃고 성내는 바로 그놈을 돌이켜보면 그 고요하고 신령스러운 공적영지가 감지된다는 것이다. 그러나 우리 마음이 이렇다는 것을 확인하는 것은 좋지만 거기에 집착하면 안 된다. 수련회에 네 번이나 참여한 거사가 있는데 과연 마음씀씀이가 이와 비슷하게 달라졌다. 문제는 집으로 돌아가서 집안 사람에게조차 말문을 닫아 버렸다는 것이다. 이런 태도는 아만이나 집착이지 공적영지의 실천과는 거리가 있는 듯하다.

이틀째 저녁 법문과 수행 시간이 되었다. 스님은 '망상이 얼마나 좋은 것인가?'라고 말문을 열었다. 밥 먹을 때 밥 먹는 것과 관계없는 다른 망상이 일어날 때 '이 뭐꼬?'를 한다. 운전할 때 운전에 집중되지 않고 애인 생각이 나면, 애인 생각이란 망상을 일으키는 이놈, '이 뭐꼬?'라 한다. 남이 나를 화나게 하여 내가 화를 낼 때도 '이 뭐꼬?'를 한다. 이처럼 망상이 생겨나면 그것을 극복하기 위해 화두를 드는데 그렇게 드는 화두야말로 살아 있는 화두라는 것이었다. 망상이 일어나기에 화두를 생생하게 들 수 있고 자기 마음자리를 돌이켜보게 된다. 그런 점에서 망상이 나쁜 것만은 아니고 소중하고도 좋은 것이기도 하다는 설명이었다.

망상이 이렇게 유용할진대 더 넓게 보아 고(苦) 자체도 그렇게 이해할 수 있다. 고는 나쁜 것도 아니고 좋은 것도 아니다. 죽음의 고통을 생각해 보자. 죽음이 다가오면 엄청난 공포를 느끼지만 그것은 우리가 죽음을 무서운 것으로 받아들였기 때문이다. 죽음 자체는 나쁜 것도 아니고 좋은 것도 아니다. 오히려 전환적으로 생각하면 죽음이 다가왔을 때 우리는 죄업을 참회하고 인생을 새로 시작할 수 있다. 그런 점에서 죽음은 좋은 것이다. 참선을 할 때 다리가 아픈 것 역시 좋은 것도 아니고 나쁜 것도 아니다. 전환적으로 생각하면 다리가 아플 때 다리를 펴면 시원하니 다리 아픔은 좋은 것일 수도 있다.

스님은 이번에도 화두 수행의 단계를 나눴다. 처음 단계에서 망상이나 아픔이 느껴지면 호흡법으로 진정하고, 이 망상을 떠올리고 아픔을 느끼는 놈, '이 뭐꼬?' 한다. 가령 주위가 시끄러워 너무 산란하다면 호흡법을 써서 산란을 가라앉히고 '이 뭐꼬?'를 해야 한다. 반대로 '멍한' 경우도 있는데 그럴 때도 '이 뭐꼬?'로 집중하도록 해야 한다. 다음 단계에서는 호흡법을 거치지 않고 바로 '이 뭐꼬?'로 들어가는 것이다.

그런데 '이 뭐꼬?' 하여 마음이 가라앉고 평안해지는 단계에 멈춰 버리면 '이 뭐꼬?'는 죽은 화두가 된다. 화두는 화두를 드는 이놈이 누구인가 끝없이 의심해 가게 해야 한다는 것이다. '이 뭐꼬?'가 망상을 해결하는 만병통치약이 되면 안 되고, 의심의 출발이 되어야 한다는 것이다.

또 '이 뭐꼬?' 화두에 다른 것이 붙으면 생생함이 사라진다고도 했다. '이 뭐꼬?'가 변형되거나 늘어지면 안 된다. 전라도 말로 '이 뭐시당가?'라고 하거나 표준말로 '이것이 무엇인가?'라고 하는 것도 부적절하다. 그냥 경상도 말로 '이 뭐꼬?'로 간단히 바로 들어야 하며 더 간단히는 '이'라고만 해도 좋다고 했다. 스님의 이런 생각은 간화선이 우리 민족의 문화라는 관점에 바탕을 둔 것이다. 먼 옛날부터 시작되어 오늘에까지 계승된 '이 뭐꼬?'

는 어느덧 우리 문화의 일부가 되었다. 왜 경상도 사투리로 '이 뭐꼬?'라고 했을까? 우리나라에서 화두 수행이 시작된 이른 시기부터 화두 수행하는 스님이나 수행자가 주로 경상도 빈인 구사자여서 그럴까? 아니면 경상도 지역 불자가 많아서일까?

내가 인도 성지 순례를 갔을 때가 생각났다. 부처님이 태자로 계셨던 카필라 성에 들렀다. 부처님 방이 보존되어 있었다. 그 옆 벽돌 위에 우두커니 앉아 있으니 젊은 부처님이 다가와 내 어깨에 손을 얹어 주시는 것 같았다. 그리고 부처님이 말씀하셨다.

"강옥아, 나도 억수로 힘들었대이."

부처님은 경상도 사투리를 구사하셨다.

금봉암에 주석하시는 고우 스님은 위파사나와 화두 수행은 다른 것이 아니라고 크게 말씀하시기도 하지만 일선 스님은 위파사나만으로는 수행이 충분하지 않다고 말했다. 위파사나에다 화두 참구가 이어져야 한다. 위파사나가 '관찰하는 것'으로 끝난다면, 거기서 더 나아가는 것이 화두 참선이라는 것이다. 이렇게 되니 또 수행이 나뉘었다. 컴퓨터 회사를 다니는 여자 과장이 가만있을 리 없었다. 어느덧 밤은 깊어 가는데 맞선 두 분이 물러설 생각을 하지 않는다. 이번에는 조금은 답답하고 조금은 성가시게 느껴지기도 한다.

맞섬의 원천, 돈오점수와 돈오돈수

우리나라 근대 불교에서 가장 치열하게 전개된 논쟁 중 하나가 돈점(頓漸) 논쟁이다. 돈오점수(頓悟漸修: 문득 깨달은 뒤 점진적 수행 단계가 뒤따라야 한나)와 돈오돈수(頓悟頓修: 한순간 문득 깨달아 부처가 되니 더 이상 닦을 것이 없다) 사이의 논쟁이다. 둘은 비슷하면서도 상반되는 면을 갖고 있기에 상호 부정적 담론을 생성하기에 이르렀다. 이 논쟁은 실제 수행의 방법론과 연결되지 못하면 공허한 반목과 동어반복이 된다. 송광암 수련회에서 여자 과장과 스님의 팽팽한 맞섬도 돈오돈수와 돈오점수 논쟁에 닿아 있었다.

　일선 스님은 오늘날 간화선 수행이 위기에 봉착해 있다고 보고 있었다. 그런 점에서 고려 말 보조국사 지눌과 유사한 자리에 서 있다고 하겠다. 보조국사 지눌은 고려 후기 몽고 침입과 권문세가의 농단으로 도탄에 빠진 중생들을 불교 수행의 길로 이끌기 위해 치열하게 고민했다.

　돈점(頓漸) 논쟁은 성철 스님에 의해 시작되었다. 성철 스님은 보조국사 이후 경허 스님에 이르기까지, 그리고 경허 스님 이후 더 또렷하게 돈오점수만이 추구되면서 한국 불교가 심각한 위기와 문제 상황에 봉착했다고 주장했다. 성철 스님 당시까지는 구경각(究竟覺: 완전한 깨달음. 부처의 상태)이 아닌 해오(解悟: 생각으로 깨달음)를 견성(見性)으로 보고 그 경지에 의지해서 점차로 닦아서 부처의 경지로 갈 수 있다고 여기는 돈오점수 수행자가 대부분이었다. 이에 대해 성철 스님이 이렇게 말했다.

견성했으니 인가(印可)헤 달리고 찾아오는 이가 일 년에
수십 명이나 되었다. 그러나 그들 대부분은
몽중일여(夢中一如: 꿈을 꾸고 있을 때조차 깨어 있을 때와
똑같이 화두 수행을 하는 경지)도 안 되는 자였다. 인가를
안 해 주면 욕설을 퍼붓고 떠나가기도 했다.

성철 스님은 깊은 잠에 빠져서도 생시와 다름없는 화두 삼
매가 이루어지는 오매일여(寤寐一如) 경지가 견성이고 구경각이
라고 보았다. 『육조단경』에 의거하자면 내외명철(內外明徹)한 무
심(無心) 혹은 무념(無念)이 견성이라는 것이다. 이 경지는 미세
한 망념까지 영원히 없어진 것이다. 미세한 망념까지 모두 없어
지면 자기 본성을 분명히 보고, 자기 본성을 분명히 보면 구경각
을 이루니, 그 단계가 그대로 부처다. 그런데 '자기 본성을 보는
것'과 '미세한 망념이 없어지는 것'은 찰나 동시적 현상이다. 그
래서 단박에 깨치는 돈오(頓悟)이지 점차로 깨치는 점오(漸悟)는
성립되지 않는다는 것이다.

한편 보조국사 지눌은 『정혜결사문』, 『수심결』 등에서 돈오
후 '습기'(習氣: 번뇌로 인해 형성된 나쁜 습관)를 제거하는 것을
점수라고 했다.

비록 본래의 성품이 부처와 다르지 않음을 깨달았으나,
오랫동안의 습기는 갑자기 버리기 어렵다. 그래서 깨달은

뒤에도 계속 닦고 차츰 익혀서 공(功)을 이룬다. 성인의 바탕을 길러 오랜 시간을 지나 성인이 되는 것이므로 차츰의 닦음[漸修]이라 한다. 마치 어린애가 처음 났을 때에 갖추어진 모든 기관(器官)이 어른과 다를 것이 없지만 그 힘이 아직 충실하지 못하기 때문에 제법 세월이 지난 뒤에야 비로소 완전한 사람이 되는 것과 같다.

성철 스님은 이 점을 통렬히 비판했다. 돈오견성하면 습기도 함께 없어지니 돈오 후 수행이 필요 없다는 것이다. 성철 스님은 '해오'(解悟)를 '알음알이로만 깨달음'이라는 뜻으로 규정하였고, 보조국사가 '돈오'를 '해오'의 의미로 사용함으로써 육조 혜능의 돈오돈수를 왜곡했다고 해석했다. 즉 『육조단경』에서는 '돈오돈수'에 점진적인 차례는 없다(亦無漸次)고 하여 돈오견성한 사람은 깨달은 뒤 더 닦는 점수(漸修)가 필요 없음을 분명히 했다. 성철 스님은 "보조의 '돈오점수'는 '해오점수'(解悟漸修)로 고쳐 써야 한다"고 주장했다. (이상 성철 스님을 중심으로 한 돈점 논쟁의 전개에 대해서는 도대현, 「퇴옹 성철의 돈오돈수 사상」, 『한국불교학』 50집을 참조했음을 밝힌다.)

이처럼 돈오돈수에서는 문득 깨닫는 '돈오'와 문득 닦아 마치는 '돈수'가 동시에 이루어진다. 이에 반하여 돈오점수에서는 돈오와 점수를 분리시킨다. 돈오점수에서 말하는 돈오란 해오를 뜻하며 점수는 해오에 의지하여 구경각을 향한 '망념 제거와 보살 수행'을 추구하는 것을 지칭한다. 그러므로 '돈오점수'라는 용어 대신 '해오점수'로 고쳐 쓰기만 하면, 보조국사의 '돈오점수'(해오점수)와 성철 스님의 '돈오돈수'가 상호 보완적인 수행법으로 오늘날 재구성될 수 있다고 보는 사람도 있다.

근본적으로만 생각하면, 돈오점수는 틀렸고 돈오돈수가 맞다. 돈오점수에는 아직 깨닫는 나와 깨달음의 대상이 남아 있고, 나의 알음알이와 환(幻)인 시간성이 개입하기 때문이다. 돈오돈수에서는 깨달은 사람인 부처와 못 깨달은 중생 사이의 차별이 없다. 완전한 깨달음만이 존재하는 것이다.

일선 스님도 돈오점수의 한계를 지적하면서 다만 방법적인 차원에서 돈오점수는 돈오돈수와 공존할 수 있다고 보았다. 양자는 열린 관계여야 하며 돈오점수에서 돈오돈수로 나아가야 한다고도 했다. 일선 스님은 이렇게 양자의 관계가 원만하게 설정될 수 있다고 낙관하는 것 같았다. 그런데 바로 그런 설명이야말로 돈오점수 쪽의 희망사항이 아닐까 하는 생각도 들었다. 스님은 '돈수'(頓修)를 '번뇌가 오는 순간순간 깨닫는다'는 뜻으로 설명했는데, 이것이야말로 '돈수'가 아니고 '점수'일 것 같기 때문이다. 여자 과장과 스님의 맞섬을 바라보며 여자 과장이 돈오돈수의 입장을 철저히 고수하고 있다는 인상을 내가 받은 것도 그런 이유에서일 것이다.

나는 돈점(頓漸) 논쟁과 관련하여 세 분 스승님의 견해를 소중히 간직하고 있다. 먼저 오경 스님은 돈오점수를 가르쳤다. 오경 스님의 돈오점수는 수행 방법을 가르치는 경전인 『원각경』에 근거를 둔다. 『원각경』은 수행의 네 단계를 제시하니, 신(信) - 해(解) - 행(行) - 증(證)이다. 신(信)은 제법(諸法: 모든 존재)의 실상을 찾아보려는 마음, 진여(眞如)에 대해 감(感)을 잡은 것, 진리를 향한 간절한 마음, 한치 앞을 못 보다가 어디로 가야될지 감을 잡은 것, 공(空)과 무아(無我)가 언뜻 느껴지는 것, 초심(初心) 등으로 이해된다. 불교에서 자주 오해되는 어려운 개념이다. 기독교의 '믿음'과는 매우 다르다. 해(解)는 깨달은 사람의 깨달은 내용을 이해하는 단계, 공(空)과 진여(眞如)에 대해 이해하는 것이라 할 수 있다. 논리적으로 아는 것이기는 하지만 알음알이로 아는 것과는 다르다. 신(信)이 감(感)으로 이해한 것을 뜻한다면 해(解)는 완전히 이해한 것을 뜻한다. 그런 점에서 해(解)는 신(信)과 동떨어져서는 안 된다. 행(行)은 해(解)에 의해 확보한 정견(正見)을 바탕 삼아 본격적으로 수행하는 것이다. 증(證)은 완전한 깨달음이다.

오경 스님은 '돈오'를 신해(信解) 혹은 해오(解悟)와 같은 것으로 보아야 한다고 했다. 그만큼 수행 과정에서 '해오'를 소중히 여긴 것이다. '돈오'를 '해오'로 이해한다면 당연히 돈오 다음에 점수가 뒤따라야 한다. 오경 스님은 부처님의 모든 가르침이 돈오점수에 의한 수행을 이끄는 것이라고도 했다. '해오'는 알음알이가 아니라 '알 수 없는 것을 아는 것' 혹은 '우리의 분별로 알 수 없는 것을 아는 것'이다. '점수'는 '닦지 않는 것이면서 닦는 것' 즉 '무수이수'(無修而修)이다. 이 중 '무수'(無修)만 강조하면 돈수(頓修)가 되지만 '수'(修)까지도 고려하면 점수(漸修)가 된다. 닦으려면 시간의 존재를 전제해야 한다. 또 닦을 게 없으면서도 닦아야 한다. 하근기(下根機 : 부처님 가르침을 이해하고 실천하는 능력이 가장 열등한 사람) 중생의 낮은 수행 능력을 고려한다면 '점수'만 인정되고 '돈수'는 성립되기 어려운 것이 된다.

다른 한편, 시간은 공(空)한 것이고 환(幻)이기 때문에 한순간의 생각이 무량겁의 생각이 된다(一念卽是無量劫). 이 수준에서 보면, 돈수와 점수는 같은 것이다. 돈오돈수냐 돈오점수냐 하는 논쟁은 '일념즉시무량겁'을 모르거나 고려치 않는 사람들이 일으킨 부질없는 말장난이 된다. 일념 한순간에 깨닫는 것이나 무량겁에 깨닫는 것이나 같다.

내가 방문교수로 가 있던 뉴욕주립대학 스토니부룩 캠퍼스의 박성배 교수님은 돈오돈수를 가르쳤다. 박 교수님은 깨달음을 해오(解悟)로, 깨침을 증오(證悟)로 구별하고 선가에서 말하는 구경각은 깨침이라고 했다. 또 돈오돈수가 수행 과정에 철저하지 못함을 방조한다는 세간의 오해에 대해서도 해명했다. '돈수'란 돈오 후 수행이 필요 없다는 뜻이지, 돈오 이전 불각(不覺) 단계에서 수행이 필요 없다는 뜻은 아니라는 것이다.

박 교수님은 돈오돈수와 관련하여 몇 가지 더 인상적인 말씀을 나에게 해 주셨다. 돈오돈수론이 『화엄경』의 "초발심이 곧 정각이다"(初發心時便正覺)라는 가르침의 선적 표현이라는 것이다. 또 시간적 과정을 따라가는 것이 돈오점수론인데 그런 점에서 돈오점수론만을 주장하는 것은 시간을 환으로 보는 불교를 부정하는 것이라고까지 말했다. 불교 수행은 모든 사람에게 절대적 깨달음이 가능하다는 것을 보여 주어야 한다. 그게 부처님의 가르침이다. 양치기는 길 잃은 한 마리 양을 찾아야 하는 것이다. 이런 태도야말로 불교 수행이 스포츠나 무용 등 다른 영역의 훈련과 구별되는 점이다. 돈오돈수는 모든 중생이 즉시 부처가 될 수 있다는 기본 입장을 깔고 있기에 민중 해방 사상이라고도 할 수 있다.

　박 교수님은 이 논쟁과 관련하여 당신이 받은 오해와 인간적 고민도 털어놓았다. 무엇보다 스승인 성철 스님이 보조국사를 오해한 부분이 있다는 것을 말해야 하는 지점에서 고민이 많았다 한다. 보조국사의 『간화결의론』은, 성철 스님이 이해한 것과는 달리, 돈오점수가 아니라 돈오돈수를 주장하고 있기 때문이다. 또 스승인 성철 스님의 견해를 제자로서 비난했다는 오해를 받는 것이 고통스러웠다고 했다. 박 교수님은 돈오돈수설을 부정하지 않았기 때문이다. 다만 돈오돈수에 돈오점수가 들어있다는 취지를 말했기에 오해를 받은 것이었다.

　고우 스님도 이와 관련하여 큰 가르침을 주셨다. 『서장』을 강론하실 때 제8장 「이참정 한노가 질문하는 편지」가 논란이 많은 장임을 지적해 주셨다. 그 장이 돈오점수를 말하기 때문이다. 고우 스님이 성철 스님을 뵈었을 때, "스님 이참정 편을 어떻게 보십니까?"라고 여쭈었는데 성철 스님은 "후대에 추가된 것이다"라고 단호하게 답하셨다 한다. 과연 『서장』은 오래된 이본일수록 이참정 편과 또 그와 성격이 비슷한 증시랑 편이 없다. 고우 스님도 젊을 적에는 돈오점수하는 스님들이 많아 돈오점수의 관점에서 수행을 시작했지만 점차 선어록을 공부하고 수행도 돈독히 하면서 돈오돈수가 맞다는 확신을 갖게 되었다고 한다. 돈오점수하는 사람은 자기 잘못을 합리화하는 경향이 강하니 그런 점이 돈오점수설을 더 위험하게 만든다고도 했다.

　고우 스님은 돈오돈수와 돈오점수를 수행의 과정과 연결하여 실감나게 구분했다. 우리가 수행을 해 가면 우리 의식이 '적적성성'(寂寂惺惺)으로 바뀐다. 선(禪)에서 보면 '적적'은 무심(無心)이고 '성성'은 평상심(平常心)이다. 교(敎) 쪽에서 보면 '적적'은 공(空)이고 '성성'은 색(色)이다. 둘은 손등과 손바닥이 관계로 항상 붙어 다닌다. 돈오돈수든 돈오점수든 이 적적성성을 이루어야 맞다. 참선하면서 '적적'만 하는 것은 엉터리다. 그건 외도이지 진짜가 아니다. '적적'은 '성성'과 함께 존재해야 한다는 것이다.

고우 스님은 적적성성이 언행일치와 연결되는 과정을 이렇게 설명했다. 우리는 '개에게 불성이 없다' 등의 화두를 받는 순간 큰 충격을 받는다. 합리적인 방식으로는 이해가 되지 않기 때문이다. 상근기(上根機)는 그 순간 생각의 길이 끊기고 주관과 객관이 사라진다. 이 순간의 끊김과 사라짐이 6식(六識), 7식(七識), 8식(八識)까지 이루어져 마침내 모든 경계를 벗어나 버리는 것이 깨달음이다. 그러나 보통 수행자는 그런 충격적 화두를 들었음에도 불구하고 생각의 길이 끊어지지 않고 주관과 객관이 사라지지도 않는다. 이런 경우 화두를 '들어야' 한다. 화두를 간절히 들며 화두 자체만을 의심해 들어간다. 오직 화두에 대한 의심에만 집중할 때 생각의 길이 끊기고 주관과 객관이 사라질 수 있다. 삼매의 경지라 할 수 있다. 이 삼매가 6식 수준에까지 이루어진 것이 '동정일여'(動靜一如)다. 이 삼매가 8식 수준에까지 이루어진 것이 '숙면일여'(熟眠一如) 혹은 '오매일여'(寤寐一如)다. 은산철벽(銀山鐵壁)에 들어간 상태라 할 수 있다. 그러나 이 단계에 머문다면 '적적'일 따름이다. 그걸 깨치고 나와야 한다. 은산철벽을 뚫고 나오고, 백척간두(百尺竿頭)에서 한 걸음 더 나아가야 한다. 이것이야말로 '확철대오'(廓徹大悟)다. 이 경지는 생각의 길이 완전히 끊기고, 주관과 객관도 사라져, 모든 분별이 다 사라진 단계다. 오직 어불성설이어서 의심의 대상이기만 했던 화두도 술술 다 풀린다. 이리하여 날마다 좋은 날이 된다.

숙면일여 단계에 이른 사람이 8지보살(八地菩薩)이다. 8지보살이 되면 사람의 욕망 중 가장 근원적이고도 강력한 색욕조차 사라진다. 고우 스님이 보시기에 이 근원적인 욕망을 뿌리 뽑지 못하면 언행일치가 안 된다.

오늘날 깨달았다는 스님 중에는 언행일치가 안 되는 경우가 있다. 그것이 고우 스님이 우려하는 일 중 하나일 것 같았다. 성철 스님이 깨달음의 증표로서 '오매일여'를 내세웠다면, 고우 스님은 '언행일치'를 내세운 셈이다. 언행일치가 쉽지 않다면 '깨달았다' 말하지 말고 차라리 그냥 '지견(知見)이 났다'고 겸손하게 고백한 뒤 돈오돈수를 추구하는 것이 더 양심적일 것이라고 가르쳐 주셨다.

성철 스님이 돌아가시자 돈오돈수를 추구하는 수행자는 더 줄었다. 성철 스님이 돌아가신 뒤 성철 스님의 가르침이나 그분과의 관계를 거론하는 승려는 많지만, 성철 스님의 뜻을 이어 치열하게 돈오돈수의 수행을 실천하는 경우는 많지 않다. 요즘 다시 돈오점수가 주도하는 것 같다는 것이 고우 스님의 소회다. 스님들이 '해오'(解悟)했거나 '지견이 난' 것을 '깨달았다'고 공언하고는 한다. 고우 스님 스스로가 돈오돈수를 지향한다는 이유로 스님 사회에서 배척될 것 같기도 하다고 말씀하셨다. 나도 오늘날 한국 불교에서 돈오돈수를 명실상부 추구하는 몇 안 되는 수행자 중 대표적인 분이 고우 스님이라는 말을 들은 적이 있다.

나는 돈오돈수설과 돈오점수설을 생각할 때 언제나 고우 스님의 말씀을 떠올린다. 그리고 돈오돈수와 돈오점수 수행론이 다만 우리나라 양대 사찰인 해인사와 송광사 출신 수행 스님들의 차이나 대결로만 비치는 것이 안타깝다. 거금도 수련회를 마치고 돌아오는 배 위에서 나는 돈오점수와 돈오돈수의 가르침이 우리 생각을 헷갈리게 하지 않고 수행 생활을 더 치열하게 이끌어 주기를 간절히 축원했다.

조는 운전사 깨어 있는 승객

배를 탔다. 도반들은 갑판으로 나가 멀어지는 거금도를 바라보며 감회에 젖었다. 서로 명함을 주고받으며 허심탄회하게 잡담도 나누었다. 부산서 온 한 도반은 최고급 외제차로 큰절 큰스님들을 모셨다고 했다. 소문으로 알던 큰스님을 가까이 모셔 보니 소문대로인 경우가 많지 않더라고 했다. 도인은 언행일치가 되는 사람이라는 고우 스님 말씀이 떠올랐다. 그게 참 어려운 일인가 보다. 다가갈수록 신심이 일어나게 해 주지 못하는 불교 공동체가 안타까웠다. 나는 그런 이야기를 너무 자세하게 들을 필요는 없다고 여겼다. 스님 법문 내내 스님과 맞섰던 여자 과장도 할 말이 참 많은 것 같았다. 그녀는 수행 기간 동안 단 한 번도 스님이 가르쳐 준 수행법을 시도하지 않았고 오직 자기가 모시는 스님이 가르쳐 준 대로 화두 수행만 했다고 한다. 자기 수행법에 확신을 갖고 있는 것 같아 믿음직했지만, 이왕 왔으면 여기의 수행법을 따라서 함께 정진해 보는 것도 좋지 않았을까 혼자 생각했다.

도반들의 이야기를 들으면서 나는 나 자신을 다독거려 주었다. 나는 큰스님으로 받들어지는 분들에 대해 구업을 짓지 않는다. 앞으로도 그래야 할 것이다. 그리고 스님들이 수행법을 가르쳐 주면 어떤 것도 기꺼이 따라서 해 본다. 사대부의 새벽 수련법이나 기공 훈련도 마다하지 않았으니 스님의 수행법인들 어찌 마다하겠는가. 사찰 수련회에서도 다양한 수행법이 시도되고 있었는데 다 따라해 보았다. 그리고 언젠가는 나의 근기와 수준에 가장 잘 맞는 수행법을 만날 수 있으리라 기대했다. 벌써 만난 것 같기도 했다.

우리는 서로 연락처를 알게 되었으니 가끔 연락을 하고 만나기도 하자며 작별했다. 이렇게 헤어져서 다시 만난 적은 없었다. 그래서 더 진지하게 그들의 성불을 축원했다. 이생에서 그들을 위해 드리는 마지막 축원일 것 같았기 때문이다.

대구행 버스에 올라 보니 먼저 탄 승객은 없었다. 출발 시점까지는 더 타겠지 하며 기다렸지만 결국 운전사와 단 둘이서 출발했다. 수련회 기간 중 잠을 충분히 자지 못했기에 졸았다 깨었다 했다. 버스가 고속도로에 진입하자마자 운전사도 졸기 시작했다. 무엇에든 집중하지 못하는 것이 망상 때문이며 망상을 떠올리는 놈을 돌이켜보면 집중을 할 수 있다던 일선 스님의 말씀을 떠올리고 피식 웃었다. 운전사가 운전에 집중할 수 있도록 당장 호흡 참선을 가르칠 수도 없었다. 조는 운전사를 그렇게 두면 안 될 것 같았다. 실내 거울을 통해 눈을 맞추려고 애썼지만 운전사는 보지 않았다. '어험, 어험' 기침을 했다. 그러면 움찔 눈을 크게 떴지만 곧 가는 눈이 되었다. 승부수를 띄웠다. "이저씨! 어디에서 쉽니까?" 출발하자마자 쉴 곳을 물었다.

운전사가 왜 졸았을까 생각해 보았다. 가장 중요한 이유를 간파하는 데 긴 시간이 걸리지 않았다. 버스 안에는 그와 나 둘뿐이다. 그렇다면 이 둘의 연기 인연이 가장 단단한 게 아닌가. 내가 먼저 졸았기 때문에 그가 졸았던 것이다. 내가 존 것이 운전사가 존 결정적 이유였다. 몽돌 해변에서 파도를 관(觀)했다. 내가 파도를 관하다가 파도가 나를 관하게 했다. 마침내 나와 파도는 하나가 되어 스스로를 관했다. 파도와 내가 하나가 되었듯이 한 버스를 타고 있는 운전사와 나 역시 하나이게 마련이다. 나는 운전사로서 버스를 안전하게 몰고 가기 위해 졸지 않아야 했다. 동시에 나는 운전사를 졸지 않게 하기 위해 스스로 졸지 않아야 했다. 우리는 하나가 되어도 여전히 나뉘어 있었다. 남을 깨어 있게 해 주기 위해 내가 깨어 있어야 한다는 것은 수행에서든 삶에서든 철칙이었다. 졸아서는 안 되는 운전사와 졸아도 되는 승객이라는 처지는 그다음 고려해 봄직했다. 나는 둘만 탄 넓은 버스 안에서 '깨어 있어야 한다!' '내가 깨어 있어야 한다!' 속으로 외치고 또 외쳤다. 내가 깨어 있어서 버스는 무사히 대구에 도착했다. 송광암 수행의 덕이었다.

파도가 된 나: 거금도 송광암 2003

유리창의 줄탁동시

롱아일랜드 2010

롱아일랜드 나무는 어떻게 죽어 가는가

롱아일랜드의 나무들은 키가 컸다. 도로 옆 나무가 쓰러지면 도로는 완전히 막혀 버렸다. 교통경찰이 사이렌을 울리며 달려왔다. 전기톱으로 나무줄기를 토막 내어 다 치우기까지 차들은 꼼짝도 못했다. 그럴 때마다 그곳 사람들은 나무를 꾸중했다.

"저것들이 포시럽게 커서 그래!"

그리고 그럴듯한 설명을 덧붙였다.

"이곳 롱아일랜드 땅이 얼마나 기름져! 나무들이 세상 어려운 걸 모르지. 메마르고 거친 땅에서 자라는 나무들 봐. 영양분을 조금이라도 더 빨아들이려고 뿌리를 엄청 넓고 깊게 퍼뜨리잖아? 근데 쟤들은 그냥 내리는 시늉만 해도 영양분을 얻을 수 있으니 뿌리를 넓고 깊게 내리려 하지 않는단 말이야."

나무가 게을러 뿌리를 넓고 깊게 내리지 않기에 그리 세지 않은 바람에도 버티지 못하고 넘어진다는 설명이었다. 나는 그런 이야기를 들을 때마다 긴가민가했다.

한여름에 롱아일랜드에 도착한 나는 숲속의 집으로 들어갔다. 주위로 나무만 보였다. 어느덧 가을이 되었다. 둘러보니 단풍천지였다. 단풍이 우수수 떨어졌다. 떨어진 니뭇잎은 바람에 쓸려 이리저리 쏘다녔는데 그때 거센 파도소리가 들렸다. 그러구러 찬바람이 한동안 불어오니 나무는 마지막 잎새까지 다 떨어뜨려 벌거숭이가 되었다. 그러자 상상도 못 했던 풍경이 펼쳐졌다. 나무들 사이로 멀리 집들이 나타났다. 집들은 여름 내내 숲속에서 숨어 있었던 것이다. 저쪽 집 사람들도 내 집 쪽을 향해서 도대체 저 숲속 너머에 무엇이 있는지 그리워했을까?

좀 더 멀리 나가니 아발론이란 자연림 보호 공원이 있었다. 이 공원에는 제임스 사이먼 가족의 사연이 깃들어 있었다. 제임스 사이먼은 스토니부룩대학 교수로 지내며 '르네상스 테크놀로지'라는 세계 최고 헤지펀드를 설립해서 막대한 수입을 올리고 있었다. 그러나 외동딸이 자폐증을 앓고 있었다. 그는 자기 딸뿐 아니라 온 세상의 자폐아를 위해서 세계에서 가장 큰 자폐증 치료 재단을 만들었다. 아들 폴 사이먼은 서른네 살 때 바이크 사고로 죽었다. 제임스는 아들 폴이 바이크를 즐겨 타던 롱아일랜드 중북부 일대에 엄청난 넓이의 땅을 구입하여 모든 사람들이 야외 자연 활동을 향유할 수 있는 공원으로 만들어 아발론이란 이름을 붙여 기부했다. 그 공원을 관리하는 재단의 이름을 '폴 사이먼 파운데이션'이라 붙여 아들을 기억했다.

나는 아발론을 걸을 때마다 사이먼 가족의 내력을 떠올렸다. 오르막길과 내리막길이 편안하게 이어지는 아발론은 참 조용하고 아늑했다. 땅이 넓고 사람이 많지 않으니 그랬다. 사람을 만나지 않게 되니 주위의 나무에 더 정겨운 눈길을 보낼 수 있었다.

키다리 나무들을 찬찬히 훑어보기도 했다. 나무들이 벌거벗었기에 숲속이 훤히 들여다보였다. 놀랍게도 숲속에는 나무들의 시신이 널브러져 있었다. 서 있는 나무보다 누워 있는 나무들이 더 많은 것 같았다. 쓰러진 지 백 년은 되었을 성싶은 것도 많았다. 서 있는 나무들은 돌아가신 그 아버지 어머니 나무와 그 할아버지 할머니 나무와 그 증조할아버지 증조할머니 나무와 함께 살아가고 있었다.

나는 그 벌거벗은 나무들에게 일일이 인사를 청했다. 인사를 할 때는 상대의 눈을 똑바로 보아 주는 것이 예의겠지만 벌거벗은 나무의 눈은 어디 있는지 알 수 없었다. 그냥 그 아득한 꼭대기부터 밑동까지 눈길을 옮겨 갔다.

지난 태풍 탓인지 나무들의 뿌리가 드러나 있었다. 나무의 뿌리는 참 굵고 넓게 퍼져 있었다. 그제야 롱아일랜드 나무들이 게을러서 그 뿌리를 넓고 깊게 뻗치지 않아 잘 쓰러진다는 이곳 사람들의 설명이 부당하다는 걸 알게 되었다. 쓰러진 나무들은 참 억울했을 것이다.

나무의 밑동을 자세히 살폈다. 나무 밑동의 껍질은 탄력을 잃고 떨어져 나가고 있었고 군데군데 썩은 곳도 있었다. 나무의 밑동은 오랜 세월 몸을 부빈 흙을 닮아 가고 있었다. 그뿐 아니었다. 나무의 밑동은 자기에게 대들던 자들에 대해 보여 왔던 그 완강한 거부와 방어의 자세를 흩트리고 있었다. 수백 년 살아오면서 얼마나 많은 짐승의 방문과 공격을 받았던 걸까. 들쥐, 오소리, 여우, 뱀, 다람쥐, 땅강아지 들은 좀 더 든든하고 포근한 집을 마련하기 위하여 나무의 밑동을 그렇게 집요하게 요구했을 것이다. 그러면 나무는 완강하게 거부하고 단단하게 방어했을 것이다. 사소롭다는 비웃음도 날렸을 것이다. 그러나 흙을 디디고 서서 흙을 닮아 가게 된 나무는 어느 때부턴가 자기 존재 지속의 결정적 바탕인 밑동을 놓아 버리기로 작정했을 터이다. 쓰러져 있는 선조 나무들의 시신을 바라보며 오랜 세월 바동거리며 그 자리를 차지하고만 있는 것이 과욕이요 집착임을 알게 되었을 것이다.

그리고 몇 대에 걸쳐 변변한 집 하나 마련하지 못한 숲속 짐승들과 그 짐승들의 자식과 손자들에게 보금자리를 양보하기로 마음먹었을 것이다. 흙에 닿아서 흙을 닮게 된 나무의 밑동은 오소리나 들쥐가 갉아서 집을 만들기에 안성맞춤이 되었다.

숲속의 늙은 키다리 나무들은 그렇게 숲속 짐승들을 받아들였다. 그런 마음가짐은 자기 생명을 기꺼이 바칠 수도 있다는 결단을 전제한 것이다. 어떤 나무의 밑동은 아주 작은 구멍 하나를 내주었고, 어떤 나무의 밑동은 그 둘레의 반을 겨울잠 자는 뱀에게 내주었다. 아, 그리고 밑동의 둘레에 비해 너무 큰 공간을 할애해 준 나무도 있었다. 그 모습에 내 가슴이 벅차오르는 것 같았다.

롱아일랜드 아발론을 걸으면서 나무의 자비와 방하착(放下着)을 보았다. 나약한 자포자기가 아닌 따뜻한 헌신을 보았다. 롱아일랜드의 나무들은 게을러 쓰러지는 것이 아니라 추위에 떨고 있는 중생들에게 자신의 생존에 가장 중요한 바탕을 기꺼이 바치고 죽음을 맞이한다는 것을 알게 되었다.

롱아일랜드 겨울나무는 배고픈 호랑이를 위해 절벽에서 자기 몸을 날려 주신 인욕태자(忍辱太子)의 후신이 아닐까 생각했다.

돌장승이 낳은 아이

스토니부룩에서 차로 한 시간 걸리는 곳에 제리코라는 동네가 있다. 동서로 길게 펼쳐진 롱아일랜드의 중간 지점이다. 그 초입은 종교 단지라고 할 정도로 종교 시설이 즐비했다. 대부분 교회와 성당인데 그 사이에 십자가가 없는 단층 건물이 있다. 한국 선원(禪院)인 마하선원이다. 머나먼 이국땅 교회 건물들 사이에 둥지를 틀고 있는 한국 선원은 특별한 인상을 만들었다.

마하선원을 개창하신 분은 서천 스님이다. 스님은 2000년 2월 마하선원의 문을 열었다. 당시 롱아일랜드 지역에는 1만 3,000명 이상의 한인 교포가 살고 있었기에 스님은 그곳에도 한국 선원이 필요하다고 판단했다. 200명은 충분히 수용할 정도의 법당을 지었지만 곧 시련이 닥쳐왔다. 신도가 스무 명을 넘지 않은 것이다. 뉴욕 지역 한인들은 다른 지역의 교포에 비해 비교적 긴장된 삶을 꾸려 가고 있었는데, 그런 그들에게 필요한 것은 삶의 불안감과 고뇌를 어루만져 주는 것이었다. 신행적 차원보다는 신앙적 차원에서 불교를 받아들이고 싶어 했다. 그들은 먼저 나서서 마음을 열어 보이기보다는 몇 년 동안 지켜보다가 남들의 평이 좋으면 동참한다는 것을 알게 되었다. 그래서 스님 스스로가 먼저 나섰다 한다. 자신을 필요로 하는 곳이면 교회든 성당이든 단체 모임이든 가리지 않고 달려가 삶이 수행이고 수행이 불법(佛法)임을 이야기하기 시작했다. 그러면서 마하선원의 이름이 알려졌고 신도들도 좀 더 늘어나 명맥을 유지할 수 있었다. 여전히 소수이기는 하지만 매주 일요법회를 열고 있으며, 요가 참선 교실과 어린이 한글 학교도 운영했다. 특히 수요일에는 간화선 수행 법회를 열었다.

스님은 열악한 여건에서도 간화선 수행 기풍을 일으키기 위해 노력하고 있었다. 법당에 앉자마자 화두가 잘 들린 것을 보면, 그 자리가 수행에 알맞은 기운을 갖추고 있는 것 같기도 했다.

보살 두 분, 처사 한 분, 그리고 나까지 네 사람이 스님과 함께 둘러앉아 화두 정진을 시작했다. 한 시간쯤 뒤에 거두절미의 질문과 강력한 권유의 형식으로 점검을 시작했다.

"사는 것이 죽는 것이고 죽는 것이 사는 것이다. 그런데 사는 그 자리가 어디고 죽는 그 자리가 어디냐? 거거 함 말해 봐라."

"돌장승이 애를 낳는다는 말이 있는데 그거 알겠느냐? 돌장승이 정말 애를 낳는다. 그걸 언제나 떠올려 봐라."

"은산철벽을 투과하라!"

"백척간두에서 진일보하라!"

"대사즉활이다. 크게 죽어야 산다."

선(禪) 수행에서 상식이라고 할 이런 진술들을 전광석화처럼 질문으로 던지고 우리가 머뭇거리면 다음 질문과 권유로 나아가니 정말 살아 있는 활구가 되어 우리를 꽉 막히게 만들었다. 스님의 큰 자비심이 절절히 느껴졌다. 머나먼 이국에서 듣는 이 살아 있는 모국어 참구의 말씀은 뜻밖의 감동과 큰 환희심을 불러일으켰다.

화두를 든다는 것은, 화두 참선을 한다는 것은 '크게 죽는 것이다.' 정말 이 말처럼 완벽한 것이 어디 있을까? 크게 죽는다는 것은 내 망상과 내 알음알이와 내 자존심과 내 분별심과 내 자기 동일성까지 왕창 한꺼번에 내려 두고 던져 버리는 것, 녹여 없애는 것, 포기하는 것일 테니 이렇게 크게 죽는 것은 얼마나 장하고 위대한 것인가.

백 척 절벽 위의 나무 한 그루, 그 나무의 가지 끝을 잡고 있는데, 겨우 매달려 생명을 유지하고 있는데, 그 손을 지금 이 순간 바로 놓아 버리는 것, 미련 없이 기꺼이 놓아 버리는 것, '그것이다!'라고 당당하게 외치는 이분. 정말 그럴 것 같아서 나는 몸서리쳤다.

절벽 끝 나뭇가지를 놓다

대학에서의 생활이 시작되자 나는 불교를 공부하거나 수행하는 모임이 있는지 찾아보았다. 심리학과의 마빈 레빈 교수가 불교 강의를 한다는 소문을 들었다. 레빈 교수는 여든이 넘은 나이에도 은퇴하지 않았다. 그는 책임 강의를 다할 뿐 아니라, 매주 목요일 점심시간에 정규 과목이 아닌 불교 강의를 이끌어 오고 있었다.

그는 번뇌, 화, 연민, 불안 등 일상생활에서 우리가 겪는 내면적이고 심리적인 고충을 자각하고 해결하는 방법을 살피고 따지는 데 주목했다. 사성제나 팔정도 등을 그런 일상적 고충과 문제를 해결하는 것과 관련하여 끌어와서 해석하는 것이 인상적이었다. 가끔 한국 불교에 대해서 나에게 발언의 기회를 주기도 하고 또 무엇을 물어보기도 했는데, 내가 서툰 영어로 설명하면 잘 들어 주었다. 그분이 한국 불교에 대해 자주 물은 것은 박성배 교수님을 의식해서인 듯했다. 한국 불교를 가르치는 박성배 교수님이 뉴욕주가 세운 스토니부룩대학에 계신다는 사실이 한국 불교를 위해서도 얼마나 중요한 일인지 나는 절감했다.

박성배 교수님은 '불교학개론'과 '불교와 기독교의 대화' 두 과목을 강의했다. 나는 '불교학개론' 강의 초입에 10분간 참선 지도를 했다. 좀처럼 가만히 있질 않는 미국 학생들이 눈을 내리깔고 두 손 모은 모습이 선하다. 박 교수님이 관절염이 도져 강의를 하기 어려운 날에는 내가 강의를 도맡아 하기도 했다. 국문학 전공자로서 화두 수행의 원리를 설명하는 '심우도'(尋牛圖)를 영어로 강의하는 것은 무척 어렵고 부담스러웠다. 하지만 한국 불교의 명맥을 이어 가는 데 조금이라도 도움을 드려야 한다는 마음에서 혼신의 힘을 다했다.

어눌한 영어로든 편안한 한국어로든 박성배 교수님의 강의는 철저히 당신의 경험에 바탕을 둔다는 점에서 다른 교수들의 강의와는 달랐다. 그리고 학생에게도 자신의 현실 경험을 돌아보게 했다.

한국전쟁과 그 직후의 경험은 교수님의 삶에서 끝없는 고뇌를 일으켰고 그 자체가 화두가 되었다. 한국전쟁 과정에서 수많은 사람이 죽었다. 삼촌과 조카도 전사했다. 아이도 많이 죽었다. 선량한 사람들이 더 많이 죽고 절망에 빠진 것에 대해 울분을 참을 수 없었다. 기회주의적이고 사악한 인간들이 살아남아 활개를 치고 이권을 챙겼다. 그런 사회를 생각할수록 온몸에 열이 일고 두통이 생겼다. 그 두통에는 백약이 무효였다. 두통이 심해지면 그냥 찬 물 속에 머리를 집어넣고 몸부림쳐야만 했다.

의과대학에 진학했지만 의학 공부가 덧없는 것 같아 휴학하고 서당으로 갔다. 1년간 한학(漢學)을 공부한 뒤 복학했고 결국 의학을 포기하고 불교학과로 옮겼다. 학교 옆 카페테리아 절벽 앞에서 사람을 기다리다가 추락했다. 2, 3초의 그 짧은 시간 동안 많은 것들이 떠올랐다. 어머니 얼굴이 떠올랐고 그간의 전 생애의 장면이 그림처럼 주마등처럼 떠올랐다. 이것은 교수님이 처음으로 맞이한 전의(轉依: 오염된 마음을 청정한 상태로 만들어주는 내면의 깨달음, 수행자의 전인격적 존재 기반의 전환)의 경험이었다.

그 뒤 송담 스님 밑으로 출가했다. 절 생활은 바쁘고 불편했지만 석 달이 지나자 증오심이 사라지고 두통도 치료되었다. 참선의 효과를 확인했지만 거기서 멈출 수 없었다. 한 차원 높이고 한 차원 더 깊이 해야 했다. 그러는 데는 또 다른 삶의 경험이 있어야 했다. 근본적 전의와 관련하여 자주 말씀하신 것이 바울의 전의였다. 근본 유대주의자 바울이 예수님에 대한 적개심을 갖고 예수님을 찾아갔다. 예수님의 음성을 듣는 순간 자기의 의지나 감정과 전혀 무관한 반응이 바울의 온몸에 일어났다. 「사도행전」에는 바울이 사흘 동안 앞을 보지 못하고 먹지도 마시지도 않았다고 했다. 눈을 다시 뜬 바울은 완전히 다른 사람이 된다. 이처럼 누구든 근본적으로 달라지는 전의의 기회를 일생 동안 세 번 이상 맞이한다고 한다. 그 경험은 카르마, 파편성, 편중성으로부터 사람을 해방시킬 것이다. 그런 경험이야말로 우리를 진정 종교적인 사람이 되도록 할 것이다.

진정한 전의의 경험은 현실에 있다고 여긴 교수님은 다시 환속했고 마침내 동국대 불교학과 교수가 되었다. 그러나 거기서 사람 사이에 으레 일어날 수 있는 분란과 갈등, 오해의 회오리에 시달리게 되고 다시 해인사로 출가한다. 3년간 해인사 승려 생활에서 성철 스님을 만났고 또 상상을 초월하는 수행 상황을 직면했지만 또 다른 매너리즘에 빠졌다. 그것을 못 본 체할 수 없었다. 미련 없이 돌아갔다. 대학이 아직 사표를 수리하지 않고 있었기에 교수 생활을 다시 할 수 있었지만, 일 년 뒤 모든 것을 포기하고 빈털터리로 미국 유학길에 올랐다. 그것은 모든 것을 버린 역설적 출가의 길이기도 했다.

버클리대학에서 박사 과정을 밟을 때는 지진을 경험했다. 세상 모든 것이 흔들렸다. 그동안 자신이 갖추고 있던 것들이 다 흔들리는 것이었다. 이 경험은 박 교수님으로 하여금 일상에서 잊고 있던 근본을 한 번 더 되돌아보게 했다.

박 교수님이 칠판에 그림을 그린다. 절벽 위 나무 한 그루가 덩그러니 서 있다. 구도자가 집을 나선다. 동쪽으로 간다. 걸어서 걸어서 동쪽 끝에 이른다. 길이 끝났다. 수풀이 막았다. 그래도 계속 나아간다. 가시덤불이 가로막고 사나운 짐승들이 이빨을 드러내며 으르렁댄다. 독초가 살갗에 상처를 낸다. 저기 절벽의 낭떠러지가 펼쳐져 있다. 스승은 계속 나아가라고 다그친다. 절벽 꼭대기에 나무 한 그루가 있다. 나뭇가지가 허공으로 삐쭉 나와 있다. 그 가지에 매달린다. 점점 그 끝에 이른다. 스승은 계속 나아가라 한다. 손을 놓으면 죽는다. 그래도 계속 나아가야 한다. 바로 그 순간이다. 돌아봐서는 안 된다. 주춤거리지도 마라. 순간을 선택하라. 손을 놓아라. 손을 놓은 그 순간을 두려워하지 마라. 거기서 한 걸음 더 나아가라.

두 번의 출가와 환속을 거듭할 때 사모님은 아이들을 보살피며 기다려 주었다. 빈손으로 미국으로 건너왔을 때도 뒤따라왔다. 사모님은 간호사 일을 하며 남편을 뒷바라지해 주었다. 아이 둘도 반듯이 잘 자랐다. 교수님이 미국 주립대학 정년 보장 교수로서 안정된 연구자의 길을 가게 되고 아이 둘도 성공한 미국 시민으로 살아가게 되었다. 그러자 사모님은 치유할 수 없는 병자가 되었다. 남의 도움이 언제나 필요했다. 내가 떠나올 무렵에는 병세가 더 위중해져 병원을 떠날 수 없게 되고 치매기까지 보였다. 교수님은 한순간도 아내 곁을 떠나지 않으며 아내의 기저귀를 갈아 주고 똑같은 말대꾸를 해 주며 부질없는 행동을 반복했다. 치매 노인의 응석이나 기행에 몰입하게 되었다. 결국 미국 내 한국 불교의 몇 안 되는 보루가 되었던 뉴욕주립대학의 종신 교수직을 내려놓고 은퇴했다. 교수님이 뉴욕주립대학의 교수 자리에서 은퇴하던 순간은 한국 불교가 그 대학에서 그 자리를 접는 순간이기도 했다. 절벽 위 나뭇가지 끝을 마지막으로 놓는 순가이었다. 떠나오는 나에게 교수님이 말했다. 당신이 지금까지 살아오면서 요즘처럼 삶에 충실할 때가 없었노라고. 그리고 매 순간이 경이의 연속이라고. 아내의 기저귀를 가는 여든의 노교수. 그 손길에서 한국 불교가 위대하게 되살아났다. 아내에 대한 남편의 보은이면서 그런 따짐에서도 해방된 것이다. 그것은 가장 근본적이고 위대한 전의였다.

동물 농장 농장장

스토니부룩에서 동쪽으로 20분 정도 달려가면 숲속 그 농장이 나타난다. 거기서 만든 된장과 간장은 이 지역에서 인기가 좋아 예약을 해야 한다. 한국에서 스님 생활을 하다 환속한 그분이 된장과 간장을 만든다.

그분은 예순이 좀 넘은 것 같았다. 몸은 야위었고 얼굴은 그을려 있었다. 환속하면서 곧바로 미국으로 건너온 그분이 할 수 있는 일은 농사일뿐이었다. 그분을 보면서 출가자가 속세의 때를 벗는 것이 어렵듯 환속한 스님이 승가의 흔적을 지우는 것도 참 힘들구나, 했다. 나도 모르게 그분을 '스님'이라 부를 뻔했다. 그분은 된장, 간장뿐 아니라 배추, 무, 쑥갓, 당근, 블루베리 등 온갖 야채 과일 등을 경작하여 서쪽으로 한 시간 거리에 있는 플러싱까지 그것들을 보급했다. 플러싱은 뉴욕주에서도 한국 교포들이 가장 많이 사는 지역이다.

그렇지만 농장의 수지타산이 맞지 않았다. 셈법에 서툰 그분은 매년 적자를 냈다. 적자 분은 미장원을 하는 부인이 메워 넣었다. 고생은 고생대로 하고 돈은 돈대로 손해를 보니 속세의 삶이 만만찮은 것이다.

내가 간 그날은 된장과 간장을 사기 위해 한국 사람들이 꽤나 많이 모여들었다. 그 기회에 야채도 팔았다. 한민족의 피가 흐르는 아주머니들이 밭으로 들어가 마음대로 캐고 뽑아 와서 비닐봉지에 넣어 보여 주면 그분은 눈대중으로 값을 불렀다. 그게 어이없이 저렴한 가격이었지만, 아주머니들은 더 깎고 또 깎았다. 터무니없는 염가에 내가 오히려 화가 났다. 그분은 채소 값을 매기는 데보다는 자기 넋두리를 하는 데에 골몰했다. 오랜만에 자기 말을 알아들을 수 있는 사람들이 모였고 스스로도 당당히 모국어를 구사할 수 있어 신이 났다.

그분의 말이 빨라지기 시작했다. 한국에서의 기억을 두루 끄집어내어 전하고 싶어 하는 것 같았다. 서옹 스님으로부터는 '반 인가'를 받고 글도 얻었다. '수처작주'(隨處作主)란 글 끝에 서옹 스님의 낙관이 분명했다. 그것을 액자에 넣어 현관에 걸어 두었다. 롱아일랜드 촌구석에서 발견하는 '수처작주'(가는 곳마다 주인이 되어라)는 참 묘한 분위기를 만들었다. 그분은 거기서 주인 노릇을 결코 못 하고 있었기 때문이다. 그는 서옹 스님이 기대한 방정한 수행의 길로 가지는 못했다. 신이 내린 것이다. 사람의 앞날이나 정치판의 귀추까지도 훤히 다 보이니 용한 점쟁이로 알려졌다. 정치인, 기업가, 군인이 수시로 그분을 찾아왔다. 특히 전두환 씨가 뜨기 시작할 때 정치군인들이 많이 찾아와 정치계에서 자기들이 살아남을지 많이들 물었다. 이 어름에서 그분은 큰 타격을 받고 상처를 입은 듯했는데 그에 대해 자세히 말하지는 않았다. 생명의 위협까지 받은 듯했다.

누가 그분에게 여인을 소개해 주었다. 지금의 부인이 된 여인은 그분의 얼굴을 빤히 쳐다보았다. 그러자 그분이 내뱉었다.

"뭘 봐! 나쁜 놈 아니면 좋은 놈이지."

나쁜 놈 아니면 좋은 놈, 죽기 아니면 살기, 많지 않으면 적기. 그분은 말끝마다 이분법을 갖다 붙였다. 사람들에게 이분법을 걸림 없이 구사함으로써 그분 스스로는 그 이분법으로부터 자유로워지는 것 같기도 했다. 이상하게도 그분이 구사하는 이분법은 듣는 이로 하여금 통쾌한 느낌을 주었다. 환(幻)으로써 환을 멸한다니 이분법으로써 이분법을 멸하는 게 가능할 듯했다. 세상에 나쁜 놈이 많다는 사실을 인정하고 받아들이면 마음이 편해지는 것도 그런 원리에서일 것 같았다.

군사독재정권 전후 온갖 인간 군상들이 보인 부정 축재와 타락, 만용과 협잡 등이 그분의 이분법적 진술 속에 꿈틀거리고 치솟아 올랐다가는 뒤죽박죽이 되었다. 말이 왔다 갔다 하고 가지 쳐서 엉뚱한 곳으로 빠졌다. 어떤 때는 시원해졌지만 어떤 때는 어지러워져 그만 듣고 싶기도 했다.

그분의 농장은 엄청 넓었고 빽빽한 숲이 둘러쌌다. 짙은 검은색 땅은 한눈에 비옥하게 보였다. 맑은 공기에 온갖 새소리도 들렸다. 그런 좋은 환경에서 신선한 채소만 먹고 생활했지만 건강은 그리 좋지 않았다. 어느 날 발작을 일으키고 심장이 마비되었다. 그분이 젓갈을 좋아해서 젓갈로 온갖 김치를 절여 먹고 요리에 젓갈을 듬뿍 넣어 먹었다. 일본에서 들어온 것으로 표시된 그 젓갈이 알고 보니 중국에서 만든 것이었다. 중국 사람이 인체에 치명적인 독극물로 젓갈 맛을 냈다. 그 물질이 조금씩 심장에 쌓여서 마침내 심장을 망가뜨린 것이다. 한국 승려가 미국으로 이민 와서 미국 농부가 되었는데 일본산을 가장한 중국산 젓갈이 그 농부의 심장을 망가뜨렸다는 것. 글로벌 시대에서 이럴 수도 있겠구나 했다.

해가 지고 어둑어둑해 오는데 트럭 한 대가 들어왔다. 고양이처럼 살이 찐 남자가 내렸다. 이곳 채소를 받아다가 플러싱 한인 교회로 가져가서 파는 사람이었다. 살찐 남자는 채소와 과일이 벌레가 먹고 짐승이 낸 흠집이 많다며 값을 깎았다. 덤으로 얹은 것은 처음 실어 준 것보다 더 많았다. 농장의 수지가 안 맞는 이유를 알 것 같았다. 그분은 그래도 내색하지 않았다. 조금 뒤 살찐 남자는 바나나며 망고 상자 몇 개를 자기 트럭에서 내렸다. 그분은 그 귀한 것을 그냥 준다 여기고 너무나 고마워하고 미안해했다. 그래서 남은 깻잎과 채소 봉지 몇 개를 더 얹어주었다. 살찐 남자는 바나나와 망고의 가격을 정확하게 계산하여 요구했다. 바나나와 망고는 그냥 주는 게 아니었다. 그분은 자기가 착각했다는 것을 뒤늦게 알고 멋쩍어 하며 그 값을 지불했다. 법성포 출신의 그분은 미국에 와서도 인정이 깃든 물건과 물건을 교환하며 살아가는 꿈을 꾸고 있었지만 세상은 한참 닳고 닳았다.

그분은 어느 정도 탐욕을 내려놓은 듯했다. 그래서 미국 사회에서 더 손해를 입는 것은 받아들일 수 있었다. 그렇지만 한국에서 입은 마음의 상처와 분노의 기억을 내려 두지는 못했다. 분노는 발본색원이 참 어려운 것 같았다. 색계(色界) 초신천(初禪天: 욕계의 본질이 탐욕임을 알아 탐욕에서 벗어남)에 이르러 욕심이 사라져도 미세한 사량분별(思量分別)은 남아 있다는 말씀이 떠올랐다. 탐욕을 바탕으로 하는 미국 사회에서, 그래서 돈으로의 계산이 철저한 미국 사회에서, 스스로는 탐욕을 내려 두고 계산을 얼버무려 버리는 그분이 여전히 분노를 내려 두지 못하니 앞으로의 삶이 더욱더 어려워지겠구나 생각했다.

채소 농장에 짐승들이 참 많았다. 쥐는 강아지만큼 컸다. 칠면조, 사슴, 노루 등은 숲속 여기저기에서 불쑥 나와서는 무, 배추, 당근 들을 잘라 먹고 씹어 먹었다. 다람쥐며 고양이, 오리조차 살이 쪄서 뒤뚱뒤뚱 걸어 다녔다. 그들은 사람을 피하거나 무서워하지 않았다. 그들이 이것저것 갉아 먹고 뽑아 먹어도 그분은 싫은 내색 하지 않고 내버려 두었다. 그것 때문에 채소의 값을 정당하게 받지 못해도 아랑곳하지 않았다. 그분은 저 산짐승 들 짐승을 부양하기 위해 채소며 과일을 기르는 것 같기도 했다. '수처작주'하라던 서옹 스님의 가르침이 드디어 실현되었다. 그분은 사람 세상이 아니라 짐승 세상에서 주인 노릇을 하고 있었다. 그분을 동물 농장 농장장이라 부른다.

누가 나의 이름을 불러 주지 않으면

대학의 학내 행사는 주로 왕센터에서 열렸는데, 화요일마다 불교 명상 모임이 있었다. 열다섯 명 전후가 모였다. 첫 모임이어서 둘러앉아 자기를 소개했다. 그러고는 내가 모르는 티베트 고승의 책 일부를 읽고 소감을 이야기했다. 그룹 지도자 격인 백인 여성이 다가와 반갑게 맞이해 주었다. 그녀는 나의 수행법에 대해 큰 호기심이 생겼다고 했다. 사회를 보던 삭발의 백인 남자는 약간 거드름을 피웠다. 처음 온 사람에게 먼저 다가오기는커녕 눈길도 주지 않았다.

둘러앉았을 때 내 옆자리에 앉았던 백발성성한 백인 남성이 다시 나에게 다가와서는 자기가 대학 도서관에 근무한다고 했다. 그는 박성배 교수님을 알고 있었고 한국 불교에 대해서도 관심을 갖고 있었다. 우리는 다음 주 점심을 함께하기로 약속했다.

다음 주, 왕센터 쟈스민 식당 앞으로 나갔다. 약속 시각이 한참 지나서도 그 사람은 내 눈에 띄지 않았다. 주위를 다시 살펴보니 백발의 키 큰 남자가 저쪽에서 서성대고 있었다. 사실 그 사람은 아까부터 거기 있었다. 나도 그도 힐끗힐끗 서로를 바라보다가 눈이 마주치면 피하기를 반복했다. 약간의 감은 생겼지만 확신할 수 없었다. 10분이 더 지나도 그 사람보다 분명한 사람은 오지 않았다. 그 사람이 그 사람일 것 같았다. 그래도 결정적 확신은 생기지 않았다. 조금 더 기다렸다. 우리는 여전히 힐끗힐끗 서로를 바라보았다. 마침내 그가 내 쪽으로 다가왔다.

"강옥?"

그가 이 한마디를 내뱉기가 참 어려웠다. 그래서 나도 입을 열었다.

"크리스?"

우리는 거의 동시에 탄성을 질렀다. 우리는 20여 분 동안 서로를 힐끗힐끗 혹은 멍하니 바라보았지만 서로가 기다리는 바로 그 사람임을 확신할 수 없었다. 그러다가 서로의 이름을 불렀다. 서로의 몸과 얼굴에 그 이름을 덧씌우고서야 비로소 서로가 기다리는 그 사람임을 확인하고 인정할 수 있었다. 실물보다 이름의 확인이 필요한 우리. 그가 나를 '강옥'이라 불러 주고 난 뒤에야 나는 비로소 그의 강옥이 되었고, 내가 그를 '크리스'라고 불러 주고 난 다음에야 비로소 그는 나의 크리스가 되었다.

나는 무엇으로 나를 증명하는 것일까? 나는 과연 내가 맞는가? 나는 매일 아침 깨어나 '강옥아, 강옥아' 나를 불러 주며 스스로의 자기 동일성을 회복해 온 건 아닐까? 그러나 이름은 이름일 뿐 그것이 실재를 보장해 주는 것은 아닐진대, 나는 도대체 그 다른 무엇으로 나의 존재를 입증할 수 있는가. 내 얼굴도 내 몸도 내 옷도 내 숨소리도 내가 아니고 그래서 그것들로 타인에게 나임을 입증할 수 없으니 '강옥'이란 이름이 불리지 않고 그 이름이 부정되는 순간, 나는 이 세상에서 사라지는 게 아닐까.

크리스와 나는 쟈스민 식당 앞에서 오직 둘만 서서 서로를 멍하니 바라보면서 우리가 이 세상에 진짜로 있는 게 아니라는 것을 어슴푸레 느끼고 있었다.

종교적 자유주의 혹은 급진적 해방주의

크리스는 하버드대학에서 중동학(Middle East Studies)을 전공
했고 컬럼비아대학에서 문헌정보학으로 석사 학위를 받은 뒤 다
년간 여러 도서관에서 근무해 왔기에 그 권위를 인정받고 있었
다. 유명한 뉴욕 퍼블릭 라이브러리에서 근무했고 스토니부룩대
학에 와서는 도서관장도 역임했다. 『뉴욕타임스』지가 도서관 관
련 특집 기사를 쓸 때는 크리스의 자문을 구할 정도였다.

크리스와 나의 이야기는 자연스레 종교 쪽으로 나아갔다.
크리스는 불교 명상 쪽에 큰 관심을 가지고 있지만 불교를 종교
로 신봉하는 것은 아니었다. 그는 유니테리언(unitarian)이었다.
유니테리언은 기독교의 한 분파이기는 하지만 기독교에서 가장
엄격하게 중시하는 삼위일체론과 그리스도의 신성(神性)을 부
정하며 신격(神格)의 단일성을 주장하는 혁신 기독교 단체다. 유
니테리언은 자유주의적 경향을 강하게 띠며, 교회와 교리보다는
윤리와 덕목을 중요시한다고도 한다. 그 점은 유니테리언의 창
시자 세르베투스(1511~1553)의 일생에서 비롯되었다. 세르베
투스는 스페인 정부가 가톨릭교로의 개종을 거부한 유대인 12만
명을 추방하고, 이슬람교도와 무어인 수천 명을 화형시키는 만
행을 저지르는 것을 보고 가만히 있을 수 없었다. 교황은 허세를
부리고 거만했으며 황제는 그런 교황을 맹종했다. 세르베투스
는 신성한 종교가 이래서는 안 된다고 보고 종교 개혁 지도자들
을 잇달아 만났다. 특히 당시 최고의 권위를 가졌던 칼뱅(1509~

1564)에게 삼위일체론을 부정하는 글을 보냈다. 그러나 칼뱅은 그의 선의를 배반하고 그에게 불리한 문건을 로마 교회로 몰래 보내 버렸다. 로마 교회 재판소는 삼위일체 교리를 반대한다는 이유로 세르베투스에게 사형을 선고하며 '천천히 산 채로 태워 재로 만든다'는 잔인한 사형 집행 방식까지 정해 주었다. 그가 결국 가장 고통스런 처형을 당한 것은 종교적 신념에 따른 자유를 끝까지 관철했기 때문이었다. 오늘날 유니테리언들은 이런 정신을 더 철저히 지키며 독특한 종교 생활을 꾸려 가고 있다. 크리스가 기독교가 아닌 다른 종교에 대해서 보이는 유연한 자세는 유니테리언의 이런 역사와 정신에 닿아 있는 듯했다.

크리스는 또 헌신적 삶을 살다 가신 자기 어머니 이야기를 해 주었다. 크리스의 어머니는 바하이교(Bahá'í Faith) 신자이며 자신도 그 어머니의 영향을 크게 받았다고 했다. 바하이교는 종교의 통일과 인류의 통일을 함께 추구한다. 위대한 종교의 창시자들은 모두 신의 화현이며 인류를 계도하려는 성스러운 계획을 점진적으로 실천할 사람들이라고 바하이 교도들은 믿는다. 세상의 모든 종교는 지엽적인 차이가 있지만 근본에서는 모두 동일한 진리를 가르치기 때문이다. 고로 분열되어 있는 세상의 종교들을 통합하여 전 인류의 공통 종교로 만드는 것을 그들의 과업으로 생각한다. 지금까지 발발한 전쟁의 대부분이 종교 전쟁이라는 점을 환기하면 바하이 교도들의 이런 문제의식은 공감할 부분이 많다. 또 바하이교는 인류의 단일성을 믿기에 인종적이고 계급적인 편견을 철폐하며 남녀평등을 실천하고 극단적 빈부차별을 극복하려 하는 점에서 많은 사람의 지지를 받는다. 정의

야말로 인간 사회의 기본 원리이며, 종교는 세상 사람과 국민을 보호하는 성채가 되어야 하니, 지속적이고 보편적인 평화를 인류 최상의 목표로 설정한 것이다.

크리스의 어머니는 바하이교의 이런 정신을 일상생활에까지 관철했다. 장남인 크리스가 유니테리언으로 살면서 온 세계 사람의 상황과 문제에 대해 치열한 고민을 한다면, 차남인 폴은 세계 각국에서 버려진 아이를 입양하고 기르는 방식으로 인류애를 실천하고 있었다.

자신과 가족의 종교적 이력을 길게 이야기한 크리스가 물었다.

"강옥, 난 한마디로 종교적 자유주의자라네. 자네는 어떤 종교, 어떤 이념을 추구하는가?"

나는 크리스의 단도직입의 질문에 당황했다. 엉성한 영어로 담기 위해서는 나도 과감한 도식을 만들었다.

"크리스, 나는 한마디로 급진적 불교적 민중 해방주의자(Radical Buddhist Liberationist for People)라네. 중생은 자기가 부처라는 사실을 바로 보는 순간 모든 굴레와 번뇌로부터 해방될 수 있지. 그건 억압적 삶을 힘겹게 살아가느라 수행의 시간과 여건을 확보하지 못하는 민중도 한순간의 깨달음으로 해방될 수 있다는 희망의 메시지이지. 돈오돈수(Sudden Enlightenment)라고."

유니테리언과 바하이교도의 헌신과 열정에 정신이 얼얼해져 있던 나는 우리 불교에 대해서도 애써 'Radical'이란 어휘를 붙이고 싶었다. 종교적 자유주의자 혹은 '급진적' 해방주의자로서 우리는 이렇게 가슴 깊은 곳 한 지점에서 설레며 만났다.

일상의 티끌에 깃든 빛

지구의 반대편에서 살아왔고 나이는 열다섯 살이나 사이가 나는 크리스와 내가 친구가 되어 점심을 함께하고 다시 대학 카페에서 만나 온갖 이야기를 나누는 사이가 된 것이 꿈만 같았다. 크리스는 내가 생면부지의 곳에서 생활 여건을 마련하는 데 온갖 도움을 다 주었다. 내가 집을 렌트할 때는 자기 월급과 은행 잔고 증명서까지 제출하며 보증을 서 주었다.

　크리스의 첫 부인은 프리랜서 작가인 제인이다. 그녀는 자기 삶에 '익사이팅'한 것이 필요하다며 네 살도 안 된 딸 아들 쌍둥이를 남겨 두고 떠났다. 크리스는 재혼하기까지 몇 년 동안 혼자서 어린 아이들을 길렀다. 나도 아내 없이 5년간 젖먹이를 키우며 파란만장한 시간을 보낸 적이 있다. 그러니 우리는 아버지로서 어린 자식을 키운 유사한 경험을 했다. 그런 경험이 비슷한 업이 되었을 테고 그 강력한 업력(業力)이 우리로 하여금 다가가서 만나고 서로 위해 주게 했을 것이다. 물론 크리스의 인격 자체에서 비롯한 자비심이 원동력이 되었겠다.

　떠나간 제인은 최소한 네 명의 남자를 더 만나서 두 명의 아이를 더 낳았다. 크리스는 어린 아이들을 두고 떠나서 다른 남자와 살아가는 제인을 못마땅해하거나 미워한 적이 없다. 사랑했던 아내의 삶을 항상 그 자체로 인정하고 존중해 주었다. 세월이 흐른 뒤에도 여전히 가난하게 살아가는 제인을 챙겨 주고 걱정해 준다. 더욱이 크리스는 그녀가 재혼, 삼혼하여 낳은 자식들까지 거두어 준다. 그들을 만나 멘토가 되어 주고 혹은 자기 집에서 지내면서 학교를 다니게도 해 주었다.

자유로운 영혼을 가진 여인에 의해 이 세상에 태어나거나 이리저리 연결된 사람은 그녀의 새 남자들까지 합치면 열한 명 이상이다. 그들은 그 넓은 나라에서 혈통으로든 사랑으로든 서로 연결된다는 사실을 애써 확인하고 서로를 소중한 가족 구성원으로 인성하며 화기애애하게 지낸다. 네 명의 자식들에게도 세 명의 아버지는 그들 생명의 부끄럽고 어색한 출발점이 아니라 소중하고 감사한 존재 조건으로 받아들여졌다. 추수감사절이나 크리스마스 등에는 한자리에 모여서 행복한 시간을 보내곤 한다. 함께하는 공간에서나 떨어져 살아가는 시간에서나 크리스는 언제나 그들의 후견자가 된다. 크리스는 너무나 지적이고 자비로운 관세음보살이다.

사이를 찢고 밀쳐내기보다 서로 잇고 감싸 안는 그들의 모습을 나는 가까이서 바라보며 탄복했다. 크리스를 중심으로 한 대가족에게서 발견할 수 있는 이음과 감싸기는 크리스의 동생 폴에게서 더 감동적으로 확인됐다. 폴은 세계의 장애인들, 특히 한국인이 버리고 외면한 장애아들을 입양해서 당당한 미국 시민으로 살아가게 해 주고 있었다.

크리스와 그 가족의 이야기는 티끌 같은 일상에 얼핏얼핏 빛이 깃듦을 확인하게 했다. 아무리 사소하고 초라한 일상에도 소중한 가치가 깃들어 있다는 진실을 또렷하게 보여 주었다. 티끌 속에 시방세계가 깃들어 있다는 『화엄경』의 가르침이 가장 분명하다. 그러니 티끌을 깔보고 티끌 밖에서 그럴듯한 것을 찾

을 일이 아니다. 크리스와 그의 대가족은 내가 이국의 일상에서
오롯한 빛을 만날 수 있도록 해 준 은인이었다.

바닷가 숲속 선원 오션 젠도

크리스가 『반야심경』의 영역서인 『the Heart Sutra』와 참선 관련
영어 서적 몇 권을 가져다주었다. 사우스 햄튼에 참선 선원인 오
션 젠도(Ocean Zendo, 禪堂)가 있다고 했다. 알아보니 토요일마
다 참선 수행을 한다 해서 함께 다니기로 했다.

내가 차를 몰아 크리스의 집이 있는 패쵸그로 가서 크리스
를 태우고 동쪽으로 한 시간 가량 달려갔다. 오래된 시청과 은행,
소방서 건물이 성조기를 펄럭이고 있었다. 사우스 햄튼은 롱아
일랜드 지역에서 가장 일찍 개발된 지역이라고 크리스가 알려주
었다. 롱아일랜드에 철도가 건설된 것도, 뉴욕에서 비교적 멀리
있는 이곳이 일찍부터 개발된 덕이라는 것이었다. 예술가, 문인
이 이른 시기부터 많이 정착했고 그 뒤로 부자들이 별장을 마련
하기 시작했다.

도심 바로 뒤편으로 목가적 풍경이 펼쳐져 해변까지 이어졌
다. 수풀 사이사이에 조성된 경작지에는 콩인 듯 옥수수인 듯한
것들이 자라고 있었다. 바다가 꾸불꾸불 좁은 만곡을 이루는 곳
에 작고 오래된 돌다리가 있었고 그 주위로 갈대가 무성했다. 나

는 고향의 풍경을 떠올렸다. 갈매기들이 끼룩끼룩 한가하게 날아다녔고 역시나 몸집이 큰 오리들은 뒤뚱뒤뚱 걸어가다 물속으로 풍덩 들어갔다. 부자의 별장들이 숲 사이로 듬성듬성 보였다. 그 숲속 어름에 시멘트벽이 그대로 드러난 집이 있었다. 선원은 검소하여 초라하기까지 했다. 낮고 낡은 나무 대문이 그 표시가 될 뿐 이름난 수행처라고 알아보기 어려웠다. 나무문을 미니 끼이익 소리가 났다. 안은 어두워 사람 얼굴을 분간하기 어려웠다. 익숙지 않은 향냄새가 났다.

법당은 긴 직사각형이었는데 빛이 잘 들어오는 쪽 벽 중간에 동그랗고 작은 유리창을 냈고 그 아래 20센티도 안 되는 작은 불상을 모셨다. 불상은 눈도 코도 입도 그 형상이 뚜렷하지 않았다. 나머지 세 벽에서 40센티 정도 낮은 단을 붙여 만들고 그 위에 방석을 가지런히 놓아두었다. 그곳이 좌선하는 곳이다.

오션 젠도는 약 25년 전 피터 매터슨 스님(Rōshi, 老師)에 의해 설립되었다. 매터슨 스님은 1990년대를 풍미한 저명한 소설가로 말기 암을 앓고 있었다. 그는 일본 조동종(曹洞宗, Sōtō Zen)의 마에즈미 스님의 도를 이어받았다 하는데, 마에즈미 스님은 일본 조동종 선을 미국으로 옮겨온 첫 세대 스승이었다. 조동종 법맥을 따지면 매터슨 스님은 90대가 되는데 법맥을 91대 미첼 엥구에게 넘겨준 지 오래되었다. 미첼 엥구는 제빵업 사업을 하는 분으로 나이는 40대로 보였다. 그는 법맥을 이어서 오션 젠도를 수행 단체로 잘 꾸려 가고 있는 것 같았다. 특이한 것은 엥구가 중심이 되긴 하지만 그를 포함한 네 명의 지도자(Sensei, 先生)가 집단 지도 체제를 구축하고 있다는 점이다. 나머지 지도자는 도로시, 린다, 프리드맨이다.

크리스와 나는 불상 앞으로 나가서 반배를 하고 돌아서서도 참석자들을 향해 반배를 했다. 빈자리를 찾아가서 다시 그 자리를 향해 반배를 하고는 앉았다. 매터슨 스님이 들어왔다. 자신의 뒤를 이은 새 지도자 엥구 앞으로 먼저 가 절을 올리고는 제 자리로 갔다. 아만과는 너무 다른 겸양을 목격했다.

아침 8시가 되니 징을 쳤다. 아주 낮고 청아한 소리가 났다. 의식이 시작되었다. 영역 『반야심경』을 리드미컬하게 봉송했다. 이어서 일본어 염불을 독송했는데 크리스와 나는 일본어 발음을 표시한 알파벳을 보고 그대로 읽었다. 역시 리듬감이 느껴졌고 모두들 정확하게 박자를 맞춰서 낭송했다. 영어나 일본어 염불도 우리말 염불 못지않게 운율과 박자를 만드는 것 같아 듣기에 좋았다.

이같은 의식이 끝나자 모두 일어나 한 방향으로 줄을 만들어 법당 안을 천천히 한 바퀴 돌고는 밖으로 나갔다. 밖의 정원에는 둥근 돌들이 일정한 간격으로 놓여 있었다. 우리는 맨발로 그 돌들을 밟으며 천천히 걸었다. 행선이며 걷기 명상이었다. 법당의 뒷마당으로 돌아가니 정방형의 나무판이 일정한 간격으로 놓여 있었다. 우리는 그 위로 몇 바퀴 돌다가 법당으로 돌아왔다.

벽을 향하여 앉아서 30분간 참선을 했다. 어떤 안내나 지시도 없었다. 그냥 갈매기 끼룩끼룩 우는 소리를 들으며 가만히 앉았다. 다소 딱딱한 둥근 쿠션이 내 몸에 잘 맞지는 않았지만 그런대로 앉은 자세를 편안하게 만들어 주었다. 수행 기운이 단단히 형성되어 있는 덕인지 화두가 잘 들리고 선정에 들어갔다.

참선이 끝나자 또 다른 의식을 올린다 했다. 며칠 전에 앨리란 여성이 작고했는데 그녀를 화장한 뼛가루를 뒷마당에 뿌리는 것이다. 뒷마당으로 다시 가 보니 작은 상 위에 아주 작은 망자의 사진과 아주 짧은 향과 아주 작은 촛불과 망자가 펴낸 책 두 권이 놓여 있었다. 돌아가며 망자에 대해 회상하고 명복을 빌어 주었다. 그러고는 스푼으로 뼛가루를 두 번 떠서 각자 손바닥에 올렸다. 하늘을 향해, 나무 둘레에, 바위 위에 조금씩 뿌렸다. 울기도 하고 웃기도 했다.

의식을 마치고 법당 옆방으로 가서 둘러앉았다. 차를 마시며 수행 경험과 단상을 나누는 시간이었다. 이 시간을 카운설 토크(counsel talk)라 불렀다. 인디언 마을 공동체의 전통을 계승한 것이라고 한다. 바닷가에서 주워 온 작은 돌 하나를 손에서 손으로 전해 주면서 이야기를 이어 갔다. 엉뚱한 내용도 있고 유치한 도식도 있었지만 모두들 진지하게 말하고 듣고 반응했다. 한 사람이 이야기를 끝내면 돌을 옆 사람에게 넘겨준다. 옆 사람은 그 돌을 두 손으로 감싸면서 이야기를 이어 갔다. 이야기가 한 바퀴만 돌아도 돌은 따뜻해졌다. 돌의 감촉에서 그들이 공유하는 지혜와 신심을 느낄 수 있다. 돌을 두 손에 받아 들고 감싸서 합장하듯 하다가 아무 말도 하지 않고 옆 사람에게 돌을 넘겨주기도 했다. 역시 묵언이 가장 큰 감동을 주었다.

그들 이야기에는 지난 일주일의 일상이 깃들고 각자의 수행법도 넌지시 드러났다. 지도자 네 사람 중, 엥구와 린다는 피터 매터슨이 가르쳐 준 일본 조동종의 수행법을 그대로 받아들여 실천하고 있었다. 도로시는 티베트 불교와 틱낫한 불교에 가까웠다. 그녀는 다른 곳에서 수행 생활을 하다 이곳에 늦게 합류하여 지도자가 되었는데, 표정과 행동에서 가장 엄격하면서도 무거운 분위기를 만들었다. 그녀는 행선도 하지 않고 두 시간 이상 자기 자리에 앉아 있었다.

이들은 모두 생업을 갖고 있으면서도 머리를 깎고 간절히 수행을 이끌며 실천하고 있었다. 이들은 일상에 매몰되지 않기 위해 수행을 했지만 일상적 문제의식을 외면하지 않았다. 나는 그곳의 유일한 동양인으로서 그 뒤로 예불과 수련회에 거듭 참여하면서 큰 감동을 받았다. 그들의 언행을 나 자신의 수행에 경책으로 삼게 되었다. '사다리 참선'이라는 일본 선 수행법을 폄하하는 말을 많이 들어 온 내가 그런 선입견을 내려 두게도 되었다.

오션 젠도는 누구에게도 문을 열어 주고 너그럽게 받아들였다. 새로 온 사람이 자신들과 다른 수행법을 추구하더라도 문제 삼지 않았다. 누구라도 자유롭고 평등하게 수행에 동참하게 하지만 수행 경험이나 수준에서 위계를 자치적으로 설정했다. 그런 위계는 도반 사이의 위화감을 조성하기보다는 수행 분위기를 고양시켰다. 네 명의 수행 지도자들 사이에도 격의 없고 따뜻한 대화가 이루어지는 것이 더욱 인상적이었다. 이들의 수행법은 한국 화두 수행법과는 상당히 거리가 있는 것이긴 했지만, 그들이 스스로 꾸려 가는 신행(信行)의 모습은 나로 하여금 여러 면에서 많은 것을 반성하게 했다.

유리창의 줄탁동시

오션 젠도는 요일별 수행 계획을 세워 두었다. 월요일은 오후 5시 ~6시 좌선, 오후 6시~7시 경전 공부, 화요일부터 금요일까지는 오전 8시~8시 40분 좌선, 토요일은 오전 8시~8시 25분 예불, 8시 30분~9시 5분 좌선, 9시 15분~10시 계율 공부, 일요일은 오후 5시 30분~6시 10분 좌선을 했다.

하루 내내 좌선을 하는 용맹정진 스케줄도 있었다. 한 달에 한 번 꼴로 화요일과 일요일을 번갈아 가며 했다. 크리스는 오래 앉아 있기 힘들어하여 용맹정진에는 나 혼자 참여했다. 오션 젠도로 가기 위해 '해 뜨는 고속도로'(Sunrise Highway)를 타야 한다. 새벽에 출발해 동쪽으로 동쪽으로 달려가다 보면 정면에서 엄청나게 큰 붉은 해가 떠올랐다. 붉은 해는 눈부시지 않으면서 맑은 정기를 주었다. 좁은 구름다리에서 보는 갈대밭과 긴 해안은 더욱 아름다웠다. 온갖 새들이 이른 아침부터 지저귀었다.

가져간 바나나를 불단에 올리고 정해진 내 자리를 찾는데 어두워 잘 보이지 않았다. 린다 옆에 빈자리가 있어 앉았지만 알고 보니 내 자리는 몇 단계 더 아래였다. 나는 아직 지도자 린다와 나란히 앉을 처지가 아니었다.

오전에는 30분의 좌선과 10분 행선(行禪)을 몇 번 거듭했다. 점심 공양 때는 각자가 가져간 요구르트며 바나나며 빵이며 과일들을 알맞게 가려서 먹었다. 그리고 울력을 시작했다. 나는 한 시간 내내 마당의 잡초를 뽑았다. 그곳의 잡초는 파 모양이었다. 파 냄새가 나는 것 같기도 했다. 비옥한 곳은 잡초도 탐스럽구나 생각하면서 몇 바구니의 파 닮은 잡초를 뽑아 버렸다.

오후에도 오전과 똑같이 좌선을 거듭했다. 마무리 즈음이 되니 피터 매터슨 스님이 노구를 이끌고 느릿느릿 들어왔다. 불상을 향해 삼배를 하고는 둘러앉은 우리 앞으로 와서 한 사람씩 축원해 주었다. 우리는 반배로 답례했다. 매터슨 스님은 한참 뒤 법문을 시작했다. 다르마 토크(dharma talk)라 불렀다. 스님은 당신이 산책하며 들은 새소리에 대해 이야기했다. 들판 숲속의 모든 새들이 조화롭게 잘 살아가고 있으며 그들이 사람인 자기에게 많은 법문을 들려주었다. 그에 비하면 사람은 그렇지 못한 것 같으며, 그에 대해 참 많은 생각을 했다는 취지였다.

조주 스님의 무(無) 자 화두가 연상되었다. 새와 짐승과 나무가 모두 깨달은 존재이듯 개도 불성을 가진 것이 아닌가. 그래서 개에게 불성이 없다고 대답한 조주 스님의 말씀이 엄청난 충격을 주었고 그것이 오늘날까지 가장 중요한 화두가 되고 있지 않은가. 자연의 짐승과 식물은 존재를 있는 그대로 인정하고 받아들여서 잘 살아가는데 유독 사람만은 언어를 만들어 내어 분별심을 부추기고 온갖 망상에 허덕이는 것이 아닌가.

그러나 다른 한편 개념적 언어를 갖지 못한 짐승과 식물은 자신에 대한 성찰이 불가능하니 궁극의 깨달음에 이르지는 못한 게 아닌가 하는 생각도 들었다. 사람이 이 세상에서 해야 할 가장 중요한 일은 언어에 매몰되지 않으면서 그 언어를 알맞게 활용하는 것이라는 생각에 이르렀다.

스토니부룩의 집이 떠올랐다. 숲속 우리 집 창문으로는 바깥 풍경이 그대로 들어왔다. 창가 의자에 앉으면 다람쥐며 딱따구리가 풀밭과 나무 위에서 열심히 일하는 모습을 살펴볼 수 있었다. 나는 하루 내내 그들을 바라보며 지내기도 했다. 그들을 보고 있노라면 어떻게 저리도 완벽하게 몰입하여 일을 열심히 할 수 있을까, 감동이 일었다. 그런데 그들의 일거수일투족은 뭔가를 입 안으로 집어넣어 씹거나 삼키는 것으로 귀결되었다. 그들의 행동은 그렇게 자동화되어 있었다.

사람의 하루가 떠올랐다. 사람이야말로 한순간도 놓치지 않고 뭔가를 밖에서 가져와 내 것으로 만들려는 행위가 자동화되어 있지 않은가. 미국에 와서 특히 놀란 것이 있다. 도로 가에 거대한 쇼핑몰이 즐비했고, 사람들은 복작복작 이것저것 물건을 골라 카트 가득 싣고 있었다. 대부분은 먹을거리였다. 미국 자본주의는 거대한 소비의 톱니바퀴를 잠시도 쉬게 해 주지 않았다.

이런 사람이 저 숲속의 다람쥐나 딱따구리와 무엇이 다른가. 나아가 다람쥐나 딱따구리는 그렇게 자동화된 행동을 하면서 그것에 몰입하고 아무 탈 없이 잘 살아가지만 사람은 한없이 다른 사람과 비교하며 흔들리는 것이 아닌가.

하기야, 다람쥐나 딱따구리와는 다르게 보이는 사람도 있었다. 일상의 습관적 반복에서 벗어나려고 몸부림치는 사람들. 수행의 길을 가는 사람들도 그중 한 무리였다. 그들은 한꺼번에 그 습관과 관성을 떨쳐 내고 진정 자기가 주인이 되는 삶을 꿈꾸고 있는 것 같았다.

아침 햇살이 주신 정기 덕인지 수행은 농밀하게 잘 지속되었다. 문득 '밖에서 찾지 마라' '내 안에 모든 것이 있다'는 말씀이 떠오르며 그것이 회광반조(回光返照)와 연결되었다. 나의 과거가 '이 뭐꼬?'의 대상 텍스트였다. '이 뭐꼬?' 하면서 지금까지 내가 겪은 일들이 도대체 무엇인가? 왜 그런가? 그래서 나는 과연 어떤 존재인가? 이런 의문을 계속 품어 가는 것이었다.

그러니 초등학교 시절이 다시 생각났다. 그 시절 나는 학교에서 돌아오자마자 소를 몰고 강둑으로 갔다. 소는 놓아두고 흐르는 강물을 바라보고 하늘을 우러러 보았다. 풀 향기에 취했다. 해가 뉘엿뉘엿 기울어 낙조가 지면 고삐를 끌고 집으로 돌아왔다. 한쪽 뿔이 약간 굽은 우리 소를 우리 집 식구가 아니라고 여긴 적은 없었다. 아버지는 그 소를 구포 장으로 끌고 가서 팔았다. 생계가 막막했기 때문이다. 문득 한 줄기 감상이 일어났다. 소나 나나 고향을 잃고 시장에 팔렸다.

내 과거 삶의 텍스트는 '이 뭐꼬?' 화두를 구체화하고 거기에 집중하는 데 큰 도움이 되었다. 다만 과거 형상과 망상에 빠져서는 안 될 것이고, 바라보면서 이게 뭐꼬? 하는 의심으로 일관해야 할 것이었다.

망상으로 화두가 흐트러지는가 했는데 유리창에서 톡톡 소리가 났다. 새 한 마리가 밖에서 유리창을 쪼기 시작했다. 아, 줄탁동시(啐啄同時)다. 병아리가 알 속에서 껍질을 쪼아 세상 밖으로 나가기 위해 간절히 몸부림칠 때, 밖에서 그걸 꿰뚫어 아는 어미 닭도 그 자리를 정확히 쪼아 준다는 것. 새는 나의 어미닭이고 경책을 내리는 선지식이었다. 순간 망상의 껍질을 한꺼번에 깨고 나갈 수 있을 것 같은 환희심이 일었다. 그 힘으로 화두를 더 굳건히 잡을 수 있었다.

유리창의 줄탁동시 : 롱아일랜드 2010

섬 안의 섬, 꿈속의 꿈

2박 3일 동안 오션 젠도 겨울 수련회가 시작됐다. 다른 참석자가 모두 백인 미국인이라 좀 부담되긴 했지만 지금까지 내가 보고 느끼지 못했던 수행 문화를 경험할 수 있을 것 같아 적지 않게 기대도 되었다. 장소는 셸터 아일랜드라는 섬에 있는 수련 센터 (Retreat Center)였다.

스토니부룩에서 25번 도로를 타고 동쪽으로 얼마 달리지 않았는데 목가적 풍경이 펼쳐졌다. 근처에 포도가 많이 재배되어 와이너리도 곳곳에 안내 팻말을 세워 두고 있었다. 복숭아 농원도 많았는데 그 봄날 풍경이 궁금했다. 봄이 되면 영남대학이 있는 경산만큼 복사꽃 천지가 되는지 보고 싶었다. 꽃 농장도 있었다. 겨울철인데도 꽃들은 다채로운 색깔을 보여 주고 있었다.

섬으로 들어가기 위해서는 페리를 타야 했다. 도선장은 남쪽과 북쪽 두 군데가 있는데, 남쪽 페리를 타려 했지만, 내비게이션은 북쪽 페리로 인도했다. 승용차 15대는 족히 실을 수 있는 페리들이 연이어 오가고 있었다. 페리를 타고 내리는 것이 건널목 건너는 것처럼 간편했다. 뉴욕주에서 다리를 놓으려 했을 때 셸터 아일랜드 주민들은 격렬하게 반대하여 아직까지 페리만 운행되고 있었다. 셸터 아일랜드 사람들은 자기들이 섬사람으로 남기를 원했다.

페리 위에서 바다를 바라보았다. 맑은 바닷물은 내가 본 어떤 호수보다 더 잔잔했다. 롱아일랜드 땅이 악어의 벌린 입 모양이라면 셸터 아일랜드는 그 입 속의 한 점 먹이처럼 포획된 형국이었다. 바라 보이는 것은 호수인가 바다인가. 호수보다 더 호수처럼 보이지만 호수가 아니라 바다다. 정신 차리라고 나를 다그쳤다. 바다는 바다지 하다가도 나도 모르게 한가로운 호수 속을 가로질러 가고 있다는 착각에 빠졌다. 대뜸 불어온 거센 바닷바람에 정신을 번쩍 차렸다.

셸터 아일랜드에는 우체국, 소방서 건물이 고색을 띠고 있었다. 이 섬에도 오션 젠도가 있는 사우스 햄튼 지역 못지않게 이른 시기부터 부자들이 들어와 살기 시작한 것 같았다. 도로변의 집들은 오래된 정취가 뚜렷했다. 부자의 별장인 것 같기도 하고 은둔한 사람들의 삶터 같기도 했다.

수련 센터는 크고 작은 몇 채의 집들로 이루어져 있었다. 십자가가 보이는 걸 보면 다양한 종교 단체에서 사용하는 것 같았다. 어떤 집 앞에는 사람들이 모여 있기도 하고 어떤 집은 인기척조차 없었다. 입구에 플래카드를 걸거나 최소한 안내문이라도 있을 것 같아서 찾았지만 아무 것도 없었다. 한참 헤매고 있으니 사무실인 듯한 집에서 한 여성이 나와서 어딜 찾느냐 물었다. 오션 젠도 수련회에 간다고 하니 애즈베리란 이름의 집으로 가라고 안내해 주었다. 애즈베리는 오래된 2층 저택이었다.

지도자 미첼과 린다가 밖에서 기다리고 있다가 반갑게 맞이해 주었다. 특히 린다는 내가 이곳을 못 찾아 고생할까 걱정을 많이 했다 한다. 밖에서 이런 저런 이야기를 나누다가 미첼이 안으로 안내하여 차를 대접했다. 1층에는 화장실과 작은 방 하나, 응접실, 그리고 열 평 남짓한 홀이 있고 2층에는 여러 개의 작은 방과 화장실 두 개가 있었다.

나는 바다가 내려다보이는 2층의 방을 배당받았다. 방에는 이층 침대가 있었는데 게르만계 남자가 먼저 아래층에 짐을 두고 있어 나는 위로 올라갔다. 그는 작은 키에 앞머리가 벗겨졌는데 언제나 미소만 지을 뿐 말은 거의 하지 않았다. 내가 몇 마디 해도 딱 한마디로만 대꾸했고 더 이상 말을 하지 않았다. 그는 기계적일 만큼 일정을 잘 따랐지만 좌선에는 능숙하지 않았다. 이상한 것은 수련회가 끝난 뒤 오션 젠도에서 여러 번 만났지만 그는 단 한 번도 나와 눈을 맞추거나 나를 알아보고 말을 걸지 않았다는 점이다. 그에게 나는 유령과 같은 존재였다. 다른 사람에게는 꽤나 쾌활하게 대하는 것 같은데 유독 나에게만 그런 것을 보면 문제의 상당 부분은 나에게 있을 수도 있겠지만 그게 뭔지 알수가 없었다.

수행 정진이 시작되었다. 앉아서 좌선하는 것이나 일어서서 행선하는 것, 심지어 화장실 앞에서 오래 기다리는 것까지 한국에서의 수련회와 큰 차이는 없었다. 다만 다르마 토크를 지도자 4인방이 돌아가며 한다는 점은 색달랐다. 4인방은 수련생이면서도 스님이었다. 미첼과 프리드맨은 미리 준비한 법문 요약지를 앉은뱅이책상에 올려놓고 때로는 읽고 때로는 웃음을 유도하면서 자기 식 설명을 곁들였다. 나름대로 무난한 법문이었다. 매터슨 스님도 먼 길을 마다않고 찾아와서 격려를 해 주고 축원도 해주었다.

또 다른 점은 독대 점검(Dokusan, 獨參) 시간이 있다는 것이다. 도로시가 독대 점검을 이끌었다. 수행 중에 자기 차례가 되면 살며시 일어나 도로시가 기다리고 있는 2층 방으로 올라갔다. 드디어 내 차례가 되었다. 나는 잔뜩 긴장하며 올라갔다. 혹 영어로 법거량(法擧量: 도의 경지를 파악하기 위한 문답. 즉문즉답으로 진행된다. 화두를 타파했다면 그 답은 정확하고 막힘이 없어야 한다)이라도 하면 어쩌나 걱정하기도 했다. 도로시는 아무 표정 없이 나를 맞았다. 나는 그들의 격식과 관계없이 삼배를 올렸다. 좌정을 하자 도로시가 '무슨 문제'가 있느냐고 물었다. 나는 별다른 문제나 어려움은 없다고 답했다. 침묵이 흘렀다. 한참을 가만히 있었다. 내가 무안해서 '이 송장 끌고 다니는 이 뭐꼬?' 화두를 들고 있는데 힘을 좀 실어 달라고 했다. 도로시는 화두 참선을 하지 않기 때문에 아무 말도 해 줄 수 없다고 했다. 그러고는 큰 눈을 껌뻑껌뻑하면서 나를 바라보았다. 나가란 뜻으로 받아들였다. 그렇게 독대 점검은 끝났다. 뚜렷한 지적이나 메시지는 없었지만 수행을 오래한 분과 마주 앉아 좋은 기운을 공유해서인지 그 뒤로 화두가 더 성성하게 잘 들렸다.

중간 행선이 끝나면 다과를 들며 대화를 나누곤 했다. 묵언을 시행하지는 않았지만 말을 가리고 줄여서 조곤조곤 조심조심하는 모습에서 진지함을 느낄 수 있었다.

열다섯 명의 도반이 1층 거실에서 정진하는 열기가 대단했다. 이틀째 수행의 결기는 더했다. 어두컴컴한 방에서 마주 앉아 선정에 들어가니 낙엽 뒹구는 소리조차 용인되지 못할 정적이 이루어졌다. 그 절정의 경지가 얼마나 계속되었을까? 문득 '엥구!' 하는 크고 깊은 고함이 터져 나왔다. 그 소리는 저택의 높은 천장에 울려 메아리가 되었다. 중심 자리에 앉아 있던 지도자 미쳴이 소리친 것이었다. 나는 깜짝 놀랐다. 그리고 참석자 중 '엥구'란 사람이 허튼 행동을 하며 수행에 집중하지 않는 것을 포착한 지도자가 그 이름을 불러 꾸중했다고 짐작했다. 내 마음까지 불편해지고 가슴이 뛰었다. 아무리 지도자라 해도 대중이 모인 가운데 그것도 정적이 무르익을 즈음에 특정인의 이름을 불러 무안을 주다니 너무하다는 생각이 들었다.

휴식 시간에 나는 '엥구'가 다름 아닌 지도자 미쳴 자신의 패밀리 네임이란 사실을 재확인하고는 깜짝 놀랐다. 그리고 오래 감동했다. 지도자 미쳴은 자기가 이끌어 가고 있는 도반 앞에서 자신이 망상에 빠져 수행에 집중하지 못했음을 고백했던 것이다. 그리고 스스로를 내동댕이쳤다. 가문을 욕되게 하면서까지. 그것은 자신을 숨기지 않은 참회였으며 스스로를 망가뜨려 대중의 결기를 더 단단히 다지게 한 살신성인이었다. 과연 나는 그 뒤로 더 생생하게 정진할 수 있었다.

둘째 밤을 앞두고 4인방이 모였다. 무르익은 수행 분위기를 더욱 고조시키기 위해 철야 용맹정진을 하기로 결정했다. 다들 철야의 경험이 없고 오래 앉아 있는 것을 힘들어하기에 그들을 따를 사람이 없을 것이라 판단했다.

지도자 린다가 살짝 나를 불러냈다. 그녀는 내가 이번 참가자 중에서 가장 열의가 있으며 또 '훌륭하게' 잘 앉아 있는다고 4인방이 입을 모았다며 자기들과 함께 용맹정진을 하자고 제안했다. 나는 감사를 표시하며 기꺼이 하겠다고 말했다. 약간의 자부심과 안도감을 느꼈다. 몸이 굳센 서양인들과 함께 자고 나란히 앉아 좌선을 해도 뒤처지지 않음을 확인했기 때문이다. 우리는 마지막 밤을 더욱 잘 지켰다.

　다음 날 오전까지 좌선은 이어졌다. 그리고 드디어 마무리의 시각이 다가왔다. 모두들 감격하고 있었다. 돌아가면서 간단히 소감을 이야기했다. 나도 유일한 동양인으로서 참가할 수 있었고 도반들에게 더 가까이 다가가게 되어 감사하다는 인사를 먼저 하고 그곳 셸터 아일랜드의 기운이 수행하기에 참 좋은 것 같다고 소감을 말했다.

　지도자 미첼이 먼저 오른손을 높이 들었다. 그러자 나머지 사람들도 따라서 손을 들었다. 그리고 한 음절 한 음절 소리를 정확하게 맞추어 외쳤다.

　"awakening!"

　깨어나자고 외친 것이다. 그렇다면 그때까지 잠을 자고 꿈을 꾸고 있었다는 것을 전제해야 하지 않는가? 부처님은 시종 이 세상 사람들이 조작해 낸 유위법(有爲法)의 세계가 다 꿈이고 환이고 이슬이며 번개라고 말씀하셨다. 그러나 그들은 자기들이 꿈을 꾸어 왔다고는 결코 생각지 않는 것 같았다. 지금이 깨어 있는 상태라는 것을 조금도 의심하지 않았다. 꿈을 꾸고 있는 사람이 자기가 꿈속에 있다는 사실을 인정하지도 않으면서 스스로 깨어나자고 외치는 아이러니. 그들은 지금 여기서 각성하여 좀더 나아가자는 '파이팅'의 뜻으로 '어웨이크닝'을 외친 것 같았다.

　부처님은 새벽별을 보고 깨달은 직후 과연 그 깨달음의 내용을 사람들에게 전할까 말까 고민했다. "당신들 지금 꿈꾸고 있다네!"라고 말했을 때 도대체 그 누가 놀라지 않고 그 말씀을 그대로 받아들일지 확신이 들지 않았던 것이다. 부처님의 마음을 꿰뚫어 아신 우리 원효대사도 1500년 전에 이렇게 말씀하셨다.

> 잠들어 꿈을 꾸었네. 꿈속에서 자기 몸이 홍수에
> 떠내려가는 걸 보았네. 꿈꾸는 마음이 그 모습을 만들어
> 낸 것 알지 못하고 정말 자기가 물에 빠져 죽는 줄 알고
> 두려워했다네. 그런 꿈에서 미처 깨어나지 못했는데 또
> 다른 꿈을 꾸었네. 자기가 홍수에 떠내려가는 걸 또 보았네.
> 이번에는 저 모습이 꿈인 줄 알고는 놀라지 않네. 그러나
> 자기가 침상에 누워 큰 꿈을 꾸고 있는 사실을 알아차려서
> 머리 흔들고 손 내저어 완전히 깨어나려고 몸부림치지를
> 않는다네.
> ─「대승육정참회문」(大乘六情懺悔文)

꿈속에서 꿈을 꾸며 꿈인 줄 아는 것은 오히려 자기가 처음
부터 꿈속에 있다는 사실을 알지 못하게 만든다고 했다. 꿈속의
꿈의 장면을 바라보는 것은 자기 자신이 꿈속에 있는 것이 아니
라 깨어 있다고 착각하게 만든다는 뜻이다. 부처님도 그랬고 원
효대사도 그랬고 『구운몽』에서 육관대사도 그렇게 말했다.

셸터 아일랜드가 롱아일랜드 땅으로 둘러싸인 섬이라는 사
실이 다시 떠오른다. 롱아일랜드도 섬이니 셸터 아일랜드는 섬
속의 섬이다. 사람들은 페리를 타고 섬으로 들어가는 것에 골몰
하여 출발지인 롱아일랜드가 섬이란 사실을 유념하지 못한다.
롱아일랜드 사람들은 어느새 자기들이 살고 있는 롱아일랜드가
섬이란 걸 잊고 육지라고 착각한다. 섬인 셸터 아일랜드에서 롱

아일랜드로 나왔다고 해서 섬인 롱아일랜드가 육지로 바뀌는 것은 아니다. 아니 나아가 지구의 어떤 대륙이 섬 아닌 게 있을까.

돌아와 나를 못 알아보던 혹은 모르는 체했던 게르만계 중년 남성을 다시 생각한다. 그는 셸터 아일랜드가 섬이지 대륙이 아니듯 그 속에서의 2박 3일이 꿈이지 현실이 아니라는 사실을 정확히 보았던 유일한 사람이 아니었을까. 그와 나는 같은 방에서 아무리 긴 시간을 함께했다 하더라도 꿈속에서 그랬을 뿐 현실에서는 단 한 시간도 함께하지 않은 셈이니 그가 나를 알아보지 못하거나 무시한 것은 당연하지 않을까. 그러나 그도 돌아온 롱아일랜드의 오션 젠도가 꿈이 아니라 현실이라는 것을 당연하게 여기고 있다는 점에서 다른 사람과 다를 바 없었다.

여기 롱아일랜드가 셸터 아일랜드와 다름없는 섬이라는 걸 자각하고 받아들이는 것이 어렵듯, 지금 우리가 깨어 있는 게 아니라 꿈을 꾸고 있다는 걸 알고 받아들이는 것이 얼마나 어려운 일인가. 섬에서 섬으로 갔다 섬에서 섬으로 돌아온 여정의 구조는 이번 겨울 수련회가 내려 준 가장 무겁고 거룩한 화두였다.

롱아일랜드 불보살의 땅

2011년 연구년이 끝나자 나는 한국으로 돌아갔다가 일 년여 만에 다시 롱아일랜드를 방문했다. 크리스는 온갖 종류의 지도를 보관하는 지도 도서관 2층에 새 연구실을 얻어 있었다. 귀고리에 대한 책을 펴낸 뒤 이제는 문학 작품에 나오는 도서관과 도서관 사서에 대한 책을 준비하고 있었다. 나는 송광사 목조삼존불감 모조품을 선물로 주고 2012년 부산 안국선원에서 겪은 나의 특별한 경험에 대해 이야기해 주었다.

크리스는 내가 떠난 뒤로 오션 젠도에 갈 엄두를 못 냈다고 했다. 그 사이 매터슨 스님이 열반하셨다. 말기 암을 극복하기는 어려웠을 것이다. 토요일 오션 젠도에 다시 가 보기로 약속했다.

해 뜨는 고속도로의 풍광은 장엄했다. 사우스 햄튼은 여전히 아름답고 평화롭게 보였다. 물오리 갈매기 떼도 변함없었다. 돌다리에서 극락의 모습을 보았다. 오션 젠도에 이르렀다. 문이 잠겨 있었다. 걱정하던 일이 일어났다.

사실 오션 젠도의 땅은 매터슨 스님 소유였다. 스님은 재취 부인과 전처소생 두 아들을 불교 신행 쪽으로 이끌지 못했다. 그래서 스님이 돌아가시면 젠도가 어떻게 될지 다들 걱정했다. 과연 스님이 열반하시자 재산 처분 문제로 모자가 갈등했고 결국 저택은 팔렸다. 새 주인은 오션 젠도를 허물어 정원을 조성하기로 작정했다. 유니테리언 교회가 집 잃은 오션 젠도 도반들에게 법회와 수행을 위한 자리를 빌려준다 했다. 교회에서 『반야심경』을 봉송할 것이다. 크리스천 유니테리언의 자비를 느낀다.

나는 다시 그곳을 찾아오지 못할 것 같았다. 사람은 그렇게 떠나가고 만남은 기억만으로 남을 것이다. 돌아오는 풍경이 다르게 보였다. 눈에 꼭꼭 각인하려 했지만 잔상은 금방 사라졌다.

크리스는 멀리까지 차를 타고 온 탓인지 졸다가 잠이 들었다. 자는 크리스의 옆얼굴을 보았다. 노쇠한 노인의 얼굴이다. 낮잠을 자면서도 꿈을 꾸고 있을까. 크리스는 꿈을 많이 꾸고 꿈의 내용을 기록해 오고 있다고 했다. 조선 시대 사대부도 기몽(記夢)이라며 자신의 꿈을 기록했고 그걸 서사적으로 발전시켜 몽유록(夢遊錄)으로 만들었다. 그런 조선 사대부를 크리스가 닮았다는 생각이 문득 들었다.

크리스가 꿈 경험을 현실 존재의 명백한 증거로 받아들였다면, 나는 꿈 경험이야말로 현실이 꿈과 다를 바 없다는 것을 입증하는 증거로 삼았다. 크리스와 나는 참 많은 점이 닮았고 거의 대부분의 견해를 공유했지만 유독 꿈에 대해서는 상반된 해석을 했다. 내가 '현실은 꿈이다' 하면 크리스는 언제나 반론을 제기하며 자기를 설득해 보라고 말했다. 나는 크리스를 설득할 수 있는 말과 논리를 마련하느라 이 세상에 대해 참으로 많이 관찰하고 사유했다. 크리스는 그렇게 내 사유와 수행이 무르익도록 소중한 계기들을 끊임없이 마련해 주었다. 지혜의 화신이신 문수보살은 수행자가 한 걸음 더 나아갈수록 넌지시 힘을 주신다 했는데, 그러고 보면 미국 지식인 크리스가 내 곁에 오신 문수보살일 것 같기도 했다.

아니, 지금까지 롱아일랜드에서 만난 분 중에 어디 불보살 아닌 분이 있었을까. 박성배 교수님이 그랬고 서천 스님이 그랬고 레빈 교수님이 그랬고 동물 농장 농장장이 그랬고 오션 젠도 도반들이 그랬다. 아발론 나무들이 그랬고 셸터 아일랜드가 그랬고 유니테리언이 그랬다. 이 세상이 불보살로 가득함을 알겠다.

고향 땅 포구나무 화사한 빈방

소문

같은 공부를 하는 강 교수께서 안국선원 수불 스님을 만나 보라고 추천한 지 10년도 더 되었다. 나는 그동안 서울의 많은 불자가 그곳을 찾아서 수행을 하고 있다는 이야기를 다른 데서도 거듭 들었다. 소문은 미국까지 나 있었다. 롱아일랜드 마하선원의 스님조차 안국선원에 대한 것을 물었다. 봉화에 계시는 큰스님도 안국선원과 스님에 대해 관심이 많으셨다. 안국선원의 '손가락 화두'가 수행에 뜻을 둔 사람들 사이에 화제가 되고 있었다.

정초에 일주일을 비우게 된다니 마음이 바빠졌다. 떠날 준비를 완전히 한다는 것은 불가능한 일일 터이다. 잠시 떠나는 데도 이러니 이승을 완전히 떠날 때는 참 바쁘겠다는 생뚱맞은 생각이 일어났다.

대구부산고속도로에 올랐다. 산천은 어느새 모든 걸 내려놓았다. 한때 이 길을 참 자주 달렸다. 어머니가 이 세상을 떠날 준비를 하던 시절이었다. 청도를 앞두고 건너편으로 장미묘원이 눈에 들어온다. 어머니 뵈러 가던 그때는 복사꽃이 참 화사했다.

부산 안국선원은 금정산 자락에 있다. 산의 기운이 강렬하다. 1층부터 3층까지는 크고 작은 방들이 있고 4층에는 거대한 돔 법당이 있다. 불상과 탱화는 그 색깔이나 조소 기술이 독특했다. 오늘날 감각에 따라 입체적으로 변형했다.

수련장에 40여 명의 교수와 30여 명의 '일반인'이 앉았다. 스님이 법문을 시작하기 전 자리를 조정했다. 앞 네 열에 교수들이 앉고 '일반인'은 그 뒤에 앉게 했다. 『육조단경』의 장면이 떠올랐다.

오조 홍인 대사가 혜능을 꾸짖었다.
"너는 영남(중국 오령五嶺 남쪽 지방. 북쪽 중국인들은 영남을 남쪽 오랑캐 땅으로 불렀다) 사람이요 또 오랑캐 출신이니 어떻게 부처가 될 수 있단 말이냐?"
혜능이 대답했다.
"사람에게는 남북이 있으나 부처의 성품은 남북이 없습니다. 오랑캐의 몸은 스승님과 같지 않사오나 부처의 성품에 무슨 차별이 있겠습니까?"

『육조단경』에서 육조 혜능이 스승 오조 홍인을 만나자마자 들려준 절창이다. 촉망받던 최고 지식인 승려 신수의 선시(禪詩)를 전복시키는 선시를 나무꾼 혜능이 읊기 전이다. 본래성불(本來成佛) 사상을 은근히 입증한 이 대목에서 나는 언제나 감동한다. 오조 홍인도 이 대목에서 혜능의 근기(根機)를 알아차렸을 것이다. 그런데 안국선원의 불법은 출발부터 평등하지 않은 것일까. 나는 교수 열에서 벗어나 다섯째 열로 가서 앉았다. 120명 모두가 무슨 반 몇 번으로만 불렸던 송광사 여름 수련회 때를 떠올렸다.

격류를 거슬러 오르는 뱃사공

법문이 시작됐다. 스님에게서는 강렬한 기운과 따뜻한 인격이 묘하게 공존하고 있었다.

"어떤 규제나 형식도 없다. 죽비는 입재할 때 한 번 치고 회향할 때 한 번 칠 따름이다. 남 방해만 하지 마라. 자기 혼자 있는 것처럼 하라. 가장 가까운 사람을 원수처럼 등지고 혼자 정진하라."

시간의 매듭이 없어 자유로운 정진이 보장되겠지만 70명이 함께하는 수행 공간이 적잖이 어수선해질 것 같은 우려가 생겼다.

"화두는 7일이면 깨달을 수 있다. 화두는 의심을 타파하기 위한 것이다. 한번 사무쳐서 해답이 나오기까지 밀고 나가라. 의심이 강렬해지면 벽이 가로막는다. 이 벽을 깨기 위한 장치가 화두인 것이다."

화두와 의심을 나눈 것이 특이했다. 화두에서 의심을 무르익게 하여 의단(疑團 : 의심 덩어리)으로 뭉치는 것이 아니라, 강렬해진 의심을 벽으로 인지하고 그 벽을 투과하여 해답을 얻기 위해서 화두를 드는 것이라고 설명했다. 나는 좀 당황했다.

스님은 '볼록렌즈로 햇빛 받기'와 '격류를 거슬러 오르는 뱃사공'이라는 예를 들어 화두 들기를 설명했다. 볼록렌즈로 햇빛을 받을 때 초점을 맞추면 불이 일어난다. 화두 수행자도 정확한 목표 의식을 가져야 한다. 화두 수행자는 격류를 거슬러서 배를 이끌고 가는 뱃사공과도 같다. 발버둥 치면 조금 올라간다. 그러나 힘이 부쳐 잠시라도 멈추면 쭉 떠밀려 내려간다. 올라간 거리보다 훨씬 더 많이 떠내려가기도 한다. 그래도 발버둥 치며 다시 올라가야 한다. 떠밀려 내려간 것은 계산에 넣지 않는다. 오직 올라간 거리만 염두에 둔다. 이것이 화두 들기의 특별한 계산법이라는 것이다.

이 안타깝고도 역설적인 계산법이 화두를 들어 온 나에게는 참 적실하게 느껴졌다. 올라간 거리보다 더 많이 떠밀려 가기를 거듭하는 사투. 올라간 거리와 떠내려간 거리를 비교하여 계산하면 결코 버틸 수 없는 간절한 사투다.

"역경계(逆境界) 순경계(順境界)는 본인이 스스로 해결하기 어렵다. 먼저 간 분이 지도해 준다. 본인은 끝까지 화두를 물고 늘어져야 한다. 독한 개가 이빨이 빠지더라도 물건을 놓지 않듯이 화두를 들라."

화두 수행에서 불보살과 선지식의 지도와 가피(加被 : 부처나 보살이 자비를 베풀어 중생에게 힘을 주는 것)가 얼마나 소중하며 얼마나 그리운가. 나는 내가 할 수 있는 정도만 하는 것이다.

백척간두진일보(百尺竿頭進一步 : 백 척이나 되는 높은 장대 끝은 수행의 정점인데, 여기서도 한 발 더 나아가라는 뜻. 무아를 통각하여 실천함)라 했듯, 백척간두에서 한 발 더 나아가며 마지막 집착조차 내려 두는 것도 그분들이 존재하기에 가능한 일이다. 진여훈습(眞如薰習)이니, 진여가 말을 걸어 주고 손을 잡아서 이끌어주실 테다.

"지금까지 화두 들기는 문제만 되풀이하여 외운 셈이다. 이제부턴 오로지 답만 찾아야 한다. 답을 찾을 수 있기 위해서는 삼륜(三輪)이 화합해야 한다. 가르치는 사람과 화두 드는 사람과 가르치는 내용인 화두가 세 바퀴가 되어 나아가야 한다."

"'오직 모른다'에 머물지 말라. 오직 모르기 때문에 답을 알기 위해 간절히 노력해야 하는 것이다. 화두는 깨달음에 이르기 위한 교묘한 장치다. 정신적 벽을 타파하는 방법이다."

화두의 성격과 화두 들기에 대한 스님의 설명과 대안이 전복적이다. 의심 덩어리인 의단을 만들어 나가는 것을 중시하는 기존 화두 수행과 달리, 답을 찾아야 한다고 가르치는 점에서 그러하다. 화두의 답이 분명하게 존재한다고 본 것은 나에게 또 다른 충격을 주었다. 이런 방식의 화두 수행은 구체적인 감각과 강력한 지향력을 제공해 주겠지만, 그 답에 집착하게 하고 그래서 조바심이 일어나게 할 것 같았기 때문이다. 그리고 화두 수행은 화두와 내가 하나가 되었다가 화두와 내가 사라져야 할 터인데, 스님의 이런 관점이라면 오히려 화두를 들수록 답을 찾아내려는 '나'가 더 강해지지 않을까 우려되었다.

스님이 손을 들었다. 둘째손가락을 접었다 폈다 했다. 사람들의 시선이 손가락에 집중됐다.

"손가락이 하는 것도 아니고 내가 하는 것도 아니고 마음이 하는 것도 아니고 본성이나 불성이 하는 것도 아니다. 무엇이 손가락을 굽혔다 폈다 하게 하는가?"

이것이 스님이 내린 화두다. 그때까지 각자가 들었던 화두는 잠시 내려 두고 이 '손가락 화두'만 들어 보라고 했다. 어찌 보면 '마음도 아니고 물건도 아니고 부처도 아닌'이란 전제를 붙인 '이 뭐꼬?' 화두와 결정적 차이는 없다고 할지 모르겠다. 그러나 형상이 지각되는 '손가락'을 내세운다는 점에서 달랐다. 손가락 화두는 더 강력하고 지속적인 집중을 가능하게 하겠지만 다른 한편 형상으로서의 '손가락'을 내세우기 때문에 사량계교(思量計較)를 조장할 수도 있을 것 같았다.

또 그것은 『능엄경』에서 부처님이 아난존자에게 던진 질문을 연상시켰다.

부처님께서 금색 팔을 들고 오륜의 손가락을 구부리면서
아난에게 말씀하셨다.
"너는 지금 보느냐?"
아난이 말하였다.
"봅니다."
부처님께서 말씀하셨다.
"무엇을 보느냐?"
아난이 말하였다.
"여래께서 팔을 들고 손가락을 구부려 빛나는 주먹을

만들어서 저의 마음과 눈에 비치는 것을 봅니다."

부처님께서 말씀하셨다.

"무엇으로 보느냐?"

아난이 말하였다.

"저와 대중이 함께 눈으로 봅니다."

부처님께서 아난에게 말씀하셨다.

"너는 지금 나에게, 여래가 손가락을 구부려 빛나는 주먹을 만들어서 네 마음과 눈에 비친다고 대답했다. 네 눈은 보겠다마는 무엇을 마음이라고 하여 나의 주먹이 빛남을 알았느냐?"

아난이 말하였다.

"여래께서 지금 마음이 있는 곳을 물으셔서 제가 마음으로 추궁해 찾아보고 있습니다. 이렇게 추궁하여 찾아보는 것을 저는 마음이라 여깁니다."

—『능엄경정맥소』

이렇게 아난은 부처님이 손가락을 구부려 만든 주먹을 '눈으로 보고', '마음으로 주먹의 빛남을 알았'다고 했다. 그러자 부처님은 "예끼! 아난아. 그것은 너의 마음이 아니다"라고 꾸중한다.

나는 스님이 제시해 준 '무엇이 나로 하여금 탄지(彈指: 손가락을 튕김)하게 하였나?'를 화두로 참구하기로 했다. 부처님의 꾸중을 들은 아난을 생각하며 조심스럽게 그것에 집중하기로 했다.

"화두는 삼켜지지도 않고 뱉어지지도 않는다. 콱 막힐 따름이다. '은산철벽과 조우하는 것'이요 '율극봉(栗棘蓬: 가시투성이 밤송이)을 삼킨 것'과 같다. 알고자 하는 의심을 키워야 한다. 갑갑하다. 나락으로 떨어지는 기분이다. 도대체 무엇인가?"

'갑갑하다'는 스님의 표현이 크나큰 공감을 일으켰다. 갑갑하다, 갑갑하다, 거기서 간절함이 생성되었다. 손가락 화두가 제자리를 잡을 것 같았다.

"다만 '이~ 이~' 하기만 하는 것은 바보 멍텅구리 짓이다. 제대로 된 '이 뭐꼬?'를 해야 한다. 활구 의심을 해야 한다는 말이다. 지금까지 화두를 들어 온 많은 사람들은 처음부터 안 되는 짓을 하며 된다고 고집만 피웠다. 처음부터 의심이 잘못된 것이다."

"이런 수행법에 대해 욕하는 사람도 있고 효과 보는 사람도 있다. 선지식도 이런 이야기 잘 안 한다. 선지식은 화두만 든다. 드는 방법도 모르는 사람에게 화두만 들라고 말한다. 그러나 '무!'(無)를 어떻게 들어야 하나? 이것을 가르쳐 주어야 한다."

'이 뭐꼬?'나 '무' 자 화두를 이끄는 우리나라 화두 수행 지도에 대해 수불 스님은 강력하게 문제를 제기했다. 스님은 당신의 손가락 화두 수행법이 새롭고 효과적인 지도법이라고 강조했다. 이 말씀을 하실 때 그 목소리는 강력한 카리스마를 생성했다. 수련생들을 심기일전하게 만드는 힘이 있었다. 반면 그것은 평정의 상태에서 차근차근 살피고 관찰하는 수행 분위기와는 다소 다른 분위기를 만들었다.

"막막한 것이다. 석연찮은 것이다. 갑갑한 것이다. 그래서 발버둥 쳐라. 씨름하라. 의심 단계를 없애고 바로 의정(疑情 : 화두에 대한 의심이 끊어지지 않고 지속되는 상태)으로 들어가라. 무엇이 나로 하여금 손가락을 굽혔다 펴게 하나?"

"생사의 벽을 깨뜨리기 위하여 뭐라고 설명할 수 없는 갑갑함을 느껴야 한다. 며칠 밥을 못 먹은 사람이 밥을 찾듯, 물을 못 마신 사람이 물을 찾듯 간절히 하라."

"이 과정에서 무수한 난관이 있지만 각오하고 뚫고 나가라. 밤낮 용맹정진하라. 갈수록 갑갑해진다. 감옥에 갇힌 듯하다. 길은 안 보이고 어떻게 해야 할지 몰라 죽을 지경이다. 그래도 죽을 각오를 하고 해라. 하면 된다. 이렇게 하면 좋은 결과가 있다."

"누가 내 손가락을 튕기게 했나? 오로지 모를 뿐이니 갑갑하다. 답을 찾아야 한다. 알려고 애써야 한다."

스님에 의해 수련장은 장작불이 지펴진 거대한 가마솥인양 열기가 일어났다. 우리는 거기서 살아남기 위해 혼신의 몸부림을 시작했다. 고봉원묘(高峰原妙, 1238~1295) 스님이 제시하신 '방장실의 세 관문' 중 마지막 관문이 떠올랐다.

온 대지가 이 불구덩인데
어떤 삼매를 얻어야 불타지 않겠는가?

— 『선요』(禪要)

화두를 이불 삼아

스님이 법문을 끝내고 나가니 상좌 스님이 말했다. 방금 스님의 귀한 기(氣)를 받았으니 그걸 날려 버리지 않도록 바로 화두 정진에 들어가라, 움직이는 것도 안 좋으니 한동안 화장실도 가지 않는 게 좋겠다 했다. 스님 바로 앞에 기 수련을 했던 분이 앉았는데 그분은 수불 스님의 기가 엄청나게 강해서 맞서기가 어려웠다고 했다.

옛날 기공 수련하던 때가 생각났다. 그때도 지도자는 우리 무릎으로 자신의 기를 불어넣어 주었다. 그 부위에 시원한 느낌이 일어나면서 기공 수련이 한층 원활해지는 것 같았다. 그러나 기는 잠시 나타난 현상으로서는 인정할 수 있겠지만, 그것을 신비화하거나 거기에 끌려 다녀서는 안 된다고 스스로 다그쳤다.

다들 시작하는 모습이 진지했다. 뒤에서 카랑카랑한 목소리가 들렸다.

"빠른 사람은 하루 만에도 답을 찾던데……."

18년간 하루도 빠짐없이 새벽에 수불 스님께 삼배를 올리고 지극정성 시봉한다는 천무량 보살이었다. 부산 안국선원의 살림을 도맡은 보살은 이렇게 한마디를 툭 던지고는 사라졌다. 아주 짧은 격려사였다.

두 분의 계도와 격려 덕에 정진은 농밀하게 이어졌다. 어느덧 저녁 공양 때가 되었다. 요리 종류가 많을 뿐 아니라 음식 재료도 양질이어서 어느 하나 입맛을 사로잡지 않는 것이 없었다.

식욕도 욕심일진대, 수행자들의 식욕을 돋워 수행을 방해하는
게 아닌가, 농담하기도 했다.

수행방으로 돌아왔다. 벽으로 다가가서 앉았다. 집중이 잘
되었다. 옆자리 남자 고등학생이 발버둥 치기 시작했다. 바짓가
랑이를 걷어 올렸다 내렸다 하다가 한숨을 내쉬었다 기침을 하
기도 했다. 몸을 엎드렸다 뒤로 제쳤다 잠시도 가만히 있질 못했
다. 안국선원 신도의 아들이었다. 안국선원 신도 부모들은 방학
이 되면 아이를 억지로라도 선원으로 보낸다고 했다. 물론 예외
도 있다. 스스로 일곱 번이나 온 남학생은 스님으로부터 인가를
받을 때까지 계속 올 것이라며 의욕을 불태웠다.

안절부절못하는 아이들이 안쓰럽기는 했다. 그러나 스스로
수행에 집중하지 못하고 다른 사람에게 폐를 끼치기도 하는 모
습을 보니 약간 성가신 마음이 생겼다. 나는 더 이상 남을 미워하
는 업을 짓지 않기 위해 자리를 옮겼다.

밤 10시쯤 되니 몸이 떨리기 시작했다. 화두를 들기만 하면
떨렸다. 몸이 좌우 앞뒤로 떨렸다. 엉덩이가 방석에서 떨어졌다
붙었다 한다는 착각도 들어 공중부양을 하는 게 아닌가 엉뚱한
걱정도 들었다. 가끔 눈 안쪽으로부터 강력한 섬광이 번쩍이는
느낌도 들었다. 지금까지 화두를 들어 오면서 몸에 그런 현상이
생긴 적은 없었다.

갑자기 피로감이 몰려왔다. 몸에서 힘이 빠지니 화두에 집중
할 수가 없었다. 일찍 자고 다음 날부터 몰입해 보기로 했다. 10시
30분쯤 침방으로 들어갔다. 이미 많은 수행자들이 이리저리 누
워 있었다. 이불이 없었다. 그냥 누웠다. 다들 코골이가 심했다.

내 옆 분이 특히 심했다. 저쪽에서 누군가가 잠결에 "저 사람 모텔로 보내!" 하고 외쳤다. 몸이 오슬오슬해졌다. 일어나 수행방으로 갈까 생각도 했지만 쉬운 일이 아니었다. 화두를 다시 들었다가 화두를 이불 삼아 잠을 청했다.

덫에 갇힌 쥐 뒷걸음질 않으리

이틀째다. 오전 정진을 시작했다. 손가락을 움직이는 이놈은 누구인가. 마음은 없다. 몸도 없다. 불성도 없다. 움직이는 손가락을 보는 나는 있는가? 있다 한다면 손가락과 나는 분리되어 있다. 손가락과 나는 하나다. 내 눈이 내 눈을 볼 수 없듯이 내 눈은 손가락을 볼 수 없어야 한다. 오직 손가락만 있다. 손가락은 가만히 있다. 굽혔다 폈다 한다는 것은 착각이다. 나는 없다. 망상과 착각을 벗어나면 나는 없다.

108배를 했다. 나와 손가락과 본다는 착각까지 던져 버렸다가 다시 줍기를 반복했다. 오전 정진 뒤 휴식 시간을 가졌다. 그리고 스님의 두 번째 법문이 시작됐다.

"점점 힘들어지는 것은 공부를 잘한다는 증거다. 그냥 알려고 애써야 한다. 시간이 흐를수록 잘 안 된다는 느낌이 더 들 것이다. 내가 과연 잘하고 있는가, 자꾸 궁금해질 것이다. 그런 생각이 일어나든 말든 내버려 둬라. 그냥 화두만 들어라. 그냥 갑갑한 것이다."

"지금 이 순간부터 머리가 없는 사람처럼 공부를 하라. 몸으로 공부하라. 분별심이나 부처님 가르침조차 다 버려라. 몸으로만 밀어붙여라."

이런 말씀을 듣고 있노라면 스님이 나를 꿰뚫어 보고 있는 것만 같았다. 머리 없는 사람처럼 공부하라. 가슴도 없어야 할 것이다. 머리의 분별심과 가슴의 정식(情識)은 깨달음을 막는 원수다. 이 공부에는 머리와 가슴이 성가시기만 하다. 없어서도 안 되고 있어서도 안 되는 것. 그래서 참 곤혹스럽다. 우직한 머슴 같은 나의 몸, 이제 복권되었다.

"맑고 깨끗한 것이 생겨난다. 작은 것이 크게 보이고, 큰 것이 작게 보인다. 몸과 마음이 굉장히 민감해진다."

수행할 때의 느낌과 지각은 습관적으로 살아갈 때와는 달라지는 것을 지적했다. 시간과 공간은 업식(業識)이 만들어 낸 환(幻)일진대 상황에 따라 다르게 느껴지고 지각되게 마련이다. 참선 수행은 시간과 공간에 대해 집요하게 관찰하게 하니 '몸과 마음이 굉장히 민감'해지는 것은 당연할 것이다. 평소 작게 보이던 것이 크게 보이고, 평소 크게 보이던 것이 작게 보이는 것이다. 이런 변화는 수행의 효능을 느끼게 해 주겠지만 거기에 과도한 의미를 부여해서도 안 될 것 같았다.

"쥐는 덫에 걸려들면 뒷걸음질을 할 수 없다. 앞으로만 나아가야 한다. 화두 들기도 그렇다. 일단 들었으면 앞으로 나아갈 수밖에 없다."

"호랑이 굴속으로 들어가라. 겁먹지 말고. 생사를 걸고 공

부하라. 거문고 줄 터뜨리듯 공부하라. 끝낼 수 있을 때 끝내야
한다."

"화두는, 화두심을 타파하고 근본 실상을 보기 위한 것이다.
90도는 호처(好處)다. 시절 인연이 가깝다. 밀어붙여야 한다. 일
로매진하라. 훨훨 타오르는 화로를 머리에 인 것처럼 맹렬히 나
아가라."

우리를 분발시키려는 스님의 경책이 절정에 이르렀다. 들어
가 덫에 걸려 되돌아갈 수 없는 쥐. 앞으로 앞으로 나아가기만 한
다. 쥐는 그럴수록 자기 몸이 덫에 더 옥죄여서 결국 비참하게 죽
을 수밖에 없다고 비관한다. 그 점이 급소다. 쥐는 앞으로 앞으로
나아가서 결국 해방된다는 것이 철칙이다.

거문고 줄은 알맞게 조절되어야 한다. 너무 죄어도 안 되고
너무 느슨해도 안 된다. 화두 수행에 대해 일반적으로 끌어오는
비유다. 반면 거문고 줄을 끊어지게 해야 한다는 데서 스님의 패
기와 간절함을 읽을 수 있다. 손끝에서 피가 뚝뚝 떨어질 때 거문
고 줄이 끊어진다는 우려와 착각까지 날아가 버릴 것이다.

가마솥 안의 물을 끓여야 한다. 안간힘을 다해 만든 불씨, 그
것으로 불을 지폈다. 90도가 되었다. '90도가 호처'란 말씀에 몸
이 떨린다. 그때가 가장 힘들다. 뭔가 될 듯 말 듯한데, 그래서 누
군가가 불씨 하나만 더 얹어 주기만 한다면, 입김 한 줄기만 불어
넣어 준다면 끓어오를 텐데 딱 걸려 버렸다. 줄탁동시라 했다. 안
에서 알을 깨려고 간절히 발버둥 칠 때 밖에서 어미닭이 딱 한 번
이라도 쪼아 준다면 천둥벼락이 치는 것과 같아질 것이다. 온 세
상이 터질 것이다.

선방 문고리만 잡아도 지옥은 면한다

화두가 잘 들리는 듯하다가도 어느 순간 멍하게 있는 자신을 발견한다. 정말 이런 경우가 자주 생긴다. 수불 스님은 그 현상에 대해서 낙관적이다.

"화두를 놓치지 않았다는 믿음을 가져라. 화두를 안 들고 있다는 느낌이 생길 때가 있다. 화두를 들고 있으나 그것을 의식하지 않을 때 그런 느낌이 생기기도 한다. 달려오는 자동차를 무의식적으로 피하듯, 화두는 반응하고 있으니 걱정 말라."

그럴 것이다. 화두를 들고 있다는 감각이 없다는 것은, 화두를 안 들고 있다는 증거가 아니다. 화두를 들고 있다는 의식을 내려 둔 것이다.

"요즘 화두 드는 사람들은 알음알이로 의심하고 알음알이로 답한다. 그건 탐진치(貪瞋痴) 삼독(三毒)을 없애지 못한다. 마른하늘 날벼락 치듯 매미 허물을 벗는 듯한 체험을 할 때, 아! 할 수 있다는 느낌이 든다."

알음알이로 화두를 드는 세태를 통탄했다. 화두 수행자는 자기 존재의 뿌리가 뒤흔들리고 뽑히는 경험을 거쳐야 한다는 것이다. 화두 들기와 전의(轉依: 수행자의 전인격적 존재 기반의 전환)가 연결되어야 한다는 뜻일 게다.

"선방의 문고리만 잡아도 지옥은 면하고 극락에 간다는 말, 참 웃기는 이야기다. 그러니 불교가 안 된다. 온몸으로 부딪쳐라. 그냥 정신없이 나아가라."

주인으로 살아가면서 직접 터득하는 것이 중요하다는 뜻이다. 선방 문고리만 잡아도 지옥은 면한다는 말은 한국 불교에서 참 오래된 말이다. 선방에서의 수행을 신비화하는 데 기여했다. 그런 말 덕에 불교가 유지되기도 하니 안타깝다.

화두 수행에서 어느 경지에 오르면 마장(魔障: 수행에 방해가 되는 온갖 현상) 혹은 마구니(귀신이나 도깨비, 부처 등의 모습으로 나타나 수행자를 유혹하고 수행을 방해하는 존재. 이는 수행자의 망상이 만든 것이다)가 나타난다고들 한다. 이상한 형상이 보이고 소리가 들린다. 송광사 공양간 행자 스님 일화가 떠오른다. 행자 스님은 밥을 하면서도 환희심이 일어났다. 어느 날 솥뚜껑을 열자 김이 모락모락 피어올랐고 거기서 관세음보살이 나타났다. 행자 스님이 관세음보살 친견에 감격하여 하염없이 절을 올리고 있는데 옆의 고참 스님이 밥주걱으로 관세음보살의 머리통을 내갈겼다. 관세음보살은 사라졌다. 고참 스님은 관세음보살의 형상조차 마구니일 수 있으니 마구니에 현혹되지 말아야 함을 가르쳤다.

"화두 정진 중에는 평소와는 다른 행동이 나올 수 있다. 수 없는 방해자들이 나타날 수 있다. 그럴 때도 화두로 극복해 나가야 한다."

과연 안국선원 수련회에는 이상한 행동을 하거나 소리를 지르는 수행자들이 유난히 많았다. 나도 거기에 점차 익숙해져서, 그들을 그냥 못 본 체했다.

"'이러다 큰일 나겠구나' 하는 걱정이 들기도 한다. 그러나 잘못 되는 법은 없으니 걱정 말고 밀고 나가라. '이러다 죽겠다'

는 둥, '머리 혈관이 팽팽해지니 겁난다'는 둥, '다리병신 되겠다' 는 둥 생각이 들어도 걱정 말고 나아가라. 그만큼 화두에 더 신경을 써라. 망상에 신경을 쓰면 화두가 약해진다. 90도 이후 1도 올리는 것은, 0도에서 80까지 올리는 것보다 힘이 더 든다. 참고 견디고 밀어붙여라."

이불 덮어 주는 문수보살

스님의 법문을 듣고 있는데 몸이 떨리기 시작했다. 진정시키려고 힘을 주니 더 떨렸다. 화두를 들었다. 온몸이 더 세게 흔들렸다. 점심 공양 뒤 화두를 들어도 여전히 떨렸다. 아래위, 앞뒤로 떨렸다. 집중도 잘되었다. 저녁까지 계속 떨렸다. 몸이 떨리면서 화두 삼매에 들어갔다.

저녁 공양 뒤 수행 시간에도 계속 떨렸다. 목과 겨드랑이에 땀이 맺혔다. 밤이 깊었다. 침방으로 갔다. 또 이불이 없었다.

내가 아끼는 사람의 어머니가 생각났다. 그분은 절에 가면 이불 없이 잔다. 자기 이불을 확보하기 위해서는 최소한 몇 사람은 제쳐야 할 텐데, 그분은 남을 앞지르지 못한다. 남들이 간절히 원하는 것은 갖지 말라고 자식들에게도 가르친다. 나는 그분이 우리 곁에 오신 관세음보살이라 믿는다. 그분처럼 남에게 뭐든 양보하기 위해 내가 느린 것은 아니다. 나는 그냥 꾸물거려 늦다.

어제처럼 잠바를 입은 채 누웠다. 한 노 처사가 어디선가 이불을 구해 와 덮어 주었다. 그분은 그 뒤로 몇 번이나 내가 이불 없이 누운 것을 보고는 이불을 가져와 덮어 주었다. 수행에 힘을 실어 주는 문수보살이신가 했다. 이불 덮어 주는 문수보살을 생각해서 더 열심히 정진하리라 다짐했다.

코골이는 여전했다. 어떤 때는 천둥이 치는 것 같았다. 코고는 사람들은 모텔로 보내야 한다고 외쳤던 처사는 아예 수행방으로 옮겨 가서 자는 것 같았다. 나도 이불을 안고 따라 나갔다. 그 처사는 모텔로 보내려 했던 그 사람보다 더 크게 코를 골고 있었다. 이미 수행방은 침방으로 변해 있었다. 모두들 사방팔방으로 드러누웠다. 불규칙한 코골이는 폭발음으로 들렸다.

얼마나 시간이 흘렀을까. 눈을 떠 뒤를 보니 다른 도반이 바로 내 뒤에서 반듯이 앉아 수행을 하고 있었다. 코골이와 심호흡, 널브러져 있는 사람들과 정좌한 사람들. 모든 것이 뒤섞이고 꿈틀거리고 있었다. 혼돈의 풍경이 내 눈 가득히 깃들었다. 그 뒤죽박죽한 곳에 뭔가가 일어서고 뭔가가 만들어지고 있었다.

그리고 4년이 지났다. 나는 신장암 수술을 받았다. 우리나라 굴지의 큰 병원인지라 수술실을 한곳에 모아 암 수술 센터를 만들었다. 오전 8시, 그날 수술 받을 암 환자들이 다 모였다. 수많은 수술실 앞 넓은 홀에 휠체어 대열이 만들어졌다. 30명은 더 될 것 같았다. 나는 그 속에서 참수를 기다리는 포로처럼 고개를 숙이고 있었다. 이윽고 집도의와 마취의사, 간호사들이 우르르 각각의 방으로 들어갔다. 누군가가 그중 한 방으로 내 휠체어를 밀고 들어갔다. 나는 수술 침대에 뉘어졌다. 산소마스크도 씌워졌다. 산소가 공급됩니다, 했지만 숨쉬기가 시원치 않았다. 곧 의식을 잃을 텐데 산소마저 충분치 않으면 곤란할 것 같았다. 산소를 좀 더 세게 줄 수 없나요, 간곡히 물었다. 이미 충분히 들어가고 있습니다, 간단히 대답하며 내 간청을 묵살했다. 나는 곧 의식을 잃었다.

희미하나마 정신이 돌아왔다. 아랫배 허리 쪽에 통증이 심했다. 아파요 아파요 여기가 아파요, 하니 간호사가 달려와 진통제를 더 투입해 주었다. 고개를 천천히 돌려 주위를 살펴보았다. 여기저기 침대 위에 수술 받은 암 환자들이 널브러져 있었다. 마취가 먼저 깨어 우두커니 앉아 있는 사람도 있었다. 간호사와 의사가 그 사이를 이리저리 오가고 있었다. 아 익숙한 불빛, 낯익은 혼돈. 안국선원 수행방 그 신새벽의 풍경이 떠올랐다. 마음이 따뜻해졌다. 나는 암 수술 센터 회복실에서 이리저리 널브러져 있는 암 환자들 사이에서 희망의 빛을 보았다. 안국선원 수행방의 풍경이 그 순간 고스란히 재생되어 준 덕이다. 나는 다시 살아갈 수 있을 것 같았다. 혼돈은 절망을 딛고 일어서게 하는 힘을 내장하고 있었다.

필사 항쟁하라 뜰 앞의 잣나무

사흘째다. 모두의 얼굴에 수행 시간의 흔적이 뚜렷하다. 실망한 얼굴도 있지만 자신감을 비치는 얼굴도 보인다. 5분 앉으면 5분 부처가 되고 한 시간 앉으면 한 시간 부처가 된다는 말이 왜 만들어졌는지 알겠다. 스님 법문의 어조도 더 강해졌다. 오늘은 더 강력한 충격을 주기로 아예 작정하신 것 같다.

"화두가 잘되고 있나 점검을 하려 하지 말라. 본인이 믿고 강하게 집중하라. 대신심(大信心)을 갖고 본인이 부처라는 확신을 갖고 스스로 끝장내자고 공부하라. 거침없이 밀고 나가라."

"창칼이 난무하는 싸움터에서 이리저리 오가는 창칼의 수를 헤아리고 있으면 죽는다. 어떻게 싸우는지 모르게 정신없이 싸워야 한다. 달리는 말에 채찍을 가하라. 채찍에 가시를 달아라. 물러서지 못하게 하라. 물러설 수도 없다. 전멸당하더라도 돌진하라. 필사 항쟁하라."

"돈오를 체험해야 한다. 돈오야말로 수행의 꽃이다. 돈오하지 못하면 헛것이다. 온 몸으로 알려고 애써라. 그래야만 은산철벽이 무너진다. 정신적 벽이 한번 깨어져야 한다. 감옥에서 벗어나야 한다."

스님은 이렇게 과격하고 충격적인 표현법을 마다하지 않는다. 그것이 때로는 부담을 주기도 하지만 듣고만 있어도 몸이 반응하고 따라갔다. 한 문장 한 문장이 머리를 통타하고 허리춤을 낚아채 내동댕이치는 것만 같았다. 한마디 한마디에 움찔움찔하고 숨을 크게 들이켜고 내쉬게 되며 근육에 힘이 들어갔다. 몸이 더 떨리고 가슴이 덜컹덜컹했다.

"'조사가 동쪽으로 온 까닭은? 뜰 앞의 잣나무'라는 화두가 있다. '조사가 동쪽으로 온 까닭'이 궁금하지 '뜰 앞의 잣나무'가 무얼 뜻하는지는 관심 없다. 깊은 의심이 있어야 한다. 답을 얻는다면 천금을 써도 생명을 바쳐도 안 아깝다. 정면 돌파하고 진검승부하라."

스님은 '조사가 동쪽으로 온 까닭은?'이란 화두의 물음과 '뜰 앞의 잣나무'라는 대답을 분리시켰다. 그리고 '뜰 앞의 잣나무'가 무얼 뜻하는지 관심을 갖지 말라고 했다. 그것은 남이 한 대답이어서 그 뜻풀이에 매달리는 것은 '꼭두각시 짓'이라는 것이다. 오로지 '조사가 동쪽으로 온 까닭은?'이란 화두에 대해 자기 스스로 깊은 의심을 일으키고 자기 생명보다 더 소중한 답을 찾아야 한다고 역설했다.

그러나 좀 다르게 이해할 수도 있을 것 같았다. 조주 스님의 '무'(無) 자 화두를 생각해 보자. '개에게도 불성이 있습니까?'라고 묻자 조주 스님은 '무!'라고 대답했다. 이것이 오늘날까지 세계 각국에서 가장 널리 유용한 화두로 계승되는 것은 '무!'라는 조주 스님의 대답이 일으키는 충격과 언어도단 덕이다. 그 대답은 세상 모든 존재는 불성이 있다는 부처님 말씀과 완전히 어긋나기 때문이다. 그래서 '조주 스님은 왜 개에게 불성이 없다고 했을까?'라는 강력한 의심을 일으키는 것이다. 수불 스님의 주장과는 달리, '남'의 대답에 대한 의심도 화두 수행에서 매우 중요한 것이라 할 수 있다. 고우 큰스님께서 설명하셨다. 어떤 화두를 듣는 순간 이해되지 않는 '그 자리'가 있다는 것이 굉장히 중요하다. 우리는 그 자리를 못 보고 이해하지 못하지만 부처님은 완벽하게 보셨다. '뜰 앞의 잣나무!'라 했을 때 전혀 이해되지 않는 그 자리, 내가 보지 못하고 알지 못해도 그 자리는 나에게 명백히 있다. 눈에 보이지도 않고 이해되지도 않는 그 자리를 보고 알기 위해 몸부림쳐야 하는 것이다.

부처님은 그 자리를 보셨는데 우리는 보지 못하는 이유는 무엇일까? 고우 큰스님은 노파심이라고 주저하시며 그 까닭을 설명해 주셨다. 우리 의식이 '나와 너', '이것과 저것'을 이분법적으로 분별하고 있기 때문이다. 겉으로 다르게 보이는 것들도 그 본질은 같다는 것을 알지 못하기 때문이다. '뜰 앞의 잣나무!', '무!' 혹은 '부처는 똥 막대기!'라는 말을 듣는 순간 우리는 깊은 무의식의 차원으로 쑥 들어가야 한다. 그러면 주관과 객관의 분별이 사라지고 성품을 보게 된다. 그것이 견성(見性)이다. 화두를 듣는 바로 그 자리에서 깨쳐야 한다. 화두를 계속 드는 까닭은 우리가 화두를 들은 바로 그 순간 그 자리에서 깨치지 못했기 때문이다. 완전하게 보고 완전하게 이해하기 위해 의심을 계속해 가는 것, 그것이 화두를 드는 목표다. 우리는 다 부처다. 우리는 자신이 부처가 아니라고 착각하고 있을 따름이다. 그 착각을 없애고 자기가 부처임을 확인하는 가장 좋은 방법이 화두를 드는 것인 셈이다.

"무엇이 나로 하여금 손가락을 꼼작꼼작하게 하였나? 마음이 아니다. 우리는 눈 뜨고 속고 있다. 마음이란 말에 매몰되어 있다. 진짜 마음이 무엇인지 깨달아야 한다."

"벽을 보고 공부하라. 일어서도, 앉아도, 자더라도 언제나 벽이다. 24시간 벽이다. 모른다는 벽을 맞서 공부하라. 앎으로 전환하라."

철저한 실천적 메시지다. 나에게 엄연한 힘이 된다.

"지금까지는 상상 속에서 그림을 그려 왔다. 이제는 경이로움을 확인할 것이다. 내 몸 안에서 이런 일이 일어난다. 착각을 유도하는 게 아니다. 실제로 그렇게 된다."

이렇게 따뜻한 격려가 어디 있을까. 뭔가 이루어질 것 같은 예감이 생긴다. 예감이 자신감으로 나아간다.

"오늘은 저녁에 내가 다시 올지도 모르겠다."

우리가 끓는 가마솥 안에 들어갔다면, 그 가마솥에 불을 지피는 분이 스님인 것 같다. 가마솥 안에서 삶기어 죽든, 어느 순간 가마솥이 하늘로 날아올라 우리가 완전한 해방을 경험하게 되든 우리는 어쩔 수 없이 온몸을 던져야 할 것 같았다.

첫 비행의 설렘

나흘째 아침이 밝았다. 스님은 수행자의 질문에 대한 답변의 형식으로 법문을 꾸렸다. 울음이 계속 나오는데 어떻게 해야 하는가? 마장이 자꾸 생겨나는데 어떻게 해야 하는가? 화두를 잘 들고 있는지 확인할 길이 있는가? 이런 질문이 많았다. 스님은 다

듣고는 각각에 대해 대답을 해 주었다.

"이곳은 전쟁터다. 총칼이 얼굴을 스쳐 가는 위급한 상황이니 남의 눈치 볼 게 뭐 있느냐. 숨이 거칠어지면 거칠게 숨을 쉬고, 울음이 나오면 참지 말고 울어라."

내가 어떤 상황에서 어떤 행동을 하게 되든 남 신경 쓸 필요는 없다. 반대로 남이 어떤 말이나 행동을 하든 개의치 말라는 뜻도 될 것이다. 오직 자기 공부에만 전념하라. 이상한 현상이 보이는 마장도 신경 쓸 게 아니라 했다.

화두를 들고 있으면 옛날 자기가 지은 죄가 생각난다는 한 수행자의 질문에 대하여 스님은 그것조차 내버려 두라고 답했다. 어느 수행자가 질문했다. 화두를 들고 있는데 머리에서 쩍 소리가 난 뒤, 뭔가가 뼛속으로 들어오고 혈관이 터지는 기분이 든다. 이것이 위험하지 않은가? 스님은 그게 전혀 위험하지 않으니 그것도 그대로 내버려 두라고 했다. 화두 수행으로 우리가 맑아지고 예민해졌기 때문이라 했다.

이해되지 않았던 경전 구절이 문득 떠올라 이해되고 환희심을 느꼈다는 수행자에 대해 스님은 그것 역시 의미 있는 변화는 아니니 그런 것도 무시하고 오로지 화두만을 계속 들라고 조언했다. 관세음보살이 차를 따라 주었다고 한 수행자도 있었다. 이런 경계(境界)에 대해서 흔히들 감격하여 일종의 수기(授記: 수행자가 장차 깨달아 성불할 것을 부처나 보살이 예언해 주는 것)로 해석하려 하지만, 이것이야말로 망상이 초래한 마구니 현상이라고 답해 주었다. 우리에게 필요한 것은 그런 헛된 환희심이 아니라 갑옷을 꽉 죄게 입은 듯한 갑갑함이며 그런 갑갑함으로 화두를 들어야 진짜 공부 잘하는 사람이 된다고 했다.

화두를 들면 오한이 난다거나 몸이 더워진다거나 시커먼 기운이 자기를 덮친다는 수행자도 있었다. 스님은 그런 현상이 생겨났다고 해서 공부가 잘되었다 착각하면 절대 안 된다고 조언했다. 화두를 들면서 느끼는 오한이나 열기는 자기만 느끼는 지극히 주관적이고 일시적인 현상인바, 실제 체온의 변화는 전혀 없거나 있어도 0.1도도 안 된다고 하였다.

"화두를 들고 있으면 마장도 강하게 나타나 방해한다. 마장은 사람마다 다르게 나타난다. 업이 다르니 나타나는 현상으로서의 마장도 다르다. 버텨야 한다. 화두와 하나가 되어야 한다. 화두를 내려 두려고 해도 내려 둘 수가 없는 지경이 되어야 한다. 반복하여 화두에 집중하다 보면 그렇게 된다."

마장이 수행자의 업장(業障: 말, 행동 또는 생각으로 지은 업에 의한 장애)에서 생겨난다는 설명이 적실한 것 같았다. 어떤 업장은 아주 깊게 숨겨져 있거나 미약해져 있기에 스스로도 알아차리지 못한 것이다. 화두를 통해 망념을 걷어내고 의식의 너머로 들어가니 그것들이 마장의 현상으로 드러나는 듯했다.

내가 송광사 수련회에 참석했을 때가 생각났다. 반눈으로 바닥을 응시하면 곰이며 중절모며 부처님 같은 이미지들이 계속 만들어졌는데 그것들도 마장의 일종이었을 것이다. 그 뒤로 나에게는 그런 마장이 거의 나타나지 않았는데 그 사이 나의 업장이 많이 녹아 없어지고 속이 맑아졌을 것이라 생각하며 감사했다.

"그냥 내버려 둬라."

"기억하지 마라."

"화두를 계속 들어라."

이것이 스님이 가르쳐 준 마장 대하는 기본 원칙이요 마장을 넘어서는 방법이었다. 이번 수련회 사흘째부터 적잖은 수행자에게 마장이 속출했다. 지금까지 내가 참석한 어떤 수련회에서도 이런 적은 없었다. 그러나 마장의 정도와 빈도를 근거로 하여 수련회의 성격과 수준을 판단할 이유는 없는 것 같았다. 거기에 특별한 의미를 부여하지 않기로 했다.

"사구(死句) 화두란 '있다', '없다', '있기도 하고 없기도 하다'는 알음알이가 일어나는 것이다. 알음알이가 생겨나더라도 내버려 두고 화두만 들어라."

"활구 '이 뭐꼬?'는, 의심하지 않으려 해도 저절로 의심된다. 사구 화두는 저절로 끊어진다."

스님은 화두 들기에서 가장 어려운 일 중 하나인 알음알이 문제를 이렇게 설명했다. 알음알이가 일어나더라도 그걸 심각하게 받아들이지 말고 그냥 내버려 두고 끌려가지 않는 것. 생각해 보니 정말 그럴 것 같았다.

"야부(冶父) 스님(송宋나라 때의 고승)이 말했다. 나비가 허물을 벗고 처음 비행할 때의 설렘을 직접 체험하라."

"앵무새나 원숭이가 되려 하지 마라. 매미 허물 벗듯 스스로 체험해야 한다."

나비가 허물을 벗고 첫 비행할 때의 설렘, 매미가 허물을 벗을 때의 해방감. 내가 나비와 매미에 올라탔다가 그들과 하나가 되는 느낌이 화두 체험을 살아 꿈틀거리게 하는 것 같았다.

법문은 처음에는 질문에 대한 답변으로 진행되다가 이윽고 스님 스스로 질문하고 답변하는 형식이 되었다가 마침내는 집중적이고 열정적인 외침이 되었다.

　　"운문의 3, 4월. 물고기들이 폭포 타고 올라간다. 그냥 폭포수에 머리를 갖다 부딪친다. 머리와 꼬리가 함께 올라간다. 딴생각해도, 다른 방해를 받아도 떨어진다. 한 덩어리가 되어야 올라간다. 떨어지면 만신창이가 된다."

　　"화두가 힘이 된다. 간절히 화두를 들어라. 내가 모르는 기운이 어디선가 나를 도와줄 것이다. 순식간에 도와준다. 엄청나다."

　　"시끄럽다가 고요해지면 고요히 그 화두를 유지하라. 닭이 알 품듯, 힘주지 말고 온도만 유지하라."

　　"손가락을 다시 보라. 마음이 작용했지만 마음이 무엇인지 모른다."

　　"온몸이 '이 뭐꼬?'가 되어 뚫고 나가야 한다. 우리가 할 일은 그냥 반복하기만 하는 것이 아니라 화두를 타파하는 것이다."

　　"불교가 대자비라면, 불법은 무자비다."

　　시구 같기도 하고 대중을 열광시키는 슬로건 같기도 하다. '무자비'한 수행 정진을 열창했다. 그러나 스님은 지관(止觀: 지止는 상념想念의 정지, 관觀은 있는 그대로에 대한 통찰)과 정견(正見)의 자리는 만들지 않았다. 오로지 나아가야만 화두를 타파하고 답을 얻을 수 있다. 이 점에 대해서는 다른 입장이 있을 수 있을 것 같았다. 한없는 반복, 들숨과 날숨을 의식하며 도대체 이 풀리지 않은 의문의 본질이 무엇인가를 참구하는 과정에서 분별심과 알음알이와 무명이 녹아 사라지게 하는 과정을 도외시할 수 없을 것이다.

화두 참구의 궁극적 목표는 어떤 것일까. 답을 찾는 것일까, 아니면 지금 이 자리에서 식번동(識煩動: 일체 세계를 만드는 식 識의 번잡스런 작동)에 의해 만들어진 일체법(一切法: 존재 세상) 이 환(幻)임을 관찰하고 알아내어 마침내 그런 환관(幻觀)까지도 내려 두고 해방되는 것일까. 『반야심경』, 『금강경』, 『화엄경』 독 송을 통해 부처님 가르침을 되새기는 것, 『서장』이나 『선요』 등 선지식의 수행 경험과 수행자에 대한 조언이 담긴 선어록을 읽 는 것, 『원각경』이나 『능엄경』, 『육조단경』 등 수행의 방법과 절 차를 알려 주는 경전을 읽는 것, 이런 공부를 통하여 정견을 확립 하는 것이야말로 수행의 출발이 되면서 수행 내내 함께해야 할 일이 아닐까.

결국 알게 되었다. 화두 정진으로 의심을 간절히 일으켜 답 을 찾으려고 발버둥 치는 것 자체가 분별심과 무명을 녹여서 적 멸에 이르게 한다는 것이다.

손가락 끝 불국토

점심 공양 직전에 화두가 끓어오르다 터지는 느낌이 있었다. 손 가락을 움직이는 것은 본성이고 불성이다. 아니, 아니다. 본성이 란 말과 불성이란 말에 걸리지 않는 본성과 불성이다. 삼라만상의 활(活)에서 살(殺)을 찾고 살에서 활을 찾는다. 손가락에서 손가락을 보지 않고 그것이 가리키는 달을 얼핏 보았다. 나는 그렇게 느끼며 헐떡거렸다.

오후 1시부터 두 시간 동안 화두가 지속되었다. 비행기가 활주로를 달리기 시작한다. 덜컹덜컹 이리저리 흔들린다. 온 힘을 쏟아 붓는다. 고꾸라질 수도 있다. 처참하게 나뒹굴고 불길에 휩쓸릴 것이다. 아, 마침내 떴다. 균형을 거의 다 잡아 간다. 일정한 높이로 날아오른다.

오후 3시에서 6시까지는 상황이 조금 달라졌다. 처음에는 정신이 희미하여 무기(無記: 심신이 편안하고 고요하지만 지혜가 없어 흐리멍덩한 상태)에 빠진 듯했다. 점점 밝고 맑은 '명징한' 상태가 되었다. 몸 여기저기가 계속 떨렸다. 손가락 화두가 잘 들렸다. 이 손가락 구부렸다 폈다 하게 하는 것이 무엇인가? 나에게 깃들어 있는 것, 불성이다. 나와 세상의 경계가 허물어진다. 내가 밝은 세상이 되어 간다. 그것을 느끼고 체험한다. '무'(無)나 '뜰 앞의 잣나무'도 마찬가지다. 손가락 하나하나의 움직임에서 불성과 불국토를 본다. '없다'란 개념에서 완전히 해방된 '부처 있음'을 느낀다. 뜰 앞 잣나무의 비근함에서 부처를 느낀다. 나와 세계가 다 불성이요 불국토라는 진실을 보고 느낀다.

오후 6시에 법문이 시작되었다. 질의응답 법문이다.

"어떤 것도 망상이다. 부처의 수기조차 망상이다. 떨린다는 것은 화두를 잘 들고 있다는 증거다. 그냥 하면 된다. 화두를 들고 있는가 확인하려 하면 쪼개진다. 장님이 앞으로 가는 것 같이 나아가라. 눈이 있어도 장님, 귀가 있어도 귀머거리처럼 해야 화두가 잘 들린다."

"폭포를 오르다가 떨어지면 밑에서부터 다시 올라가야 한
다. 폭포 중간을 표시했다가 거기서부터 시작할 수는 없는 법이
다. 처음부터 하는 게 빠르다."

엄청난 말씀이다. 우리는 폭포에서 떨어지면 폭포 중간에는
결코 머물 수 없는데도 중간 중간 어디 머물 데 없을까 구차하게
두리번거리다 마침내 바닥에 내동댕이쳐져 만신창이가 된다. 물속
으로 떨어지나 불구덩이로 떨어지나 마찬가지다. 절망한다. 그러
지 말라. 떨어지는 순간 철저히 떨어져 정신 차리고 다시 오른다.

"앉아진다는 것은 뭔가 하고 있다는 뜻이다. 자기 믿음이 필
요하다."

저녁 정진이 시작되었다. 한 수행자가 가슴 깊은 곳 응어리
를 끄집어내는 듯 절규했다. 다른 수행자는 앉은뱅이 장애인 모
양을 하고 고함을 쳤다. 유사 성행위를 하다가 패악을 부렸다. 방
바닥을 치다가 나뒹굴었다. 그를 본 고참 수행자는 "마장과 싸우
다가 결국 패배하여 그 원통함을 표현한 것"이라 해석했다. 뒤에
본인에게 물어보니 자기는 아무 기억도 없고 자기도 모르게 그
런 행동이 나왔다 한다. 일종의 엑스터시 상태일 듯했다.

10시 30분경에 침방으로 들어가 누웠다. 몸이 많이 피곤했
다. 오늘은 또 다른 경지를 경험해서 다행이다. 오늘도 노 처사께
서 어디선가 이불을 구해 와 덮어 주셨다. 코골이 때문에 잠들었
다 깨어나기를 반복했다. 깨어나서는 잠이 쉽게 들지 않으니 화
두로 잠을 청했다. 화두는 수면제가 되기도 하고 각성제가 되기
도 했다.

금정산 금정탕 금빛 물고기

닷새째다. 새벽 5시 선원을 나와 근처에 있는 금정탕으로 갔다. 한참 밖에서 떨며 기다리다가 문이 열리자 맨 먼저 목욕탕으로 들어갔다. 혼자 탕 속에 몸을 담갔다. 닷새 만의 목욕이다.

금정탕이란 이름은 금정산(金井山)에서 따왔을 것이다. 금정산 자락인 부산 안국선원 자리에서 느끼는 예사롭지 않은 기운도 금정산 정기일 것이다. 금정산은 높지는 않지만 숲이 울창하고 물이 많아 여러 동식물이 사는 풍요롭고 넉넉한 산이다. 산 정상에는 가뭄에도 마르지 않는 금빛 샘이 있어 금정산이라 부른다. 금색 물고기가 오색구름을 타고 하늘에서 내려와 이 샘에서 놀았다는 전설도 있다. 내가 금색 물고기가 되어 탕 안을 유영한다. 고우 큰스님이 생각난다. 큰스님은 '금'을 좋아하시어 문수산 자락의 토굴도 금봉암이라 이름 붙였다. 불교에서 금은 부처님의 금빛 가르침인 중도(中道)를 뜻한다고 가르친다. 금정탕에서 목욕하며 금정산 금빛 샘을 생각하고 중도를 성찰한다.

묘의 구덩이를 팔 때 쓰는 기구를 금정이라고도 한다. 금정틀이라고도 하는 금정은 우물 정자(井字) 모양인데 그것을 땅에 놓고 그 안을 파서 구덩이를 만든다. 금정으로 판 탕 안이 무덤 구덩이다. 내가 무덤에 들어간 모습을 떠올린다.

금정탕에서 목욕을 하면서 산의 정기를 느끼고 부처님 중도를 떠올리면서 나의 죽음을 살폈다. 목욕을 하고 돌아와 앉으니 몸은 부드러워졌으나 약간 졸음이 몰려왔다. 아침 공양을 하고 나와서 담소를 나누는데, 공양간에서 자원봉사 하는 보살이 뚜벅뚜벅 다가와 주의를 준다. 자기 경계를 이야기하는 것은 수행 공간에서 죄를 짓는 행위라고 했다. 자원봉사 하는 보살들은 다들 '견성'한 분들로서 수행의 연장으로 봉사를 하고 있다고 한다. 그들은 자기 수행에 대해 대단한 자부심을 갖고서 초심자들이 눈에 거슬리는 행동을 하면 거침없이 다가와 경책을 내렸다.

아침 법문도 질문에 대한 대답의 형식으로 진행되었다. 몸이 떨리는 현상에 대한 질문이 또 있었다. 스님은 떨리든 말든 그건 망상이니 내버려 두고 화두만 들라고 하였다. 화두가 잘 들리고 어느 경지에 이르면, 끝 간 데 없이 시원하고, 몸이 새털처럼 가벼워지며, 잠들어도 잠자리가 편안하고, 두려움도 사라진다고 했다.

"떨어질 걱정 말고 절벽을 타고 올라가라. 물이 나온다는 말을 들었다면, 물이 나올 때까지 파고 들어가라. 물 보면 끝이다. 믿고 해 보라."

"좋은 경계도 무시하고 그냥 가라."

이런 법문을 하다가 스님은 "뭔가 경계가 온 것 같은 사람은 문밖으로 나가라"고 했다. 독대하여 인가 여부를 결정해 준다는 뜻이다.

스님은 처음으로 『반야심경』을 인용했다. "얻을 것이 없는 까닭에 보살은 반야바라밀다를 의지하므로 마음에 걸림이 없고, 걸림이 없으므로 두려움이 없어서 뒤바뀐 헛된 생각을 아주 떠나 완전한 열반에 들어간다" 중 '얻을 것이 없는 까닭에'(以無所得故)를 인용하면서 수행 중에 경험하는 어떤 환희심에도 끌려

가지 말라고 했다.

쇠뿔이 단전에서 불쑥불쑥 솟아올라 소리를 지르고 발버둥 쳤다는 수행자의 질문에 대해서도 그것을 그대로 내버려 두라고 했다. 남들 신경 쓰지 말고 자기 화두를 들면 그걸 지나갈 수 있다고 했다. 슬픔과 원한이 밀려와도 화두 들기만 하면 넘어선다고 했다.

성철 스님이 깨달음의 가장 기초적인 경지라 설명한 '몽중일여'(夢中一如)를 스님은 색다르게 해석했다. 꿈속에서도 화두삼매가 지속되는 경지라는 성철 스님의 해석에 반대했다. 그보다는 꿈에서 확 깨어났을 때 화두를 기억하고 챙기느냐의 문제라 했다.

"독종이 못 되면 공부 못한다. 사형수가 먼저 깨달을 수 있다. 살인자 앙굴리말라도 깨달았다."

이렇게 스님은 한눈팔지 않고 오직 공부만 해야 한다는 점을 강조했다. 어느 도반이 "제가 이렇게 앉아 있지만 도대체 뭘 하는지 모르겠어요. 괜히 밥만 축내는 게 아닐까요?" 하고 푸념을 하니, 그 말이 채 끝나기도 전에 스님은 '억!' 하고 엄청난 할(喝)을 하였다. 그런 회의적이고 빈정대는 태도를 결코 용납 못한다는 뜻을 단호히 나타낸 것이다.

고향 땅 포구나무 화사한 빈방

나는 함께한 도반들의 정진 모습에서 분발을 받았다. 화두는 누르익어 갔고 화두에 오래 몰입했다. 손가락 구부리고 펴게 하는 놈은 누구인가? 현상으로서의 손가락 움직임은 본질로서의 본성 혹은 불성과 연결되어 있었다. 현상과 본질, 활(活)과 살(殺)은 역동적으로 생생하게 오고 갔다. 둘이면서도 하나고 하나이면서도 둘이었다. 살활자재(殺活自在)의 철칙이다. 그것을 마음으로 확인하고 몸으로 실감해 갔다. 손가락을 구부리고 펴게 하는 것은 본성이요 불성인 것을 내 몸이 발견해 가고 있었다. 아니 손가락이, 손가락이 구부려지는 모습이, 손가락 구부리고 있는 그놈이 한 덩어리 불성이었다.

어릴 적 고향의 강, 낙동강의 풍경이 떠올랐다. 낙동강의 풍경은 삶의 풍경으로 구체화되었다. 시간은 거슬러 올라갔다가도 내려왔다. 내가 어머니 몸에서 나오고 있었다. 울음이 북받쳐 올랐다. 가난한 살림에 다들 고생이 많았다. 아직 부모미생전(父母未生前) 본래면목(本來面目) 불성의 모습은 만나지 못했다. 본성과 불성은 시간적 선후 관계가 아니었다. 저녁에 본격적으로 살필 것이다. 저녁 직전 목까지 닿았다. 누가 힘을 조금만이라도 실어 주면 그 이상 도달할 수 있을 것 같았다.

오후 6시 40분에서 9시 45분까지 나는 화두 삼매에 완전하게 들어가 특별한 체험을 했다. 그것은 이렇게 재구성된다.

몸이 계속 떨렸다. 어느 순간 고향 강물과 들판이 보였다. 어머니 아버지의 모습이 보였다. 태어날 때 나의 순진무구한 본성이 감지되니 부모님의 모습과 일생이 환기되었다. 계속 눈물이 났다. 안타깝고 서러운 일생을 마친 부모님에 대한 연민의 정이 한없이 일어났다.

고향 생가 앞 드넓은 들판 한가운데 수백 년 된 포구나무의 모습이 나타났다. 포구나무 서 있던 작은 당산에는 도자기의 파편과 조개무지, 짐승의 뼈가 있었다. 어릴 적 나는 거기서 뛰고 뒹굴고 올라타 놀았다. 어느 순간 포구나무 전체의 형상이 강렬한 빛으로 변했다. 내 온몸의 솜털이 모두 쭈뻣 치솟아 올랐다. 몸 안의 모든 기운이 포구나무로 다 빠져나갔다. 한참 동안 그랬다. 몸에 전율이 느껴졌다. 감전된 것 같기도 했다. 그러더니 그와 반대로, 포구나무의 아주 밝고 찬란한 빛과 기운이 내 몸으로 들어왔다. 내 몸이 밝고 깨끗한 빛과 기운으로 되살아났다.

나는 계속 떨고 헐떡거렸다. 그러면서 불성을 불렀다. 간절하게 마지막 남은 힘까지 냈다. 불성이 내 손가락을 굽고 펴지게 하고 있었다. 불성이 그랬음에 틀림없었다.

그러다 어느 순간 '탁' 모든 것이 정지되었다. 몸의 떨림도 그쳤다. 내 몸은 약간 뒤로 젖혀지는 것 같았다. 아주 따뜻하고 밝고 느긋하고 기분 좋은 방. 옅고 화사한 빛이 깃들어 있었다. 방 안에는 아무 것도 없었다. 아무 것도 없어서 어떤 것도 다 담을 수 있었다. 내가 그곳을 느긋하게 바라보았다. 그러다 내가 그 안에 담겼다. 마침내 내가 그 빈방이 되었다. 그곳만 있었지 그곳을 바라보는 내가 사라졌다.

모든 게 정지되었지만 주위의 소리는 들려왔다. 다른 수행자들이 우는 소리가 들려왔다. 연민의 정이 일어났다. 서럽고 아파서 우는 모든 사람들이 잘되었으면 하는 축원의 마음이 생겼다. 그들 모두가 다 잘될 것 같았다. 내 가슴에서 자비심이 끝없이 일어났다.

나는 그렇게도 편안하고 평화로운 시간과 공간을 경험한 적이 없었다. 내 의식도 그렇게 청정하고 명징한 적은 없었다. 나는 미소를 짓고 있었다. 미륵보살반가사유상의 미소와 닮았다. 편안함의 미소요 득의(得意)의 미소였다. 아, 이렇게 좋을 수가 있다니. 이렇게 위대할 수가 있다니. 내가 자랑스러웠다. 나는 이제 어떤 존재도 다 품어 줄 수 있을 것 같았다. 어떤 일도 다 잘할 수 있을 것 같았다. 세상의 어려움도 다 해결할 수 있을 것 같았다. 내가 사라진 그 순간에 나는 모든 것이 되었다.

몸의 아픈 곳도 사라졌다. 오랜 동안 미동도 없이 그대로 편안하게 있었다. 그런 완전한 평정 상태에서 가만히 있는 나를 관조했다. 자비심과 평정심으로 한정 없이 살아갈 수 있을 것 같다. 모든 것을 내 소원대로 이끌어 갈 수 있을 것이다.

한없이 이대로 있을까 하다가는 그래도 깨어나야 하지 않을까 했다. 깨어나기로 했다. 서서히 깨어났다. 눈을 가만히 뜨고 주위를 살펴보았다. 뭔가 이상했다. 내가 벽 위에 앉아 있었다. 앞으로 천장이 내려다 보였다. 옆 도반들도 벽에 붙어 있었다. 나는 놀라지 않았다. 소리를 지르지도 않았다. 서서히 일상의 공간 감각을 회복해 갔다. 깨어나니 나는 한 치 흐트러짐 없이 방바닥에 그대로 앉아 있었다. 나는 성성적적(惺惺寂寂)의 경지를 떠올렸다. 세상이 달리 보였다. 6시 40분에 시작된 화두 삼매를 9시

45분에 스스로 끝냈다.

내 어릴 때를 다시 생각했다. 고향 강둑에 올라 보면 동쪽과 서쪽과 북쪽 아득히 산들이 둘러싸고 있었고 바다가 있는 남쪽으로부터 바닷바람이 불어왔다. 북쪽 수많은 봉우리 중 하나가 금정산이었다. 조금 전 나는 샘이 있는 금정산 정상으로 올라가 낙동강을 바라보고 강물을 따라 흘러갔다. 고향 포구나무를 만났다. 내 망상이 만들어 낸 아집과 욕심을 내던졌다. 그리고 돌아와 텅 빈 방이 되었다. 사람은 그렇게 안타까운 부모와 서러운 고향의 품을 벗어날 수 없는 모양이다. 부모와 고향을 거룩하게 다시 만나게 되어 있는 모양이다. 부모와 고향은 나를 다시 태어나게 해 주었다. 부모와 고향을 딛고 나는 다시 떠올랐다. 나는 그렇게 떠났다가 돌아왔지만, 그 사이 어떤 미동도 없었다.

온전한 일상의 나로 돌아왔다. 내 속에서 간절한 마음이 생겨났다. 내게 남은 이생의 시간을 잘 써서 이 특별한 사바 세상을 장엄하게 만들리라, 여전히 번뇌 망상의 고통에서 헤어나지 못하는 나 자신과 중생들에게 한없는 위로와 힘이 되리라는 보살심이 일어났다. 어떤 고난과 욕됨도 참고 기꺼이 받아들이며 중생을 구원하는 데 지치거나 싫증 내지 않는 보살의 삶을 살기로 했다.

손가락과 송장 사이에서

밤 10시가 지났는데 스님이 다시 내려왔니. 긴화선 집중 수행 프로그램이 막바지에 접어들었으니 스님의 힘이 더 필요했을 것이다. 누가 삼매에 대해 묻자, 스님은 "삼매에 빠지면 대승 공부가 힘들다"고 하며 이 수행에서는 삼매를 만들지 않는다고 했다. 소승에서는 삼매를 거쳐 지혜로 나가지만, 대승의 상근기 수행에서는 폭포를 오르는 잉어처럼 용맹정진하기에 삼매를 증득(證得 : 깨달음)할 시간이 없다고 했다.

　　매우 농축된 언어가 구사되던 심야 법문은 끝났다. 충격적인 부분도 있었다. 상좌 스님은 스님의 기를 받았을 때 바로 정진하면 좋다는 말을 또 했다. 그대로 정진에 들어갔다. 나는 방금 내가 체험한 바를 정리해 두어야겠다는 생각이 들어 방석 아래에서 노트를 꺼내 메모하기에 몰두했다. 얼마나 지났을까. 누군가가 내 등을 콱 찔렀다. 쿵, 소리가 나더니 등에 창이 꽂힌 듯 아팠다. 뒤돌아보니 상좌 스님이 서 있었다. 그는 마치 반역자를 저주하는 듯한 표정을 짓고 있었다. 인욕이야말로 수행에서 가장 중요한 덕목이라 했는데, 그 순간에서조차 그것을 경험하도록 자비를 베푸신 걸까.

　　연기(緣起)의 가르침이 떠올랐다. 그간 선원에서 먹는 것 입는 것 걱정 않고 지내면서 수행의 길을 타박타박 잘 걸어와 마침내 특별한 체험을 할 수 있었던 것은, 다 그 시간 그 공간 연기의 존재 원리에 따라 나와 공존한 분들의 은덕이 아니었던가. 상좌 스님이 험악한 표정으로 내 등을 찌른 순간 그 연기의 존재 원리만이 도드라졌다. 내 속에 이런 외침이 들렸다. '넌 헛것을 보았다. 불성도 없고 진여자성(眞如自性: 존재의 본래 성품)도 없다. 모든 것은 연기로만 잠시 존재해!' 그러다가는 '연기법도 결국 진여자성을 가리키는 손가락과 같은 것이니 연기법을 자각한 것은 곧 진여자성을 느낀 것이다!' 하는 반박도 들렸다.

나만의 그 특별한 체험을 되새기고자 한 계획은 결정적 타격을 받았다. 겸연쩍게 노트를 방석 아래에 밀어 넣고 반가부좌를 틀었다. 이상하게도 손가락 화두는 더 이상 들려지지 않았다. '이 송장 끌고 다니는 이것이 뭐꼬?'와 '깊은 잠에 빠져 생각의 길이 끊어지고 꿈도 꾸지 않을 때 이것의 주인은 누구인가?' 화두를 들어 보았다. 손가락 화두보다는 잘 들렸지만, 그 역시 평소처럼 몰입되지가 않았다. 그렇게 시간이 흘러갔다. 좀 허망하기도 했다. 그러다가는 '난 아무 것도 갖지 않았다', '나는 아무 것도 아니다', '나는 텅 비어 있다' 이렇게 환기하니 편해졌다.

밤은 깊어 가는데 여기저기 숨소리, 코 고는 소리, 트림 소리, 울부짖는 소리가 여전히 터져 나왔다. 앉아도 누워도 나는 아무 것도 할 수 없었다. 스님 법문 직후에 얼른 점검이라도 받아 보았으면 하는 생각도 들었지만, 인가를 구걸하지 않아 잘했다 싶기도 했다.

인가장 풍경

엿새째다. 일요일이라 많은 불자가 찾아왔니. 법당은 물론이고 이 방 저 방이 다 꼭꼭 찼다. 수시로 왁자지껄한 소리가 들렸다. 아이들은 건넌방으로 가기 위해 수련장으로 뛰어 들어오기도 했다.

아침과 점심 공양 시간도 늦어졌다. 나는 여전히 우두커니 앉아 있었다. 밖에 나가 생각해 보았다. 이렇게 아무 것도 못 하면서 있기보다는 하산하는 게 좋을 것 같았다. 점심 공양을 하고 먼저 내려가겠다고 회장에게 말하니 그는 마지막 날까지 남아 기념사진까지 찍고 가라고 했다.

점심 공양 뒤 오후 법문이 시작된다 하여 법문 대형으로 앉았다. 두 시간을 더 기다리니 스님이 등장했다. 질문과 응답은 거의 동어반복이었다. 여전히 수행 중에 나타난 경계에 대한 질문이 대부분이었다. 마장은 본심을 만나러 가는 도정에 만난 장애일 따름이라는 것이 대답의 요지였다.

법문을 마친 스님은 그동안 자기 변화를 느낀 사람은 밖으로 나가 점검을 받으라고 했다. 나는 빨리 돌아가려는 심산으로 밖으로 나갔다. 어제 밤에 점검을 요청한 사람과 방금 나온 사람을 합하니 여남은 명은 되었다. 작은 방으로 들어가 기다렸다. 모두들 많이 긴장하고 있었다.

스님은 맨 앞줄에 앉은 사람부터 차례대로 자기 경험을 말하게 했다. 한 도반은 설산이 보여 마음이 한없이 편안해졌다며 설산의 모습을 장황하게 묘사했다. 스님은 그를 인가하지 않았다. 다른 도반은 강렬한 빛이 두개골을 쪼개고 들어와 온몸으로 퍼져 나갔다고 했다. 스님은 그래서 어떤 변화가 있었느냐고 물었다. 변화는 없다고 했다. 그도 인가해 주지 않았다. 한 교수는 자기가 교수가 되기까지 부모와 지도교수의 보살핌이 얼마나 지극했는가를 절감하며 계속 울었다고 했고 그 말을 하면서도 울먹거렸다. 그분도 인가해 주지 않았다.

수행자들마다 다 다른 경계와 경험을 이야기했다. 이야기가 끝나면 스님은 그래서 어떤 변화를 경험하거나 어떤 비전을 갖게 되었냐를 물었다. 이 세상을 향해서 자기만의 목소리로 무엇을 제시하라는 것이다. 그러나 대부분은 그런 것을 제시하지 못했고 그래서인지 인가받지 못했다.

나는 그간 체험한 것을 간략히 이야기했다. 나의 경우는 화두를 들면서 회광반조가 되어 본성과 연결되었고 텅 빈 방으로 표상된 불성을 겪었다. 그 과정에서 나는 청정하고 자비롭게 변했다. 불성의 방은 나로 하여금 온 세상 존재들을 연민의 마음과 자비심으로 바라보게 했다. 나는 불성의 방을 느끼다가 마침내 그 불성의 방이 되었다. 내 이야기를 들은 스님은 더 이상 질문하지 않았다. 스님은 나를 인가해 주었다.

스님은 근본적 자기 변화와 세상을 향한 새로운 관점과 태도를 요구하는 것 같았다. 그것을 제시하지 못한 도반은 인가를 받지 못했다. 스님은 인가받지 못한 수행자들을 나가게 한 뒤 인가받은 사람에게 당부의 말을 하였다.

"이제부터 물 흐르는 대로 자연스럽게 살아가라. 집착하지 마라. 애써 공부할 필요도 없다. 경전도 보지 마라. 인가받은 사실을 남에게 이야기하지 마라. 대중을 제도할 요건을 갖췄다는 확신이 들 때 이야기해도 좋다. 여러분은 막 소대장이 되었다. 장군의 눈에 여러분이 어떻게 보일지 생각하라."

이 중 특히 '애써 공부할 필요도 없다', '경전도 보지 마라' 등의 말씀이 전부터 문제되어 온 것을 나는 기억한다. 그런데 그 말씀은 나에게 다르게 들렸다. '애써 공부할 필요도 없다'는 말은 '열심히 공부하라'는 뜻으로 들렸고, '경전도 보지 마라'는 말은 수행을 하면서도 경전을 보는 것을 게을리하지 말라는 뜻으로 들렸다. 그래서 그 말씀을 문제 삼을 필요는 없을 것 같았다.

'인가'의 과정과 '인가장'에서 스님이 하신 말씀은 그동안 내가 들어 온 안국선원에 대한 소문과는 달랐다. 소문에는 '떨림 여부'와 '정답 획득 여부'를 근거로 하여 인가를 판단한다고 했다. 스님은 첫 법문부터 문제만 외우지 말고 답을 찾으라고 했지만 정작 인가장에서는 답을 확인하지 않았다. 화두의 답을 확인할 것이라는 예상은 완전히 빗나갔다. 스님은 화두의 답을 요구하지 않았고 선문답도 하지 않았다. 오직 특별한 경지의 체험과 내면의 변화를 물었다.

스님이 나가고 천무량 보살이 들어왔다. 보살도 다소 상기된 표정이었다. 인가를 받은 사람들을 진정으로 축하하고 격려해 주고자 했다. 보살은 견성의 길을 '마을식'으로 말하고자 한다 하였다.

"사람의 마음은 수미산같이 높은 형국이다. 그간 화두 수행을 하면서 여러분은 우리 마음의 꼭대기에서 수미산 같은 마음속으로 뚫고 내려가 보았다. 그 바닥에 우리 본성이 있기 때문이다. 그런데 우리 본성은 억겁 세월 동안 만들어진 선입견과 편견으로 덮여 있다. 온갖 업식이 쌓여 있다. 그것이 수미산과 같이 되었다. 그러나 그건 내 것이 아니다. 그것은 여러분이 화두를 들 때 마구니의 형상으로 나타나 구도의 길을 훼방 놓았다. 그것은 다시 영가가 되어 환생한다. 이제 여러분은 그 꺼풀을 벗겨 내고 겨우 내 것에 한 번 가 보았다. 방금 겨우 도달해 본 것이다.

지금까지 여러분은 어떤 말을 하고 어떤 행동을 하고 어떤 생각을 했는가? 여러분 몸의 곳곳에는 거울이 달려 있다. 여러분의 말과 행동과 생각은 빠짐없이 그 거울에 비친다. 그것이 업이 된다. 이제부터 좋은 말 축원의 말을 하고, 나쁜 말 흉보는 말을 하지 말라."

밖으로 나가니 다른 보살이 기다리고 있었다. 저녁 공양을 준비해 놓았다고 했다. 가는 길에 종무소에 들러 법명을 받기 위한 인적사항을 적었다. 종무소 밖으로 나오니 도열하고 있던 다른 보살들이 또 축하의 인사를 해 주었다.

공양을 마치고 부엌에서 자원봉사 하는 보살에게 물었다. 방금 내가 스님으로부터 무얼 인가받았는가 물어보았다. 그분이 말했다.

"견성(見性)이 아닐까요?"

나는 고개를 절레절레 흔들었다.

내가 부처님을 인가하다

수불 스님의 수행 지도법은 화제가 되어 왔다. 월암 스님, 혜민 스님은 수불 스님의 수행 지도법을 긍정적으로 소개한 불교계 인물이다. 한 교수는 우리나라 간화선을 소개하면서 수불 스님의 간화선 수행법만을 다루었다. 안국선원의 수행 과정에 참여한 사람들이 어떤 변화를 보이는가에 대한 심리학 쪽의 논문도 몇 편 나왔다.

내가 경험한 바에 의하면, 수불 스님의 화두 수행 지도법은 짧은 시간 안에 '효과'나 '변화'를 가져온다. 그래서 그 지도법은 대중들로 하여금 화두 수행의 존재와 가치를 느끼게 하는 데 일정한 기여를 한다.

다만 수행 과정에서 화두 삼매 단계를 인정하지 않거나 소홀히 대한다는 점은 함께 고민해 봐야 할 사항인 것 같다. 간화선 수행에서 화두 들기는 거문고 줄을 고르는 것으로 비유된다. 거문고 줄이 지나치게 느슨하면 소리가 나지 않고 지나치게 팽팽하면 터질 수도 있다. 그래서 알맞게 해야 한다. 거문고 줄을 알맞게 고르듯 화두 들기에 몰입하여 어느 순간 화두와 내가 하나가 되어 순일하게 지속되는 것을 화두 삼매라 한다. 이 화두 삼매야말로 수행자의 근본적 변화나 '큰 죽음'을 가능하게 하는 단계일 텐데, 스님은 이 단계를 중요하게 여기지 않았다.

그리고 정견(正見)을 수행의 과정에 적극 수용하지 않는다는 인상을 받았다. 수불 스님은 법문 중에 '부처님 말씀'이라며 부처님 가르침을 언급한 적이 거의 없었다. 『원각경』이 제시한 수행의 네 단계, 즉 신(信)·해(解)·행(行)·증(證) 중 신(信)과 해(解)는 수행하여 깨달음에 이르기 위한 기초요 발판이 되며, 그것은 정견의 확보와 긴밀히 연결되어 있다. 수행 과정에서 정견과 해(解)를 보완하면 좋겠다는 생각이 들었다. 그 말은 아무리 뛰어난 수행법이라 할지라도 경전에 제시되어 있는 부처님 수행법을 근간으로 해야 한다는 뜻이다.

'인가'가 어떤 단계를 인정하는 것인지 분명하지 않았다. 또 인가받은 수행자가 그 뒤 어떻게 살아가야 할지 스님이 내려준 조언에 대해 이견이 있을 수도 있다. 수불 스님은 인가를 받은 사람에게는 더 이상 특별한 수행이나 공부가 필요 없다고 했다. 그냥 집착만 하지 않고 물 흐르듯 살아가라는 뜻일 게다. 정말 인가받은 수행자가 완전한 깨달음인 돈오(頓悟)에 이르렀다면 그런 조언은 바람직하다. 그러나 스님으로부터 인가받은 분들이 돈오했다고 보기는 어려웠고 다만 깨달음으로 나아가는 과정에서 작은 성취를 이룬 것은 인정할 수 있을 것 같았다.

완전한 깨달음을 이룬 게 아니라면 인가 받은 뒤에 무얼 어떻게 하느냐가 더 중요할 것이다. 화두 수행을 통해 특별한 체험을 했다는 것은 분명 화두 수행법의 유용성과 탁월성을 증명하는 것일 테다. 그런 체험은 화두 수행에 대한 믿음과 자신감을 갖게 한다는 점에서 소중하다. 다만 대신심(大信心)과 분심(憤心)을 더해서 그로부터 더 치열하게 수행해 가야 할 것이라 나는 생각했다.

인가받은 분도 그 특별한 체험을 발판으로 삼고 심기일전 나아갈 수 있도록 서원(誓願)을 드리고 스스로도 다짐해야 할 것이다. 중요한 것은 인가받은 분의 태도다. '이제부터 물 흐르는 대로 자연스럽게 살아가라', '집착하지 마라'는 스님의 당부 말씀에서 큰 자비심을 느꼈다. '애써 공부힐 필요도 없다'는 말씀에서는 더 열심히 공부해야겠다는 다짐했고, '경전도 보지 마라'고 말씀하실 때는 경전 공부의 중요성을 확인했다. 그리고 이 말씀에 걸려들어서는 안 될 것 같았다. 혹은 이 대목은 스님께서 인가받는 분의 진짜 근기를 살펴보는 곳일지도 모른다는 생각이 들었다.

스님은 인가해 주지 않음으로써 분발을 촉구하고 인가해 줌으로써 힘을 실어 주었다. 스님의 인가를 시비 삼는 사람들은 실상을 고려하지 않고 소문과 선입견만으로 판단했을 수도 있다. 인가를 받은 수행자가 그 뒤 어떻게 살아가는가에 대해서 인가해 준 분의 책임을 물어서는 안 된다. 인가를 어떻게 받아들이고 어떻게 살아가느냐는 인가받은 수행자의 몫이다. 구산 큰스님은 인가까지 해 주시지는 않았지만 기회마다 "조금만 더 하면 한 소식 하겠다"며 제자들을 북돋아 주셨다. 숭산 큰스님이 미국에서 인가를 많이 해 주셨다는 것은 널리 알려진 사실이다. 문제는 그 인가의 말씀을 착각하고 아만을 일으켜 수행을 중단하는 사람에게 있다. 뉴욕 플러싱의 어느 의사 생각이 난다. 그는 숭산 큰스님으로부터 인가를 받았다며 다른 사람에게 삼배를 요구하고 있었다. 삼배를 받는 그의 얼굴에서는 자비심보다는 아만이 보였다.

완전한 돈오를 점검해 줄 선지식을 만나기 쉽지 않고 부처님 법을 교란하는 것들이 넘쳐나는 우리 시대에 진정으로 자기를 점검하여 인가해 줄 수 있는 존재는 자기 자신일 것이다. 자기에게는 자아경(自我經)이 있고 부처님도 계신다. 자기 속 부처님만은 자신의 경지를 가장 정확하게 알 수 있을 것이라 믿는다.

학이 맴도는 골짜기

기념사진을 찍고 가라는 회장의 당부를 마다하고 선원을 나섰다. 어두운 밤길을 달린다. 낙동강에 고깃배 불빛이 처연하다. 낙동강은 언제나 흐른다. 내 가슴속까지 흐른다. 수행 기간 내내 강물은 더 유장하게 내 속으로 흘렀다.

삼랑진을 지난다. 대학 시절 내가 한 철 동안 살았던 만어사가 저쪽에 있을 것이다. 만어사를 떠난 뒤로 다시 가지 못했다. 동해 물고기들이 부처님 법문을 듣고 열반 승천하면서 남긴 육신. 그 종소리 나는 바위와 큰 미륵 부처님을 다시 알현해야겠지.

갈 때 나의 시선을 끌었던 장미묘원도 어둠 속에 묻혀 있다. 스님이 주신 학곡(鶴谷)이란 법명을 생각한다. 학은 저 계곡 어디쯤 둥지를 틀고 있을까. 내일이면 훨훨 날 수 있을까. 아니면 언저리를 한참 더 맴돌게 될까.

수행 기간 중에 온갖 것이 되살아났다. 내가 지금까지 겪었던 그 어떤 것도 사라진 것은 없었다. 하나하나 켜켜이 쌓였다가 어느 순간 꼭 필요할 때 인연을 따라서 특별한 모습과 의미로 되살아났다. 그리고 큰 힘이 되어 주었다. 업의 위력일 게다. 결국 업 놀음으로부터 해방되어야 하겠지만 그 일조차도 업을 통하지 않고는 가능한 일이 아님을 알았다. 나에게 남아 있는 시간 동안 정성을 다하여 업의 밑천을 잘 닦아야 하겠다. 남은 시간이 길지 않지만 그렇다고 짧은 것도 아닌 듯하다.

허공꽃

송광사 대중공양 2016

나는 촬영기사

나는 고우 큰스님의 금봉암 법문 동영상을 만들어 다음카페에 올렸다. 오경 스님의 정해학당 법문 동영상도 녹취해 올린다. 나는 두 스님 전속 촬영기사다. 비상한 기억력으로 부처님 법문을 후대에 전한 아난존자를 흠모하며 나도 공경하는 스님들의 법문을 전한다. 캠코더를 가진 내가 아난존자보다 더 정확하다.

요즘 교수는 학생으로부터 강의 평가를 받는다. 강의 평가 설문지 끝에는 학생이 교수에게 하고 싶은 말을 적는 난이 있다. 학생들은 나에게 그리 인색한 말을 하지는 않지만, '불교 이야기를 왜' 국문학 시간에 하느냐 묻기도 했다. 그런 질문을 한 학생들은 내가 수업 시간에 불교에 관해 이야기하는 것에 대해서만 예민하지 내가 예수님을 성심으로 공경한다는 사실을 알아주지 않는다. 나의 장인어른은 봉직하던 학교에서 갑자기 해직당하자, 성당을 방문하며 페데리꼬 바르바로 신부님의 『신약성서 주해집』(12권)과『구약성서 주해집』(8권)을 판매했다. 학생들은 이 책이 한국 천주교회 200주년을 기념하여 나온 기념비적인 기독교 서적이라는 것, 20권의 그『성경』주해집이 아직도 우리 집 서가의 중심에 꽂혀 있다는 것, 나를 참 자랑스럽게 여겨 주시던 장인어른이 그리울 때면 내가 그『성경』주해집을 꺼내 거듭 읽어 왔다는 점을 전혀 알지 못한다. 학생들의 그런 소견을 몇 번 읽고 부터 나 스스로 내 강의 내용을 종교적으로 검열하게 되었다. 불교 문학 부분을 강의해야 할 때조차도 신심을 내비치지 않는다. 어쩔 수 없이 부처님 이야기를 하게 될 때는 예수님과 연결시킨다. 가끔『신약성서』를 강의실로 들고 들어가서「요한복음」의 아이러니나「마태복음」의 꿈 이야기를 언급하기도 하고 우리 창세신화인「창세가」를『구약성서』「창세기」와 비교해 주기도 한다. 그리고 한국 교회에서 잘 인용하지 않는「누가복음」구절을「마태복음」구절과 비교한다.「마태복음」5장이, "심령이 가난한 자는 복이 있나니 천국이 그들의 것임이요 애통하는 자는 복이 있나니 그들이 위로를 받을 것임이요"라고 하여 '마음이 가난한 사람'을 축복해 주는 반면,「누가복음」6장은, "가난한 자는 복이 있나니 하나님의 나라가 너희 것임이요 지금 주린 자는 복이 있나니 너희가 배부름을 얻을 것임이요 지금 우는 자는 복이 있나니 너희가 웃을 것임이요"라고 그냥 '가난한 사람'을 축복해 준다는 사실을 비교한다. 둘 다 예수님의 말씀이다.

　　그러다가 봉화 금봉암으로, 안동 보경사로, 해운대 정해학당으로 길을 떠나는 날이면 검열에서 해방된다. 눈치 안 보며 부처님을 생각하고 부처님 말씀 떠올리고 공부한다. 나는 남을 가르치거나 이끌어 갈 위인이 못 되니, 교수보다 촬영기사로 불리는 것이 더 즐겁고 떳떳하다. 가르치는 자리는 부끄러워 힘들고, 배우러 가는 길은 마냥 당당하여 즐겁다.

전속 촬영기사를 하면 좋은 점이 또 있다. 부처님과 스님을 정면으로 마주하는 어간(御間)에 앉을 수 있는 것이다. 정면으로 바라보면 강의하시는 스님의 표정 변화를 세심하게 관찰할 수 있다.

정해학당 오경 스님의 표정은 강의 내용에 따라 시시각각 달라진다. 스님의 표정이 가장 준엄하여 어두워질 때가 있다. 수행하지 않고 알음알이로 불교를 분석하는 불교학자들을 꾸짖을 때다. 스님의 표정이 가장 환해질 때가 있다. 구산 스님 이야기하실 때다. 젊은 스님 앞에서도 자신의 고민을 토로할 때면 너무나 간절하여 마침내 울음을 터뜨리는 울래미 스님 구산 스님. 나는 구산 스님 이야기를 들려주는 오경 스님의 표정을 가장 좋아한다.

구산 스님의 증손 제자가 되는 나는 오경 스님 법문 속에서 구산 스님을 뵙는다. 구산 스님은 언제나 울고 계신다.

내가 신심 내고 발심하게 했던 우리 구산 스님. 별명이 울래미야 울래미. 법문하면서 맨날 울어. 울어 그렇게, 맨날 울어. 왜 우느냐 하면, 내가 나를 모르는데, 내가 세상을 모르는데, 내가 무슨 이야기를 남에게 하고, 이게 옳니 그르니 하느냐 이거야. 내가 진리를 모르는데, 그런 내가 남에게 이거야 저거야 이게 옳다 저게 옳다 할 수 있느냐

말이지. 당신이 너무 사무치게 그런 이야기를 하시는
거야. 나는 수십 번 똑같은 법문을 들어서 다음에 무슨
말이 나오고 스님이 언제 울지 다 알게 되었어. 법문을 다
외웠어. 사람들은 스님이 도인이니 아니니 견처(見處)가
있니 없니 맨날 똑같은 법문을 하니 않니 하지만 나에게는
그게 너무나 감동적인 거야. 언제나 같은 이야기지만 들을
때마다 다른 이야기로 들리는 거야. 들을 때마다 정말
감동하게 되는 거지. 일흔다섯 살 노인네가 처음 출가한
스무 살 청년의 그 절절한 진리에 대한 열정을 오롯이
간직하고 계신 거야. 나는 스님이 도를 깨쳤는지
못 깨쳤는지 몰라. 그러나 분명한 건 일흔다섯 살 노인이
이십 대 시절 나보다 더 절절한 고민을 간직하고 계셨다는
거야. 내가 50년 뒤에도 저런 순수한 마음을 간직할 수
있을까. 언제나 나에게 부끄럽게 물어야 했지.

    나도 이 이야기를 들을 때마다 감동한다. 구산 스님은 우리
가슴속에서 언제나 울고 있는 젊은 수행자다.
    구산 스님의 수행 정신을 이은 송광사 스님들이 하안거에
들었다. 나는 스님들을 뵙기 위해 '대중공양'(大衆供養)에 나섰
다. '대중공양'은 불교 신도가 안거 수행 중인 스님들을 찾아뵙는
또 다른 수행이다. 남의 기쁨을 내 기쁨으로 여기는 보살의 수희
(隨喜) 정신을 실천하는 것이다.

대웅보전 위 수선사

폭염이 대웅전 앞마당 금모래를 볶고 있다. 사시예불(巳時禮佛)
이 시작되었다. 대웅전으로 들어가 삼배를 하고 다시 나온다. 먼
능선을 바라본다. 15년 전 여름 수련회 때가 생각난다. 새벽마다
송광사를 품고 있는 조계산을 바라보며 극락이란 이런 곳이겠지
했다. 내 죽어 이곳에 잠시 깃들이리라 했다. 대웅전 처마 밑을
돌아 뒤꼍으로 갔다. 돌 축대 위로 담쟁이넝쿨이 싱그럽게 자라
있다. 수선사(修禪社)는 그 위에서 발을 드리우고 계신다.

수련회 예불 때면 내 자리는 언제나 대웅전 뒷문 앞이었다.
나는 부처님을 등지고 문밖 돌 축대를 향해 절을 했다. 돌 축대
위 높은 곳에 선원인 수선사가 있다는 사실은 뒤늦게 알았다. 예
불 때마다 나의 절을 받은 분은 수선사 수행 스님들이었다. 부처
님 계신 대웅전보다 더 높은 곳에 집을 지어 참선 스님을 모시는
송광사.

밤마다 밤마다 부처님을 보듬어 안고 자고
아침마다 아침마다 또한 같이 일어난다.
일어서고 앉고 하는데 참으로 서로 따르며
말하고 잠자는데 함께 살아간다.
터럭 끝만큼도 서로 떠나가지 않는 것이
마치 몸과 그림자 같은 사이로구나.
그대가 만약 가지 않는 곳을 알고자 한다면

자못 너의 말소리 나는 것 바로 이것이라.

수선사의 하루는 이렇게 설명된다.

대웅전으로 돌아오니 축원을 올리고 있다. 현묵 스님의 음성이다. 15년이 지났지만 사시(巳時: 오전 9시~11시) 축원은 여전히 현묵 스님의 몫인가 보다. 나지막하고 그윽하며 서럽게 청아해서 시린 스님의 음성. 칠불사 10년 묵언 뒤 음성이 그렇게 맑아지셨단다.

사고로 다친 노인, 시험 못 봐서 풀이 죽은 아이, 일자리 잃고 부랑하는 남자, 짝 잘못 만나 고달픈 여자. 그들이 스님께 매달리고 가사 장삼을 끌어당긴다. 품은 한이 많아 이승에서 서성대는 영가들은 스님 어깨에 걸터앉았다. 비원(悲願)이란 말에 가슴이 쓰리다. 스님의 음성은 이날따라 더 맑아 더 슬프다. 돌아가신 어머니가 와 계신 듯, 바다에서 올라온 어린 혼들이 종알대는 듯, 억울하게 산화한 전우의 얼굴이 보이는 듯, 버림받은 노처녀의 뒤태가 흔들린다. 망상으로 일으킨 세속의 욕망과 비원이지만 그걸 이루지 못해 허덕이는 사람들의 모습이 참 안타깝다. 내 눈에도 눈물이 고인다. 현묵 스님의 사시 축원 때면 나는 언제나 운다.

『반야심경』 독송이 시작되었다. 우리말 『반야심경』이다. 옛날 그 수련회 때 염불을 우리말로 할 것인지 말 것인지 언성을 높이던 풍경이 떠오른다. 그때 지도 법사는 우리말 염불 독송에 반대한다며 우리말로 염불하면 "중들은 뭘 먹고 사노?"라고 농담을 던지기도 했다. 그 사이 송광사가 달라졌다. 송광사는 변하는 세상을 외면하지 않는다. 가장 보수적인 대웅전 안 탱화에서도 근대적인 것을 기꺼이 걸고 있는 것도 그런 까닭에서다.

다시 수선사를 올려다본다. 폭염 속에서 한 치의 흔들림도 없이 화두 삼매에 드신 스님들. 기풍이 쟁쟁하다. 수많은 스님들이 앉아 있는 시늉을 하다가 화두 수행은 이 시대에 맞지 않는다며 티베트로 태국으로 날아갔다. 수선사는 그 모습까지 느긋이 굽어보기만 한다. 보조국사가 일으킨 수선사의 수행 기풍을 조금도 흩트리지 않는다. 온 세상이 다 바뀌어도 결코 변치 않는 모습. 변화하는 세상을 다 받아주어도 결코 흔들리지 않는 한 모습. 송광사의 위대함이다.

허공꽃

조계산 품에 안겨 있는 송광사의 모습을 가장 완전하게 볼 수 있는 곳이 있다. 관음전에서 율원으로 가는 고개이다. 고개에 오르니 대웅보전, 수선사, 국사전, 관음전, 약사전, 승보전 등 송광사 전각들이 한눈에 다 들어온다. 송광사 지형은 연꽃이 물 위에 뜬 연화부수(蓮花浮水)형이라고 풍수에서 말한다. 고려 시대부터 숱한 전란을 겪으면서도 불타면 짓고 또 타면 다시 일으켰다. 울창한 수풀 속에 전각 지붕들은 햇빛을 받아 반짝인다. 햇빛 아래 기와들은 검은 듯 검지 않다. 머리 맞댄 지붕들은 모난 무늬를 만들면서도 유려한 선을 이룬다. 전각 지붕 사이로 고개 내민 금모래 마당은 풍경의 바탕색을 만든다. 마당과 지붕 기와, 전각 문짝들은 꽃받침과 꽃잎, 수술과 암술이 되어 거대한 꽃대궁을 만들었다. 세상에서 제일 크고 아름다운 꽃 한 송이다.

올해 최고 기온을 경신한 날, 정오를 지나니 햇살 따가움이 상상을 넘는다. 내 생애 이렇게 뜨거운 햇살은 없었다. 여름 햇살도 아지랑이를 일으킨다. 봄 아지랑이가 만물을 깨어나게 만든다면 여름 아지랑이는 만물을 찌고 태운다. 뙤약볕에 송광사가 들끓는다. 꿈틀거린다. 어느덧 송광사가 떠오른다. 송광사가 허공꽃이 되었다. 아, 내가 한 송이 거대한 허공꽃을 바라본다.

병든 눈이 허공을 바라보니 허공중에 꽃이 피어나도다.
— 『원각경』

부처님이 말씀하셨다. 이 세상 온갖 존재는 우리가 만들어낸 허공꽃이라고. 저 허공에다 우리 선조들은 허공꽃을 피웠다. 시들어 지면 또 피웠다.

고갯마루가 매미들 울음소리로 흔들린다. 매미는 땅속 애벌레로 지내다가 이제나저제나 저렇게 땅 위로 몸을 내밀었다. 5년을 기다렸고 7년을 기다렸다. 13년을 기다렸고 17년을 기다렸다. 그리고 한 달이 지나면 이 세상에서 짧은 한 생을 마감할 것이다. 매미의 울음은 짝을 찾는 소리라 한다. 수컷은 암컷을 유인하여 짝을 짓고 그렇게 만난 암컷은 알을 낳고 함께 죽는다. 낳은 알은 몇 주일 지나 애벌레가 되고 땅속에 구멍을 파고서 나무뿌리의 액을 빨아 먹으면서 살다가 5년 뒤, 7년 뒤, 13년 뒤, 17년 뒤의 어느 여름날 저렇게 땅 위로 올라와 또 울어댈 것이다. 한꺼번에 땅 위로 올라오는 것은 올라오다가 천적에게 잡아먹혀도 살아남는 자들이 더 많을 것이기 때문이다.

고갯마루 매미는 나무에 피어난 여름 꽃이다. 저들도 간절하고 간절하게 허공꽃을 피우고는 저렇게 울어대는 것이다.

눈병이 나으면 보이던 꽃이 다시 사라지리니 비록
허공꽃이 피어났다 사라지는 것이 보이지만 저 허공꽃은
본디 생겨난 곳이 없으며 역시 사라지는 곳도 없다.
허공은 본래 움직임이 없다.

—『원각경』

부처님이 다시 이렇게 말씀하셨다. 모두들 허공꽃 피우며 생사윤회 거듭하지만 부질없는 건 아니니 힘 좀 내라고 부처님이 다독거려 주신다. 환(幻)은 환으로써만 넘어설 수 있으니, 우리도 매미도 허공꽃을 피우는 까닭을 알 만하다. 이렇게 무더운 여름날 송광사 품은 조계산에 허공꽃이 찬란하다.

스님의 백발

율원 대경 스님을 뵈었다. 스님은 나한과라는 달디 단 과일 차를 우리면서 당신의 출가 이야기를 시작한다. 당도가 설탕의 300배 라는 나한과의 단맛을 맛보며 우리는 쓰디쓴 우리 근대사의 한 대목으로 다가간다.

스님은 어릴 적부터 아버지하고만 잤다. 아버지와 밤늦게까 지 많은 이야기를 나누었으니 내성적인 스님에게 아버지는 거의 유일한 대화 친구였다. 스님의 아버지의 고향은 황해도 연백이 다. 연백평야 드넓은 땅을 소유한 지주 집안 4대 독자였다. 한국 전쟁이 일어나자 인민군의 인민재판 최우선 대상이 되었다. 끌 려간 아버지는 공개처형과 총알받이 중 하나를 선택해야 했다. 총알받이란 총도 없이 최전방 전선에서 앞으로 돌진하여 적의 총알을 소모시키는 존재다. 대부분 죽지만 그래도 공개처형에 비하면 생존율이 높다. 아버지는 총알받이를 선택했다. 첫 총알 받이 출전에서 운 좋게 유엔군에게 포로가 되었고 거제도 포로 수용소로 수감되었다. 인민재판과 총알받이 출전, 포로수용소에 서의 경험 등을 통해 세상살이의 고통과 새옹지마 같은 운명의 널뛰기를 감지했다. 생사를 넘나들며 아버지가 깨달은 것은 이 웃이야말로 내 삶에서 가장 중요한 존재라는 사실이었다. 이웃 은 위급한 상황이 되면 자신의 생명을 좌지우지하는 존재가 될 수도 있으니 언제나 기꺼이 베풀며 친하게 지내야 한다는 것이 다. 아버지가 집안 경제를 꾸려 갈 때는 남에게 베풀기만 해서 가난했다 한다.

　파란만장한 세상살이를 경험한 아버지였기에 아들이 출가의 뜻을 비치자 기꺼이 허락했다. 아들의 고뇌가 얼마나 깊을까 금방 이해했던 것이다. 그리고 아버지는 아들의 머리카락을 직접 잘라 주었다.

　출가 6년 만에 집에서 연락이 왔다. 건강하던 아버지가 치명적인 병에 걸렸다는 소식이었다. 고향집으로 달려간 스님은 앙상한 아버지의 모습을 보고 하염없이 눈물을 흘렸다. 그리고 옛날 자기 방으로 들어가 보았다. 책상 위에 아버지가 잘라 준 자기 머리카락이 그대로 놓여 있었다.

　스님이 벌떡 일어나 건너 서재로 가서 투명한 플라스틱 병 하나를 들고 온다. 출가 때 자른 머리카락을 넣어 둔 병이다. 스님은 놀라운 말을 한다. 병 속의 머리카락이 주인 따라 나이를 먹어 간다는 것이다. 병 속의 머리카락은 어느새 백발이 되어 있다. 스님은 수행 생활이 다소 흐트러지면 병 속의 백발을 보고 아버지를 떠올리며 초발심을 되새긴다 한다. 스님의 검은 머리카락은 백발의 모습으로 스님의 스승이 되었다.

　스님의 고향은 함평. 뵙자마자 낯이 익다는 느낌을 받는다. 깊고 그늘진 눈망울이 특히 그렇다. 함평 함 일병. 내 군대 생활 중 유일한 조수였던 그가 떠오른다. 사람이란 고향의 그늘을 쉽게 떨쳐 내지 못하는 법이다. 그러니까 스님이 고속도로 갓길을 따라 출가의 길을 떠났을 때, 거지 행색이 되어 네 번이나 불심검문에 걸렸다가 다시 풀려나곤 하며 출가의 길을 걸어갈 때, 내 조수 함 일병은 입영 열차에 올라 고향 함평을 떠나갔다. 함평은 영광의 이웃 마을이니 스님의 출가와 함 일병의 입영에는 이웃 마을 영광군 불갑면 박관현 열사의 시신 강제 매장이 알게 모르게 관여했을 것이다. 1980년 광주는 그렇게 스님의 출가를 밑받침하고 있으니 그것을 아이러니라 부르겠다.

　　나는 내무반에서 함평 출신 함 일병을 처음 본 순간 그 퀭한 눈동자에서 1980년 광주를 느꼈다. 그러나 우리는 광주를 말하지 않았다. 함 일병과 나는 긴긴 시간 보초를 서면서 많은 이야기를 나누면서도 광주 이야기는 비껴갔다. 오늘 이렇게 스님을 만나 함 일병과 광주를 다시 만난다.

　　스님의 아버지는 앙상한 몸으로 스님과 마지막 상면을 했고 마침내 백발로 변한 머리카락에 깃들어 아직도 초발심을 일으켜 주고 있다. 스님 아버지 이야기를 들으며 나는 내 아버지를 떠올린다. 나의 아버지는 서울로 간 장남이 1980년 그 어수선한 대학가 광주의 여진에서 살아남을 수 있을까 노심초사했다. 그리고 내가 입대했을 때 그나마 쾌재를 불렀을 것이다. 그러나 논산훈련소에서 보내온 아들의 피 묻은 내의를 받고는 혼을 놓아 버렸고 얼마 뒤 이 세상을 떠났다.

　　아버지는 아들에게 무엇인가. 든든한 기억으로 남기도 하고 아픈 상처만을 남기고 떠나기도 한다. 스님의 아버지 이야기는 감동적 장면을 떠올리면서도 사람 노릇 못 한 불효자의 아픈 상처를 덧나게 한다.

키 작은 이발사

구산 수련(九山秀蓮, 1909~1983) 스님의 다비장 터에 스님을 기리는 여러 전탑이 세워져 있다. 스님의 사리탑인 적광탑(寂光塔)과 비(碑), 스님의 위패를 모시고 향화를 올리는 적광전, 요사채인 무상각(無上閣), 문간인 구산선문(九山禪門) 등이다. 이 모두가 김무상각 보살의 단독 시주와 제자인 현호 스님의 정성으로 이루어졌다.

김무상각 보살은 청신화 보살로 알려진 분으로 경주가 고향이다. 아이를 못 낳는다고 시집에서 쫓겨나서 광주까지 떠밀려 갔다. 혈혈단신 살아남기 위해 돈만 벌었다. 갑부가 되었다. 광주역 주위 땅이 대부분 보살 소유가 되었다. 그러던 중 효봉 스님을 만나 귀의하고 가진 땅을 모두 팔아 불사에 희사하기 시작했다. 전라도 지역 불사는 거의 다 보살의 도움으로 이루어졌다 할 정도였다. 구산 스님이 효봉 스님의 상좌이기에 2대에 걸쳐 귀의했고 구산 스님이 돌아가시자 단독 시주로 여러 전탑을 이루게 한 것이다.

적광전으로 들어가니 구산 스님의 사진이 미소실(微笑室)이란 현판 아래 미소로 맞이해 주신다. 구산 스님은 1909년 전라북도 남원에서 출생하여 용성소학교를 졸업하고 '용성이발관'이발사 노릇을 하다가 1937년 스물여덟 살 되던 해 송광사 조실로 계시던 효봉 스님 밑으로 출가했다.

소학교가 최종 학력인 시골 이발사가 어떻게 출가를 하게 되었을까? 스님은 키가 아주 작았다. 상좌들과 나란히 서서 찍은 사진을 보면 스님만 앉아 있는 것 같다. 그렇게 키가 작은 사람에게 이발사란 직업이 참 잘 어울린다는 생각이 든다. 키 작은 주인이 서고 키 큰 손님이 앉으니 눈높이가 같았을 것이다. 일부러 앉지 않고 그냥 서 있어도 앉아 있는 손님과 눈높이가 같아졌다. 가식 없이 다른 사람과 눈높이를 맞추신 것은 스님이 평생 변치 않고 보여 주신 삶의 태도였다.

'이발'(理髮)은 머리카락을 다듬는다는 뜻이다. 자른다고 하지 않고 왜 다듬는다고 했을까? 어떤 손님은 이발사에게 자기 머리카락을 자를 정도와 방법을 제시하기도 하지만 대부분의 손님은 그냥 이발사에게 머리를 맡긴다. 물론 남자 머리카락의 알맞은 길이가 있을 것이고 또 손님의 머리 모양이나 취향과 나이에 따라 알맞은 스타일이 있을 것이다. 그러나 근본적으로 보면 이발이란 모순이요 아이러니다. 이발은 지나치게 짧게 잘라도 안 되고 지나치게 길게 잘라도 안 된다. 이발은 안 자르면서도 자르는 것이어야 하고 자르면서도 안 자르는 것이어야 한다. 이발에 중도(中道: 언어적 이분법을 넘어선 절대적 진리. 있다 없다, 크다 작다, 옳다 그르다 등의 양변을 초월한다)와 살활(殺活)의 원리가 깃들어 있는 것이다.

그러니 글자를 모르던 나무꾼 육조 혜능께서 남이 독송해 주던 『금강경』 한 구절에 마음이 밝아지고 깨치게 된 힘도 나무하기에서 비롯했을 것 같다. 나무꾼은 산 나무를 완전히 베어도 안 되고 베지 않아도 안 된다. 나무꾼은 나무를 살리면서도 죽여야 하고 죽이면서도 살려야 한다. 또 오조 홍인 문하로 들어가 방아를 찧던 육조 혜능께서 촉망받던 최고의 지식인 신수보다 먼저 반야공(般若空 : 존재 원리로서의 공空을 꿰뚫어 아는 지혜)을 터득한 것도 방아꾼의 방아 찧기에서 비롯했을 터이다. 방아는 너무 세게 찧으면 곡식이 산산조각 나 흩어지고 너무 약하게 찧으면 먹을 수가 없다. 방아꾼은 곡식을 세게 찧으면서도 약하게 찧어야 하고 약하게 찧으면서도 세게 찧어야 한다. 그런 점에서 이발사 구산 스님은 나무꾼이면서 방아꾼인 육조 혜능을 닮았다. 이분들은 남들이 하찮게 여기는 노동을 함으로써, 무식하면서도 무식하지 않았고 유식하면서도 그 지식의 한계를 넘어선 무식자였다.

생애 이른 시기부터 이발사로서 살아간 구산 스님의 경험은 출가의 길을 다진 것이기도 했다. 소학교 학력의 스님이 중도의 존재 원리를 앞서서 터득한 힘은 이발사 경험에서 솟아났을 것이다. 마침내 스스로의 머리카락을 뿌리까지 잘라 버렸다. 삭발이란, 머리카락으로 표상된 세속을 자르는 것이면서 세속의 분별심을 잘라 없애는 것이다. 설사 이발이 길고 짧음 그 어디도 아닌 중도를 지향한다 하더라도 길고 짧음이란 분별을 딛고 있는 것은 분명했다. 이발사 청년은 자기 머리카락만은 완전히 잘라 없앰으로써 분별의 전제 조건을 초월했다. 삭발의 정신이 구산 스님에게서 철두철미 관철됨을 본다.

선방 한복판에 넘어지다

소학교 학력으로 출가한 구산 스님은 치열하게 수행하여 '대추 방망이'라는 별명을 얻었다. 남들 호미질 한 번 할 때 두세 번은 더 하며 '일 수좌'란 별명도 얻었다. 지역 편견을 가진 누군가가 효봉 스님 앞에서 전라도 사람을 욕하면 효봉 스님은 언제나 "우리 구산이 봐라. 전라도 사람 욕하지 마라. 이렇게 성실하고 공부 잘하는 사람 있는가?"라고 반문했다 한다.

송광사는 대부분 다른 큰절들이 그랬듯 일제강점기 때부터 대처승의 절이 되었다. 효봉 스님이 제자 구산 스님께 남긴 유언은 그런 송광사를 승보사찰(僧寶寺刹)로 중흥하라는 것이었다. 1967년 송광사 주지 취봉 스님과 본사 스님들은 구산 스님을 송광사에 주석하게 했다. 사실 취봉 스님은 대처승이었지만 위대한 분이셨다. 송광사 주지를 네 번이나 맡으셨으나 사사로운 욕심을 낸 적이 없었다. 몸이 노쇠해 대중과 함께 공양을 못 드실 때도 대중 스님들의 상에 오르지 않은 음식은 절대 사절했다. 돌아가시기 직전 몸소 당신의 사십구재를 지내고는 보던 책은 도서관에 기증하고 입던 옷은 모두 태우셨다. 나머지 쓰던 물건은 남에게 주고 절에서 일하던 일꾼들에게도 돈 봉투를 하사했다. 일꾼들이 극구 받지 않으려 하자, 당신 장례 때 노고에 대한 수고비라며 빠짐없이 받게 했다. 열반 직전에 제자들을 다 모아서 말씀하셨다.

"내가 너희를 제자로 삼아만 놓고 아무 것도 해 준 것이 없다. 이 세상을 떠나기에 앞서 마지막으로 너희에게 선물을 하나 주고 싶구나.”

첫 번째 제자를 앞으로 나와 앉게 했다. 물끄러미 제자의 얼굴을 바라보시던 취봉 스님이 갑자기 제자의 뺨을 후려쳤다. 이생의 마지막 순간에 뺨 때리기로 최고 자비의 손길을 만드셨다. 그런 취봉 스님이 구산 스님의 수행 생활을 보고 큰 감명을 받았다. 칠십 대 취봉 스님이 오십 대 구산 스님을 송광사 방장으로 추대한 것이었다. 그리고 대처승은 부처님 정법을 따르지 못하기에 상좌도 받지 말자며 마침내 송광사를 비구승에게 물려주었다. 구산 스님의 법력으로 조계종 제2총림인 조계총림(曹溪叢林)이 이루어졌다.

송광사가 승보사찰이라 전국의 수행승들은 송광사 스님 되는 것을 바랐지만, 1980년대까지만 해도 송광사 살림은 참으로 어려웠다 한다. 수많은 스님들이 송광사로 올 엄두를 못 냈다. 용기 내어 온 스님들도 힘겨운 생활을 이기지 못하고 떠나가기도 했다. 스님들은 하루 두 시간 이상 뙤약볕 아래서 일하고 수행은 수행대로 해야 했다. 방장인 구산 스님도 자신을 열외에 놓지 않고 대중과 똑같이 하였다. 똑같은 울력에다 법문과 대중 접견까지 도맡았으니 노구는 한계 상황에 이르렀다. 그래도 용맹정진을 거르지 않았다. 고요한 대중 선방 가운데서 졸음을 이기지 못하여 뒤로 발랑발랑 넘어지셨다가 금방 다시 일어나 정진을 계속했다 한다.

넘어지셨다 일어나 앉고 또 넘어지셨다 일어나 다시 앉는 스님의 모습을 떠올리니 온몸에 넘치는 힘을 남겨 두고 나태하게 살아가는 나 자신이 부끄럽다.

나 모르고 사는 인간 자나 깨나 꿈 아니리

가야산 너머에 수도암이 있다. 수도암에서 보면 가야산이 불꽃
으로 보인다. 구산 스님이 가야산 해인사에 계실 때다. 산 너머
수도암에 도인이 계신 걸 알고 매주 먹을 것을 지고 그 멀고 험한
길을 걸어가서 도인을 시봉했다고 한다. 스님은 스스로 치열한
수행자이시면서 수행하는 다른 스님을 지극히 모셨다. 깨달음이
중요하지 누가 깨닫는가가 중요하지 않다는 것이다. 내가 없고
그래서 나와 남의 구분이 없다는 존재 원리를 철저히 따르셨다.
남의 기쁨을 내 기쁨으로 삼는 보살의 수희(隨喜) 정신이 완벽하
게 구현된 모습을 스님에게서 본다. 가야산 꼭대기가 불꽃으로
보인 까닭을 알겠다. 깨달음이 온 누리 사람들에게 광명으로 비
치는 염혜지(焰慧地)다.

　　스님은 1971년 송광사 여름 수련회를 처음으로 열었다. 스
님은 "우리가 신도들의 밥을 먹고 사니, 그 보답으로 신도들에게
참선을 가르치자"라고 하시며 신도와 시민을 위한 수련회를 시
작했다. 보은과 자비심이 이렇게 통일되었다. 오늘날 사찰 수련
대회나 템플스테이가 널리 퍼진 것도 스님의 회향심에서 비롯
되었다. 그리고 오경 스님과 나도 송광사 여름 수련회의 불연(佛

緣)을 먼저 맺었으니 그 은혜가 지극하다.

　그런 구산 스님의 마음은 불법에는 동서가 없다는 쪽으로 확장되었다. 스님은 미국, 스위스 등 외국에 사찰을 조성하고 포교를 하셨다. 한국 불교의 문을 열어젖히고 바다 건너까지 나아가셨으니 그 열린 마음을 짐작한다. 스님의 외국인 제자가 200명이나 된다 하니 놀랍다.

　스님은 제자를 가르치는 일에도 정성을 다했으니 방장으로 계실 때도 그치지 않았다. 한문에 능통하지 못하신 게 안타깝기는 했지만 오히려 그 점을 더 유리하게 만드셨다. 한문으로 된 『초발심자경문』을 가르치실 때는 행자에게 먼저 "네가 함 해석해 봐라" 하시고 행자가 해석하는 것을 듣고 부처님 가르침을 풀어 주셨다. 행자들 모두가 스스로 해독하고 생각할 기회를 주셨으니 더 탄탄하고 깊은 경전 공부가 되었다. 그리고 스님의 언어는 언제나 쉬워 누구든 알아들을 수 있었다. 큰스님이라면 으레 한시 게송을 남기지만 구산 스님은 한글 게송을 선호하셨다. 그 중에서도 시조 게송이 참 쉽고 좋다.

　　입은 옷 좋아해도 언젠가는 갈아입고
　　새 옷을 입었다손 사람마저 달라지리
　　이 마음 백 년 뒤에 무슨 옷을 입으려고
　　　　　　　　　　　　　　　　—1982년 늦은 봄 육필 게송

　　나 모르고 사는 인간 자나 깨나 꿈 아니리
　　벽상에 그림 떡이 배불리지 못하느니

한마음 깨우치면 쾌활장부 이 아니랴

—1983년 송광사 방장실 신년 게송

이렇게 정겹고 알기 쉬운 게송을 만나기 쉽지 않다. 보살의 말씀은 바르고 곧아 이해하기 쉽다고 한 『화엄경』의 가르침을 스님의 한글 게송에서 확인한다.

언제나 제자를 미소로 대하신 구산 스님 밑에는 열심히 공부하는 제자가 많기로 유명하다. 스님은 성취를 보일 만한 제자가 있으면 조용히 불러 "부처님 가르침 전할 사람은 너밖에 없네" 하고 격려해 주고 "조금만 더 하면 한 소식 하겠네"라고 부추겨 주었다. 그런 이야기를 들은 제자들은 자기도 모르게 엄청난 분발심을 일으켜 목숨을 걸고 공부했다 한다.

너를 만났으니 이제 죽어도 여한이 없다

광원암(廣遠庵)으로 간다. 송광사 대중공양 마지막 순례지다. 광원암은 송광사 제2대 국사이신 진각국사(眞覺國師, 1178~1234)께서 주석하신 곳이다. 국문학을 공부하는 나는 그분을 「죽존자전」(竹尊者傳)이나 「빙도자전」(氷道者傳) 등 가전(假傳)을 지은 혜심(慧諶)이란 이름으로 먼저 알았다. 진각국사 혜심은 1226년 『선문염송』(禪門拈頌)을 펴냈는데, 그 책을 광원유포(廣遠流布)

하라는 마음에서 그곳을 광원암이라 부르게 했다.

광원암은 쓰러지고 일어나기를 거듭했다. 한국전쟁 때 불탄 송광사를 재건할 때는 소요되는 목재를 마련하기 위해 철거되었다. 1958년의 일이다. 큰 절을 위해 작은 절을 희생한 셈인데, 그 뜻이 참 묘하다. 광원암은 그 뒤 30여 년 간 빈터로만 있다가 1992년 현봉 스님의 원력(願力)으로 복원 중창되기 시작했다. 광원암 본전 바로 뒤에는 진각국사의 사리를 모신 원조탑(圓照塔)이 있다. 매년 진각국사 입적 일에 여기서 헌다례식(獻茶禮式)을 올린다.

송광사 대중공양의 마지막 방문지로 광원암을 선택한 데에 깊은 뜻이 깃들어 있는 것 같다. 송광사 제1대 국사 보조국사 지눌은 팔공산 거조암에서 대중 수행 단체인 수선사를 열었고 더 넓고 깊은 터를 찾아 이곳 송광사로 옮겨 왔다. 진각국사가 그 대를 이었고 마침내 광원암에 주석하셨으니 우리가 광원암에 이르러 오늘 하루를 돌아본다는 것은 보조국사에서 진각국사로 이어진 법맥을 생각하는 것이기도 하다.

보조국사는 수행 기풍을 일신하여 조계종의 터전을 마련했고 선(禪) 사상을 정립했으니, 성적등지문(惺寂等持門), 원돈신해문(圓頓信解門), 간화경절문(看話徑截門)이라는 삼문(三門)의 체계로 귀결시켰다. 이것은 수행자의 근기에 따라 설정한 수행의 단계이다. 진각국사는 삼문을 하나로 아울러 간화일문(看話一門) 혹은 일미선(一味禪)을 주창하고 실천했다. 근기와 관계없이 누구나 화두 참구를 처음부터 시작해야 한다는 취지다. 진각국사가 '간화'(看話)를 처음으로 정립하셨다는 사실이 간화 수행을 추구하는 우리 도반에게 각별한 감회를 준다.

묘하고 맑으며 원만하고 고요하여, 본체와 작용이
여여(如如)하며, 오음(五陰)은 비고 육진(六塵)도 없다.
나오지도 않고 들어가지도 않으며, 어지럽지도 않고
안정되지도 않다. 선정의 성품에는 생멸이 없으므로 생멸을
떠나 좌선하고, 선정의 성품에는 집착이 없으므로 집착을
떠나 좌선한다. 마음은 허공과 같으며 또 허공의 분량도
없다.

—『조계진각국사어록』

오늘 이 말씀이 절실하게 와 닿는다. 수행의 길을 또렷하게
밝혀 주신다.

보조국사가 광양 백운산에 머물 때 진각국사는 스승을 뵈
러 길을 떠났다. 도중에 산 밑에서 잠시 쉬었다. 아직 스승이 계
신 암자가 아득한데 스승의 음성이 들린다. 제자는 이런 시를 짓
는다.

아이 부르는 소리 소나무겨우살이의 안개에 울려 퍼지고
차 달이는 향기 돌길 바람에 전해오네

스승이 곧 도착할 제자를 위해 달이는 차의 향기가 아득한
곳에 있는 제자에게 전해진다. 스무 살 차이인 스승과 제자가 만
날 때의 이 정경은 떠올려 볼수록 아름답다.

이규보 선생은 진각국사 비문에서, 조주의 '무'(無) 자 화두로 스승 보조국사 지눌이 제자 진각국사 혜심을 인가하는 장면을 이렇게 전한다.

지눌이 조주의 '개에게는 불성이 없다'는 화두를 들어
보이고 계속하여 대혜종고 선사의 무 자 화두에 대한
'간화선의 열 가지 병통'을 들어 보였으나 아무도 대답하지
못했지만, 혜심만이 대답한다.
"세 가지 종류의 병을 가진 사람만이 비로소 그 뜻을 알 수
있습니다."
지눌이 말했다.
"세 가지 종류의 병을 가진 사람은 어디서 숨을 쉬고
있는가?"
혜심이 손으로 창문을 한 번 내리쳤다. 지눌은 크게
소리내어 웃고 방장실로 돌아가서는 몰래 혜심을 불렀다.
"내 너를 만났으니 이제 죽어도 여한이 없다. 너는 불법
수호하는 것을 임무로 삼아 그 본원을 바꾸지 말거라."

스승 보조국사는 손에 들고 있던 부채를 제자 혜심에게 전한다. 법맥을 이어 주는 증표다. 의발 대신 부채를 받은 제자가 시를 짓는다.

전에는 스승 손에 있던 것
오늘 제자 손에 이르렀네

세상 번뇌 뜨겁게 들끓으면
맑고 시원한 바람 일으켜 주리

하물며 눈물 자국 아롱진 것이랴

무소유길 막바지 불일암 초입에 울창한 대나무 숲이 펼쳐져 있
다. 손자 잔대와 부모 대나무와 조부모 대나무. 이렇게 세어 가면
고려 시대에 살았을 선조 대나무의 모습이 보인다. 대나무 뿌리
가 얼마나 깊고 단단히 연결되어 있는가는 다 안다.

동해 낙산사 일이 생각난다. 의상대사가 '쌍죽(雙竹) 돋아난
곳에 절을 지으라'는 관음보살의 계시에 쌍죽 돋아난 곳에 금당
을 짓고 관음상을 모셨다. 그러니 쌍죽이 사라졌다. 쌍죽은 관음
의 진신(眞身)임을 알겠다. 2005년 낙산사 대화재 얼마 뒤에 나
는 보았다. 절터가 잿더미로 변했는데 놀랍게도 죽순들이 돋아
나고 있었다. 대나무는 잘리고 불타도 그 단단한 뿌리로 이 세상
에 남는다.

천 년 전 이 길을 오르시던 진각국사도 저 대나무들의 선조
를 보았을 테다. 죽순의 연둣빛 고개 내밈, 대나무의 올곧은 직
립, 햇살 바람 앞 댓잎의 서걱임을 유심히 바라보았을 것이다. 더
아득한 옛날 부처님 계셨던 죽림정사를 떠올렸으리라. 진각국사
가 그렇게 오가며 관찰한 정경과 그래서 일어난 마음에서 대나

무를 의인화한 가전 「죽존자전」이 탄생했을 것이다.

나는 고려 시대 가전 작품 중에서 진각국사의 이 작품을 은근히 좋아한다. 특별한 스토리가 있는 것은 아니다. 그냥 어떤 이가 대나무 죽존자에게 무언가를 물으면 죽존자가 짧게 대답하는 형식이다. 그런데 그 대답이 밋밋하지 않다. 정신을 바짝 차리고 읽어야 한다. 선어록을 닮았다. 질문과 응답의 짝 중에서도 내가 가장 감동하는 부분이 둘 있다.

먼저 어떤 이가 죽존자에게 묻는다.

"사람들이 당신을 존자(尊者)라 부르는데 그 이치로 보아 당신은 마땅히 어디에 얽힘이 없어야 하거늘, 어이하여 아황(娥皇)과 여영(女英)의 눈물을 받아들였단 말이오?"

아황과 여영은 요임금의 두 딸로서 순임금의 부인이 되었다. 자매가 한 남자를 섬겼지만 서로 지극히 사랑하며 화목하게 살았는가 보다. 뒤에 순임금이 창오(蒼梧)의 들판에서 죽자 아황과 여영은 사모하는 정을 억누르지 못해 함께 통곡하다 상강(湘江)에 빠져 죽는다. 그때 흘린 눈물이 대나무에 떨어져 얼룩이 졌다. 그 뒤로 그곳에 자라는 얼룩 대나무를 소상반죽(瀟湘斑竹)이라 부른다.

다른 사람들이 죽존자 당신을 깨달은 분으로 여겨 '존자'라 불러 주는데, 그렇다면 당신은 세속 애욕에 대해 초연해야 할 게 아닌가? 어찌 한갓 여인들의 눈물에 연연하여 스스로의 몸통에 여인들의 눈물을 받아서 얼룩무늬까지 보여 주는가 하고 질문자가 힐문한 것이다.

그러자 죽존자가 대답한다.

"얼굴에 침을 뱉어도 닦지 않고 저절로 마르기를 기다리는 법인데, 하물며 눈물 자국 아롱진 것이랴?"

얼굴에 침을 뱉어도 닦지 않고 저절로 마르기를 기다린다는 말은 '타면자건'(唾面自乾)을 푼 말이다. 여기에는 두 가지 이야기가 있다. 먼저 『십팔사략』에 나온다. 당나라 측천무후의 신하 중에 누사덕이란 사람이 있었다. 성품이 너그럽고 온화하여 아무리 무례한 일을 당해도 흔들림 없이 남에게 공손했다. 그 아우가 대주 자사로 임명되어 부임하려 했다. 누사덕이 아우를 불러, 우리 형제가 다같이 황제의 총애를 받으니 반드시 남들이 시샘할 텐데, 그 시샘을 모면하기 위해서 어떻게 처신할지 물었다. 그러자 아우는 대답한다.

"비록 남이 내 얼굴에 침을 뱉더라도 상관하거나 화내지 않고 잠자코 닦겠습니다."

그러자 누사덕이 이렇게 훈계한다.

만약 남이 네 얼굴에 침을 뱉었다면 남이 네게 크게 화가 났기 때문일 것이다. 그런데 네가 바로 그 자리에서 그 침을 닦아 낸다면 기분이 더 나빠져서 더 크게 화를 낼 게야. 남이 뱉은 침은 닦지 않고 그냥 두면 마를 것이니, 너는 웃으며 그냥 침을 받아 두는 게 좋겠다.

겸손과 인내가 얼마나 중요한 미덕인가를 가르치는 누사덕의 말이다. 그런데 그 침을 그대로 두는 것은 침을 뱉은 사람에 대한 진심의 배려라기보다는 침 뱉은 남을 더 화나게 하여 내가 피해를 입을까 걱정해서이다. 처세술이다.

우리 불교에서는 한산(寒山: 문수보살)과 습득(拾得: 보현보살)을 등장시켜 좀 다르게 설명한다.

한산이 묻는다.

"남이 나를 비방하고 업신여기고 욕하고 비웃고 깔보고 천대하고 미워하니 어떻게 대처할까?"

그러자 습득이 노래한다.

누가 나를 꾸짖으면 나는 '좋습니다' 하고
누가 나를 때리면 나는 쓰러져 눕는다네
얼굴에 침을 뱉어도 마를 때까지 그냥 두나니
내 편에선 애쓸 것 없고 저편에선 번뇌 없으리
사람은 약하나 마음은 약하지 않고
사람은 가난해도 도는 가난하지 않나니
한결같은 마음으로 행을 닦으면
언제나 부처님의 도에 머무르리

습득은 인욕과 보시 수행으로 자기 얼굴에 뱉어진 남의 침을 닦아 내지 않은 것이다.

죽존자는 그렇게 남이 뱉은 침과 아황 여영의 눈물이 다르다는 점을 먼저 환기시킨다. 그래서 침보다 더 절절한 눈물을 받아 주고 그대로 공경하여 남기고 새겨야 한다고 했다. 여인의 눈물을 무시하지 않고 눈물에 서린 안타까운 서러움도 도의 세계로 받아 준 것. 그것이 아직도 소상반죽 대나무 얼룩무늬에 깃들어 있는 사연이고 뜻이다. 죽존자는 대나무의 얼룩무늬에서 세속의 사랑과 너그러운 눈빛과 자비로운 보시 수행을 찾아냈다.

어떤 이가 죽존자에게 또 묻는다.
"한번 깨달았을진대 영구토록 깨달아 다시는 미혹됨이 없어야 하겠거늘, 어찌 5월 13일만 되면 미혹함에 헤매는가요?"

"한번 깨달았을진대 영구토록 깨달아 다시는 미혹됨이 없어야 하겠거늘"이란 부분은 『원각경』 「금강보살장」의 "뭇 중생이 본래성불이라는데 어찌 다시 일체 무명이 일어나는가?"(若諸衆生, 本來成佛, 何故, 復有一切無明)라는 구절에서 따온 것이다. 부처님은 금강보살의 이런 질문에 대해 비유를 들어 가르치신다. 즉 본래부터 부처인 중생에게 무명이 일어난다고 느껴지는 것은, 내 눈이 움직이면 가만히 있는 물이 물결치는 것으로 보는 것이나, 내가 배를 타고 강을 내려가면 가만히 있는 강가 언덕이 움직이는 것처럼 보이는 것과 같다고 하셨다. '미혹됨'은 분별하는 내가 만들어 낸 것이지 다른 어떤 곳에도 미혹됨은 없다는 것이다.

질문자는 대나무가 미혹되는 날을 왜 5월 13일이라고 했을까? 음력 5월 13일은 동아시아 풍속에 죽취일(竹醉日)이라 하며 기린다. 대나무가 취한다는 뜻이다.

대나무가 취하는 이유는 두 가지로 설명된다. 먼저 대나무는 실제로 성격이 꼿꼿하고 까다로워 옮겨 가는 것을 용납하지 않고 옮겨 심으면 잘 살지 못한다고 한다. 그런데 음력 5월 13일 쯤이 되면 비가 많이 내려 물을 좋아하는 대나무가 비를 맘껏 머금어 취한 듯한 상태가 된다. 이날은 대나무가 대취하여 어린 죽순을 떼어 가도 모르고 새끼 대를 잘라 내도 모른다. 아예 대나무를 통째로 옮겨 가도 마냥 기분이 좋아져 있기에 그 땅에 잘 적응한다는 것이다. 이 대목에서 나는 도인의 얼굴에 생긴 홍조가 떠올라 미소 짓는다.

이런 해석도 재미있지만 내가 더 좋아하는 해석이 있다. 음력 5월 13일은 하늘이 너무나 청명하고 맑은 시기다. 하늘만 바라보며 청정의 삶을 살아가던 대나무가 이날 그 시리게 푸르고 맑은 하늘의 모습에 정신을 놓아 버리고 취한다는 것이다. 그때 자기 육신을 단단히 죄고 있던 긴장을 스르르 풀어 버리니 통째로 옮겨 가도 자각 못 하고 또 옮겨 가서도 금방 땅과 하나가 된다는 것이다.

이런 질문에 대해 죽존자는 간단히 답한다.

"그대는 듣지 못했는가? 위대한 지혜란 어리석음과 같다 함을."

죽존자는 대나무가 단 하루만 일탈하는 것이 아니라 1년 내내 삶에서 일탈한다고 본다. 『능엄경』에서 부처님이 아난에게 주신 말씀이 들린다.

아난아! 너는 아직도 환망(幻妄)을 생겼다 없어지는 허망한
현상이라 여기는구나. 그러나 그 환망의 성품이 참으로
불생불멸하는 오묘한 깨달음의 본체임을 알지 못하구나!

진각국사 혜심은 과거에도 급제하여 유학자로 살아가다 출가하여 우리나라 수행 불교의 소중한 기틀을 마련했다. 세속에서 살며 세속 공부를 한 경험이 동아시아 보편 교양을 회통할 수 있게 했을 것이다. 사대부의 전유물인 가전을 승려 신분으로서 기꺼이 지은 것도 이런 맥락에서다.

진각국사는 대나무에서 올곧고 흔들림 없는 도인의 모습을 찾으면서도, 얼룩지고 흔들린 평범한 속인의 흔적을 외면하지 않았다. 대나무에서 찾아낸 눈물과 흔들림은 나와 세상이 환(幻)임을 통각하면서도 진여자성이 환망 자체를 떠나지 않는다는 가르침을 감동적으로 보여 주었다. 그것이야말로 세속에서 세속 사람과 부대껴 본 사람만이 절실하게 보여 줄 수 있는 금빛 가르침이다.

밭가는 스님, 수원을 생각하다

광원암을 복원한 현봉 스님은 출가한 후 3년 동안 원두(園頭: 사찰에서 채마밭을 관리하는 소임) 소임을 맡아 농사일을 도맡았다. 밭두렁 논두렁에서도 화두를 내려놓지 않았다. 낮에는 농사짓고 밤에는 참선하는 주경야선(晝耕夜禪)의 정신을 실천했다. 이것은 중국 선종의 전통일 뿐 아니라 구산 선문(九山禪門)에서 비롯한 한국 수행 불교의 전통이기도 하다. 참선 수행과 일상의 삶은 하나다.

들뜬 세상의 흐름을 외면하지 않는 현봉 스님이 유마거사의 침묵을 찬탄한다. 부처님은 제자들에게 아픈 유마거사의 병문안을 다녀오라 하셨다. 유마거사는 병문안 온 이들에게 불이법(不二法)을 법문했다. 이분법적인 상대성을 초월한 절대의 진리를 알려준 것이다.

십대 제자에 이어 지혜가 뛰어난 문수보살이 마지막으로 병문안을 갔다. 문수보살은 불이법이 말이나 글로 표현할 수 없는 것이라며 유마거사에게 "이제 거사님께서 불이법에 대해 말씀해 보십시오" 했다. 유마거사는 침묵할 뿐이었다. 그러자 문수보살은 "유마거사가 불이법을 가장 훌륭하게 잘 설명해 주셨다"고 찬탄한다. 현봉 스님도 유마거사의 이 침묵이야말로 구업을 맑히는 극치라 해석했다. 유마거사의 침묵은 자타(自他), 시비(是非), 선악(善惡) 등 상대적인 모든 것을 초월한 청정한 그 자리라는 것이다.

유마거사의 침묵을 찬탄한 현봉 스님이 정작 우리에게는 말씀을 아끼지 않는다. 얼핏 초점화되지 않는 이런저런 화제를 온갖 수사로 툭툭 던진다. 화제는 절 살림과 스님 근황 쪽으로 좁혀진다. 그러다 다른 스님들에 대한 이야기로 옮겨 간다. 대구 어느 스님이 선방으로 갔다가 미국으로 갔다거나 미국 어느 스님이 한국에 와서 어디 묵다가 일본으로 가 다시 미국으로 갔다는 이야기. 그런 스님들은 목에 잔뜩 힘이 들어가 법거량(法擧量 : 도의 경지를 파악하기 위한 문답)을 하려 했는데 그때마다 현봉 스님이 "제발 그런 거 좀 하지 마오" 했다는 이야기. 현봉 스님께 법거량

하려 했던 그 스님은 미국에서 최고의 선 수행 지도자로 자처하며 목에 힘을 준다고 한다. 교주 노릇하며 위장 결혼으로 이민도 시켜 주고 노동력을 수탈하기도 한단다. 듣고 있으니 부처님을 팔아 욕심을 채우는 승려들의 기름진 얼굴이 떠오른다.

이제 송광사 대중공양의 긴 하루도 저문다. 새벽에 일어나 땡볕 아래 땀을 흘리며 돌다 마침내 이른 곳이니 좀 지칠 법도 하지만 현봉 스님의 재미난 이야기를 들으며 피로를 잊는다. 문득 스님의 말씀 문장이 참 짧다는 생각이 든다. 일장훈시 혹은 장광설이 아니라 자문자답이다. 짧은 물음에 기발한 답변으로 이어진다. 스토리도 대꾸가 전제된 것이거나 물음에 대한 답으로서의 스토리다. 청자의 관여와 개입, 반응을 보장하는 스님의 화법이 싱싱하다. 어떤 권위나 힘도 내세우지 않는다. 오히려 은연중 형성된 우월 관계를 높은 자리에서 스스로 허물어 버린다. 그것도 거듭한다. 아재개그도 슬그머니 잘 구사한다. 아재개그는 언어가 가진 무게를 흩어 버리기에 알맞다. 힘이 안 들어간 언어를 구사하는 데는 개그가 필요하다.

스님이 등지고 있는 벽에 '사'(思) 한 글자가 생뚱맞게 덩그러니 붙어 있다. 농사짓는 사람이 밭을 '생각'한다는 뜻이라고 스님이 설명한다. 이것도 개그인 것 같다. 원래 '물 마시는 사람 수원(水源)을 생각한다'는 뜻의 '음수사원'(飮水思源)이란 사자성어를 붙여 두었는데 세 글자는 떨어지고 '사'(思) 한 글자만 남았다는 것이다. 물 마시며 수원을 생각하다가 농사꾼이 되어 농사지을 밭을 생각한다는 것. 생각할수록 참 묘한 탈자요 의미 변환이다.

저녁 공양 대접 못 하는 걸 못내 미안해하는 스님이 아랫마을에서 콩국수라도 먹고 가라고 한다. 이 땅에서 수확한 우리의 콩, 조계산 수원에서 비롯한 시원한 물. 이 땅의 콩과 이 산의 물로 조리된 콩국수는 지금까지 먹어 본 그 어떤 콩국수보다 맛있다. 그러나 스님은 그 콩국수를 먹으면서 다시 물의 근원에 대해 이야기한다. 조계산 지하수는 광물질이 섞여 있어 식수로 적합하지 않다는 것. 그래서 오래 전부터 주암댐 물을 식수로 쓸 수 있도록 시민운동을 벌이고 있는데 일이 잘 진척되지 않는다는 안타까움을 이야기한다.

출가하여 밭에서 멀어져 물만 생각하던 스님이 다시 밭을 생각하고 또다시 물을 마시며 수원을 고민하게 되었다. 그러니 스님 방 벽에 생각 '사'(思) 한 글자만 덩그러니 붙어 있는 오묘한 뜻을 알겠다.

수행자가 세상을 등지고 수행을 하는 것은 결국 이 세상을 살만한 세상으로 만들기 위한 것이니 앉았다가도 서서 일하고 서서 일하다가도 앉아서 생각해야 한다. 밭을 갈다가도 물을 마시며 수원을 생각하고 수원을 생각하다가도 다시 밭을 갈아야 한다는 것이다. 주경야선이 절절한 자비심임을 알겠다.

고려 시대 이곳 광원암에 주재하셨던 진각국사를 다시 떠올린다. 현봉 스님은 그렇게도 지극한 정성으로 광원암을 복원하여 진각국사를 모시고 지금까지 주재하고 있다. 대나무에서 올곧고 흔들림 없는 도인의 모습을 찾으면서도, 얼룩지고 흔들린 평범한 속인의 흔적을 외면하지 않으신 진각국사. 대나무의 눈물과 흔들림을 통하여 나와 세상이 환(幻)이면서도 진여자성이

환 자체를 떠나지 않는다는 가르침을 감동적으로 보여 주신 진
각국사. 세속에서 세속 사람과 부대껴 본 사람만이 절실히 보여
줄 수 있는 가르침을 남겼다. 조계산의 밭과 물을 생각하시는 현
봉 스님은 그런 진각국사의 화신이 아닐까. 내가 나를 받들어 모
신다는 철칙이 실현되었다.

다시 남해고속도로에서

어둠을 뚫고 남해고속도로를 달린다. 동서로 반듯이 난 길의 서
쪽 끝은 언제나 송광사였다. 몇 번이나 달려갔고 몇 번이나 더 달
려갈 것인가. 몇 번째의 길은 돌아오지 않는 길이 될 것인가. 수
십 년 달린 길은 10만 8,000리. 지구 한 바퀴다. 가도 가도 끝없
는 길이었지만, 굽어보니 바로 그 자리다. 처음부터 가지 않은 길
이었을까. 시간과 공간이 환이어서 그럴 게다.

　　잠시 미국에서 살 때였다. 뉴욕 롱아일랜드에서 미국 최남
단 키웨스트까지 차를 달린 적이 있다. 남쪽으로 남쪽으로 38시
간을 달렸다. 해가 지고 어둠이 왈칵 세상을 뒤덮었다. 내비게이
션만 보고 달렸다. 내비게이션 속에 도로도 내 차도 있었다. 차창
밖 도로는 내비게이션을 지지해 주는 배경으로만 보였다. 내비
게이션 화면 속 내 차가 진짜이고 도로 위에서 바퀴를 굴리고 있
는 차는 가상의 물건으로 느껴졌다. 오늘도 창밖은 아무 것도 보

이지 않는데 내비게이션 화면만이 선명하게 움직인다. 화면 속 안내양이 살아 속삭일 뿐 온 세상은 몽환이다. 에어컨에서 뿜어져 나오는 바람조차 오늘 내내 우리 속살을 태우던 뙤약볕과 다름없이 그저 그렇게 아련하게 느껴진다. "홀연히 생각하니 도시몽중(都是夢中)이라" 하시던 경허 스님 말씀이 절실하다.

송광사 대중공양 왔다지만 정작 수선사 선방에 앉은 스님은 만나 뵙지도 못했다. 다시 생각하니 송광사에서 하안거에 들어간 수행자는 선방 스님뿐만이 아니었다. 전생과 내생 스님들과 뭇 중생이 다 안거에 드셨다. 보조국사, 현봉 스님, 진각국사, 구산 스님, 현묵 스님, 법정 스님, 사자루 다리를 어루만지는 계곡물, 송광사 전경을 내려 보며 울어대던 숲속 매미, 해우소 앞 수련 핀 연못의 잠자리, 대웅전 금모래에 볶이고 있던 배롱나무, 그리고 땅강아지와 개미까지 안거에 들지 않은 존재는 없었다. 위대한 송광사의 수행 기백이 웅걸했다.

송광사는 변했지만 조금도 변하지 않았다. 부처님 가르침을 금강석이라 부르는 것이 맞았다. 우리는 그 속을 헤집으면서 어리광부리고 떼쓰고 지레짐작하여 토라지고 헤헤댔다. 그렇게 보고 들은 일체처(一切處) 일체시(一切時)가 우리 공부와 수행의 양식이 될 것이다. 오경 스님 슬하가 감사하다. 설해 주신 법문이 살아 꿈틀거리며 텅 빈 하늘 위로 날아오른다. 나는 도대체 어떤 복덕을 지어서 이같이 크나큰 은혜를 받고 있을까. 보은의 길은 이렇게 시작될 것이다.

『유마경』에 이르시되, 무릇 법을 설하는 자는 설법할 것도

없고 보여 줄 것도 없느니라. 법을 듣는 자는 들을 것도 없고
얻을 것도 없느니라.

벽암록 공부하러 가는 길

중앙고속도로·봉화 금봉암 2017

행복

중앙고속도로를 달린다. 대구에서 봉화 문수산 금봉암으로 가는 길이다. 영주에서 나가서 봉화 가는 자동차전용도로로 갈아탈 것이다. 작은 차는 이 길에 친숙해져서 잘 달려 준다. 차창 밖으로 펼쳐지는 산천은 언제나 감동이다. 햇살 무리가 아련하다.

고우 큰스님이 법문을 중단하신 지 일 년이 지났다. 큰스님이 『벽암록』을 가르쳐 주신다며 제자들을 부르셨다. 이 길을 다시 달려갈 수 있어 감사하고 설렌다.

각화사 서암에서 큰스님을 뵌 것은 내 생애 가장 큰 행운이었다. 수행 공부에 전념하시던 큰스님은 그 무렵 대중 법문을 시작했다. 2004년 대구 불교방송국에서 『선요』를, 2005년 안동 선나원에서 『금강경삼가해』를, 2010년 금봉암에서 『서장』을, 2012년 금봉암에서 『백일법문』을, 2012년 대구 보현사에서 『서장』을, 2015년 금봉암에서 『육조단경』을 법문했다. 다음카페 '고우스님'의 카페지기인 나는 그 법문을 빠짐없이 다 기록하고 사진을 찍고 동영상으로 녹취했다.

큰스님은 '사고가 바뀌는' 특별한 체험을 두 번 했다. 1970년대 초 상주 심원사에서 정진할 때 불현듯 '무시이래'(無始以來) 구절이 떠올랐다. '비롯함 없는 아득한 옛날'이 '바로 지금 이 순간'이라는 각성에서 시간과 공간을 초월하는 체험을 했다. 1981년 각화사 동암에서 『육조단경』 「정혜불이품」(定慧不二品)을 읽다가, "어리석은 사람은 존재의 모양에 얽매이고 일행삼매(一行三昧)에 집착하여, 가만히 앉아서 움직이지 않는 것을 곧은 마음이라 생각하며, 망상을 없애어 마음을 일으키지 않는 것을 일행삼매라 한다. 그러나 만약 이와 같다면 이러한 법은 무정(無情)과 같은 것이니 도리어 도(道)를 장애하는 인연이 될 것이니라. 도는 모름지기 통해서 흘러야 하나니〔通流〕"라는 구절의 '통류'(通流)를 보는 순간 충격이 왔다. 백척간두에서 한 발 더 나아가라는 말이 바로 '통류하라'는 뜻인 줄 알게 되었고, 눈앞의 두두물물(頭頭物物)이 모두 부처라는 사실을 꿰뚫어 보게 되었다. '백척간두'가 작용하지 않는 것으로서 정혜(定慧)가 하나가 된 바로 그 자리를 지칭한다면, 거기서 '한 발 더 나아가는 것'은 작용하는 것을 지칭한다는 사실을 깨달으신 것이다. '그 자리'에서 작용하면 그렇게도 행복한 것임을 느끼고 '너무나 기뻤다'고 했다. 모든 존재가 다 행복하게 작용하는 것일진대, 그것을 '매일매일 좋은 날'이라 이를 수 있을 것이다. 바로 이 통류에서 중도를 깨닫기도 했다. 그러나 큰스님은 당신이 견성하지 못했다고 언제나 말씀하신다.

큰스님이 법문하시는 모습을 처음 보았을 때 나는 좀 놀랐다. 큰스님은 시종 미소를 머금으시고 때로는 파안대소하면서 이야기를 이끌어 갔다. 스스로 행복하시기에 자연스레 신도들에게 웃음을 보여 주는 것 같았다. 웃음을 지으면서 중도를 가르쳐 주고 중도에 따라 행복하게 살아가는 법을 알려 주셨다. 법문이 끝나면 참석한 보살들은 진심의 박수를 보냈다. 그 시절 큰스님도 행복했고 우리도 행복했다.

새가 꽃잎 물어 푸른 바위에 떨어뜨려

대구에서 봉화 금봉암까지 세 시간을 달린다. 정해학당이 있는 안동 보경사에서 끝나는 여정까지 합치면 내가 중앙고속도로를 달려갔다가 온 것은 300번을 훌쩍 넘긴다. 돌아오는 길은 어느새 깜깜한 밤길이 된다. 큰스님의 법문 중단 선언은 어두운 길을 돌아와야 했던 제자에게 달빛조차 사라지는 충격을 주었다.

원로위원의 자리가 큰스님을 그렇게 힘들게 하리라고는 예상하지 못했다. 큰스님은 사찰 재정 투명화를 위한 법규를 만들어 불교계를 개혁하려 했다. 개혁 법안은 막판 표결에서 부결되곤 했다. 그래도 수행에 전념하는 전국 선원의 선원장 수좌들은 큰스님을 지지했다. 그분들만은 큰스님의 무욕과 진심을 믿어 준다.

이즈음에 큰스님의 기력은 급격하게 약해졌다. 기억력도 떨어졌다. 얼마 전 일이 기억나지 않으니 자꾸만 같은 말을 반복한다. 큰스님이 마침내 법문 중단을 선언했다.

반복에 대해 생각한다. 큰스님 법문은 반복되지만 들을 때마다 새로운 감동을 준다. 부처님 말씀도 반복 아닌 게 없다. 우리의 삶이란, 존재의 진리란 간단하고 단순하다. 그래서 진리의 말씀은 반복될 수밖에 없다. 진리를 이해 못 하는 중생이라 같은 잘못을 거듭 저지른다. 그래서 그것을 꾸중하는 말씀도 반복된다. 반복된 잘못에 반복되는 진리다. 반복이 삶의 본질에 다가간다는 증거다. 그런 반복에 가치와 의미를 부여하지 못하니 우리가 우울의 나락으로 빠져든다.

암담했던 일 년이 지났다. 일 년 만에 큰스님이 다시 불렀다. 최고의 선어록(禪語錄)이면서도 난해한 『벽암록』(碧巖錄)을 가르쳐 주시기로 했다. 설레는 마음에 세 시간이 긴 줄 몰랐다. 그러나 큰스님은 『벽암록』 가르쳐 주겠다 하신 당신의 말씀을 기억하지 못한다. 『벽암록』을 펴 보지도 못하고 돌아오기를 몇 번이나 했다. 도대체 큰스님은 가르쳐 주시지도 않으면서 왜 부른 것일까. 정말 약속을 잊어버린 것일까.

『벽암록』의 편찬자 원오극근(圜悟克勤)은 중국 협산(夾山)의 영천원(靈泉院)이란 곳에 머물렀는데 그곳 거실에 '벽암'(碧巖)이란 편액이 걸려 있었다. '벽암록'이라는 책 이름을 거기서 땄다. 벽암의 사연은 이러하다.

어느 날 나 수재(羅秀才)가 영천원의 창시자

벽암록 공부하러 가는 길: 중앙고속도로·봉화 금봉암 2017

선회(善會, 805~881)를 찾아와서 물었다.

"어떤 것이 협산(夾山)의 경지입니까?"

선회가 이렇게 답했다.

"원숭이는 새끼를 품고 푸른 산으로 돌아가고,

새는 꽃잎 물고 푸른 바위 앞에 떨어뜨린다."

—『조당집』(祖堂集)

새가 꽃잎을 떨어뜨린 곳이 '푸른 바위' 즉 '벽암'이다. 새끼를 품고 푸른 산으로 들어간 원숭이가 가져서 소유하는 것이라면, 입에 문 꽃잎을 떨어뜨리는 새는 내려 두고 버리는 것이다. 가지고 버림, 살활(殺活)의 작동이다. 원숭이가 새끼를 품고 들어간 푸른 산, 새가 꽃잎을 떨어뜨린 푸른 바위. 그게 중앙고속도로를 달리며 수백 번 반복해서 바라본 산하가 아니고 무엇일까. 나도 모르게 탄성을 질렀다. 바로 그것이었다. 반복의 존재 원리를 가르쳐 주신 큰스님이 산천의 법문도 반복해서 듣게 하신 것이다. 길가의 산과 들이, 나무와 새들이 보여 주고 들려주는 것들 하나하나가 다 『벽암록』 구절이고 『벽암록』 읽는 소리였다. 중앙고속도로 변 산천초목의 무정법문이 『벽암록』인 줄 비로소 알았다.

길은 끝없이 돌아간다. 왼쪽으로 돌면 왼쪽으로 장관이, 오른쪽으로 돌면 오른쪽으로 장관이 펼쳐진다. 왼쪽으로 돌아도 오른쪽에 장관이, 오른쪽으로 돌아도 왼쪽에 장관이 펼쳐지기도 한다. 멀리 보면 산의 능선은 부처님 손 모양 수인(手印)이다. 산세는 부처님 서른두 가지 호상(好相)이다. 부처님 오신 날 즈음

신록의 산세는 정말 아름다운 부처님 얼굴이 된다. 곧 짙은 녹엽이 만드는 색조도 넉넉하다. 어느덧 알록달록 장엄 국토를 만드신다. 마침내 다 내려놓았을 때 하얗게 덮인다. 계절이 그렇게 빠르게 바뀌고 보는 자도 헐레벌떡 달려가니 어느 하나에 머물지 않는다.

> "수보리야, 어떻게 생각하느냐, 서른두 가지 모습으로써 여래를 볼 수 있다 하겠느냐?"
> "아닙니다, 세존이시여. 서른두 가지 모습으로써 여래를 볼 수 없사옵니다. 왜냐하면, 여래께서 말씀하신 서른두 가지 모습이라 한 것은 곧 모습이 아니라 그 이름이 서른두 가지 모습인 것이옵니다."
> ─『금강경』「여법수지분」(如法受持分)

이 구절에 대해 육조 혜능께서 자비롭게 풀이해 주었다. 서른두 가지 모습은 서른두 가지 청정행(淸淨行)이니, 오근(五根: 눈·귀·코·혀·몸의 감각기관)으로 육바라밀(六波羅密: 보시布施·지계持戒·인욕忍辱·정진精進·선정禪定·지혜智慧)을 닦고 의근(意根)으로 무상(無相)과 무위(無爲)를 닦는 것이 서른두 가지 청정행이다. 항상 서른두 가지 청정행을 닦으면 성불하고, 서른두 가지 청정행을 닦지 않으면 끝내 성불하지 못하리라. 부처님 서른두 가지 호상에 애착(愛着)하기만 하고 스스로 서른두 가지 청정행을 닦지 않으면 끝내 여래를 뵐 수 없으리라고.

대구에서 봉화로 가는 먼 길은 금호강(琴湖江)에서 비롯한다. 금호강을 따라가다 중앙고속도로로 진입하면 곧 금호터널이 나타난다. 거기까지 금호동, 금호주유소, 금호슈퍼, 온통 금호다. 금호의 '금'이 비단을 뜻하는 '금'(錦)인 줄 알았다. 그래서 '금호강'은 '비단 같은 호수 같은 강'이란 뜻이라 생각했다. 그런데 알고 보니 비단 '금'(錦)이 아니라 비파 '금'(琴)이다. 비단같이 보인 것이 아니라 비파 소리가 들린 것이다.

금호강은 포항에서 발원하여 영천, 경산, 대구를 가로질러 낙동강으로 흘러간다. 흐르는 금호강은 포항에서 대구까지 중생들에게 물을 대 주고 금호평야를 만들어 중생들을 먹여 살렸다. 흐르다가 멈추고 멈추다가 흐른다. 갈대를 키웠다. 바람이 불어오면 갈대에서 비파 소리가 난다.

흘러가면 강이요 멈추면 호수다. 겨울 강은 얼어서 호수가 되고, 호수는 봄이 되어 녹아 흘러서 강이 된다. 여름 강은 장마로 불어 넘쳐흐르고, 가을의 강은 타는 듯 멈춰 호수 되기를 기다린다. 금호강은 강이면서 호수이고 호수이면서 강이었다. 금호강이 금호가 되고 금호가 금호강이 되었다.

일찍이 조선 사대부에게 금호강은 흐르지 않는 금호이기만 했다. 서거정(徐居正, 1420~1488)은 금호를 이렇게 읊었다.

금호 맑은 물에 작은 배 띄우고　　　　　　　琴湖淸潭泛蘭舟

한가로이 오가며 갈매기와 노닐다가　　　　取此閑行近白鷗
달빛에 흠뻑 취해 배를 돌리니　　　　　　盡醉月明回棹去
오호의 풍류에 못지않으리　　　　　　　　風流不必五湖遊
　　　　　　　　　—서거정, 「대구 10경」(大邱十景) 중 제1경

　금호에 호수만 있지 강은 없다. 서석보(徐錫輔, 1836~?)도 채헌기(蔡憲基, 1890~1963)도 금호만을 노래했지 금호강을 읊지 않았다. 책의 지식으로 풍경을 읊은 것이다. 그들은 조선의 강 앞에서 중국의 서호와 오호, 동정호를 먼저 떠올렸다. 그러니 강은 호수이기만 했다. 흐름을 보지 않고 머묾만 보았다. 금호강에 머묾만 있고 흐름이 사라졌다. 풍류만 남고 살림이 사라졌다.

　세월이 흘렀다. 거대한 포항제철 공장에 물을 공급하기 위해 영천댐을 만들었다. 영천댐은 금호강 물줄기를 잘랐다. 금호강이 진짜 멈췄다.

　일찍이 금호강은 흐르다가 고였고 일렁이다가 고요했다. 모순의 상생적 초월이며 살활자재(殺活自在)였다. 부처님 가르침의 핵심이다. 그 가르침을 담고 유장하게 흘렀던 금호강에서 어느덧 살활은 사라지고 한 극단만 남았다. 금호동, 금호주유소, 금호터널, 금호다리. 금호강은 사라지고 금호만 남았다. 사람들은 이제 멈춘 호수만 보고 흐르는 강은 못 본다.

다부동 로드킬

금호터널을 지나서 다부동에 이른다. 봉화 가는 길은 여기서 본격적으로 시작된다. 차들이 속도를 낸다. 쌩쌩 지나치며 만드는 굉음이 엄청나다. 다부동은 다부원(多富院)이었다. 조선 시대 출장 관원을 위한 숙박 시설과 마구간이 있었다. 다부원은 칠곡 고평역, 선산 연향역, 그리고 인동 양원역으로 이어졌다. 다부동은 대구와 안동, 대구와 상주 간 국도가 지나가고, 왜관과 다부 간 지방도로가 이어지는 교통의 요충지가 된 것이다.

이곳은 한국전쟁 중 가장 치열한 전투가 벌어진 곳이다. 다부동 방어선이 돌파되면 국군은 10km 남쪽 도덕산 일대까지 후퇴해야 하며, 대구가 북한군의 포 사정권에 들어간다. 국군 제1사단은 다부동 일대에 설정된 주저항선을 지키며 대구를 공략하려는 북한군 3개 사단을 상대로 혈전을 벌였다. 낙동강 방어 작전 중 가장 치열한 전투였다. 유학산 고지는 아홉 번, 328고지는 무려 열다섯 번이나 주인이 바뀌는 공방전이 벌어졌다. 55일간 계속된 다부동 전투에서 북한군 2만 4,000여 명과 국군 1만여 명이 죽거나 다쳤다.

8월 21일 밤부터 '전차전'이 시작되었다. 한국전쟁 최초의 전차 전쟁이다. 북한군은 전차와 자주포를 앞세워 야간 역습을 감행했다. 미군 제27연대는 포 공격을 통해 북한군 전차와 보병을 분리시켰고 그 틈에 국군이 전차를 돌진시켰다. 다부동 계곡에 쌍방의 전차가 어지럽게 내달리고 전차포에서 발사된 철갑탄

이 어둠을 뚫고 좁은 계곡의 도로를 따라 메아리치며 상대방 전
차를 향해 날아갔다. 그 모양이 마치 볼링공이 맞은편에 세워진
핀을 향해 미끄러져 가는 모양과 비슷해 볼링장전투라고도 불
렀다.

　　시인 조지훈은 그 참상을 이렇게 읊었다.

　　한 달 농성(籠城) 끝에 나와 보는 다부원은
　　얇은 가을 구름이 산마루에 뿌려져 있다.

　　피아(彼我) 공방(攻防)의 포화(砲火)가
　　한 달을 내리 울부짖던 곳

　　아아 다부원(多富院)은 이렇게도
　　대구에서 가까운 자리에 있었고나.

　　조그만 마을 하나를
　　자유의 국토 안에 살리기 위해서는

　　한해살이 푸나무도 온전히
　　제 목숨을 다 마치지 못했거니

　　사람들아 묻지를 말아라
　　이 황폐한 풍경이
　　무엇 때문의 희생인가를……

고개 들어 하늘에 외치던 그 자세대로
머리만 남아 있는 군마(軍馬)의 시체

스스로의 뉘우침에 흐느껴 우는 듯
길 옆에 쓰러진 괴뢰군 전사

일찍이 한 하늘 아래 목숨 받아
움직이던 생령(生靈)들이 이제

싸늘한 가을 바람에 오히려
간고등어 냄새로 썩고 있는 다부원

진실로 운명의 말미암음이 없고
그것을 또한 믿을 수가 없다면
이 가련한 주검에 무슨 안식이 있느냐.

살아서 다시 보는 다부원은
죽은 자도 산 자도 다 함께
안주(安住)의 집이 없고 바람만 분다.

— 조지훈, 「다부원에서」

다부동을 지날 때마다 안타깝고 처참했던 그날 그 광경이
떠오른다. 전차들이 그렇게도 재빨리 달릴 수 있었다니. 굉음과
포탄이 혼을 앗아간다. 여기저기 시신들이 피를 흘리고 널브러

져 있다. 너무 이른 시기에 목숨을 빼앗긴 영령들을 위해 기도
한다.

전쟁은 끝나지 않았다. 금호터널 나서자마자 앞차들이 굉음
을 내며 더 빠른 속도로 달리기 시작한다. 맞은편 차들도 나를 향
해 돌진해 온다. 다부동 전투는 아직도 진행 중이다. 중생의 시신
이 널브러져 있다. 팔공산 넓은 자락에 깃들인 수많은 중생들이
잠시 읍내에 일 보러 나왔다 저렇게 참변을 당했나. 차라리 로드
킬이라 부르며 좀 초연한 척하고 싶지만 뜻대로 잘 안 된다. 아,
300회 이상 이 길을 달려가고 달려오면서 나는 얼마나 많은 중
생을 죽여서 나뒹굴게 했을까. 그 죄업을 어떻게 참회할 수 있을
까. 부처님은 땅 위의 미물조차 밟아 죽이지 않도록 하안거에 드
셨다. 나는 어쩔 수 없이 공부의 길을 떠나면서 내가 죽인 중생들
과 남이 죽인 중생들에게 참회하고 그들을 위해 마음의 장례를
치른다.

『강도몽유록』(江都夢遊錄)의 청허선사(淸虛禪師)를 떠올
린다.

적멸사(寂滅寺)에는 청허(淸虛)라는 한 이름 높은
선사(禪師)가 살고 있었다. 그는 추운 사람을 만나면 입고
있던 옷을 벗어 주었고, 배고픈 사람을 보면 먹던 밥도 몽땅
주었다. 사람들은 그를 일러 '추운 겨울의 봄바람', '어두운
밤의 태양'이라 부르며 우러러 받들었다. 국운은 나날이
쇠퇴하고 호적(胡賊)이 침입하여 팔도강산을 짓밟았다.
상감은 난을 피하여 고성(孤城)에 갇혔고, 불쌍한 백성들은

태반이 적의 칼에 원혼(怨魂)이 되었다. 그중에서도 저
강화도의 참상은 더욱 처절했다. 시신에서 나온 피는
냇물처럼 흘렀고, 백골(白骨)이 산더미처럼 쌓였다.
까마귀가 달라붙어 사정없이 시신을 파먹었으나 장사 지낼
사람이 없었다. 오직 청허선사만이 이를 슬프게 여겼다.
선사는 몸소 시신을 거두어 묻어 주려고 했다. 손으로
버들가지를 잡아 도술을 부렸다. 넓은 물을 날아 건넜다.
강 건너의 집들은 모두 쓰러져 어디 몸을 의탁할 만한 곳이
없었다. 선사는 연미정(燕尾亭) 남쪽 기슭에 풀을 베어
움막을 엮었다. 그는 이 움막에서 거처하며 법사(法事)를
베풀었다.

청허선사는 병자호란에서 희생된 시신을 이렇게 거두어 주
었다. 수행하는 사람은 꼭 그렇게 해야 할 것이다. 병자호란이나
한국전쟁 같은 전쟁 시기는 물론 지금 이 순간에조차 도로는 으
레 살육의 현장이다. 힘없는 중생이 먼저 죽어 쓰러지는 것도 똑
같다.
　　청허선사시여, 저에게도 추운 겨울의 봄바람 같은 마음과
차도 배도 필요 없는 도술을 베풀어 주소서.

위천 방둑의 불꽃

군위 근방은 비가 잦고 바람이 세다. 대구에서 출발할 때 멀쩡했던 날씨도 군위에 다가가면 비가 내리고 바람이 거세질 때가 있다. 빗방울은 내 작은 차 양철 지붕을 세차게 두드린다. 바람은 달리는 차를 뒤흔든다. 빗소리와 바람소리, 차의 흔들림에서 나를 돌아본다.

위천의 다리들이 저 멀리 보인다. 그 아래 물줄기는 굽이굽이 나아가다 구미 어름에서 낙동강으로 들어갈 것이다. 냇물도 방둑도 아련하다. 냇가 돌 축대가 직선의 경계를 만들었고 그 위로 자전거길이 어물쩍거린다. '삼국유사의 고장 군위'라는 팻말이 다리 옆에 크게 세워져 있다. 일연 스님이 군위 인각사에서 『삼국유사』를 집필했다고 저런다. 물가 다져진 공터에 운동장과 수변공원이 드넓은데 느긋하게 몸을 흔들며 여유를 만끽하는 사람들이 보인다. 그들은 그곳에서 일어난 불꽃에 대한 기억이 없다.

2010년 5월 31일 오후 3시, 군위읍 사직리 위천 잠수교 옆 방둑에서 문수 스님이 소신공양(燒身供養) 하셨다. 그때 스님은 마흔일곱 살이었다. 문수 스님은 가까운 주유소에서 휘발유를 구했다. 천천히 잠수교를 지나 방둑에 올랐다. 날은 참 화창했다. 몸에 휘발유를 고루고루 거듭 뿌리고, 남은 것은 다 들이켰다. 가부좌를 틀었다. 스스로 몸에 불을 붙였다. 육신이 타들어 가도 부처님 수인은 그대로였다. 자세는 조금도 흐트러지지 않았다. 얼굴에 여린 미소를 지었다. 불꽃 속에서 삼매에 들었다. 문수 스님은 고봉 스님이 제시한 '방장실의 세 관문' 중 마지막 관문을 통과하고 있었다.

온 대지가 이 불구덩인데
어떤 삼매를 얻어야 불타지 않겠는가?

—『선요』

속까지 들어간 휘발유는 스님의 육신을 철저히 태워 몇 개의 사리만 남겼다.

이명박 정권은 4대강 사업을 즉각 중지·폐기하라.
이명박 정권은 부정부패를 척결하라.
이명박 정권은 재벌과 부자가 아닌 서민과 가난하고 소외된 사람을 위해 최선을 다하라.

문수 스님이 남긴 유훈이다. 스님은 자기 몸을 태워서라도 4대강 사업을 우선 중단시키고자 했다. 아무리 심한 탐욕과 교활함과 폭력에 물든 권력이라 하더라도 스님의 소신공양 앞에서 자신을 돌아보고 달라지리라 기대했다. 4대강 사업은 생태계에 만행을 저지르려고 작정한 것인데도 단군 이래 최대의 자본을 쏟아붓는 국가 정책이 되었다. 문수 스님의 소신공양에도 그들은 달라지지 않았다. 오히려 언론을 장악하여 소신공양 사실조차 국민에게 알리지 못하게 했다. 그리고 시간이 흘렀다. 강이 썩어 갔다. 새로 들어선 정부가 4대강 댐 수문을 열기 시작했다. 언젠가 댐 전부를 철거할 수도 있다 한다. 문수 스님 소신공양의 은혜가 구현되는 것일까.

문수 스님은 소신공양 직전까지 3년 이상 군위 지보사에서 두문불출했다. 하루 한 번만 먹는 일종식(一種食)을 하며 수행에 전념했다. 용맹정진은 계속될 예정이었다. 그러나 수행자의 맑디맑은 마음에 세상의 불의와 부조리는 더 또렷하게 떠올랐다. 일체처(一切處) 일체 중생에 대한 살생과 폭력을 외면할 수 없었다. 스님은 "내가 소신해야 4대강 사업을 중단할 수 있겠다"고 도반에게 말해야 했다.

사실 4대강 개발에 대해 가장 먼저 나서서 반대한 분은 수경 스님이었다. 수경 스님은 무지하고 탐욕스런 권력의 폭거 앞에 절망하고 무력감에 빠졌다 한다. 그런 상황에서 문수 스님의 소신공양 소식을 들었다. 어쩌면 4대강 사업을 막지 못하고 살아 있는 자신이 부끄러웠을까. 수경 스님은 조계종 승적을 반납하고 자취를 감췄다.

불교에서 소신공양은 스스로 몸을 태워 부처님께 공양을 올리는 것이다.『법화경』「약왕보살본사품」(藥王菩薩本事品)에 "약왕보살이 부처님 회상(會上)에서 수행 정진할 때 현일체색신삼매(現一切色身三昧)를 이루시어 육신으로 공양함을 서원하고 부처님 앞에서 육신을 스스로 태워 부처님 은혜에 보답하셨다. 스스로 소신하니 그 광명이 80억 항하사 세계를 두루 비춘다"라고 하였다. 수행자가 삼매에 들어 온몸을 태워 절대 삼매에 들고 부처님께 공양하여 그 빛으로 중생을 널리 구제하는 것이다. 소신공양에서 부처님께 공양을 올리는 것과 중생을 구제하는 것은 같은 행위다. 부처님과 중생은 둘이 아니기 때문이다.

지금까지 나는 수없이 위천교를 지났지만 문수 스님의 소신공양을 떠올리지 않은 적이 없다. 얼마나 치열하게 수행했으면 자기 육신을 그렇게 기꺼이 바칠 수 있었을까. 미약한 중생이 존재의 위기에 내몰릴 때 자기를 던지는 수행자의 결단과 용기는 어디서 나오는 것일까. 진심으로 질문을 올린다. 그러면 스님은 언제나 비바람으로 화신하여 무정법문을 들려주신다. 탕탕탕 양철 지붕을 치는 비의 법문으로, 휘이휘이 차체를 뒤흔드는 바람의 법문으로 스님은 언제나 고구정녕(苦口丁寧) 법문을 들려주신다.

빌뱅이 언덕에서 읽는 권정생경

일직터널을 벗어나 한 구비 돌면 저 멀리 일직교회 종탑이 나타난다. 남안동 입구에 조성된 일직 조탑리는 인자한 산세에 안겨 있지만 거기서 여생을 보낸 권정생(權正生, 1937~2007) 선생의 삶은 참 슬프고 안타깝다. 그리고 반짝인다.

봉화로 갈 때는 그곳을 멀리 보며 스쳐 가지만 안동 보경사 정해학당 공부가 있는 날은 그 마을을 꿰뚫고 간다. 돌아올 때는 갓길에 멈춰 서서 어둠에 묻힌 빌뱅이 언덕 권정생 선생 오두막

집 쪽을 물끄러미 바라본다. 그리고 그날 공부한 부처님 말씀을 되새긴다. 곧 선생의 삶의 곡절이 경전의 한 대목 한 대목으로 생성된다. 『권정생경』(權正生經, 勸正生經)이다. 권정생 생애에 대한 경전이다. '올바르게 살기'를 권유하는 경전이다. 시장의 장, 기도원 장, 일직교회 종탑 장, 빌뱅이 언덕 장 등 여섯 장 정도로 된 이 경전은 얼렁뚱땅 읽으면 안 된다. 무아(無我)와 무상(無相)을 가르쳐 주는 『금강경』, 깨달음의 뜻과 길을 가르쳐 주는 『원각경』, 보살의 보살다움을 가르쳐 주는 『화엄경』을 공부한 뒤에 읽어야 이 경전은 이해된다. 나는 깊은 밤 멀리 일직교회 종탑을 바라보면서, 빌뱅이 언덕 아래 두 칸 집 쪽을 응시하며 그 경전을 찬찬히 읽는다.

선생이 지은 동화와 소설, 동요가 감동을 주지만 나는 그분의 삶이 고스란히 담긴 산문을 더 아낀다. 누추하고 가난한 이들의 모습이 나를 망연자실하게 하고 멍하게 만들었다가는 움찔 깨어나게 만든다.

선생은 초등학교를 간신히 마치고 나무장수, 고구마장수, 일용노동자 등의 궂은일을 하며 객지를 떠돌았다. 그의 유년은 전장과 시장통에서 펼쳐졌다. 시장에서 남의 고구마를 팔았다. 그때 사람 속이는 현실을 알고 스스로 남 속이는 방법을 터득한다.

처음 얼마 동안은 두렵고 떨리며 괴로웠지만 차츰 아무렇지 않게 되었다. 나도 악마들의 세상에 길들여진 것이다.
아편이나 히로뽕만 마약이 아니다. 이 세상 모든 게

사람의 올곧은 마음을 삐뚤어지게 하는 마약이다. 그래서 종교까지도 아편이라 했을 것이다. 아무리 훌륭한 일도 정신을 잃고 맹목적으로 끌려가면 모두 악마로 둔갑해 버린다. 사람은 무엇을 하든지 어디를 가든지 항상 깨어 있어야 한다.

　　　　　　　　　　　　　─권정생,「열여섯 살의 겨울」

『권정생경』제1장이다. 열여섯 살 부랑아가 타락한 세상으로 들어가서 이런 메시지를 던졌다. 타락한 세상에 어쩔 수 없이 물들더라도 선한 마음 곧은 마음은 저버리지 말라! 어디에서든 깨어 있어라! 이렇게 경책을 내린다. 깨어 있지 않으면 마약에 중독된 악마가 된다. 누가 이 가르침을 이분법적이라고 빈정댈 수 있을까. 직심(直心)이 부처다.

　그러다가 열여덟 살에 폐결핵에 걸렸다. 폐결핵은 당시로는 난치병이었다. 피를 토했다. 동생이 결혼할 때가 되자 아버지는 동생의 결혼에 방해가 되지 않도록 집을 나가라 했다. 동생이 뒤따라와 잡았지만 형은 길을 계속 갔다. 동생은 꼬깃꼬깃 접은 돈 100원을 형에게 쥐어 주었다. 기도원으로 갔다. 기도원에 들어가는 데도 돈이 있어야 했다. 50원에 등록을 했다. 우물쭈물 등록을 못 하고 있는 청년을 발견했다. 한쪽 다리를 못 쓰는 문둥병 환자였다. 선생은 주저하지 않고 문둥병 환자에게 남은 돈 50원을 주어 기도원에 등록시켰다. 그리고 함께 지내며 보살펴 주었다. 청년은 3일을 버티지 못하고 기도원을 나가야 했다. 쫓겨난 것과 다를 바 없었다. 목발을 짚고 절뚝거리며 멀어져 가는 청년의 뒷모습을 보고 선생은 눈물을 쏟는다.

길 잃은 양처럼 떠나간 청년을 생각하니 이 넓은 기도원엔 예수님이 안 계신 것 같았다. 분명히 문둥이 청년을 따라가 버린 것만 같았다. 나는 기도원을 떠나기로 마음먹었다.
— 권정생, 「오물덩이처럼 뒹굴면서」

『권정생경』 제2장이다. 선생은 문둥병 환자와 자기 사이의 경계를 만들지 않았다. 사람들은 문둥병이 하늘도 포기한 병이라며 피하기만 했다. 선생은 오직 문둥병 청년에 대한 연민의 마음만 일으켰지 그 병이 자기에게 옮을까 걱정하지 않았다. 옮아도 어쩔 수 없었다. 예수님은 언제나 가난하고 소외된 사람, 병든 사람과 함께한다는 확신을 갖고 스스로도 그 길을 따랐다. 거기에 부처님도 있다. 선생에게 문둥병 청년은 자기와 별개 존재가 아니다. 둘은 철저히 연결되어 있다. 모두들 내쫓고 외면하는 너무나 외롭고 괴로운 사람에 대해서 머뭇거림 없는 동정과 자비를 베풀었다. 그것은 모든 것이 연기로 존재한다는 부처님 가르침의 현실적 실천이다.

기도원을 나온 뒤에는 김천, 상주, 문경, 점촌, 예천 등 경북 북부 지방을 떠돌며 거지 혹은 행려병자로 하루하루를 겨우 버텼다. 옆에 있던 사람들이 굶주리거나 병들어 저 세상으로 떠나가곤 했다. 선생도 매 순간 자기 죽음의 그림자를 밟고 살았다.

서른 나이에야 거지 생활을 접을 수 있었다. 안동 일직면 조탑동 일직교회 종지기가 된 것이다. 그때부터 교회 토담집 문간방에서 더부살이를 했다. 15년 동안 교회 새벽종을 쳤다.

선생은 한겨울에도 맨손으로 줄을 당겼다. 새벽 종소리는 가난하고 소외받고 아픈 이가 듣기 때문이다. 차가운 들판에서 살아남기 위해 발버둥 치는 벌레와 이리저리 내동댕이쳐지는 돌멩이들도 듣기 때문이다. 그들이 춥게 지내니 시린 손으로 종을 쳐야 한다는 것이다.

성에가 끼고 꼬장꼬장 얼어 버린 종 줄을 잡은 손이 무척 시리지만, 나는 장갑을 끼지 않는다. 가장 효과적으로 종소리를 낼 수 있는 것은 역시 맨손으로 종 줄을 잡고 쳐야만 서툴지 않게 조절할 수 있기 때문이다. (⋯) 새벽하늘에 반짝이는 별의 수만큼 나의 바람은 한없이 많다. 종 줄을 한 번 잡아당기면서 하느님께 기도드리듯 쏟아지는 나의 바람들. 불치병을 가진 아랫마을 그 애의 건강을, 이 새벽에도 혼자 외롭게 주무시는 핏골산 밑 할머니의 앞날을, 통일이 와야만 할아버지를 뵐 수 있다는 윗마을 승국이 형제의 소원을, 그러고는 어서어서 예수님이 오시는 그날이 와서 전쟁이 없어지고, 주림이 없어지고, 슬픔과 괴로움이 없어지고, 사막에도 샘이 솟고, 무서운 사자와 어린애가 함께 뒹굴고, 독사의 굴에 어린이가 손을 넣어 장난치고, 다시는 헤어짐도 죽음도 없는 그런 나라가 오기를…….

　　　　　　　　　　　　　　　　—권정생, 「새벽종을 치면서」

『권정생경』제3장이다. 한 번 종을 칠 때마다 여리고 불쌍한 타자를 위해 간절히 기도하는 종지기. 그래서 추운 겨울에도 장갑을 끼지 않고 손을 시리게 만드는 종지기. 나는 송광사 여름 수련회 새벽 예불 때 종루를 떠올린다. 우람한 줄에 달린 범종과 건장한 스님들이 우려내는 그 범종 소리도 장엄한 감동을 주지만, 이 세상 안타까운 이들을 위해 병들고 야윈 선생이 땡그랑 땡그랑 가냘프게 들려주는 일직교회 종소리가 오늘만은 더 간절히 들린다. 소외되고 아픈 이, 벌레, 돌멩이 등 이 세상 미천한 존재들이 그 소리를 들으니 따뜻한 손으로 칠 수 없다는 것. 중생이 아프니 내가 아프다는 유마거사의 말씀 그대로다.

1982년 교회 종지기를 그만두었다. 교회 종이 차임벨로 바뀌었기 때문이다. 교회 저편 빌뱅이 언덕 밑에 두 칸짜리 흙집을 손수 지었다. 2007년 별세하기까지 그곳에서 살았다. 이제 땅과 땅의 온갖 중생들과 함께 살 수 있게 되었다. 이름이 알려지자 사람들이 몰려왔다. 세상이 덧씌워 준 작가라는 이름으로 그들과 말하는 것이 불편했을 것이다. 사람들이 찾아오는 낌새가 있으면 얼른 빌뱅이 언덕으로 도망갔다. 거기 엎드려 사람들이 돌아가는 모습을 확인하고서야 다시 내려왔다. 말을 앞세운 사람보다 이름 내세우지 않은 들꽃이 더 좋았다. 묵언 수행자여서 더 그랬을 것이다.

제가 이곳 빌배산 밑에 혼자 살면서 자신이 너무도
부끄럽고 불쌍한 목숨이구나 절실하게 느꼈습니다.
그리고 이 세상에서 가장 귀하고 가장 아름답고 가장 착한

것은 들에 피어나는 작은 꽃들이라는 것을 분명히 알게
되었습니다. 하느님도 이 보잘것없는 빌배산 언덕배기를
항시 지켜보고 계실 겁니다. 하느님도 거기 조그맣게
피어나는 꽃들을 보시며 그 조그만 꽃처럼 착한 하느님이
되실 겁니다.

　　　　　　　　—권정생, 「처음으로 하느님께 올리는 편지」

『권정생경』 제4장이다. 하느님께 이 세상에서 가장 아름답
고 착한 것이 들꽃이라고 한다. 하느님도 그 들꽃을 닮아 착해지
라고 권유한다. 하느님도 이제 나쁜 놈들에게 이용만 당하지 않
도록 정신 좀 차리라고 충고한다. 들꽃처럼 착한 사람도 많다는
것을 잊지 말라고도 한다. 높은 곳보다는 낮은 곳에, 화려한 것보
다는 초라한 것에 하느님이 깃들어야 하고 진정으로 깃들 수 있
다는 것을 통찰했다.

　　드디어 이 세상에 완전한 도인이 났다. 나는 다음을 『권정생
경』 제5장으로 특별히 더 또박또박 새기며 봉송한다.

여름에 소나기가 쏟아지면 창호지 문에 빗발이 쳐서
구멍이 뚫리고 개구리들이 그 구멍으로 뛰어들어와
꽥꽥 울었다. 겨울이면 아랫목에 생쥐들이 와서 이불
속에 들어와 잤다. 자다 보면 발가락을 깨물기도 하고 옷
속으로 비집고 겨드랑이까지 파고들어 오기도 했다. 처음
몇 번은 놀라기도 하고 귀찮기도 했지만, 지내다 보니
그것들과 정이 들어버려 아예 발치에다 먹을 것을 놓아두고

기다렸다. 개구리든 생쥐든 메뚜기든 굼벵이든 같은 햇빛
아래 같은 공기와 물을 마시며 고통도 슬픔도 겪으면서
살다 죽는 게 아닌가. 나는 그래서 황금 덩이보다 강아지
똥이 더 귀한 것을 알았고 외롭지 않게 되었다.

— 권정생, 「유랑걸식 끝에 교회 문간방으로」

문둥병 청년과 경계 없는 연민과 자비를 함께한 선생은 드
디어 이 세상 일체처 중생들과의 경계도 허물었다. 애써서 그런
게 아니라 그냥 그렇게 되었다. 개구리, 생쥐, 메뚜기, 굼벵이, 햇
빛 아래 같은 공기와 물을 마시는 모든 중생과 생사고락을 함께
한다. 이것이 어찌 연기와 무아의 철칙을 완벽하게 터득하지 않
고 가능한 일이겠는가.

『권정생경』 제6장은 선생의 깨달음을 온전하게 담았다. 마
지막 게송이다.

사람들은 참 아무 것도 모른다.
밭 한 뙈기 논 한 뙈기 그걸 모두 '내' 거라고 말한다.
이 세상 온 우주 모든 것이 한 사람의 '내' 것은 없다.
하느님도 '내' 거라고 하지 않으신다.
이 세상 모든 것은 모두의 것이다.
아기 종달새의 것도 되고 아기 까마귀의 것도 되고
다람쥐의 것도 되고 한 마리 메뚜기의 것도 된다.
밭 한 뙈기 돌멩이 하나라도 그건 '내' 것이 아니다. 온 세상
모두의 것이다.

이 엄청난 말들이 그의 진심에서 우러났고 경험에서 솟아 올랐다. 선생은 생각과 삶이 완전히 일치한 사람이었다. 버림받고 병든 이웃과 함께 담담히 살아간 '가난뱅이 성자'였고 무심도인(無心道人)이었다. 그는 죽을 때까지 한결같이 가난하게 살았지만 그가 죽었을 때 그의 통장에는 10억 원이 남아 있었다. 미처 저금하지 못한 돈도 2억 원이나 됐다. 수십 년 간 받아 온 인세였다. 그 돈을 자기를 위해 거의 쓰지 않았다. 그 돈은 몸과 마음이 아픈 어린이들을 위해 써 달라는 유언을 남겼다. 물질이 풍족하면 마음이 가난할 수 없다는 것을 철저히 알았다. 무소유를 완벽하게 실천했다. 나아가 가난을 받아들이고 가난을 편하게 여겼다.

무엇이 아프고 외롭고 배운 것 없는 선생을 깨닫게 했을까. 『권정생경』 읽기가 끝나 갈 무렵이면 나는 언제나 이런 질문을 한다. 우선 가난과 아픔의 고통을 생각한다. 선생의 가난과 아픔은 가난하고 아픈 이웃과 선생을 하나로 만들어 주었다. 그들과 함께 온 힘을 다해 살아남으려 한 것이 가장 치열한 수행이었다. 타락한 세상에서도 착한 마음, 곧은 마음을 간직하며 바르게 살아야 한다는 것은 지계(持戒: 계율을 지키는 것)였다.

끊임없이 타인의 죽음을 목격하고 자신의 죽음을 환기해야 했던 경험은 죽음 명상이 되었을 것이다. 선생의 몸과 머리에서 죽음의 그림자가 걷히지 않았다. 매 순간 타인과 자기의 죽음을 골똘히 생각했다. 삽이나 괭이를 빌려 인적 드문 산속에 구덩이를 파고 들어가 죽으려고 한 적도 있었다. 죽음의 경험과 환기가 삶에 대범하게 되고 욕망으로부터 자유롭게 해 주었을 것이다.

선생의 언행일치는 깨달았다고 자처하는 이 시대 성직자에게서도 온전히 만나기 어려운 경지다. 일상을 꾸려 가는 것이 수행이고 평상심이 불심인 줄 알겠다.

수행의 길을 가고자 하는 나에게 선생의 존재는 희망이면서 절망이다. 자기 삶에 충실하고 곧은 마음을 간직하며 살다 보면 그 경지에 이르러 성불할 수 있다는 희망을 갖게 한다. 그러나 그의 경지가 의도적인 수행 공력의 결과가 아니라 그 생애 이른 시기부터 그렇게 살아온 결과임을 확인하면서는 절망한다. 사람은 참 달라지지 않는 존재라는 것을 자주 목도한다. 내로라하는 성직자나 수행자의 말과 행동, 앎과 실천이 서로 부합하지 않는 경우를 너무나 자주 본다. 나는 더욱 자주 언행불일치의 위선을 저지르면서 매순간 산다. 빌뱅이 언덕에서의 『권정생경』 독경은 매번 부끄러움으로 끝난다.

한국 정신문화의 수도

『벽암록』 공부하러 가는 길에 스치는 안동은 내 수행에서 또 하나의 텍스트가 된다. 이 텍스트를 수없이 관찰하고 사유했지만 잘 풀리지 않는 부분이 많다. 생각이 복잡해지고 상반된 느낌이 뒤엉킨다. 안동의 옛 이름 복주(福州)를 중얼댄다. 인자한 산세를 둘러본다. 좋은 일이 일어날 것 같다. 좋은 사람도 많을 것 같다. '한국 정신문화의 수도', 동서남북 입구의 기와 대문 현판에 새겨져 있다. 자긍심과 패기가 부럽다. 지방에 사는 사람으로서 지지를 보낸다. 역동 우탁 선생, 퇴계 이황 선생, 학봉 김성일 선생, 서애 류성룡 선생. 고려와 조선 시대에 사상과 정치를 이끈 이런 분들이 안동과 인연이 있다. 우리나라 근대 최초의 의병인 갑오의병이 일어난 곳이 안동이다. 안동은 독립운동 유공자가 전국에서 가장 많은 지역이기도 하다. 임시정부 초대 국무령 이상룡, 만주 지역 항일 운동가 김대락과 김동삼, 혁신적 유학자 류인식, 사회주의 운동가 김재봉과 권오설, 의열 투쟁가 김지섭과 김시현, 아나키스트 류림, 저항 시인 이육사, 파락호 독립투사 김용환 등 한국 독립운동사의 주요 인물들이 안동 출신이다. 그래서 안동에 전국 최초 지역 독립기념관인 안동독립운동기념관이 건립되었고 이후 경상북도독립운동기념관으로 승격되었다.

이렇게 안동이 지방 중에서도 특별히 주목을 받은 유래는 오래됐다. 후삼국 통일 전쟁에서 왕건은 견훤과의 안동 전투에서 안동 토착 세력의 지원을 받고 승리하여 통일의 발판을 마련했다. 안동 토착 세력은 고려 왕조 때부터 특별한 대우를 받았고, 안동 김씨, 안동 권씨, 안동 장씨가 고려 시대 지배 세력이 되었다. 불교 신앙 면에서 안동 지역은 화엄 사상과 미륵 신앙이 강했는데 안동 제비원 미륵불이 그 증거다. 고려 말 공민왕은 홍건적을 피해 안동으로 피난 왔다. 안동 지역 출신이 중앙 정계로 더욱 활발히 진출할 수 있게 되었다.

조선 건국 이른 시기부터 안동 지역에는 재지사족이 형성되어 퇴계학파 또는 영남 사림(士林)의 바탕이 되었다. 퇴계 선생은 도덕적 규범으로서의 이(理)를 강조하며 그것을 존재의 원리로 보기도 했다. 이(理)를 내세워 사심과 사욕을 철저히 경계했다. 성리학을 내면화하여 개인적 삶 속에서 실천하기를 요구한 것이다. 안동 지역 재지사족들은 퇴계의 가르침과 서원 경제를 원칙으로 삼아 퇴계학파를 꾸려 갔다. 퇴계의 정신은 지역 사림뿐 아니라 안동 지역 민중의 생활 속까지 깃들었다.

조선 후기 당쟁에서 경기 지역을 중심으로 한 노론이 승리하자 영남 남인은 안동 인근 지역으로 내려앉았다. 1694년 갑술환국 이후 영남 남인은 몰락하여 중앙 진출이 어려워졌다. 영남 남인은 현실 정치에서 소외될수록 더욱 단단히 퇴계 사상을 받들었으니 어느새 변화된 시대로부터 멀어진 부분이 생겼다.

그러나 일본 제국주의를 향한 항전의 결의는 최고였다. 일본 제국주의는 조선을 멸망시킨 존재일 뿐 아니라 규범이면서도 존재 원리이기도 한 이(理)를 어지럽힌 세력이기 때문이다. 안동 지역에서 의병 운동이 어느 지역보다 활발하게 일어나고 독립 운동가가 무수히 배출된 것도 이런 맥락에서였다. 이 지역 민중도 의병 운동에 대한 열의가 남달랐다. 안동 지역에는 사회주의 노선을 통해 제국주의 일본에 저항한 분들도 적지 않았는데, 이(理)를 중시하는 퇴계 사상과 사회주의적 인본주의가 구조적으로 대응되기 때문이라고도 설명한다.

안동의 독립 투쟁을 생각하면 이상룡(李相龍, 1858~1932) 선생이 가장 인상적으로 떠오른다. 그는 영남 유학의 거목인 정

통 유학자로서 살아가고 있었지만 1895년 일제의 명성황후 시해
와 단발령 공포에 항거하여 일어나 우국 항쟁 지사로 산다. 지역
을 거점으로 의병 활동과 자강 운동을 이어 갔다. 그러나 그 한
계를 절감하던 중 신민회(新民會)에서 독립운동의 새로운 방향
을 모색하기 위해 해외에 독립군 기지를 개척한다는 소문을 듣
는다. 1911년 1월 서둘러 가산을 정리하고 일가를 거느리고 중국
서간도(西間島)로 망명한다. 쉰이 넘은 나이에 항일 무장 독립 투
쟁을 시작한 것이다. 독립 투쟁을 위해 일가를 이끌고 떠나는 모
습이 장엄하다.

파락호 김용환(金龍煥, 1887~1946) 선생의 일생은 또 다른
감동을 준다. 김용환 선생은, 퇴계의 제자이고 영남학파의 지도
자인 학봉 김성일 선생의 13대 종손이다. 그는 일제강점기 때 노
름판을 휩쓸고 다니며 재산을 탕진했기에 안동의 파락호로 불리
며 조롱을 자초했다. 돈을 따면 그냥 돌아가지만 돈을 잃으면 몽
둥이를 든 아랫사람들을 불러와 노름판을 뒤집고 판돈을 챙겨
사라졌다. 도박에 빠져 대대로 이어 온 종갓집과 논밭 등 전 재산
을 날렸다. 요즘의 시가로 200억 원은 된다. 1946년에 세상을 떠
났는데 알고 보니 노름판에서 모은 돈과 전 재산은 만주 독립군
에 보내진 것이었다. 항일운동에 몸 바치면서도 스스로 내색하
지 않고 가족들이 고초를 겪지 않게 하려고 파락호 행세를 했다.

이런 안동 지역사의 찬란한 전개에 옷깃을 여민다. 안동의
지사들은 역사 변화를 정확하게 인지하고 앞선 자리에서 사욕과
편견을 누르고 공심(公心)을 관철시켰다. 나라 잃고 식민지 상태
가 된 힘든 시대에, 시대의 변화를 정확하게 읽고 정당한 행동을

이끌어 냈다는 점에서 안동 영남 사림의 존재 의의를 크게 인정하게 된다. 안동 사람들의 이런 실천은 우리 민족사에서 가장 자랑스런 한 대목일 것이다.

나는 안동을 스쳐 지나면서 이런 정신적 장관을 생각하며 감동한다. '한국 정신문화의 수도'를 떠올린다. 수도가 되려면, 더욱이 정신문화의 수도가 되려면 끊임없이 시대의 흐름을 이끄는 열린 분위기를 갖추어야 한다. 오늘날 안동은 그 선조들이 하셨듯 세상의 변화를 정직하게 간파하고 앞선 자리에서 시대를 이끌고 있는가 묻는다. 정치적 술수와 질곡으로 고통받는 중생에게 연민과 공감을 보내고 있는가 묻는다. 시대의 흐름을 감지하는 촉수를 갖추고 있는가 묻는다.

안동 선조들이 목숨을 걸고 관철시킨 공심은 오늘날에 이르러 더 가치 있고 소중한 것이 되었다. 정의와 원칙에 대한 철저함, 힘과 권력과 돈과 희망조차 없는 약자와 소수자에 대한 배려, 약하고 불리한 여성에 대한 공경은 시대의 흐름에 부합하는 기본자세가 아닌가. 그 점은 퇴계 선생도 몸소 가르쳐 주셨다.

안동 민중은 설화를 통해 퇴계 선생의 마음을 실감나게 들려준다. 「며느리를 개가시킨 퇴계」에서 퇴계 선생은 홀로된 젊은 며느리를 개가시킨다. 여자가 두 지아비를 둘 수 없다는 억압적 정절 이데올로기를 내려 두고 본연의 감정과 욕망을 존중해 준 것이다. 「낮 퇴계 밤 퇴계」에서 퇴계 선생의 부인은 바보다. 제사상의 곶감을 먹고 싶다며 달라 하고 찢어진 흰색 두루마기를 깁는데 빨간색 헝겊을 대었지만 퇴계 선생은 그런 부인을 깔보거나 박대하지 않는다. 바보 부인의 행동과 입을 통해 퇴계 선생은 진솔한 소망을 억압하는 위선자가 아니라 모자란 사람조차 거두어 주는 따뜻하고 자상한 인간으로서 민초들 옆에 선다. 퇴계 선생은 상중에 개고기를 먹은 상주를 변호한다. 피눈물을 흘려 몸이 쇠약해진 것을 배려했기 때문이다. 퇴계 선생은 종의 아들인 그 상주를 제자로 받아 주었다. 실제로 퇴계 선생은 천민을 존중하는 사고를 가졌음이 밝혀지기도 했다. 퇴계 선생은 통념이 사람마다의 처지를 배려해 주지 못하면 그 통념을 거부했고 각자의 능력을 인정하지 않는 신분의 굴레를 벗겨 주었다.

안동의 민중은 이렇듯 퇴계 선생을 지식인의 사상적 스승일 뿐만 아니라 보잘것없는 민중과 더불어 살아가는 민중의 대변자요 구원자로 형상화했다. 나는 설화 속 퇴계 선생의 모습에서 부처님의 일생을 찾아낸다. 부처님은 부당한 통념과 관습을 용납하지 않고 넘어섰다. 잔혹한 신분제 카스트를 부정하고 천민과 여자의 출가조차 허용하셨다. 승만(勝鬘) 부인이 스스로 깨달은 바를 토로하자 부처님은 그 모두를 인정하고 받아들여 『승만경』이 되게 했고, 그녀가 장차 보광여래(普光如來)가 될 것을 수기하셨다.

이처럼 부처님은 언제나 진보의 자리에 계셨다. 아니, 중생에 대한 연민과 자비를 가르치신 부처님은 보수와 진보의 상대적 분별을 넘어선 절대적 진보주의자셨던 것이다. 부처님의 이름으로 오늘의 안동에 묻는다. 안동은 한국 정신문화의 수도가 맞는가.

울컥하기 좋은 곳

안동을 지나면 더 청정한 산수가 펼쳐진다. 차창을 내려 수목의 향기를 들이켠다. 그러다 움찔한다. 내 코는 그 지점을 정확히 기억한다. 산수의 청정 자태가 본격적으로 펼쳐지기 시작하는 바로 그 지점에서 엄습하는 악취는 충격적이다. 그 직전에 숨을 크게 들이켠다. 그 구간이 다할 때까지 숨은 다시 들이쉬지 않기로 한다.

음식물 쓰레기는 우리 속을 거친 것도 아닌데 똥 못지않게 악취를 만든다. 악취는 고속도로 수백 미터를 오염시킨다. 음식물 쓰레기란 말은 모순이며 혼동이다. 음식물은 도대체 어떤 정도에서부터 쓰레기가 되는가. 음식물과 쓰레기의 경계는 어디인가. 회광반조를 한다. 이 냄새를 맡는가. 예. 이 냄새를 맡고 얼굴 찡그리며 악취라고 코를 막는 이놈은 누구인가.

악취를 맡고서 악취라 하지 않고
향기를 맡고서 향기롭다 하지 않는다.
향기와 악취를 함께 맡아 그 마음이 평등하도다.
향기도 아니고 악취도 아니기에 버림에 안주하느니라.
　　　　　　　　　　　　—『화엄경』「이세간품」(離世間品)

보현보살은 보살마하살에게 열 가지 코(十種鼻)가 있다며 이렇게 말문을 열었다. 악취를 맡아도 고약하다 하지 않고 향기를 맡아도 향기롭다 하지 않는다. 정말 향기와 악취는 나뉘지 않는 것일까. 향기와 악취는 없고 이렇게 얼굴 찡그리며 코를 막는 이놈도 없단 말인가.

나는 아기였을 때 내 똥을 똥이라 내치지 않고 좋아라 장난쳤다. 내 생의 어느 시점부터 나는 나에게서 나온 그것을 배척하기 시작했다. 똥을 똥이라며 코 막고 고개를 돌린 때는 언제부터였던가.

꽃가루 알레르기가 있는 나는 1년 중 가장 찬란한 계절인 5월 한 달을 내 삶에서 지워 내야 한다. 꽃향기를 대동하고 오는 꽃가루는 비강을 붓게 하여 콧물이 흐르고 재채기를 쉴 새 없이 하게 해서 잠을 못 자게 한다. 꽃으로 어여쁘게 장식된 극락 같은 들판으로 나갔다 오면 증상은 더 심해진다. 악취를 피해 다가간 향기, 그중 최고인 봄꽃 향기가 더 심한 고통을 가져다준다는 건 내 삶의 아이러니다. 꽃향기에 의해서 향기는 물론 악취도 못 맡게 된 것이다. 그러면 악취도 향기도 덤덤하게 맞이한다. 보현보살의 가르침을 드디어 완전히 실현하였다.

〈어거스트 러쉬〉라는 영화가 생각난다. 주인공인 소년 에반은 세상 소리를 분별하지 않고 그 자체로 들었다. 에반은 뉴욕 맨해튼 길거리의 소리를 그대로 들었다. 자동차 소음, 바람에 움직이는 풀들의 속삭임, 사이렌, 고함, 새들의 지저귐, 총소리, 비행기 소리 등은 하나하나가 다 들을 만한 것이었다. 에반은 그 모든 소리를 소중하게 듣고 음악으로 승화시켰다. 길거리의 소음을 다 끌어모아 지휘하니 음악이 되었다. 어떤 소리라도 그대로 듣고 그대로 받아 주고 그 자체로 즐거워한 에반은 깨달은 도인임에 틀림없다.

차가 예천 고개를 넘는다. 소백산의 위용이 문득 앞을 막는다. 울컥한다. 지금까지 산은 끝없이 나타났는데 왜 여기서 울컥할까. 내 망막의 결이 아직도 너무 촘촘한가. 소백산이 뭐가 다르다고 이럴까.

연암 박지원 선생이 일망무제 요동 들판을 보고 통곡하기 좋은 곳이라 했을 때 솔직히 나는 잘 공감하지 못했다. 그러다가 이태 전 미국 서부를 달리면서 애리조나 사막 한복판에서, 유타 주 바위산들이 아득히 먼 지평선을 완전히 둘러싼 것을 목도하면서 나는 울컥했다. 요동 들판을 보고 통곡하기 좋은 곳이라 외친 연암 선생의 나이가 마흔다섯 살. 당시로는 노인이었겠다. 나도 나이가 드니 비로소 연암 선생의 그 마음이 이해되기 시작한다. 사람이 나이를 먹으면 망막의 결이 성겨지고 대강의 풍경들은 시각에 그럴듯하게 보이는 법이다. 울컥울컥 자주하는 것은 나이가 든 덕이라 하자.

사람이 늙으면 두 가지 안 하던 반응을 하기 시작한다. '욱' 하거나 '울컥'한다. '욱'하는 것은 늙어서 자기를 더 내세우고 자기에게 맞춰 주지 않는 세상을 향해 화를 내고 우격다짐하는 표시다. 노탐도 이와 다를 바 없다. '울컥'하는 것은 세상과 타자가 어느새 크게만 보여 자기가 작아지고 그래서 자기가 한꺼번에 와르르 무너질 때 나타나는 현상이다. 나는 '욱'하지 않고 '울컥' 하는 늙은이가 된 것에 진심으로 감사한다.

꽃가루 알레르기로 1년에 한 달만 향기와 악취를 분별하지 않는 내가, 여전히 촘촘한 망막으로 간혹 울컥하기만 하는 내가,

부디 1년 내내 언제나 세상의 냄새를 차별하지 않고 세상의 산을 다 큰 산이라며 감격하는 날이 오기를 소망한다. 에반처럼 이 세상 온갖 소리도 음악으로 듣다가 마무리하고 싶다. 향기와 악취를 넘어선 절대적 냄새, 초라함과 위대함의 분별을 넘어선 절대적 장관, 이 세상 소리들의 향연. 그 경지는 나에게 남아 있는 매 순간의 자각과 간단없는 반복 수행으로 가능해진다는 걸 안다. 비교 분별을 넘어서서 마냥 울컥울컥하며 절대적 감동을 이어갈 그날을 그린다.

영주 보살과 선묘 처녀

영주로 나가세요, 영주로 나가세요. 내비게이션 안내양의 목소리가 마법의 주문이 된다. 영주가 떠오른다. 영주는 친구의 여동생이고 스승의 딸이었다. 맑고 큰 눈을 가진 예쁜 영주는 말도 잘해 교내외 웅변대회를 석권했다. 수줍음 많은 나는 영주가 세일러칼라 하늘거리며 멀어져 가는 모습을 멍하니 바라보곤 했다. 영주는 우리 누추한 유년기의 빛나는 부분이었다. 영주로 나가세요, 영주로 나가세요. 주문은 유년의 풍경을 떠올린다. 결 고운 얇은 비단을 펼친 듯 낙동강 고요한 물결이 일렁인다. 금모래가 반짝인다.

이러다 내성천을 지난다. 내성천 중류 영주댐은 4대강 사업의 마지막 패착이었다. 1조 원이 넘는 돈으로 건설한 영주댐은 낙동강 수질이 악화되거나 용수가 부족할 때 물을 흘려보내 주기 위한 것이라고 둘러댔다. 고운 모래로 덮인 내성천은 낙동강에 맑은 물을 공급해 오고 있었다. 낙동강 모래의 반은 내성천 모래라고도 한다. 영주댐이 건설되면서 댐의 물이 먼저 썩었다. 영주댐이 낙동강까지 망가뜨렸다. 내성천 하류도 죽어 갔다. 모래 위에 풀이 자라며 습지화가 진행되고, 모래는 딱딱해졌다. 영주댐 철거가 가장 좋은 대책이고 그 전에라도 물과 모래가 흐를 수 있도록 배사문과 배수터널, 배수구를 뚫어야 한다.

영주 톨게이트를 나가면 영주 부석사 안내판이 맨 먼저 맞는다. 부석사 앞에는 영주가 붙고 영주 하면 부석사를 떠올린다. 고우 큰스님으로부터 들은 부석사 시절 이야기가 생생하다. 큰스님은 속세 나이 스물여섯 무렵 부석사에서 몇 철을 살았다. 큰스님은 무량수전 밑 용바위도 보았다. 당나라에서 의상대사를 모시고 온 용이라고 『송고승전』(宋高僧傳)에 적혀 있다.

당나라로 간 의상은 한 신도의 집에 머물렀다. 그 집에는 선묘라는 딸이 있었다. 그녀는 의상을 사모했지만 의상은 속세를 떠난 몸이어서 그녀를 받아들일 수 없었다. 선묘는 세세생생(世世生生) 스님께 귀의하여 스님이 필요로 하는 물건을 공양하겠다고 맹세했다. 의상은 10년 간 종남산에서 지엄 스님으로부터 화엄학(華嚴學)을 배우고 귀국길에 올랐다. 의상이 떠난다는 소문을 들은 선묘는 뒤쫓아 갔지만 배는 이미 출항했다. 선묘는 "내 몸이 변해서 큰 용이 되기를 비옵나이다. 저 배가 신라 땅까지 무사히 닿아 법을 전할 수 있기를 비옵나이다"라고 서원(誓

願)하며 바다에 몸을 던졌다. 용이 된 선묘는 의상이 탄 배를 호위하여 황해 만 리 길을 무사히 건넜다. 의상이 봉황산에 절을 지으려 하는데 그곳의 토착 무리들이 방해했다. 선묘는 바위가 되어 공중으로 떠올라 지붕 위에서 떨어질까 말까 하는 형상을 만들었다. 무리들이 놀라 도망쳤다. 그 덕에 절을 지을 수 있었다. 바위가 떴다 하여 부석사(浮石寺)라 이름 붙였다. 선묘는 석룡(石龍)이 되어 누웠다. 무량수전 아미타불 밑에 머리가 있고 석등 아래에 꼬리가 있다 한다.

그 부석사에서 몇 철을 살던 큰스님이 선묘각에서 선묘의 그림을 보았다. 선묘는 얇은 옷을 요염하게 입고 비스듬히 누워 있었다. 큰스님은 너무나 선명한 그 모습을 며칠이나 거듭 보았다. 얼마 뒤 가 보니 그림이 없어졌다. 절 사람들에게 물어보았다. 선묘각에 그런 그림은 처음부터 없었다고 했다.

사람들은 스물여섯 살 젊은 큰스님을 '선묘를 본 수좌'라 불렀다. 사람들이 선묘 이야기 들려 달라 하면 큰스님은 멋쩍은 표정을 지으시며 말문을 열고는 했다. 영주 부석사 가는 길을 바라보며 나는 선묘 그림을 물끄러미 바라보던 젊은 큰스님을 떠올린다. 의상대사를 사랑했던 선묘가 천 수백 년 뒤에 왜 우리 큰스님께 나타났을까. "선묘 처녀를 봤지요" 하며 관광객에게 이야기를 들려주는 젊은 큰스님 모습을 생각할 때마다 흐뭇한 웃음이 나온다. 의상대사의 근기를 꿰뚫어 본 선묘 처녀가 그 뒤를 이을 수행승을 발견하고 선묘각으로 불렀을까. 이런 생각에 기분이 좋아진다.

차가 영주 한복판을 가로지른다. 영주에 내릴 것도 아니면서 이렇게 읍내를 가로질러 가니 통행료라도 내야 할 것 같지만 우리 큰스님이 영주 보살에게 큰 도움을 주셨으니 그 제자는 통행료를 안 내도 될 것 같다. 큰스님이 반복해서 들려주신 영주 보살 이야기는 이렇다.

영주에 오십 대 보살이 식당을 경영하고 있지. 나들이 식당이라고. 그 보살은 처음에는 학생을 상대로 하는 조그마한 분식집을 했어. 어느 날 그 분식집에서 비빔국수 공양을 받고 보살을 도와주어야 할 것 같아 내가 보살에게 말했지.

"보살님, 식당을 하면서 도 닦는 법을 가르쳐 줄까요?"

"예? 식당을 하면서 어떻게 도를 닦습니까?"

"내가 시키는 대로만 하면 도를 닦을 수 있습니다. 시키는 대로 하겠습니까?"

"하겠습니다."

"보살님은 식당 문으로 들어오는 손님이 혹시 돈으로 보이지는 않습디까?"

"그렇게까지 생각은 안 해도 비슷한 마음으로 손님을 대합니다."

"만일 도인이 식당을 한다면 손님을 무엇으로 볼까요?"

"모르겠습니다."

"손님을 은인으로 볼 것입니다. 이해가 가십니까?"

"예?"

"그렇지 않습니까? 그 손님들 덕분에 먹고 살았지요.

아이들 공부시켰지요. 은인 아닙니까?"

그러자 보살은 금방 이해를 하였지.

"아! 그렇겠네요. 손님이 은인이네요."

"진짜 그런 생각이 듭니까?"

"예."

"그럼 지금부터 손님이 은인이라 생각하면서 식당을
운영해 보십시오. 그 마음 변치 않고 식당을 하면 그것이 곧
도 닦는 것입니다."

그로부터 한 달쯤 뒤, 보살이 환해진 얼굴로 찾아왔지.

"스님, 장사가 너무 잘됩니다. 왜 이렇게 잘되는지
모르겠습니다."

그리고 2년이나 지났을까. 그 분식집은 종업원 15명이 바삐
움직이는 큰 식당이 되었지.

금봉암을 품은 문수산이 저 앞에 나타난다. 위대한 품이다.
또 울컥한다. 드넓은 사과밭에 빨락종이들이 반짝인다. 사과 엉
덩이에까지 햇살을 비춰 준다.

스승 보조국사를 뵈러 갈 때 제자 혜심은 천 리 밖에서도 스
승의 음성을 듣고 차향을 맡았다. 우둔한 나는 스승의 목소리를
듣지 못하고 차 향기도 맡지 못한다. 대신 우웅 우웅, 개 짖는 소
리는 듣는다. 금돌이 소리다.

금돌이

리트리버종인 금돌이는 맏형의 풍모와 품성을 지녔다. 봄집이 사자처럼 크지만 인자하고 순하다. 재빠르고 약삭빠른 진돗개 진돌이는 뒤늦게 입양된 탓인지 시샘이 많다. 큰스님은 금돌이를 지극히 아낀다. 얼마나 아꼈으면 큰스님이 가장 좋아하는 '금' 자를 주었을까. 큰스님이 쓰는 '금' 자는 부처님의 최고 가르침인 '중도'를 뜻한다. 큰스님이 외출했다 돌아올 때면 금돌이가 좋아하는 단팥빵을 꼭 사온다. 금돌이도 큰스님 뜻을 잘 알고 챙긴다. 상좌들까지 떠나간 금봉암에서 금돌이가 유일한 효자다. 금돌이만은 큰스님 곁을 지킨다.

진돌이는 이리저리 쏘다닌다. 아무 해코지도 하지 않는 쥐를 희롱하고 아랫동네 닭을 잡아 죽이기도 한다. 형을 이끌고 뒷산 앞산 마구 다닌다. 금돌이는 소리 없이 따라가 준다.

어느 날 둘이 사라졌다가 땅거미 질 무렵 진돌이만 돌아왔다. 금돌이는 사흘이 지나도 돌아오지 않았다.

"이놈, 너 형 데리고 어디까지 갔더노? 가 보자 가 봐!"

큰스님이 추궁했다. 뒷산에 풀어놓으니 그렇게도 혼자 잘 쏘다니던 녀석이 이번에는 큰스님 뒤만 따라다닌다. 큰스님은 온 산을 헤매며 금돌이를 불렀다. 산 너머 축서사(鷲棲寺) 뒷산까지 갔다. 그곳에 금돌이가 있었다. 금돌이는 덫에 걸린 채 나흘 동안 사경을 헤매고 있었다. 올가미가 목과 배, 허리를 파고들었다. 대수술을 두 번이나 받았다. 진돌이가 형을 덫에 걸리게 해

놓고 자기만 돌아온 것이다.

진돌이가 사태를 직감했다. 자기 마음이 큰스님에게 읽힌 것도 알았다. 큰스님께 큰 죄를 지었다. 축서사에서 돌아온 다음 날 아침 큰스님이 문을 열어 보니 문 앞에 죽은 노루 한 마리가 놓여 있었다. 진돌이가 잡아 놓은 것이다. 큰스님께 사죄의 선물을 바친 것이다.

진돌이는 완전 헛짚었다. 큰스님이 어찌 살생을 허락하겠나. 큰스님이 빗자루로 진돌이를 열 대 때렸다. 진돌이 심성을 고칠 수 있을까. 시샘과 살생을 일삼는 진돌이를 어찌 절에 살게 할 수 있을까. 적당한 때에 진돌이를 내보내야 할 텐데 마음이 무척 쓰인다. 그래도 진돌이가 애처롭다. 형과 비교되는 자신의 처지가 비참했을 터이고, 스님의 관심을 끌기 위해 나름대로 안간힘을 다 썼을 터이다. 사랑하고 사랑받는 법은 참 어렵다. 진돌이에게는 더욱 그랬을 것이다. 진돌이는 어디론가 보내졌다. 어디서든 진돌이가 마음 편히 살 수 있기를 기도한다.

금돌이는 사경을 헤맨 나흘 동안 삶과 죽음에 대해 집중적으로 성찰했을 것이다. 금돌이 나이가 열 살이니 사람이면 육십이 넘었다. 공부할 수 있는 날도 얼마 남지 않았다. 두 번의 큰 수술을 받고 푹 팬 살점도 돋아나 운신이 가능해진 날, 금돌이가 큰스님이 법문하는 법당으로 들어왔다. 범절을 아는 금돌이가 지금껏 그런 행동을 한 적은 없었다. 100명이 넘는 신도들이 자기를 응시해도 그냥 엎드려 있었다. 그것도 큰스님과 부처님 바로 정면이다. 금돌이는 한동안 심각한 표정으로 큰스님 법문을 듣고 나갔다.

그 뒤로 금돌이가 맥을 놓는 날들이 찾아왔다. 차 소리를 알아듣고 반갑게 맞이해 주던 금돌이가 가끔 법당 처마 밑에 엎드려 쳐다보지도 않는다. 죽음의 고통에 대해 답을 찾지 못하고 살아가는 즐거움을 느끼지 못하는 우울증을 앓기 시작한 걸까. 중증은 아니지만 가끔 찾아오는 우울증이 금돌이를 힘들게 함을 통감한다.

어느 날 나는 금봉암에서 자게 되었다. 그날 바람이 거세어 온갖 소리가 일어났다. 금돌이는 밤새 잠자지 않고 짖었다. 사방팔방으로 자리를 옮겨 가며 노심초사 짖었다. 가까이서 먼 쪽으로, 멀리에서 가까운 쪽으로 짖었다. 늑대 울음소리 같기도 하고 사자후 같기도 했다. 인자한 모습과 달리 소리는 매우 위엄이 있어 위력이 느껴졌다. 나는 금돌이 짖는 소리에 한숨도 자지 못했다. 그러면서 한밤 내내 금돌이가 얼마나 치열하게 금봉암을 지키고 있는지 알게 되었다. 10리 밖 살쾡이 멧돼지 소리까지 듣고 위엄 있는 목소리를 날려 접근을 막았다. 축서사 뒷산에서 덫에 걸렸을 때 자기를 물어뜯으려고 으르렁댔던 뭇 짐승들을 떠올리며 더 세게 짖었다.

다음 날 낮 내내 금돌이는 맥을 못 추었다. 야간 경계 근무한 날은 이렇게 예의를 차리지도 못할 정도로 녹초가 된다. 아무도 보아 주지 않는 깊은 밤, 자기 본분에 최선을 다하는 금돌이. 그에게 불성이 있는가.

금돌이와 진돌이가 살아가는 모습을 보고 확인한다. 사람이든 짐승이든 타고난 피와 심성에서 나온 성향을 바꾸기가 쉽지 않다는 것을 확인한다. 자기 업으로 만들어진 이생의 터전이 금방 달라지지 않는다는 것은 철칙인 듯하다. 그것을 바꾸기 위해 우리는 또 얼마나 간절하고 지난한 몸부림을 쳐야 할까.

어떤 승려가 조주에게 물었다.
"개에게도 불성이 있습니까?"
조주가 답했다. "유."(有)
어떤 승려가 물었다. "불성이 있다면 뭣 때문에 이 육신 가죽자루 속으로 들어왔습니까?"
조주가 답했다. "저 개가 알면서도 일부러 범했느니라."
또 어떤 승려가 조주에게 물었다.
"개에게도 불성이 있습니까?"
조주가 답했다. "무."(無)
어떤 승려가 물었다. "뭇 중생이 모두 불성이 있는데 저 개는 왜 불성이 없습니까?"
조주가 답했다. "저 개는 업식(業識)이 있기 때문이니라."

—『종경록』 제18칙

유명한 무(無) 자 화두다. 조주 스님은 개에게 불성이 있다 했다가도 없다고도 했다. 보통 '무 자 화두'는 뒷부분만을 딴다. 부처님이『열반경』에서 "일체 중생이 모두 불성이 있다"(一切衆生 悉有佛性)라고 했기에 개에게도 분명 불성이 있을 텐데, 조주 스님은 왜 불성이 없다고 했을까. 금돌이와 진돌이, 둘 다 개인가, 금돌이가 개이고 진돌이는 개 아닌가, 진돌이가 개이고 금돌이는 개 아닌가.

있다는 것은 뭐고 없다는 것은 뭔가. 조주 스님이 '있다'거나 '없다'고 한 것은 있고 없는 상대적 분별에서 나온 '있다'거나 '없다'가 아니다. 불성이라는 것도 『열반경』 문자에서 도둑질해 온 것이 아니다. 도대체 언어와 분별심을 넘어선 불성의 유무는 어떻게 포착되는가. 개가 업식 때문에 불성이 없다고 한 조주의 말은 속임수란 것을 명심해야 한다. 금돌이가 선업을 쌓고 진돌이는 악업을 쌓았기에 금돌이에게 불성이 있다 하고 진돌이에게 불성이 없다 하면 만사가 도루묵이 되어 버린다. 금돌이는 진돌이가 아니고 진돌이도 금돌이가 아니다. 그래도 금돌이와 진돌이를 함께 가리키면서 다시 묻는다.

"개에게도 불성이 있습니까?"

이 물음은 더 생생하게 나를 향해 들린다.

"너에게도 불성이 있는가?"

산호 가지마다 영롱한 달빛

큰스님이 제자를 반갑게 맞이하신다. 『벽암록』은 꺼내 놓지도 않았다. 『벽암록』 강론 대신 유년 시절과 소년 시절의 이야기를 들려준다. 이야기는 어머니로 귀결된다. 어머니가 만들어 주신 체질을 환기한다. 태양 체질인 큰스님은 내가 소음 체질인 줄 금방 알아본다. 태양 체질은 말이 많고 화를 잘 내지만 소음 체질은 말이 없고 가라앉아 있다. 내가 말없이 조용히 있으니 뭘 아는지 모르는지 모르겠다고 웃으신다.

큰스님 댁은 대구 보현사에서 향교 쪽으로 가는 길 언덕에 있었다. 큰스님 댁 셰퍼드는 동네 개들을 다 제압했다. 이웃 중국 집 주인 남자는 자기 집 개가 큰스님 셰퍼드에게 지는 것을 참을 수 없었다. 더 큰 개를 사들여서 도전장을 냈다. 개들의 싸움에서는 목과 귀가 승부처다. 넘어지면 상대 개가 곧바로 목이나 귀를 물어 피를 나게 하고 그러면 싸움이 끝난다. 중국집 남자의 큰 개가 나타나자 큰스님 셰퍼드는 움찔 놀랐지만 전광석화처럼 그 가랑이 사이로 들어가 목을 물어 절명의 위기에 빠뜨렸다.

이렇게 영민한 셰퍼드는 큰스님 소년 시절에서 또 다른 중심 자리를 차지한다. 큰스님 집 담벼락에는 연탄재가 높이 쌓여 있었는데 셰퍼드는 그 연탄재 망루에 올라가 집을 지켰다. 큰스님의 큰형님은 부모의 장점만을 닮아 머리가 좋고 미남으로 좌익 활동가였다. 백골단이 큰형님을 체포하려고 들이닥쳤지만 큰형님은 극적으로 탈출했다. 연탄재 언덕에 올라서 망을 보던 셰퍼드가 세차게 짖어 백골단의 접근을 지연시켜 준 덕이었다. 큰스님 열두 살 때였다. 큰형님을 다시는 만나지 못했다. 큰스님 이십 대에 어머니가 돌아가고 누님이 살림을 도맡았다. 참 순하고 자상한 분이어서 어머니보다 더 어머니 같았다. 큰스님은 그런 누님을 고생하게 만들었다고 미안해했다. 큰스님은 둘째 형을 무척 좋아해 따랐다지만 그분에 대해서는 말씀을 아꼈다. 두만 강 가에서 둘째 형님을 생각했다고 하신 걸 보면 그분은 북한에서 사는 것 같았다. 큰스님의 유년과 출가에 이념 갈등과 민족 분

단의 슬픈 그림자가 드리워져 있다.

어릴 때부터 큰스님은 애살이 많았고 경쟁심이 강했다. 남이 말을 하면 "안 돼!"라고 일단 부정부터 하였고 부정적 태도 때문에 폐병까지 걸렸다고 말씀한다. 이런 성격이 어머니에게서 비롯한 것임을 요즘 새삼 확인하신다.

큰스님의 어머니는 남에게 지는 것을 못 참았다. 아버지에게도 지지 않았다. 외할아버지는 일제 치하에서 면장 노릇을 했다. 외삼촌은 일본으로 가서 독립운동을 했지만 돌아오지 못했다. 큰스님의 어머니는 외삼촌과 아버지를 비교하면서 아버지의 분발을 촉구했다. 어머니는 자식과 관련해서도 그랬다. 잘난 장남을 내세워 다른 자식과 비교했다. 열등한 자식들을 분발시키기 위해서였을 것이다.

큰스님은 자식을 격려하는 어머니의 이런 방식이 어디서 비롯된 것인가 알았다. 정의롭고 똑똑했던 친정 오빠들을 몰락시킨 세상에 대한 분노에서였을 것이다. 자기 자식만은 그렇게 버려지지 않았으면 하는 소원에서였을 것이다. 그러니 어머니에 대한 연민의 마음이 일어났다.

큰스님은 출가 직후 공부 과정에 대해서도 말씀해 주셨다. 유명 스님들의 비화도 들려주었다. 스님 사회에 대한 고백이요 반성으로 들렸다.

특히 스물일곱 살 때 만난 은사 스님 이야기를 잊을 수 없다. 그 스님은 참선 수행 끝에 견성했다고 스스로 말했다. 그 경험을 바탕으로 하여 경전을 가르쳤다. 큰스님은 가장 중요한 경전을 그 스님으로부터 배웠다.

그 스님은 노년에 젊은 여인과 부부가 되었다. 여인의 남편은 공산주의 운동을 하다가 체포되어 무기징역형을 살고 있었다. 여인은 절에 몸을 의탁했고 스님의 아이를 잉태하게 되었다. 스승이 곤경에 빠질 것이라 걱정한 상좌는 여인이 낳은 아이가 자기 자식이라고 말하고 키워 주겠다고 말씀드린다. 그 스님은 거절했다. 어떤 비난과 책임도 자기가 다 감당하고 세상을 향해 거짓말은 하지 않겠다는 뜻이었다. 그 스님은 결국 환속했다.

승가의 관점에서 보면 그 은사 스님은 문제가 많다 하겠지만, 큰스님은 수행의 길에서 그분을 만난 것을 큰 행운이라고 말씀하신다. 그분은 참선의 경험을 바탕에 두고 경전을 해석했기에 부처님 가르침에 가장 가까이 다가가 있었다. 그분은 큰스님이 중도(中道) 연기(緣起)로 『금강경』을 해석할 수 있는 근거도 마련해 주었다. 화두 참선을 할 때 화두가 잘 안 들리면 경전을 읽어 정견(正見)을 가지라는 조언도 주었는데 이 조언은 큰스님이 우리에게 언제나 해 주시는 것이기도 하다.

『벽암록』 공부하러 간 제자에게 큰스님은 당신의 유년과 출가 공부에 대해서만 말씀하신다. 큰스님은 가혹할 정도로 철저히 자신을 되돌아본다. 당신이 겪은 어떤 상황과 국면에 대해서도 정직하게 관찰하고 솔직하게 고백한다. 나는 그것이 큰스님의 곧은 마음에서 나온 것임을 믿는다. 지금까지 그 어떤 스님에게서도 이런 진솔한 고백을 만나지 못했다. 세속 제자에게 보여 준 큰스님의 생생하고 엄격한 자기 고백에서 크나큰 자비심을 감지한다.

경쟁심과 승부욕, 타인 부정의 분노와 자기 파괴의 폐병. 큰스님 세속 삶을 관통하는 이런 기질은 어머니에서 비롯되었고 그래서 결코 쉽게 달라지지 않았다. 이런 발견이 수행자를 실망시킬 것 같기도 하다. 그러나 큰스님의 이야기를 듣고 있노라면 결국 그 모든 것은 본질이 아니고 현상이며, 그 현상이 우리의 착각에서 비롯한 환(幻)임을 깨닫게 된다. 착각을 내려 두는 데는 수행과 공부 외에 다른 길은 없다. 남과 비교하여 이기려고 경쟁하고 마음대로 되지 않으면 분노하는 어머니, 그 어머니를 그대로 닮은 큰스님이 부처님을 만나 중도와 무아를 터득하면서 무심도인(無心道人)이 되고 행복하게 되었다. 처음부터 도인이었던 것처럼 행세하는 분도 있지만 큰스님은 당신의 인생 역정을 있는 그대로 담담하게 보여 주신다. 안타깝고 부끄러운 당신의 경험조차 제자로 하여금 견주어 보게 하고 당신의 한계를 사다리 삼아 제자가 타고 오르게 하신 것에서 자비로운 살신성인을 본다.

큰스님의 옛 이야기로 날이 저문다. 『벽암록』 마지막 100칙은 '파릉의 취모검'(巴陵吹毛劍)이다. 마지막에 편찬자 원오극근이 말한다.

마주해서 한 말에 사심이 없으니 시종 단 한마디도 말하지 않았도다. 어떤 이가, "하안거 한여름 동안 저희를 위하여 가르침을 내렸거늘 왜 말한 바가 없다고 하십니까"라고 묻는다면 나는 이렇게 말해 주겠다.
"그대가 깨달으면 그때 말해 주리라."

원오극근은 하안거 90일 동안 『벽암록』을 강의하고 『벽암록』, '평창'(評唱)에다 수많은 말을 쏟아부었다. 그런 그가 "나는 단 한마디도 말하지 않았도다"라고 했다. 왜 그런가 따지니 그대가 직접 깨닫게 되면 자기 말의 참뜻을 알게 될 것이라는 암시를 주었다.

큰스님은 『벽암록』을 한 칙도 가르쳐 주지 않고 엉뚱한 이야기만 했다. 앞으로도 계속 그러실 것이다. 큰스님이 엉뚱한 이야기만 하신 것은 『벽암록』에 대해 침묵하기 위해서일지도 모르겠다. 그렇다면 우리 큰스님은 원오극근보다 더 철두철미하다. 다만 우리가 깨달아야만 그 다변(多辯)과 침묵이 같아질 것이다.

'본칙'(本則)에서 어떤 스님이 파릉(巴陵)에게 묻는다.

"어떤 것이 취모검(吹毛劍)입니까?"

파릉은 호감(顥鑒) 화상을 지칭한다. 취모검은 털 한 오라기를 그 칼날 위에 올려도 그대로 잘리는 예리한 칼이다. 사람마다 다 갖추고 있다는 반야의 지혜를 상징한다. 파릉 화상이 답한다.

"산호 가지마다 달빛을 받아 빛나네."

깊어서 어두운 바다 밑 세상, 산호 가지 덕에 환했다. 산호 가지 홀로 고고하게 빛을 내는 줄 알았는데 그윽한 달빛을 만나 비로소 빛이 났다. 달빛 영롱한 산호 가지. 산호 가지마다 영롱한 달빛. 우리 취모검의 형상이면서도 명백한 본질이다.

어두운 길 길잡이

어둠 세상이 되었다. 올 때 보았던 모습은 없다. 큰 차 작은 차, 새 차 오래된 차의 분별은 사라지고 두 개의 빨간 불빛으로만 나타난다. 빨간 불빛은 앞서거니 뒤서거니 스스로의 존재를 드러낸다.

한낮 벽암 산수의 모습이 저 어둠 속에 묻혀 있는 게 맞을까. 그 모습이 진짜고 어둠의 장막이 그것을 가리고 있다는 것이 정말일까. 어둠 속 불빛의 명멸로만 펼쳐지는 이 밤의 모습은 해가 뜨자마자 사라질 불안정한 것인가. 아니, 내일 아침 해가 떠서 이 밤 모습 위에 푸른빛, 노란빛, 주황빛, 초록빛을 덧칠하여 현란하게 조작해 낸 것이 한낮의 풍경 아닌가. 장자와 나비가 진짜를 다투듯 낮과 밤의 고속도로 풍경도 진짜를 다투는 것 아닌가.

낮의 모습이 진짜고 밤의 모습은 어둠 때문에 잠시 만들어진 것이라 생각했지만 『벽암록』 공부하고 돌아오는 나의 눈에는 그렇게 보이지 않는다. 세상을 진짜와 가짜로만 낙인찍는 진망론(眞妄論)이 진실을 정확히 설명할 수 있는 것이 아니라고 떠들었으면서도 여전히 감각의 습관을 버리지 못했다. 부처님이 『능엄경』에서 고구정녕 가르쳐 주셨다. 눈이 없어도 보는 것〔見〕은 있다. 밖의 빛에 의지하지 않고 스스로 빛을 내어 세상을 보면 세상이 나를 어두워지게 하지 못하리라 했다. 이제 나를 현혹시키던 그 진망론일랑 과감히 떨쳐내 버리고 당당하게 나아갈 것이다.

벽암록 공부하러 가는 길 : 중앙고속도로·봉화 금봉암 2017

어둠 속을 달려가는 빨간 불빛의 속도는 참 다양하다. 빨리 간다고 멀리 가는 것이 아니고 느리게 간다고 멀리 못 가는 것도 아니다. 빠르고 느리다는 것도 착각일 수 있다.

하늘의 별을 볼 수 없을 정도로 어두워진 밤눈이다. 분명 하얗게 그려져 있을 차선을 알아보기 어렵다. 저 멀리서 오른쪽으로 돌지 왼쪽으로 돌지 아니면 곧바로 갈지 예상할 수가 없다. 앞서가는 빨간 불빛을 놓치지 않고 따라가야 한다.

너무 빠른 차를 따라가면 곤두박질칠 것 같아 위태하다. 나를 내팽개치고 달려가는 뒷모습이 야속하다. 너무 느린 차를 따라가면 고달프고 졸린다. 내가 그를 내팽개쳐서 미안하다. 내 속도로 앞서가는 차를 만나야 한다. 그런 차를 만나기 쉽지 않지만 언젠가는 만난다. 그 차를 만나면 나는 내 속도로 편안하게 따라가기만 하면 된다.

300번을 달려온 이 밤길을 인도해 준 수많은 빨간 불빛의 은혜를 잊지 않는다. 언젠가 나도 생생한 눈을 갖게 되면 내 속도로 달리는 다른 차를 인도하는 길잡이가 되어 보답해야지.

그러나 나는 어떤 속도로 달렸던가. 내 속도란 것은 무엇인가. 내 속도가 고정되어 있는 줄 알았는데 곰곰이 따져 보니 나의 속도란 것은 없었다. 나는 매순간 속도를 달리 했다. 큰 차도 작은 차도, 새 차도 오래된 차도 언제나 자기 마음대로 속도를 바꾸었다. 모두들 제 속도를 갖고 달린다는 것은 내 눈과 몸에서 비롯한 착각이었다. 속도로만 존재하는 밤의 고속도로는 평등한 자유자재 자체였다.

내 속도보다 빨리 달려 야속하게만 보이던 차도, 내 속도보다 느려 나를 답답하게 만들던 차도, 내 속도에 맞춰 달리던 차도 모두 나의 인도자요 스승이었다.

이 세상 어디 내 스승 아닌 존재가 없다. 눈 뜬 장님인 나를 인도해 주는 은인과 스승이 가득한 세상. 다음 생에 눈 밝은 이로 태어나 그 은덕을 갚아야 한다. 어두운 세상 앞 못 보는 분들의 길잡이가 되는 날을 기다린다.

무문관

홍천 행복공장 2018

행복공장

행복공장은 1.5평 독방을 여러 개 갖추었다. 신념, 집착, 습관, 의무, 돈 등을 '내 안의 감옥'으로 보고 거기에서 나와 자유로워지기 위해 감옥과 같은 독방으로 들어간다. 기막힌 역설이다. "사람이 행복하지 않은 이유는 작은 방에 혼자 머무는 법을 모르기 때문이다"라는 파스칼의 말을 내걸며 '작은 방에서 나를 만나는 것만으로도 행복해지고, 그만큼 세상도 밝아질 것'이라고 확언한다.

'금강 스님의 무문관(無門關)'은 불교 무문관 수행 전통을 여기에 재현한다. 스님에 의해 감옥은 불교 수행장이 된다. 밖에서 철문을 잠가 버리고 밥만 넣어 준다. 밖으로 연결될 수 있는 것은 아무 것도 가지고 들어가지 못한다. 오직 화두 수행만으로 그 시간을 버텨야 한다.

며느리고개 터널

어느 날 아파트 엘리베이터를 탔는데 할머니 한 분이 타고 있었다. 할머니는 나를 물끄러미 바라보다가 "경로당에 올 때가 다되어 가지요?" 했다. 그 말에 나는 멍해졌다. 내 생각은 빠르게 과장되어 갔다. 내가 세상을 마무리할 때가 다가왔다는 망상이 강렬해졌다. 그날 화두가 더 간절하게 들렸다.

　　이 송장 끌고 다니는 이 뭐꼬?

　　큰스님이 주신 화두다. 고봉원묘 스님을 스물네 살 때 첫 번째로 깨닫게 해 준 화두다. 나는 온갖 망상으로 헐떡이며 살아오면서도 이 화두를 들어 왔다. 이 무렵 무문관 소식을 접했다. 결심하는 데 오랜 시간이 걸리지 않았다.
　　다만 연락이 두절된다니 걱정이었다. 내가 여기에 벌려 놓은 일이 적지 않았다. 내가 없어도 이곳은 잘 돌아갈까. 대학 관계자에게, 학회 총무에게 당분간 연락 안 될 거라고 연락해 주었다. 이생과 이별을 떠올리고는 내가 없어도 이 세상은 차질 없이 꾸려질까 걱정했다. 미국에 있는 아들과는 출발할 때까지 통화하지 못했다.
　　홍천까지 차를 몰고 가기로 했다. 이번에도 중앙고속도로다. 군위 위천 가 문수 스님, 인자한 산수의 안동 사람들, 오경 스님, 봉화 고우 큰스님께서 격려를 보내 주시는 것 같았다. 낯익은 산천도 손을 흔들어 준다.

홍천은 생각보다 북쪽으로 더 멀리 있었다. 거의 다 왔을 것 같은데 산이 앞을 막는다. 터널 이마에 '며느리고개 터널'이란 표지판이 붙어 있다. 장자못 전설의 그 며느리일 게다. 고약한 시아버지는 탁발하러 온 스님의 바랑에 똥을 넣는다. 며느리는 스님께 용서를 빌고 다시 쌀을 바랑에 넣어 드린다. 스님은 아무 날 아무 시에 큰 비가 내릴 것이니 그때 아이를 업고 뒷동산으로 피신하라 일러 준다. 어떤 상황에서도 절대 뒤를 돌아보지 말라는 금기와 함께. 과연 그날이 되자 천둥 번개가 쳤고 억수 같은 비가 내렸다. 며느리는 아이를 업고 뒷동산으로 내달렸다. 쾅, 다시 번개가 쳤다. 또 쳤다. 그 순간 며느리가 뒤를 돌아본다. 며느리에게 벼락이 내리친다. 며느리는 아이 업은 모양의 돌이 된다.

며느리는 왜 뒤를 돌아보았나. 그 이유에 대해서는 해석이 많다. 며느리는 애욕 세상을 등지고 신성(神聖) 세상을 향하다 애욕 세상에 대한 미련을 떨치지 못해 돌아보았다는 해석에 오늘따라 호감이 간다. 시아버지 걱정도 했을 테다. 그 때문에 며느리는 신성 세상으로 가지 못하고 애욕 세상으로 돌아가지도 못하고 그 자리에서 돌이 되었다. 세속 인간이 신성 세상으로 온전히 들어가기는 너무나 힘든 일이다. 지금 바로 그 경계를 건너간다. 나는 며느리보다 더 어려운 과업을 수행하고 있는지도 모르겠다. 화두 깨치는 것은 며느리가 뒤돌아보지 않는 것보다 더 어려운 일이다.

눈 덮인 들판 걸을 때

죄수복 같은 수련복을 입고 강당에 모였다. 다들 아주 간단히 자기소개를 했다. 자기를 드러내지 않음으로써 남들에게 스스로를 드러내는 부담을 주지 않으려는 배려 같았다. 세속 경력이 아니라 수행 경력을 말했다. 핸드폰을 유리통 속에 넣었다. 7일 동안 세상과 완전히 단절될 것이다.

독방에 갇히기 전 바깥 공기를 마음껏 마셔 두자며 산책을 나섰다. 까악 깍 까마귀들이 날았다. 흉한 징조가 떠올랐다. 징조라는 것은 사람이 만들어 붙인 것인데도 '이게 뭐지?' 했다. 미국에서는 까마귀가 길조고 까치가 흉조로 통했다. 그걸 보고 동식물에 부여된 의미라는 게 덧없음을 절감했다. 세상을 있는 그대로 보고 받아들이지 못하는 것은 분별심과 망상 탓이니 그걸 제거하라, 이렇게 주문하지만 있는 세상에서 사람이 덧붙인 의미를 걷어 내면 세상은 싱거워질 것이다. 의미를 벗겨 내면 싱거워지고 의미를 덧씌우면 진실로부터 멀어진다. 시시각각 사실과 의미 사이에서 긴장을 유지하는 것. 그것이 또 다른 화두가 될 것이다.

우리는 한 줄로 서서 스님을 따랐다. 들판은 눈으로 덮여 있었다. 스님이 뽀드득 뽀드득 소리 내면 우리도 같은 소리를 냈다. 스님이 정성들여 발을 옮겼고 우리는 정확하게 그 발자국을 디뎠다. 얼어 있는 강으로 들어갔다. 강도 눈으로 덮여 있었다. 우리는 여전히 한 줄을 만들었다. 눈 들판이 이어졌다. 그 아래 빙

무문관 : 홍천 행복공장 2018

판, 빙판 아래 물이 갇혔다. 갇혔던 물은 보에서 낮은 곳으로 흘러내렸다. 졸졸 물소리가 났다. 눈 들판은 빙판이 시작되는 곳에서 끝났고 빙판 끄트머리에 물웅덩이가 있었다. 차가운 물이 찰랑거렸다. 눈 들판과 물웅덩이라는 양 극단 사이에 놓인 빙판은 완충의 자리였지만 가장 미끄러웠다. 스님이 미끄럼 타는 시늉을 하다가 꽈당 넘어졌다. 우리는 엇! 소리 내며 줄을 이탈하고 흩어졌다. 보 아래로 물 떨어지는 소리가 더 크게 들려왔다.

눈 덮인 들판 걸어갈 제, 아무렇게나 걷지 말라
오늘 내가 남긴 발자국, 뒷사람의 길이 되리니
踏雪野中去　不須湖亂行
今日我行跡　遂作後人程

서산대사의 선시(禪詩)로 알려져 있지만 이 시는 임연당(臨淵堂) 이양연(李亮淵, 1771~1853)의 작품이다. 눈 덮인 들판으로 맨 먼저 걸어가는 사람은 길을 흩트리지 말아야 한다. 뒤따라오는 사람을 혼란에 빠지지 않게 하기 위해서다. 다시 생각했다. 앞선 사람의 고집스런 걸음걸이가 뒤따르는 사람을 위태로운 구렁텅이로 빠지게 하는 경우가 얼마나 많은가. 나도 그랬을 거다. 올곧은 체하며 적잖은 젊은이들을 차가운 구렁텅이로 떨어지게 했을 것이다. 두렵고 미안하다.

스스로 빙판에 넘어져 눈 덮인 들판 한 줄 길을 흩트려 버리는 스님. 스님 덕에 우리는 얼음물 구덩이로 빠지지 않았다. 날은 저물어 오는데 까마귀 떼는 여전히 하늘을 선회하고 있었다.

독방에 갇히다

검은색 행복공장 건물은 어두워지니 더 검게 보였다. 하늘을 선회하던 까마귀들이 포개 앉은 것 같았다. 건물 전체가 거대한 한마리 까마귀 같기도 했다. 내 방은 212호. 들어가니 방 안은 온통하얀색이다. 선인들은 겉이 검고 속은 흰 까마귀를 두고 온갖 의미를 부여했다. 비유를 그만 두고 보이는 현실에만 충실키로 했다. 건물 밖 검은 세상이 감옥이고 갇힌 하얀 방 안이 해방 공간이라는 주장을 일단 받아들이기로 했다.

방은 세로가 긴 직사각형이었다. 철문을 들어서자 오른쪽에 좌변기가 있었다. 좌변기 뒤쪽 벽에 A4 용지 크기의 세면대가 있었다. 양치질 하고 얼굴에 물을 문지를 수 있을 정도다. 찻물 공급이 주용도임을 뒤에 알았다. 창문은 천장에서 시작하여 길게 드리워져 있었다. 여섯 단의 플라스틱 서랍장과 앉은뱅이책상이 창가에 있었다. 책상은 밥상을 겸했다.

서랍장과 앉은뱅이책상을 세면대 쪽으로 밀치고 창 아래에는 스님이 주신 미황사 괘불 사진을 모셨다. 창문으로 서산이 한눈에 들어왔다. 중턱에 무덤이 있었는데, 주위 상록수들은 상두꾼의 수염 같았다. 산기슭 나머지 부분에는 앙상한 나목들이 우두커니 서 있었다. 눈 덮인 마당이 내려다보였다. 방도 마당도 하얬다.

요를 몇 겹으로 접어 앉을 자리의 높이를 조절했다. 다리가 짧아 엉덩이를 조금 더 높게 해야 오래 앉을 수 있다. 방석이 너

무문관: 홍천 행복공장 2018

무 높으면 반가부좌한 무릎이 끊어질 듯 아프고, 너무 낮으면 뒤로 넘어진다. 편한 높이를 만들었다. 무문관 수행에서 가장 중요한 기초공사를 마쳤다.

　오후 6시 30분에 첫 수행을 시작했다. 화두가 생생해지려는데 '철컥' 하는 소리가 뒤통수를 내리쳤다. 밖에서 철문 잠그는 소리였다. 이제 나는 감금되어 내 뜻대로 나갈 수 없다. 숨이 가빠지는 듯했다. 이러다 심장마비라도 오면 어쩌지 하는 번뇌가 일어났다가 금방 사라졌다. 화두를 다시 들었다.

　어느새 완전 고립된 처지가 편안하고 자연스러워졌다. 타인의 시선을 의식하지 않아도 된다. 타인을 위해 내가 해야 할 일도 할 수 있는 일도 없다. 세상일은 내가 하지 않아도 되고 내가 할 수도 없다. 나는 배고프면 밥 먹고 잠 오면 잠자고 목마르면 물 마시고 배설하고프면 배설할 것이다. 완벽한 고립은 완벽한 행복의 조건이 되었다. 나는 7일간의 시간을 완전한 나의 시간으로 꾸려 나갈 수 있을 것 같았다.

　차임벨이 여덟 번 울렸다. 금방 한 시간 30분이 흘렀다. 벨소리에 깜짝 놀라 화두를 놓았다. 주위를 돌아보았다. 아무 것도 없었지만 있을 것은 다 있었다. 나도 모르게 빙그레 웃었다.

　좌변기로 가서 오줌을 누었다. 첫 번째 배설이다. 기온이 약간 낮은 것 같아 보일러 온도를 높였다. 전기 포트는 수돗물을 금방 끓여 주었다. 황차 맛이 그럴듯했다. 몸이 따뜻해졌다. 흰 블라인드를 내렸다. 완벽히 하얗게 되었다. 집중이 더욱 잘되었다.

　8시 20분에 다시 앉았다. 또 금방 차임벨이 아홉 번 울렸다. 깜짝 놀라며 화두를 놓았다. 옆방에서 물소리가 났다. 거슬렸다.

곧 내 방에서 나는 소리도 옆방에 그렇게 거슬리게 들릴 것이라 여겼다. 기침 소리가 들렸다. 거슬렸다. 곧 내 기침 소리도 옆방에 그렇게 거슬리게 들릴 것이라 여겼다. 9시 10분에 다시 화두를 들었다. 금방 차임벨이 열 번 울렸다. 화두를 놓았다. 첫날이어선지 일찍 정신이 흐려졌다. 밤 10시에 수행을 마무리하기로 했다. 저녁 식사 후 도합 세 시간 이상 화두 참선을 수행했다.

그로부터 한 시간 동안 『원각경』 「위덕자재」(威德自在) 장을 읽었다. 참선 수행의 세 방식인 사마타(奢摩他), 삼마발제(三摩鉢提), 선나(禪那)에 대한 가르침이 지극했다. 세 가지 수행법의 결합과 화두 참선이 연결되는 자리를 이리저리 탐구했다.

그리고 누웠다. 철문을 살폈다. 아래쪽에 서류 봉투만 한 작은 문이 바깥바람에 약간씩 흔들리고 있었다. 배식구였다. 내일부터 저기로 밥이 들어올 것이다. 배식구는 밖이 아닌 안에서 잠그게 되어 있었다. 밥을 거부할 권리를 준 것이다. 다시 하얀 방을 둘러보았다. 배식구와 수도꼭지, 콘센트를 통해 밖의 것이 안으로 들어온다면 좌변기와 창문, 그리고 작은 쓰레기통을 통해서는 안의 것이 밖으로 나갈 것이다. 그것들은 내 몸의 생존 지속을 위해 내 몸을 거쳐 갈 것들이다. 독방은 내가 무엇인지, 내가 무엇으로 구성되어 있는지 냉철하게 계산하고 관찰하는 실험실이었다. 실험은 7일이면 충분할 것이다. 나는 무엇으로 구성되었다가 결국 무엇이 남을 것인가. 실험 결과가 궁금해졌다.

잠을 거의 이루지 못하다가 새벽 5시에 일어났다. 그냥 누워 있기만 했을 것이다. 화두를 또렷하게 들지 못했지만 망상을 일으키지는 않았다. 열두 번, 한 번, 두 번, 세 번, 네 번, 다섯 번. 차임벨 소리를 세면서 들었다. 강원도 매서운 바람이 창문으로 새어 들었다. 창문 쪽으로 향했던 머리통이 얼얼했다. 잠을 못 이룬 것은, 눕기 전에 『원각경』 읽기로 의식을 너무 긴장시킨 탓도 있을 것이다. 그래도 고구정녕한 수행의 길을 따라 낼 수 있어 든든했다. 부처님의 시선과 손길이 느껴졌다.

일어나니 머리가 아팠다. 정신도 맑지 않았다. 앉은뱅이책상 위에 놓인 낙서장을 훑어보았다. 212호 방에서 머물다 간 분들의 흔적이다. 상처나 아픔 없는 사람이 없다. 차를 마시며 우두커니 앉아 있는데 6시 기상 음악이 천장에서 들려 왔다. 그제야 천장에 또 하나의 소통 구멍이 있다는 것을 알았다. 첫날과 마지막 날을 제외한 나머지 날 동안 독방 수행은 전적으로 자유였지만 6시 기상, 108배, 한 시간 동안의 스님 법문 청취만은 지켜야 했다.

스님의 법문은 군더더기가 없었다. 이번에는 미끄러지지 않는 길잡이가 될 것 같았다. 툭, 배식구로 손바닥만 한 『선가귀감』(禪家龜鑑)이 들어왔다. 이 책은 서산대사가 견문하신 경론(經論)과 조사들의 어록(語錄) 등에서 간추리고 그와 관련하여 주해, 송(頌) 등을 달아 이해를 도운 것이다. 선(禪) 수행 지침서다.

법정 스님의 『무소유』와 함께 『선가귀감』은 우리나라 독서계의 불가사의이다. 우리나라 사람들의 소유욕이 극에 이를 때 『무소유』가 많이 읽히고 선 수행서인 『선가귀감』은 선을 수행하지 않는 일반 독자들의 애독서 목록에 들어가곤 했다.

금강 스님은 『선가귀감』을 읽어 가며 그 뜻을 쉽게 설명해 준다. 수행을 위한 정견(正見)을 갖추는 데 큰 도움이 될 것 같았다. 정견은 팔정도에서 가장 앞선 것이니 수행에서 그만큼 중요하다. 『원각경』도 정견에 의해 존재의 있는 그대로 실상을 이해하고 선정의 관찰에 의해 올바른 판단을 하기를 권유한다. 『원각경』「보현장」(普賢章)은 문수보살의 지혜와 보현보살의 수행이 기름과 등불, 눈과 다리의 관계와 같다 했다. '수행이 지혜에 대해 가지는 관계는 발이 눈에 대해 가지는 관계와 같아서 지혜가 수행의 뒷받침을 받지 못하면 반드시 막힐 것이다'라는 것이다.

여기 한 물건이 있으니, 본래부터 소소영영하여, 나지도 않았고 소멸하지도 않으며, 이름 붙일 수 없고 모양 그릴 수도 없다.
有一物於此 從本以來 昭昭靈靈 不曾生不曾滅 名不得 狀不得

『선가귀감』은 이렇게 시작한다. '소소영영(昭昭靈靈 : 밝고 밝고 신령하고 신령한)한 이것이 무엇인가?' 금강 스님은 이것을 '화두'로 내려 주신 셈이었다. 물론 자기 화두를 가지지 않은 사람에게 준 것이다. 나는 이미 화두를 갖고 있었지만 수행 기간 내

내 이 구절을 떠올렸다.

이 구절과 관련된 주석에는 육조 혜능의 일화가 소개돼 있다. 육조 혜능이 대중에게 물었다.

"나에게 한 물건이 있는데, 이름도 없고 모양도 없다. 너희들은 알겠느냐?"

그러자 제자 신회(神會, 686~760)가 대답했다.

"모든 부처님의 근본이요, 신회의 불성이옵니다."

그럴듯한 대답이지만 스승은 이 말을 듣고 고개를 가로저었다. 신회는 아직 깨달음의 경지에 이르지 못했음을 육조 혜능이 꿰뚫어 보셨다.

회양(懷讓, 677~744)이 육조 혜능을 뵙자 육조 혜능이 비슷하게 물었다.

"무슨 물건이 이렇게 왔는고?"

도대체 이렇게 분명한 내가 왔는데 '무슨 물건'이냐고 묻다니. 회양은 어쩔 줄 몰랐다. 함부로 말하지도 않았다. 돌아가 8년 동안 의심하고 의심했다. 무슨 물건이 그렇게 갔던가? 8년 만에 깨달은 회양이 육조 혜능을 다시 찾아갔다. 그리고 말했다.

"설사 한 물건이라 해도 맞지 않습니다."

이에 육조 혜능은 회양의 깨달음을 인가했다.

신회는 스승이 자비로운 마음으로 화두를 주자 그 자리에서 문득 깨닫지 못했다. 그러고도 깊이 의심하거나 참구하지 않았다. 의심되지 않고 참구되지 않았다는 것이 정확하다. 그래서 알음알이에 따라 쉽게 언어화해 버렸다. 이름을 붙일 수 없고 모양을 그릴 수도 없다고 했는데 말이다. 반면 회양은 스승의 물음에 꽉 막혀 버렸다. 긴 세월 동안 간절히 그 까닭을 의심하고 의심했다. 마침내 깨닫고 나서도 '설사 한 물건이라 해도 맞지 않'다며 이름 붙이기를 철저히 경계했다. 이 부분이야말로 『선가귀감』 가르침을 압축한 것이며 선 수행의 지극한 지침이 된다.

부처님과 조사가 세상에 나오신 것은
바람 없는데 파도를 일으킨 것이다.
佛祖出世 無風起浪

억지로 여러 가지 이름을 붙여 마음이라 부처라 중생이라 했지만, 이름에 얽매여 알음알이를 내어서는 안 된다.
다 그대로 옳은 것이다. 한 생각이라도 일으키게 되면
곧 어긋나 버린다.
强立種種名字 或心或佛或衆生 不可守名而生解
當體便是 動念卽乖

있는 그대로가 완전한데 알음알이를 내어 분별한 것이 문제다. 사람의 알음알이는 언어화하고 형상화하는 데서 비롯한다.

거룩한 빛 어둡지 않아 만고에 빛나도다.
이 문 안에 들어오려면 알음알이를 내지 말라.
神光不昧 萬古徽猷 入此門來 莫存知解

『선가귀감』의 이 마지막 대목은 정확하게 첫 구절과 대응

하여 다시 한 번 말과 뜻과 알음알이를 조심하라고 자상히 가르
쳤다.

아상이 무너지는 소리, 언어가 내는 빛

이름을 붙이지 말고 알음알이를 내지 말라는 『선가귀감』의 말씀
은 아상(我相: 실체로서의 자아가 존재한다는 잘못된 생각)에 대한
간단없는 성찰로 나를 이끌었다. 알음알이 없이 가르치고 또 이
해할 수 있는가? 알음알이의 원천인 분별심을 경계한 『원각경』
도 먼저 철저히 분별한 다음 원만함에 이른다고(先方後圓) 타이
르지 않았는가? 알음알이와 분별심에 머물거나, 알음알이를 위
한 알음알이, 분별심을 위한 분별심을 일으키는 것은 경계해야
하겠지만, 알음알이나 분별심을 모두 놓아 버리면 우리 삶이 꾸
려질 수나 있단 말인가? 나의 중생심이 다시 고질적 의심을 일어
나게 했다.

　　부처님은 이런 중생을 위해 스스로를 무너뜨리게 해 주셨다.

　　부처님이 수보리에게 말씀하셨다.
　　"선남자(善男子) 선여인(善女人) 중
　　아뇩다라삼먁삼보리(阿縟多羅三藐三菩提)의 마음을 낸 이는
　　당연히 이와 같은 마음을 내야 하니라.

'나는 응당 일체 중생을 제도하겠다. 내가 일체 중생을
제도하더라도 단 한 중생도 제도한 사람이 없어야 될
것이다.'"

—『금강경』「구경무아분」(究竟無我分)

그리고 거듭 아상의 머리통을 통타하셨다.

만일 보살이 아상(我相), 인상(人相), 중생상(衆生相),
수자상(壽者相)이 있다면 더 이상 보살이 아니다.

—『금강경』「대승정종분」(大乘正宗分)

부처가 설법하신 반야바라밀은 즉 반야바라밀이 아니다.
그 이름이 반야바라밀이다.

—『금강경』「장엄정토분」(莊嚴淨土分)

여래가 설법하신 장엄국토는 장엄이 아니다. 그 이름이
장엄이다.

—『금강경』「장엄정토분」

이처럼 부처님은 아상을 철저히 걷어 내라고 가르쳤다. 그
런 부처님의 언행은 상대적 분별심으로 표현되거나 포착되는 것
이 아니다. 부처님 언행은 이름에 머물거나 집착하지 않는다. 그
럼으로써 절대적 긍정이 되었다. 부처님과 달리 우리는 아상과
분별심에 의해 우리 존재에 집착하고 우리 일상을 오염시켜 마

침내 일상이 허망하다고 내동댕이쳤다. 우리는 아상에 머물러 존재에 집착하기 때문에 스스로가 부처인 줄 모르고 이곳이 진여 세계인 줄 모르는 것이다. 우리가 가장 불행하게 된 것은 우리 분별심이 행복과 불행이란 말을 만들고 그것을 함부로 써댄 탓이다. 우리가 분별심을 내려 두고 언어에 끌려가지 않는 순간 우리 일상은 완전한 진어 세계가 된다.

'그것은 즉 아니다. 그 이름일 뿐이다.' 경전은 언제나 이런 어법으로 언어를 넘어서게 하고 분별심을 내려 두게 하고 알음알이의 작동을 중단하게 한다.

언어에 얽매이지 말라는 말씀은 그조차도 언어를 사용하고 있기 때문에 자가당착인 것처럼 보인다. 그러나 그 언어를 통해서 언어를 넘어서기에 자가당착이 아니다. 중생의 수행도 그렇다. 중생은 깨달아 있는 부처이기 때문에 수행은 필요 없고 수행이 성립되지도 않는다. 중생은 수행이 성립될 수 없다는 점을 명심하고 수행해야 한다. 부처는, 중생이 없다는 걸 전제하며 중생을 구제해야 한다. 중생은, 부처가 없다는 것을 전제하며 부처를 섬겨야 한다.

용수보살의 『중론』(中論)이 떠올랐다. 중도를 완벽하게 입증한 책. 이 세상에서 가장 난해하다는 책. 나는 여러 달, 새벽부터 깊은 밤까지, 그 난해한 글자들 앞에서 절망하고 혼동에 빠졌다. 그러다가 희미한 빛을 만나고 마침내 환희심을 경험했다. 내 아상이 왕창 무너지는 소리를 들었다. 세속 중생들이 집착하는 논리의 부당함을 꿰뚫어 본 용수보살이 바로 그 중생의 논리를 철저히 적용시켜, 모든 논리적 희론(戱論: 대상을 분별하고 거기에 언어와 의미를 부여하는 지적 담론)을 적멸시킨 것이다.

> 생겨나지도 않고 소멸하지도 않으며, 지속하지도 않고
> 단절되지도 않으며, 동일하지도 않고 다르지도 않으며,
> 오는 것도 아니고 가는 것도 아니다. 이런 연기법(緣起法)을
> 말씀하시어 온갖 희론을 적멸시켰다.
> 不生亦不滅　不常亦不斷　不一亦不異　不來亦不去　能說是因
> 緣　善滅諸戲論
>
> ——『중론』「관인연품」(觀因緣品)

이만큼 완벽한 언어가 있을까. 언어가 위대한 진여의 빛을
내고 있었다.

이 송장 끌고 다니는 것과 소소영영한 것

108배를 하고 아침 수행을 시작했다. 밖은 아직 어두웠다. 창문
에 참선하는 나의 모습이 선명하게 나타났다. 어느새 그 모습은
사라졌다. 눈 덮인 마당과 서산이 나타났다. 창문은 거울이었다
가 유리가 되었다. 거울에 비친 모습이 진짜인가, 유리를 통해 나
타난 모습이 진짜인가? 창문은 거울인가, 유리인가? 자기 앞의
대상을 그대로 보여 주는 거울. 자기를 내세우지 않고 그 바탕과

무문관 : 홍천 행복공장 2018

하나가 되는 유리. 거울은 대상을 보여 줄 때 어떤 선입견도 개입시키지 않는 공심(公心)의 표상이다. 유리는 스스로 대상이 되어 버림으로써 주관과 객관의 구분을 넘어선 적멸(寂滅)의 표상이다. 마침내 나는 거울인가, 유리인가?

8시가 되니 배식구로 통 세 개가 들어왔다. 하나에 죽이, 다른 하나에는 시금치와 산나물, 무장아찌가, 세 번째 통에는 감과 사과가 들어 있었다. 아침 죽은 고소하고 담백했다. 자상한 손길과 정성이 느껴졌다. 나는 이런 보시를 누릴 수 있기에 수행을 지속할 수 있었다. 그 은덕을 생각해서라도 치열하게 수행하지 않을 수 없었다.

서산에 햇빛이 가득했다. 더 이상 원하는 것은 없다. 다만 이생이 다하기 전에 번뇌 망상을 없애고 심신의 장애를 걷어 내고 청정한 원각의 세계를 되살리기만을 기원했다. 모든 걸 다 바치면 진여가 도와주시겠지. 그리고 모든 것을 되돌려 드릴 것이다.

9시에서 10시까지 수행을 했다. 화두가 미간에 모였다. 미간이 짓눌리는 것 같기도 하고 솟아오르는 것 같기도 했다. 그 기운은 정수리까지 퍼졌다.

10시부터 금강 스님의 법문이 시작되었다. 법정 스님의 「날마다 출가하라」라는 글을 읽어 주었다. 혼자 있는 것이 필요하다. 혼자 있지 못하면 삶 전체를 잃는다고 했다.

다시 『선가귀감』의 첫 구절을 봉송했다.

"여기 한 물건이 있으니, 본래부터 밝고 밝고 신령하고 신령하여, 나지도 않았고 소멸하지도 않으며, 이름을 붙일 수 없고 모양을 그릴 수도 없다. 이 소소영영한 이것이 무엇인가?"

소소영영한, 밝고 밝고 신령하고 신령한 이것이 무엇인가? 그것은 이리저리 일어나고 뒤엉키는 우리의 분별 망상을 눈인 양 녹여 버릴 화로 같은 화두가 될 것이다.

그런데 그 밝고 밝은 화두가 묘한 집착을 일으키는 것 같기도 했다. '소소영영한'이란 전제에 의미 판단이 강력하게 깃들어 있다. '소소영영한 나'의 존재를 미리부터 인정하는 듯하기에 그 화두를 들면 들수록 아상에 빠져들 것 같은 우려가 생겼다. 나는 마지막 날 도반들의 소감을 듣고서 그 우려가 근거 없지 않음을 확인할 수 있었다. 몇몇 도반들은 '자기 안'에 있는 것 같은 '소소영영한 그것'을 느끼며 아주 흐뭇하고 느긋한 시간을 보냈다고 했기 때문이다.

이 화두는 '이 송장 끌고 다니는 이 뭐꼬?'와는 정반대되는 분위기를 만들었다. 송장이란 육신의 죽음 혹은 소멸을 연상시킨다. 그리고 송장을 살아 있다고 착각한 듯 이리저리 끌고 다니는 '이'는 어이가 없는 망상 투성이다. 양쪽을 단단히 연결시켜 떠올리면 결국 '나는 없다'는 쪽으로 강력히 나아가게 되어 있다.

'이 소소영영한 이 뭐꼬?'라는 화두는 아침마다 천장에서 내려와 나를 포근하게 덮어 주는 것 같았다. 그래서 '이 송장 끌고 다니는 이 뭐꼬?'라는 화두가 밝고 따뜻해졌다. 이런 느낌을 소중하게 받들며 치열하게 화두를 들었다. 다만 그럴 때마다 "무(無) 자 화두를 참구하되, '허무하다'는 뜻으로도 이해하지 말며 '있다', '없다'는 뜻으로도 이해하지 말라"는 무문혜개(無門慧開, 1183~1260) 선사의 경책을 떠올렸다. 또 "단지 무 자 화두를 보며, 이것이 '실재인가? 허망인가?' 하여, 만약 '허망이다, 실재다'

하는 알음알이를 짓게 되면, 또 차별 경계에 떨어지게 될 것이다. 한 칼에 두 동강을 내어서 뒤도 생각하지 말고, 앞도 생각하지 말라"는 대혜종고 스님의 말씀을 떠올리며 나를 질책했다. 나는 엉뚱한 길에 들어선 것이 아닌가 두려워지기도 했지만 그때마다 진심으로 참회했다.

통류와 선나

수행이 본격적으로 시작됐다. 108배 50분, 스님 강의 한 시간, 수행 전후의 경전 공부, 식사와 세면 시간을 제외하고는 오로지 화두 참선에만 몰두했다. 화두 참선 시간을 길게 하니 화두가 끊어지지 않고 이어질 여건이 마련됐다. 오후 4시에서 5시 사이에는 완벽한 화두 삼매에 들어갔다.

그 뒤로는 다리가 저리고 아파왔다. 혼침(昏沈: 잠이 와서 정신이 몽롱해진 상태)의 기미도 있었다. 집중력이 급격히 약해진 오후 8시부터는 수행을 멈추고 『원각경』을 읽었다.

이미 원각(圓覺)을 깨달으니, 원각은 공(空)도 아니고
가(假: 잠시 나타난 것)도 아니다. 원각은 즉 공(空)이기도
하고 가(假)이기도 하다. 무릇 성상(性相: 본성과 형상)과
진망(眞妄: 진짜와 가짜)에서 양 극단을 취하지 않고

버리지도 않는다.

원각은 가(假)가 아닌 까닭에 환화(幻化: 환상처럼 잠시
보이는 것)를 취하지 않으며, 원각은 공(空)이 아닌 까닭에
정상(靜相: 아무 것도 없어 고요하기만 한 상태. 그러하다는
생각)도 취하지 않는다. 또 원각은 가(假)가 아닌 까닭에
신심(身心)이 다 장애가 됨을 안다. 원각은 공(空)이 아닌
까닭에 깨달음의 밝음에 대한 알음알이도 없다.

—『원각경』「위덕자재」

이 구절이 실감나고 절실하게 읽혔다. 그 감동으로 몸이 떨
렸다. 고우 큰스님이 『육조단경』을 읽으시다가 '도는 모름지기
통하여 흘러야 하나니'라는 구절의 '통류'(通流)라는 글자를 보
는 순간의 충격으로 그동안 막혔던 것이 시원하게 뚫렸다고 하
신 말씀이 떠올라 더 감동했다.

'이 송장 끌고 다니는 이 뭐꼬?' 화두가 '나는 없다'는 쪽으로
나를 사로잡아 갔다. 나도 모르게 들리는 '이 소소영영한 이 뭐
꼬?' 화두는 '나는 있다'는 쪽으로 나를 이끌기도 했다. 두 지향이
사마타와 삼마발제로 연결되었다. 사마타가 '색은 즉 공이다'(色
卽空)로 나아가며 내가 포착하는 모든 현상은 실재가 아니고 환
상임을 간파하게 했다. 삼마발제는 모든 현상을 환상이라고 보
지만 그 현상 너머로 가서 거기에 어떤 영원한 실재가 있다고 보
아서는 안 된다는 것을 명심하게 했다. 환상인 현상이 그 자체로
진여 세계임을 꿰뚫어 보라고 이끌었다.

이 송장 끌고 다니면서 철저히 나도 세상도 아무 것도 없음

을 통각하고 있다가 문득 소소영영한 이 물건이 있는 것 같기도 했다. 열반과 번뇌가 서로에게 장애되지 않고, 부처와 중생이 통일되는 선나(禪那)가 어렴풋이 짐작되기 시작했다.

평화와 번뇌

나는 어릴 때부터 번뇌가 많았다. 나 자신에 대해 자신이 없었고 집안이 가난하여 세상에 대해 기가 죽어 있었기 때문인지도 모르겠다. 어떤 일에서도 잘할 수 있다는 자신감을 가진 적이 드물었다. 가만히 있어도 걱정이 일어났고 무슨 중요한 일을 앞두고는 더 강한 번뇌 망상이 생겨 고통스러웠다. 일의 출발과 과정과 결과 어느 쪽도 걱정 안 되는 게 없었다. 자주 가슴이 벌렁벌렁 뛰었다. 내 심장에 무슨 이상이 있는가 의심하기도 했다. 교실에서는 선생님이 느닷없이 날 지목하여 뭘 발표시키면 어쩌나, 버스를 탔을 때도 내려야 할 정거장에 내리지 못하면 어쩌나, 그래서 기사로부터 꾸중이나 듣지 않을까 걱정했다.

그러나 불교 공부를 하고 수행을 계속 하면서 번뇌는 줄었고, 어느새 참 편해졌다. 나는 나를 걱정하지 않게 되었다. 그간의 근심거리들이 더 이상 근심을 일으키지 않았다. 상처가 되어 내 안에 가라앉아 있던 것도 아물었다. 자기최면으로 가만히 나를 들여다보아도 특별한 상흔은 없다. 물론 몇 개의 희미한 상흔이 보이지만 그것도 잠시 나타났다 곧 안개처럼 사라진다. 근심거리는 물론 상처의 흔적조차 내려놓았기에 나는 완전한 평화를 느꼈다.

이런 내가 독방으로 들어와 외부의 간섭으로부터도 차단되었으니 완전한 평정 상태에 이를 수 있었다. 다른 사람들은 고요해진 공간에 격리되자마자 엄청난 자기 번뇌들이 생겨나 발버둥친다던데 나는 전혀 그러하지 않았다. 나는 마냥 편안하고 고요했다.

3일이 지났다. 내 안의 이상한 기류가 감지되기 시작했다. 번뇌하는 타인과 세상의 모습이 생겨나 나를 간섭하는 것이었다. 나는 수많은 타자들의 불행에 대해 눈감을 수 없었다. 그러니 우리 세상에는 참으로 많은 사람들이 여전히 번뇌 망상에 시달리고 있는 것이 환기되고 그 고통과 번뇌가 느껴졌다. 연민이 일어났다. 타자에 대한 연민은 나의 번뇌로 바뀌었다. 그 번뇌는 내가 스스로 일으켰던 번뇌 못지않게 아니 그것보다 더 강렬하게 나를 흔들었다. 완벽히 세상과 단절된 독방에 있는 나에게서 타자에 대한 연민과 번뇌는 더 강렬하게 일어난 것이다.

왜 이럴까, 왜 이럴까. 나는 몸부림쳤다. 어느 순간 나는 깨달았다. 내가 나 자신을 아무리 추스르고 다독인다 하더라도 내 속에 깃든 타자의 번뇌를 추스르지 못하면 온전한 평화를 보장할 수 없음을 알았다. 마침내 나와 타인이 내 속에서 구분되지 않는다는 것을 알게 되었다. 타자가 곧 나이고 내가 곧 타자임을 절절히 감지했다. 평화를 만끽하던 나는 너무나도 다양한 번뇌를 다시 겪어야 했다. 중생이 아프니 내가 아프다는 유마거사의 말씀이 진심에서 비롯했음을 확인했다. 동체대비(同體大悲 : 중생과 하나가 되어 무한한 자비심을 일으키는 것)가 맞았다.

아니, 3일 동안의 완전한 평화는 나의 착각이 만들어 낸 허구였다. 나는 한순간도 평화롭지 못했던 것이다. 나는 나 아닌 것으로 구성되어 있다는 사실을 매 순간 명심하지 못했기에 가능했던 환상 속 평화였다. 그것이야말로 나와 남을 도식적으로 나누는 이분법에서 비롯했으며, 그 근원에 분별심이 서려 있음을 알았다.

평화롭던 나를 다시 번뇌에 휩싸이게 한 또 다른 요인이 있었다. 아침마다 천장에서 쏟아지던 108배 축원이었다.

108배에 망가지다

108배는 6시 30분에 시작됐다. 천장 스피커에서 들려오는 축원문에 따라 절을 했다. 20분 정도 걸리는 108배가 독방에서는 50분이 걸렸다.

낮고 그윽한 음성의 남자는 "모든 생명을 지극히 내 안에 모시고 살림의 장을 확산해 나가는 생명과 평화를 위해 108배를 올립니다"라고 말문을 열었다. 모든 생명을 지극히 내 안에 모신다는 말은 충격적인 선언으로 들렸다.

첫 번째부터 11번째까지는 나에 대한 성찰을 촉구했다. "나는 어디서 와서 어디로 가는가를 돌아보며 첫 번째 절을 올립니다"라고 했다. '나는 누구인가를 생각하며', '나의 진정한 일을 찾기 위해', '나의 영혼과 육체의 건강함을 위해', '나부터 찾고 나부터 다스리는 지혜를 위해', '오늘 여기 살아있는 목숨이 귀중함을 생각하며', '나의 생존의 경이로움에 대해' 절을 올리라고 했다. 이런 자기 성찰은 화두 수행의 방향과 어긋나지 않아 비교적 편안한 마음으로 절을 올릴 수 있었다.

그러나 '내 생명의 생물과 우주 뭇 생명의 기원이 내 안에 살아 있음을 느끼며', '모든 조상과 모든 신령이 지금 여기 내 안에 살아 계시는 것을 느끼며'라는 19번째, 20번째 축원문부터는 내 마음에 부담감을 생성했다.

그러다 참회하기를 요구했다. '나로 인해 상처받은 사람에게 용서'를 빌게 했다. '남에게 원한을 품지 않음'으로써 남에게 원한을 품은 것을 참회하게 했다. '듣지 않은 것을 들었다 한 것'을 참회하게 했다. '보지 않은 것을 보았다 한 것'을 참회하게 했다. '남에게 지나치게 인색했던 것'을 참회하게 했다. '나의 이익을 위해 남을 모함한 것'을 참회하게 했다. 47번째 절은 '강한 자와 결탁하여 약한 자를 업신여긴 것'을 참회하게 했다.

서서히 의미의 강도가 세졌다. '남의 착한 일을 드러내고 허물을 숨기'려는 25번째 절, '세상을 정의롭게 살기 위해' 올리는 35번째 절, '이기심을 채우고자 정의를 등지지 말'기 위한 37번째 절은 나를 흔들었다. 나는 온갖 형편에 놓인 타자와 이어지기 시작했다.

그러다가 '모든 탐욕에서 절제할 수 있는 힘'을 기르기 위해 올린 41번째 절, '생존의 가치가 물질의 노예로 떨어지지 않도록 빌며' 올린 42번째 절, '내 것이라고 집착하는 것이 괴로움의 근본'임을 알기 위해 올린 43번째 절, '행복 불행 탐욕이 내 마음속'에 있음을 알기 위해 올린 50번째 절은 흔들리던 나를 추스를 지혜를 주는 것 같았다. '평범한 것이 소중한 것임을 알'기 위해 올린 52번째 절, '인내는 자신을 평화롭게 하는 것임을 알'기 위해 올린 55번째 절, '자신을 닦는 데 게을리하지 않기' 위해 올린 59번째 절은 움츠렸던 내가 가슴을 펴고 세상으로 떨쳐 나가게 해 주는 것 같기도 했다.

역설과 반전도 있었다. 40번째 축원문은 '조그만 것을 특기하여 더욱 큰 것을 얻으려는 사행심에' 절을 올리라고 했다. 44번째 축원문은 '내가 파 놓은 구덩이에 내가 빠져 허우적거리는 우매함'에도 절을 올리라고 했다. 사행심과 우매함은 참회의 대상이 되면서도 공경의 대상이 되는 것일까? 그럴 것 같았다. 사행심과 우매함 없이 청렴과 현명함은 성립되지 않을 테니까 말이다.

열악한 노동 조건 속에서 일하는 근로자들을 모시며
예순다섯 번째 절을 올립니다.
가난으로 굶주리며 힘겨운 삶을 살아가는 빈민을 모시며
예순여섯 번째 절을 올립니다.
우리 건강한 먹거리를 위해 땀 흘리는 농민을 모시며
예순일곱 번째 절을 올립니다.

이 세 축원문은 나를 고문하기 시작했다. 근로자, 빈민, 농민에게 절을 올리는 것은 먼저 그분들이 나의 먹거리를 마련해 주고 나를 위해 자신의 먹거리를 양보해 준 데 대해 감사하기 위함일 것이다. 아울러 스스로는 열악한 여건에서 살아갈 수밖에 없는 그들을 내가 도와주고 보호해 주는 차원에서 '모시'고자 했기 때문이기도 할 것이다. 나는 세 번의 절을 올리면서 대학 시절부터 가장 의미 있는 타자로 인식했던 노동자, 농민, 도시 빈민이란 말을 떠올렸다. 이 말이 환기했던 사회적 고민과 부끄러움과 안타까움을 되새겼다. 거기에 완전히 얽혔다. 내 속으로 들어왔던 그분들은 그 순간 다시 철저히 타자가 되었다. 나의 사회적 자리에 대한 자각 때문이었다. 그분들에 대해 내가 진 빚을 더 선명하게 만들기 위해서였다.

이어서 나는 '남을 위해 나누는 마음'을 모셔야 했고, '내 몸을 빌려 귀한 생명으로 태어난 자식'을 모셔야 했고, '나와 하나가 된 배우자'를 모셔야 했고, '순수한 영혼을 가진 장애우들'을 모셔야 했고, '함께 웃고 울며 함께 길을 가는 친구'를 모셔야 했다. 관념의 정점에 이르러, '절제하는 자발적 가난'을 모셔야 했고, '낮은 곳으로 자리하는 겸손'을 모셔야 했고, '나보다는 남을 배려할 수 있는 양보심'을 모셔야 했다.

축원문은 최소한 이 정도는 되어야만 사람 노릇을 할 수 있다고 보는 것 같았다. 그러고는 매우 스케일이 큰 의식과 각성을 적극적으로 촉구했다.

'지구 자연이 병들어 감'을 생각하라 했고, '사람의 생명과 지구 자연의 모든 생명이 공동체'임을 자각하라 했고, '병들어 가는 생태계의 회복'을 생각하라 했고, '천지에 충만한 생명의 소리에 귀 기울이라' 했다.

어떤 상황 어떤 대상에 대해서도 감사의 마음을 가지라고 명령했다. 60번째 축원문은 '나를 강하게 하는 시련'에 감사하라 했다. 63번째는 '침묵 속에서 나를 발견할 수 있는 것'에 감사하라 했다. 감사의 명령은 84번째 축원문부터 집중되었다. 맑고 고운 새소리를 들을 수 있음에 감사하라. 맑은 공기를 마실 수 있음에 감사하라. 항상 제자리에서 아름다움을 느끼게 해 주는 불꽃에 대해 감사하라. 모든 식생을 살리고 언제나 생명들을 살리는 대지에 감사하라. 모든 생명들을 살리는 하늘에 감사하라. 나를 사랑하고 돌보아주는 사람들에 감사하라. 내가 누리는 모든 선함과 아름다움에 감사하라. 107번째로, 나의 생존의 경이로움과 지금 여기 끊임없이 생성하는 생존에 감사하라고 명령했다.

축원이 이어졌다.

나 자신의 평화를 기원하며, 뭇 생명과 함께하는 평화를 기원하며, 나와 더불어 사는 사람들의 평화를 기원하며, 의미 없이 나누어진 지역과 지역 간의 평화를 기원하며, 정치적 이해로 다투는 국가와 국가 간의 평화를 기원하며, 이 세상의 모든 종교와 종교 간의 평화를 기원하며, 살아 있는 것과 죽은 것의 평화를 기원하며, 사람과 자연의 평화를 기원하며, 가진 자와 못 가진 자의 손잡음을 기원하며, 건강한 자와 병든 자의 손잡음을 기원하며, 배운 자와 못 배운 자의 손잡음을 기원하며, 어두운 그림자에 사로잡혀 본래 모습을 잃은 자의 새 삶을 기원하며 절을 하라고 했다.

이 모든 것을 품고 있는 하나의 우주이며 귀하고 귀한
생명인 나를 위해 백여덟 번째 절을 올립니다.

결국 나 자신을 향해 절을 하는 것임이 분명해졌다.

축원문은 이렇게 끝났다. 낮고 그윽한 음성의 남자는 창밖
이 아직 어두운데 나를 일어나 합장하게 하고 머리를 끌어 조아
리게 하고 엎드리게 하고는 등을 밀치고 뒤통수를 치고 머리통
을 으깨기도 했다. 가슴을 할퀴고 가슴속을 뭉크러뜨리기도 했
다. 남자의 음성은 얼핏 내 마음을 감동시켜 편안하게 해 주고 세
상의 신비로운 진리를 터득하게 해 주는 것 같기도 했다. 그러나
시간이 흐를수록 온 세상 중생들과 저 우주 전체의 존재를 독방
으로 이끌어 와 나로 하여금 감당하기 어려운 번뇌 망상에 사로
잡히게 했다. 독방이 온 세상의 고통과 번민으로 우글거렸다.

해와 달을 어두워지게 하다

두 번째 밤, 선잠에 어지러운 꿈을 꾸었다. 도인은 꿈을 꾸지 않
는다 했고 중생도 수행이 진척되면 꿈이 사라진다 했다. 수행하
는 독방에서 꿈이 더 선명하게 기억되다니 당혹스러웠다.

더 우려된 것은 꿈의 내용이었다. 첫 꿈의 배경은 낙동강 가
고향이었다. 강 위쪽과 아래쪽 사람들이 대치하다가 서로에게

포격을 시작하려 했다. 나는 강둑에 서서 그 광경을 바라보다가 발걸음을 돌렸다. 한반도를 둘러싼 위기 상황이 꿈으로 나타난 것일 테다.

미국에 있는 아들의 미국인 친구가 나를 찾아왔다. 뭘 먹고 싶냐 물으니 '매콤한' 것을 먹고 싶다 했다. 미국인 친구가 매콤한 것을 먹고 싶다니 아들의 심정을 전한 것일까. 이곳으로 떠나올 때 아들과 연락 닿지 않은 것이 이런 꿈을 꾸게 했을까. 아들은 매콤한 것이 얼마나 먹고 싶을까. 그런데도 미국에서 잘 살아갈 수 있을까. 예술가의 길을 가겠다고 선언한 아들이 미국 자본주의의 변방에서 그것과 맞서서 잘 살아갈 수 있을까. 아버지로서 젖먹이 아들을 키운 업은 이렇게 나에게 깊이 드리워져 있었다.

다른 꿈도 꾸었다. 내가 연구년을 얻어 미국에 잠시 살 때 알게 된 교포 보살들이 방문했다. 나와 함께 불교 모임을 꾸렸다고 했다. 이분들의 방문은 내 수행에 힘을 보태 주기 위한 대중공양이라는 것이 꿈결에서도 분명하게 느껴졌다.

화두 수행으로 지금 이곳에서의 번뇌 망상을 어느 정도 제거했지만, 무의식의 바닥에 쌓인 것은 그대로 있다가 꿈으로 표출되었을 것이다. 이렇게 꿈에 대한 변명은 가능했지만 수행하는 독방에서 꿈을 더 많이 꾼 것은 나를 낙담하게 했다. 깨어 있을 때 의식은 훨씬 맑아졌는데도 잠이 들면 꿈이 더 복잡해지는 데는 무슨 다른 이유가 있을 것 같기도 했다.

잠을 조금이라도 잔 덕인지 7시부터 시작한 아침 수행에 힘이 생겨났다. 8시에 죽을 먹고 8시 35분부터 수행을 이어 갔다.

'이 뭐꼬?' 화두는 독방 경험과 일치되어 갔다. 이 먼 곳까지 이 한 물건을 끌고 와서 독방에 갇히게 한 이것이 무엇인가? 생생하게 그 의문과 마주했다.

9시부터 다시 시작한 수행에서는 다리가 유난히 아파 왔다. 전에는 아픈 곳을 어루만지고 가려운 곳을 긁으면 화두를 놓치거나 집중도가 떨어진다 하여 애써 참았다. 돌이켜보니 오히려 자세의 격식을 갖추기 위해 안간힘을 다 쓰느라 정작 화두 자체에 충실치 못한 경우가 많은 듯했다. 18년 전 송광사 수련회 때는 조금이라도 앉은 자세를 흐트리면 수행 자체를 망친다는 고지식함에서 죽을 것 같은 고통을 감내하기도 했다. 그러나 부질없는 짓이다. 아픔을 놓아주고 형식에 끌려가지 말아야 한다. 이것은 고행주의를 멀리한 부처님의 뜻에도 부합한 태도일 것이다.

아침 법문에서 스님은 『선가귀감』을 처음부터 다시 읽어 주었다. 여기 한 물건이 있으니, 본래부터 한없이 밝고 밝고 신령하고 신령하니 이름도 없고 모양도 없다. 육조 혜능이 "너희는 알겠느냐?" 하고 제자들에게 물었다. 숭산에 있던 회양 선사가 육조 혜능을 찾아왔다. "무슨 물건이 이렇게 왔는가?" 육조 혜능이 물었다. 회양은 콱 막혀 어쩔 줄 몰랐다. 돌아가 8년 동안 그 의문을 풀려고 애썼다. 마침내 깨닫고 육조 혜능을 뵈었다. 그리고 말했다. "가령 한 물건이라 하여도 맞지 않습니다"라고. 육조 혜능이 회양을 인가했다.

'한 물건이라 하여도 맞지 않'다고 한 회양 선사는 언어화 자체를 부정했을 뿐 아니라 부처님 가르침도 언어화되기만 하면 본분(本分)을 바로 보이는 데는 도움이 되지 않는다는 것을 강조한 것이다. 『선가귀감』 2절은 이 점을 더 인상적으로 지적했다.

부처님과 조사가 세상에 나오신 것은
바람 없는데 파도를 일으킨 것이다.

이것은 '왜 긁어 부스럼을 만드느냐?' 등으로 달리 표현되었다. 사람은 물론 온 존재가 다 완벽하게 깨달아 있으니 부처님이 중생을 건진다는 것은 성립되지 않는다. 고로 문자도 마업(魔業)이고 이름과 형상도 마업이며 부처님의 말씀까지도 마업이라는 것이다. 이런 가르침이 결국 "하늘땅이 빛을 잃고 해와 달도 어둡구나"라는 송(頌)으로 귀결되었다. 그런 마업은 하늘의 구름 같아, 찬란히 빛나던 하늘땅이 빛을 잃고 밝디 밝던 해와 달도 어두워지게 했다. 부처님과 조사가 이런 엄청난 실수를 했다니. 우리 분별 망념 속 부처님과 조사가 그랬을 것이다.

은혜

셋째 날 정오 전후부터 화두가 더 알차게 되고 힘이 실리는 것 같았다. 통류(通流)와 살활(殺活)의 원리에 올라타서 시원시원하게 나아갔다. 무명(無明)에서 비롯한 환상과 소소영영한 물건은 다른 것이 아니었다. 둘은 오고 가는 것이었고 서로 안에 깃들어 있었다.

수행의 형식에 구애되지 않으니 수행이 더 잘됐다. 편하게 앉아 있다가 발을 펴서 약간 몸을 틀기도 했다. 눕기도 하고 일어나 걷기도 했다. 어떤 형식에도 구애받지 않았다.

해는 창틀에 편지 봉투만큼의 온기를 건네주고 떠나갔다. 서향(西向)을 생각했다. 서쪽은 서늘하게 떠나는 쪽이면서 엄연한 적멸이었다.

이 송장 끌고 다니는 놈이
이 순간 바로 이 자리에서 자각되었다.
송장인데 왜 다리가 아프나?
화두와 내가 하나가 되었다.
화두만 남았다.
화두가 사라지는 단계에 이르지는 못했다.

오후에 눈이 내렸다. 내리는 눈을 바라보며 저녁으로 쑥떡을 먹었다. 당근 주스를 마시고 귤도 먹었다. 몸을 씻었다. 세 시간을 이어서 화두를 들었다. 9시부터 30분간 『원각경』을 읽다가 다시 화두를 들었다.

머리는 맑았지만 몸이 좀 무거워졌다. 다리와 관절이 아팠다. 긴 시간 계속 앉았으니 당연했다.

송장과 소소영영한 것을 오갔다. 서로 방해가 되지 않았다.

서쪽을 향해 앉았다. 고요했다. 여기가 극락이다. 다만 은혜를 받기만 하니 미안하다. 배식구로 털컥, 밥 들어올 때 그랬는데 또 그렇다. 가슴이 내려앉을 정도로 죄송했다. 청화 스님의 열반송이 떠올랐다.

> 이 세상 저 세상을　　　　　　　此世他世間
> 오거나 가거나 상관하지 않지만　　去來不相關
> 입은 은혜 하늘보다 큰데　　　　蒙恩大千界
> 갚은 은혜 시냇물보다 적음을 한하노라　報恩恨細川

위에서 법문이 내려오고, 옆의 문과 벽으로 밥과 차와 전기가 들어오는데 나는 다만 먹기만 하고 배설하기만 하니 미안하다. 그런 나 자신을 나는 엄격하게 단속했다. 어떤 외부적 규율도 강요되지 않았지만, 그래서 나 스스로 더 엄한 규율을 만들어 나에게 지키기를 요구했다. 내가 나를 바라보고 단속한다. 이런 나는 어떤 물건인가?

면목 없네

나흘째다. 눈을 떠 보니 마당에 흰 눈이 가득하다.

화두가 익어 가다 힘을 낸다. 힘이 솟자 불이 붙는다. 불기운이 미간과 머리 쪽으로 퍼져 가는 듯하다. 거울처럼, 흙처럼, 그릇 속 음악 소리처럼.

스님은 이산 선사 발원문으로 아침 법문을 시작한다. 송광사 여름 수련회에 참석한 뒤부터 나도 참 좋아하게 된 가사다. 스님은 스무 살 때 해인사에서 발원문을 처음 듣고 너무 좋아서 다 외웠다고 한다. 우리 사이 이런 인연도 있었다.

스님은 부처님의 어떤 행동도 깨달음에서 비롯한 것이기에, 소소영영한 자리에서 나온 것이기에, 그것을 정확히 이해하기 위해서는 우리 스스로가 깨달은 자리에 있어야만 한다고 말한다. 부처님이 꽃을 들어 보이시자 가섭존자가 미소를 지은 것도 가섭존자가 소소영영한 마음자리에 있은 덕이었다. 소소영영한 그 마음자리를 알고 느끼고, 그 마음자리가 내게도 갖춰져 있다는 것을 인정하기 위해 나도 화두 수행을 하고 있을 것이다.

무엇이라 말하려 하면 벌써 근본 마음 자체를 잃은 것이요,
근본 마음 자체를 잃게 되면 부처님께서 꽃을 드신 것이나
가섭존자가 웃으신 것이 모두 썩은 이야깃거리만 될 뿐이다.
근본 마음을 얻은 이는 장사꾼들의 잡담이라도 다 법사의
설법이 되고, 새소리와 짐승의 울음까지도 참 이치를 바로
말하는 것이 된다.
　　　　　　　　　　　　　　　　　　　　　　　　—『선가귀감』

소소영영한 마음자리는 말과 생각 이전의 근본 마음자리일 것이다. 그 마음자리에서 세상을 보고 들으면 어느 하나 깨달음의 계기 아닌 것이 없다. 아니 그 마음자리에서 세상을 보면 세상 모든 존재가 부처님이고 부처님의 가르침인 것을 알게 되는 것

이다. 선승들의 깨달음이 뜻밖의 엉뚱한 상황에서 이루어진 까닭을 알겠다. 보적선사(寶積禪師)는 선방에서 잠시 바깥으로 나가 초상집의 상주가 우는 소리를 들었는데 그 순간 완전하게 깨달았다. 그래서 남들은 다 통곡하는데 혼자 환희심으로 춤을 추었다. 보수선사(寶壽禪師)도 그랬다. 스승이 "부모가 너를 낳기 전 네 본래면목이 무엇이냐?"라고 물었다. 보수선사는 아무 대답도 할 수 없었다. 하루는 거리로 나섰는데 두 사람이 주먹질을 하며 싸우고 있었다. 두 사람이 결국 화해하며 "참으로 면목 없네그려"라고 사과했다. 바로 그 면목 없다는 말을 듣는 순간 보수선사도 깨달았다. 이렇게 근본 마음자리를 잘 다져 놓으면 언제 어디에서 예기치 못하게 깨닫게 될 줄 모른다. 이 세상 모든 것이 다 부처님이요 그 가르침이기 때문이다.

정말 우연히 있게 된 장소에서 보잘것없는 소리를 듣거나 너무나 평범한 모양을 보고 특별한 충격을 받아 깨달을지 모른다. 이생을 다하기까지 나에게 그 순간이 찾아올까. 깨달음에 대해서조차 욕심을 일으키지 말고 그냥 정성을 다하는 것 이외에 할 일은 없을 것이다.

송장

정오 무렵이 되니 화두는 더 단단해져 와서 붙기도 하고 혼자 굴러가는 것 같기도 했다. '이 뭐꼬?' 화두는 스스로 질문을 하면서도 자기 입에 손가락을 대고는 말로써 명사로써 대답하지 말라는 시늉을 하는 것 같았다. 느낌이나 감을 슬쩍 다른 말 하듯이 나타내라. 아니면 침묵하라. 생각이나 행동으로 대응하지 마라. 오직 이 세상에 없는 사람처럼 대꾸하라. 이렇게 넌지시 일러주었다.

4시경에는 다리를 너무 압박하여 피가 잘 통하지 않았다. 양 다리 위치를 고쳐 앉았다. 화두는 한순간도 놓치지 않았다. 이 송장을 끌고 다니며 살아 있는 것인 양 착각하고 집착하는 어리석은 놈을 주시했다. 소소영영한 놈이 겹쳐졌다. 둘을 함께 느꼈다.

있는 것도 아니고 없는 것도 아닌 것. 있기도 하고 없기도 한 것. 이 활발발(活潑潑)한 온 만물의 존재 방식을 떠올리고 느꼈다.

저녁 5시에 몸을 씻었다. 몸을 씻을 때도 화두를 놓지 않았다. 6시부터 참선을 다시 시작했다. 생겨나지도 않고 사라지지도 않는 불생불멸의 이치가 강렬히 감지됐다.

태어나지도 않은 사대(四大: 땅, 물, 불, 바람) 덩어리인
이 송장 몸을 강아지처럼 끌고 다니다니!
아니, 그걸 강아지 같은 것이라 조롱하는 자의

무문관: 홍천 행복공장 2018

우둔함이라니!

나는 나에게 이렇게 말했다. 그 즈음에 『선가귀감』의 '송장'
에 대한 설명을 읽었다.

우습다 이 몸이여! 아홉 구멍으로부터 더러운 것이 늘
흘러나오니, 백 가지 천 가지의 부스럼 덩어리를 한 조각
엷은 가죽으로 싸 놓았구나. 가죽 주머니에 똥이 담겨
있고 피고름이 가득할 새, 냄새나고 더러우니 아까워할 것
조금도 없도다. 하물며 백 년 동안 잘 길러 주어도
숨 한 번에 은혜를 등지고 마는 것을 어찌하리오!
—『선가귀감』 68절

이 부분을 읽으며 이 송장의 모습과 본질을 환기했다. 미화
도 과장도 없이, 있는 그대로의 실상을 이렇게 설명했다. 그리고
더 상세한 평(評)을 읽었다.

그 송장을 '물거품 뭉치'라고도 하고, '꿈 덩어리',
'고생바가지' 또는 '거름더미'라고도 하는 것이니, 한갓 빨리
썩어 버리는 것일 뿐 아니라, 더럽기 짝이 없는 것이다. 위에
있는 일곱 구멍에서는 눈물과 콧물 같은 것이 늘 흐르고,
아래 두 구멍에서는 대소변이 늘 흘러나오고 있지 않는가.
—『선가귀감』 68절 평

이 신랄하고 생생한 묘사는 '이 송장 끌고 다니는 이 뭐꼬' 화두를 더욱 역동적으로 살아 꿈틀거리게 만들었다. 내 몸이 송장이 분명한 이상 이 화두만큼 절실하고 실감나는 것이 어디 있을까. 그걸 확인하느라 잠시 무(無) 자 화두를 들어 보았다. 단절이나 충격의 효과는 좀 있는 것 같았지만 송장 화두만큼 잘 붙지 않고 쓸쓸했다. 내가 들어 왔던 송장 화두가 익어서 순조로운 단계에 이르렀음을 재확인했다. 서산대사께서 송장에 대해 그렇게도 세세하게 묘사해 주신 자비로운 뜻을 알 것 같았다.

'송장'과 '이 뭐꼬?' 사이의 모순을 떠올렸다. 송장이란 '이 뭐꼬?'라는 의문을 일으킬 능력과 힘이 전혀 없다. 그런데 지금 이 순간 '이 뭐꼬?'라고 의문을 일으키는 이놈은 바로 그 송장인 것이다. 화두는 이렇게 '불합리한 당착'과 그 결과로서의 '어이없음'을 만들었다. 이런 작동이야말로 알음알이와 분별심에 끌려다니는 사람을 근본적으로 흔들어 죽게 하고 다시 살아나게 할 것이었다.

밤 10시 20분부터 한 시간 정도 마무리 참선을 하다가 잠을 청했다.

잠결에 딸깍딸깍 소리를 들었다. 밖에서 누가 문고리를 잡고 흔
드는 것 같았다. 딸깍딸깍. 또 분명하게 들었다. 소스라치게 놀라
일어났다. 3시였다. 문을 밖에서 잠근 것을, 안에 있는 내가 밖으
로 못 나가는 것과 관련해서만 생각했지 누군가가 밖에서 잠근
것을 풀고 안으로 들어오는 경우는 생각 못 했다. 놀란 가슴이 쉽
게 진정되지 않았다. 옛 일이 떠올랐다.

그러니까 20년 전의 일이다. 우리나라가 구제금융의 지배
를 받기 시작한 시절이었다. 가난과 절망의 악령이 거리를 배회
했다. 서울역 지하도에 노숙자들이 모여들었다. 내가 살던 대구
의 오래된 아파트에도 강도와 도둑이 설쳤다. 아파트 관리실에
서는 날마다 문단속 경고 방송을 했다.

그날은 아이가 생후 16개월째 되는 날이었다. 이 흉흉한 시
절에 엄마 없이 아이를 탈 없이 잘 키울 수 있을까. 번뇌 속에서
밤잠을 설치기 며칠째였던가. 그날도 뒤치락거리다 잠시 잠이
들었다. 새벽 4시쯤 되었을까. 출입문에서 딸그락거리는 소리가
났다. 밖에서 문손잡이를 좌우로 돌리는 것 같았다. 머리털이 쭈
뼛 섰다. 열쇠 구멍에 열쇠를 집어넣는 것도 같았다. 온몸에 경
련이 일어났다. 저자는 틀림없이 1층 화단 돌 밑에 숨겨 둔 비상
열쇠를 찾아내 문을 열고 있을 것이라 생각했다. 심장이 터지는
것 같았다. 아이는 잘 자고 있었다. 저자가 문을 열고 들어오면
먼저 나를 내버려 두지 않을 게다. 완전범죄를 노리겠지. 그렇다

면 울부짖는 아이도 가만 두지 않겠지. 아, 이렇게 한 생을 마감하는가. 그냥 웅크리고 있으면서 최후를 맞이할 수는 없다. 이를 악다물었다. 아이만은 지켜야 한다. 격투를 하자. 피투성이가 되어 죽더라도 아이를 살려야 한다. 나의 비명 소리를 듣고 이웃 사람들이 달려와 아이만은 구출해 주겠지. 칼을 먼저 휘두를까. 아니, 저 벽돌이 좋겠다. 벽돌을 들었다. 문구멍으로 밖을 살폈다. 노란 잠바를 입은 그자는 건장했다. 어떻게 대결하나. 저놈이 문을 따고 들어오는 순간 고함을 지르며 벽돌로 내리찍을까. 아니면 내가 먼저 문을 박차고 열어 저놈의 머리에 충격을 가한 뒤 벽돌로 내리찍을까. 아니, 격투를 피하는 법은 없을까. 일단 집안에 사람이 깨어 있다는 경고를 보내 저놈을 몰아내 보자. 크게 고함을 지르면 저놈은 흥분하여 문을 급히 열고 들어와 나를 덮칠 것이다. 그래, 오직 저놈에게만 들릴 정도의 낮은 소리로 간담을 서늘하게 하자. "으흠." 낮고 떨렸지만 위엄은 있는 기침을 했다. 그 소리에 그놈은 몸을 획 돌려 휑하니 멀어졌다. 나는 벼랑 끝에서 살아났다. 아, 이런 살벌한 세상. 앞으로 어떻게 살아가나. 나는 시대를 원망하며 동이 트기를 기다렸다. 아침이 되자 1층 화단에 던져져 있는 신문을 가지러 밖으로 나갔다. 출입문 손잡이에 무언가가 걸려 있었다. 우유 주머니였다. 그날부터 생우유를 받아 먹기로 한 걸 그제야 생각했다. '그놈'은 우유 배달부였다. 어려운 시기에 새벽 우유를 배달하며 가정을 꿋꿋하게 지키는 젊은 가장을 나는 얼마나 증오하고 저주했던가. 그리고 벽돌로 내리찍으려고 했다. 젖먹이 아이를 지켜야 한다는 본능과 애착이 아비를 참 모질게 만들었다. 나는 잠재적 살인자였다. 내가 무서웠다.

　독방 문이 딸깍이는 미세한 소리에 그렇게도 소스라치게 놀라 깨어난 것을 보면 그 옛날 경험이 트라우마로 내 안에 깃들어 있었던 모양이다. 밖에는 바람이 세차게 불고 있었다. 바람이 방 안으로 새어 들어오니 출입문이 흔들렸고 그래서 문손잡이가 딸깍딸깍 소리를 냈던 것이다. 어두운 밤에 새끼줄을 뱀으로 착각했다가 아침 햇살에 그게 뱀이 아니라 새끼줄이라는 진실을 알게 되지만, 뱀이라 착각했을 순간의 공포는 남는다고 했다. 나는 한동안 헐떡이고 있다가 다시 옅은 잠을 이루었다.

　악몽을 꾸었다. 미국의 부랑아들이 우리 아이와 나를 향해 총질을 했다. 우리는 운 좋게 피했다. 한국에 돌아왔다. 소년이 된 아이가 무슨 노래를 지어서는 득의의 미소를 지으며 자기 방으로 들어갔다. 기쁨을 아버지와 함께하면 더 좋을 텐데, 내가 섭섭해했다. 아내가 바깥일을 마치고 늦게 돌아왔다. 여기저기 천장에서 빗물이 샌다. 아주 작은 고양이 한 마리가 저쪽 방에서 기어 나와 물 항아리 위에 앉았다. 작고 예쁜 고양이다. 항아리 안에는 작은 붕어가 있다. 고양이가 물 아래로 가라앉는다. 뽀글뽀글 물방울이 올라온다. 고양이는 바닥에 가라앉아 다시 올라오지 않는다. 여기저기 바닥에 물이 흥건하다. 방 하나의 문을 열어 보았다. 벽에는 금박 은박이 붙어 있고 알록달록한 유리 장이 놓여 있다. 18년 만에 그 방을 구경하네, 내가 말했다. 바닥 빗물을 닦던 아내가 쓰러졌다. 눈의 초점이 흐려진다. 아내는 죽어 가고 있었다. 구급차를 불러야 한다고 내가 소리친다. 내가 절규하다 악몽에서 깨어났다.

문고리 소리에 놀란 탓일까. 도인은 꿈이 없어야 한다는 스님의 말씀을 듣고 꿈을 꾸지 말아야지 했던 부담감이 역으로 작동한 탓일까. 평소에도 악몽은 꾸지 않던 내가 고요한 곳에서 집중 수행을 하며 바깥세상을 철저히 차단했는데 무슨 까닭으로 고통스럽고도 안타까운 꿈을 자꾸 꾸는가. 의식 깊은 곳에 가라앉아 있는 망상을 뿌리 뽑아 내는 것이 이렇게도 험난한 일인가.

부처님이 왜 그렇게도 '나는 없다'고 강변하셨는지 알겠다. '나는 없다'는 진실을 중생이 받아들이기는 죽는 것보다 어렵다는 뜻일 테다. 잠들어서 꿈을 조절하는 것이 이렇게 힘든 일이니 꿈속에서조차 동요하지 않고 화두를 일관되게 드는 '몽중일여'(夢中一如)가 얼마나 대단한 경지인가 짐작할 따름이었다.

나는 꿈속에서도 욕심을 일으키거나 욕심에 끌려가지는 않았다. 그러나 꿈속에서 화두를 들기는커녕 번뇌 망상을 일으켰다. 악몽의 경험은 내가 깨어 있을 때 어렵게 이룬 평정을 흩트려 버렸다. 허망해하며 절망했다.

원왕생 원왕생

악몽의 여파가 쉽게 가셔지지 않았다. 창 쪽을 향해 우두커니 앉았다. 사는 게 힘들고 수행하는 것은 더 힘들었다. 깨어서 망상을 지우고 삼매를 닦아도 밤마다 꿈이 망쳐 놓았다. 꿈은 내 의지의 통제 밖에 있었다. 이것을 내가 없다는 가르침을 인정하여 받아들이는 기회로 삼을 수 있다면 정말 좋겠다. 하지만 악몽의 충격은 존재한다고 아우성치는 내가 각성되었다.

간청하며 매달려나 보자. 석가모니 부처님과 관세음보살을 부르다가 아미타불을 불렀다. 한 시간이나 지났을까. 문득 창이 환해졌다. 열엿새 보름달이었다. 보름달은 서산으로 넘어가기 전, 뜰 때부터 간직해 온 달빛을 서쪽으로 향한 내 독방에 가득 내려 주었다. 해가 이별 편지의 봉투만큼 햇살만을 주었지만 달은 방 가득 달빛을 베풀어 주었다. 달빛은 나에게 한없는 힘이 되어 주었다. 창가로 가서 달님을 우러러보았다. 내 간절한 염불에 아미타 부처님이 보내 주셨을 것이다. 어지러운 꿈 때문에 출발점으로 돌아가 주저앉아 있는 나를 위해 그래도 깨어 있을 때는 수행을 잘하지 않았느냐고 등을 토닥여 주시는 것 같았다. 독방에 들어온 뒤 오늘 처음으로 달님을 뵙게 된 것에는 그런 뜻이 깃들어 있었다. 나는 눈물을 글썽였다. 차를 끓여 바치고 삼배를 올렸다. 창틀에 모신 미황사 괘불 부처님이 나를 찾아와 주신 아미타 부처님으로 보였다. 광덕(廣德)이 지었다는 「원왕생가」(願往生歌)를 읊었다.

달하, 이제
서방까지 가셔서
무량수불 전에
되뇌임 사뢰소서
다짐 깊으신 부처님을 우러르며

두 손 곧추 모아

원왕생(願往生: 극락왕생하기를 원합니다) 원왕생

그리는 이 있다고 사뢰소서

아아, 이 몸 남겨 두고

사십팔대원(四十八大願: 아미타불이 법장비구일 때 세운

  소원) 이루실까

신라 문무왕 때였다. 경주 땅에 광덕과 그 친구 엄장(嚴莊)
이란 사람이 살았다. 둘은 서로 북돋워 주며 수행했다. "우리 둘
중 먼저 서방극락으로 가는 사람은 꼭 알려주고 가자"고 약속했
다. 어느 날 해그림자 붉은 노을이 질 무렵 엄장의 집 창밖에서
소리가 났다.

"나는 서쪽으로 가니 자네 잘 지내다가 얼른 나를 따라오
게나."

엄장이 나가 보니 구름 밖 하늘에서 음악 소리가 들려오고
밝은 빛이 땅에 드리웠다. 이튿날 엄장이 광덕의 집으로 가 보니
광덕은 죽어 있었다. 광덕의 아내와 함께 광덕을 장사 치렀다. 엄
장은 광덕의 처를 돌보아주겠다며 함께 살기로 했다. 밤에 관계
를 가지려 하니 광덕의 부인은 엄장을 꾸중하며 이렇게 말했다.

남편은 나와 십여 년을 살았지만 하룻밤도 잠자리를
함께하지 않았습니다. 남편은 밤마다 단정히 앉아서
한결같은 목소리로 아미타불을 불렀습니다. 십육관(十六觀:
극락정토에 태어나기 위해 아미타불이나 그 정토의 여러

정경을 생각하는 16가지 수행법)을 닦았는데, 수행이 익으면 밝은 달빛이 창 안으로 들어왔고, 그 달빛 위에 올라가 가부좌를 하였습니다. 정성을 이렇게 들였으니 서방정토에 가지 않으려 해도 어디로 가겠습니까? 지금 당신이 하는 짓은 동방으로 가는 것이지 서방으로 가기 위한 것이 아닙니다.

관음보살의 화신인 광덕의 아내는 이렇게 남편 광덕의 수행을 당당하고도 아름답게 재현해 주었다. 나는 아미타불을 부르고 명상하던 광덕을 흠모했다. 광덕은 달님을 바라보다 달님이 비춰 주는 달빛에 올랐다. 광덕의 수행이 마무리 지점에 이르렀다. 밤이 다할 무렵 마지막 고개를 넘었고 아침이 되어도 하루해가 다해도 그냥 그대로 있었다. 마침내 노을은 지는데 달도 뜨지 않았는데 훨훨 서방으로 떠났다.

달님의 방문을 받고 광덕을 떠올리니 가슴이 진정됐다. 108배를 시작했다. 달님은 서산 나뭇가지에 걸려서도 마지막 조각까지 보여 주시다가 스물두 번째 절을 받고는 떠나갔다.

7시부터 수행을 다시 시작했다. 절망을 겪고 회생한 뒤라 화두는 더 순조롭고 부드러워졌다. 시간이 금방 지나갔다. 호흡과 화두가 조화를 이루었다. 달빛을 타고 십육관법을 수행한 광덕처럼 나는 호흡을 달빛인양 타고 화두를 들었다. 그리고 이 송장 덩어리 하나가 여기 들어와 있는데 밖에서 왜 저리 난리인지 물었다. 나에게 추궁했다. 왜 화두를 깨치려는 생각을 자꾸 하느냐고. 깨치려는 그 생각까지 내려 두라 했다.

나에게 걸려들다

열엿새 보름달을 뵌 다섯째 날의 아침 법문은 『선가귀감』 7장 「일 없는 도인」(閒道人)에 대한 것이었다.

생각을 끊고 인연을 잊고	絶慮忘緣
일 없이 우두커니 앉았더니	兀然無事
봄이 와 풀이 절로 푸르구나	春來草自靑

생각이나 망상 없이 우두커니 앉아 있기만 한 사람을 일 없는 도인, '한도인'(閒道人)이라 일컬었다. '한'(閒) 자를 파자하여 풀이하면 한도인이란, 문(門) 안으로 비친 달〔月〕을 보며 그냥 지내는 도인이다. 첫새벽 서산 달빛을 받고 재기한 나에게 이 말씀은 큰 격려로 들렸다.

스님은 불교가 가르쳐 주기보다 가리켜 주니, '무'(無) 자 화두를 들 때 '무'에 걸리지 말고 '왜 무라 했을까?' 의심하라 했다. '조사께서 서쪽에서 오신 뜻이 뜰 앞의 잣나무'라는 화두를 들 때는, '잣나무'에 걸리지 말고 '왜 잣나무라 했을까?' 의심하라 했다. '불법은 똥막대기'라는 화두를 들 때도, '똥막대기'에 걸리지 말고 '왜 불법을 똥막대기라 했을까?' 의심하기만 하라 했다.

낮 11시부터 다시 화두 수행을 시작했다. '송장' 부분에 걸리지 않기 위해 '송장'을 약하게 떠올리거나 아예 생략하고 '이 뭐꼬?'로 중심을 옮겼다. 전제가 간결해지니 중심에 힘이 더 실렸다. 중심이 안정되자 한마음 회광(廻光: 빛 혹은 어떤 자극을 계기로 삼아 이전 경험의 본질을 살핌)이 되었다.

스무 해 동안 화두 수행의 정점들이 떠올랐다. 회광의 빛이 닿는 곳이 있었다. 그 풍경이 선했다. 송광사 사자루, 부산 안국선원 선방, 천은사 관음전, 김용사 관음전, 연암산 천장사, 대학 산책로 외딴 곳, 대구 망덕산 너럭바위, 삼랑진 만어사 미륵전, 나의 집 문간방, 그리고 1,200년 만에 속인에게 문을 열어 준 해인사 선원. 운명적으로 만난 '이 송장 끌고 다니는 이 뭐꼬?' 화두는 이런 장소에 있던 나에게 환희심을 느끼게 하면서도 언어의 덫에 걸려들게 했다. 나는 거기 걸려들지 않기 위해 몸부림쳤다.

이 송장 끌고 다니는 이것이 '망상 덩어리'이기도 하고 '불성'이기도 하다가 둘이 하나로 느껴지는 때가 있었다. 환(幻) 속에 청정한 진여(眞如)가 있었다. 이 송장은 환(幻)이면서 부처다. 내가 중생이면서 부처인 이유가 느껴졌다. '부처인 나'는 중생의 방식으로서만 존재했다. 세상의 온갖 부처들도 다 그러했다.

화두가 집요하게 무아(無我)를 입증한 적도 있었다. 유위법의 세계에서 나의 존재는 철저히 부정되었다. 무위법의 세계에서 나는 부처였다. 그러나 그건 느끼기만 할 뿐 언어화해서는 안 되고 언어화할 수도 없었다. 고로 나는 절대적으로 없었다.

태어남과 죽음에 초점이 맞춰지기도 했다. 태어났다는 것, 이 몸이 이 세상에 왔다는 것이 사실인지 아닌지 분명하지 않았다. 그 전후의 업(業)이 나를 부풀리고 일그러지게 한 결과가 지금 이 몸이니, 이 몸이 환(幻)인 것이 분명했다. 나는 태어난 적이 없었다.

식(識)의 움직임이 그치면 온 세상 일체법(모든 현상적 존재)은 사라졌다. 그것은 거울의 때를 없애는 것과 같았다. 거울의 때를 벗겨 내면 청정한 거울에 대상이 그대로 나타나듯, 식(識)의 번거로운 움직임을 멈추니 그대로의 세계가 나타났다. 고요해지니 보였다. 일체법은 내가 만들어 낸 것임을 알게 되었다. 일체법이 환(幻)이고 꿈인 것을 인정하여 받아들인 다음에야 배에서 내렸다. 강기슭이 위쪽으로 올라간 것이 아니라 내가 탄 배가 떠내려 온 것을 비로소 알았다.

일체법이 식의 움직임에 의해 생겨났으니, 그 일체법은 사라져도 그것을 대신하는 다른 것이 생겨나지는 않았다. 세속 밖에서 진여가 있을 곳을 찾을 수 없었다. 그릇 안에서 소리가 났다. 그릇과 그 속의 소리는 하나였다. 그릇이 소리에 장애가 되지 않고, 소리도 그릇에 장애가 되지 않았다. 오히려 그릇이 있기에 소리가 날 수 있었다. 선나(禪那)의 경지가 생생하게 느껴지기 시작했다.

이렇게 화두의 기억은 그 옛날 장소와 연결되며 되살아났다가 아득히 멀어졌다. 언어로 경지를 고정시켜 드러내라는 유혹을 뿌리쳤다. 결코 그 자리를 언어화하여 집착하다가 망가져 버리지 않으려고 발버둥 쳤다. 스무 해 화두 수행의 정점들은 그런 나의 비장함을 보여 주고는 다들 사라졌다.

전날 잠을 설쳐서인지 졸음이 몰려왔다. 잠시 낮잠을 청했지만 15분 뒤에 깨어났다. 2시부터 수행을 시작했다. 3시부터 화두가 조금도 끊어지지 않고 이어졌다. 강하지도 약하지도 않았다. 좀 더 강해졌으면 하는 생각이 일어나기도 했지만 그런 생각조차 곧 사라졌다. 날이 저무는 것도 모를 정도로 화두가 지속되었다.

송장 덩어리를 살아 있는 줄 알고 끌고 다니는 바보. 그러나 이런 자리에까지 달려와서 앉아 있는 걸 보면 그놈은 송장이면서 송장은 아니었다. 그놈은 망상의 주체이면서 진여의 본원이기도 하겠다.

'이 뭐꼬?' 하다가 다시 '나'에 걸려들었다. 나와 세상이 분리되었다면 '나'를 이 뭐꼬 할 것이 아니라 저 세상을 이 뭐꼬 해야 당당하지 않은가 하며 트집을 잡았다. 그러다 나와 세상을 잊었다. 나와 세상이 사라졌다. 화두만 남았다.

밤 10시가 다가오자 긴 하루 거침없이 달려온 내가 대견스러웠다. 내가 나의 어깨를 두드리며 칭찬해 주었다. 10시 30분에 취침했다.

악몽의 원천을 알다

떠날 날이 다가와 떠날 채비도 해야 했다. 첫날 방에 들어왔을 때 밀쳐 두었던 212호 낙서장을 펼쳐 보았다. '릴레이 성찰 프로젝트'와 '내 안의 감옥 프로그램'에 참여한 분들이 남긴 기록이었다.

차 한 주전자를 비우고 저녁 시간만 기다린다. 이미 지난 것일까. 서쪽 해는 산을 넘었는데 고구마는 아직 소식이 없다. 먹는 생각, 먹을 생각. 어쩌면 가장 원초적인 욕망이 아닐까. 그럼에도 불구하고 제대로 먹지 못한다. 제대로 먹는 법을 배운 적이 없다. 삼킬 뿐 먹어 보는 것이 쉽지 않다.

먹는 것이 얼마나 중요한 것인지 금방 자각한 분이다. 삼키 기만 할 게 아니라 잘 먹어야 한다며 '제대로 먹을 것'을 강조했다. 천천히 음식물의 냄새와 색깔을 음미하며 그것이 내 입으로 들어 가 침을 돋게 하고 의지적으로 목구멍을 넘겨 아래로 내려 보내는 과정을 살피는 것은 이른바 '건포도 명상법'으로 알려진 것처럼 우리 일상의 가치를 새롭게 생성하는 소중한 챙김 명상이다.

고구마를 먹었다. 바나나와 너트를 간 음료수를 마셨다. 그 달기가 이제까지 먹어본 음식 중에 손에 꼽을 정도다. 이렇게 작은 것에도 기쁠 수 있는데 많은 것을 잊고 산다.

일상 중에 무덤덤하게 지나쳤던 부분에서 기쁨을 발견하게 되었으니 일종의 깨달음이겠다. 이런 깨달음이 거듭 이루어지는 일상이란 곧 행복한 극락일 게다.

212호. 행복공장의 한 방을 쓰게 되었습니다. 생각을 정리하러 오셨겠죠. 많은 분의 생각을 정리한 글을 보면서 역시 나만 힘들게 사는 것이 아니구나 하는 생각이 듭니다.

무문관: 홍천 행복공장 2018

남의 글에서 힘들어하는 타인을 발견한 것은 자기에게 위로
가 되기도 했겠지만 다른 한편 같은 방에서 지낸 타인의 고통과
고뇌를 증언해 주었다.

어린 시절 어른들의 모습은 진짜 어른 같았다. 대학 시절
4~5살 많은 선배들은 어찌나 어른 같던지. 어른에 대한
기대가 컸다. 사회에 나가 보니 어른들이 시기, 질투,
욕심으로만 가득 찼다.

사회 초년생이 세상의 어른들에 대한 실망을 나타냈다. 어
른들이 노골적으로 보인 시기와 질투, 욕심의 형상이 독방에서
강렬히 환기되었다. 이곳에 맺힌 어른 세상의 번뇌와 고통이 부
끄럽다.

내 마음의 낙서장이었던 일기장. 일기장의 반은 그녀였다.
지금은 생각나지도 않는 그녀. 뭐하며 살고 있을까.
가물가물 기억이 날 듯도 하다. 문제가 하나 큰 게 있다.
우리 가족은 지금 중병을 앓고 있다.

가족의 위기를 직감한 중년 가장. 가족에 대한 번뇌를 못 이
겨 독방으로 들어왔는데 문득 얼굴이 가물가물한 옛 애인이 생
각난다. 옛 애인에 대한 새삼스런 기억은 지금의 가족 구성원 쪽
을 겨눈 아름답고도 예리한 비수로 보인다.

강가에서 돌 하나 주었다. 각진 돌에 마음이 갔다. 수많은
결을 가지고 있다. 여기저기 상처가 있다.

마음에 상처를 가진 사람이어서 각지고 상처 있는 돌에 손
이 갔다. 그 사람은 212호에 서린 상처를 덧나게 했다. 상처에 대
한 기억은 더 아팠다.

어쩌면 꿈이 있는 사람이 아니라, 꿈이 있는 사람으로
보이고 싶은 마음이 더 컸을지도 몰랐다. 나는 그 점을
자각했지만 나의 현실은 인정하고 싶지 않아서 다른
사람뿐만 아니라 나 자신에게도 거짓을 일삼았다.
스물다섯이 된 지금, 무직에 학교 중퇴에 어떤 기술이나
경력이 있는 것도 아닌 사람. 그게 나다. 내가 말하는
꿈들은 내가 틀리지 않았고 내가 열심히 살아가고 있다고
인정받기 위해 만들어 낸 자기 위장이었음을 오늘 여기서
고백한다. 현재의 나에겐 솔직함이 없다. 예술을 하고
싶다는 생각, 바쁘게 일하며 돈을 버는 행동, 하루에도 몇
번씩 사랑한다고 말하는 여자 친구와의 관계조차 내 혼돈과
방황에 대한 핑계일 뿐이다. 무섭다. 도망가고 싶다. 무언가
해야 할 상황이지만 그것마저도 두렵다. 불편한 진실은
해일처럼 순식간에 밀려왔고, 나를 빛조차 닿지 않는
심연으로 가라앉게 만들었다.

가진 것도 이룬 것도 없는 청년은 그간의 자기 삶을 이렇게

돌아보고 고백했다. 자기를 관찰하는 눈의 냉철함과 그 거침없는 토로가 나를 놀라게 하고 아프게 한다. 청년은 이 독방을 거쳐 간 사람 중에서도 가장 깊이 솔직하게 자기를 본 것 같다. 그 청년의 재기와 성취를 위해 간절히 축원해 주었다.

이렇게 낙서장에서 명시되었든 암시되었든, 나는 212호실에 묵어갔던 수많은 사람의 고통스럽고 황망한 사연을 그제야 알게 되었다. 사업에 실패해서 벼랑 끝에 섰던 사람, 실연의 경험에서 온 세상의 배신을 찾아낸 사람, 걷잡을 수 없는 분노로 살인의 지경에 이른 사람, 이기심에서 거짓말을 하여 타인에게 치명적 손상을 입힌 사람, 가족에게 못할 짓을 한 사람. 그들은 이 좁은 독방에서 가슴 죄는 충격적 상황을 아주 짧은 시간 동안 생생히 재현했다. 좁은 공간에서 짧은 시간 동안 떠올려졌기에 그와 연결된 감성과 감각이 극도로 농축되어 깃들었다. 그리고 후회나 참회, 한탄이 이어졌다. 후련해하기도 하고 연민과 관용의 마음을 일으키기도 했다. '자기를 찾겠다' 한 것도 스스로 용서해 주고 용서받으려는 마음에서 비롯했을 것이다. 우리 방에서 이루어진 이 모든 단계는 쉽게 흩어지지 않을 강력한 업식(業識: 자기 속에 들어 있던 업이 어떤 계기에 의해 일으키는 생각)을 생성했다. 좁고 갇힌 독방에 서린 업식의 기운은 쉽게 흩어지지 못하고 방 구석구석에 서렸다.

내가 수행으로 망상을 줄이고 의식을 맑게 했음에도 불구하고 이 방에 들어온 첫날부터 악몽을 꾼 까닭이 그제야 분명해졌다. 독방에 여전히 서려 있는 수많은 사람들의 업식에서 비롯된 것이었다. 그러면서 저 세상을 떠올렸다. 저 세상에는 이 독방에 존재하는 업식의 농도와 비교될 수 없을 정도의 강력한 업식이 난무할 것이다. 그것은 중생이 깨어 있든 잠들었든 고통스런 악몽에 시달리게 하는 것이다. 중생의 삶은 홀로 꾸려지지 못하니, 세상 사람들의 악감, 원망, 저주, 시기가 여전한 한, 혼자만이 해방될 수 없는 것이었다. 연민과 자비와 사랑으로 그 업식을 정화시켜야 할 필요를 절실히 느꼈다.

212호 구석구석에 남은 업식의 잔재를 그냥 두면 앞으로 이곳에 묵을 사람들도 계속 악몽에 시달릴 것이었다. 나는 그 업식을 걷어 내고 그 자리를 정화시켜 주리라는 서원을 세웠다. 내 나름대로의 방식으로 업식을 정화시키기 위한 기도를 시작했다.

그리고 나도 낙서장의 말미에 글을 덧붙였다. 글은 나보다 먼저 이 방을 거쳐 간 분들을 향한 것이면서 앞으로 이 방으로 들어올 분들을 위한 것이기도 했다.

앞의 글을 쓰신 청년 정말 대단하십니다. 잘되리라
믿습니다. 스스로 행복해할 수 있는 앞날을 축원합니다.
212호에서 인연을 맺은 다른 분들이 남겨 주신 글월도 감명
깊게 잘 읽었습니다. 걱정도 번뇌도 다양하지만 이곳에서
모든 것을 돌아보시고 문제의 해결책을 마련해 가셨으리라
믿습니다.
저는 무문관 수행 프로그램으로 이곳에 들어온 화두
수행자입니다. 우리 방 참 마음에 듭니다. 여러분의 흔적이
남아 있어 더 좋습니다. 있어 보니 방바닥은 따뜻한데
외풍이 좀 있군요. 주무실 때 머리를 안쪽으로 하고 다리는

이불을 두텁게 덮어 외풍을 가리도록 하십시오. 우리 방은
풍경이 좋고 기운이 좋아 수행이 잘됩니다. 여러분도 이
기운을 받아 모든 일 잘되었으면 좋겠습니다.

서향인 우리 방에서 가장 귀한 분이 계십니다.
달님이십니다. 새벽 4시에서 5시쯤 일어나시면 뵐 수
있습니다. 달님 뵈면 정성 들여 차 한 잔 올리고
심배를 드리십시오. 달님은 108배를 마칠 즈음 서산을
넘어가십니다. 서쪽으로 가는 달님은 서방 극락정토 아미타
부처님께 소식을 전해 주신다지요. 소원이 있으시면
그 마음 전해 달라 부탁해 보십시오.

우리가 같은 방에서 지내며 생각을 일으키고 몸을 맡긴
인연이 참 소중하게 느껴집니다. 낙서장에 진정한 자기를
찾으려는 여러분의 마음이 절실하게 나타나 있는 것 같아
제가 많이 감동하고 배웠습니다. 부디 참된 자기를 잘
돌아보고 희망차게 세상으로 돌아가시길 빕니다.

제가 수행하면서 찾아보니 자기는 없는 것 같습니다.
우리가 자기라 생각하는 것은 우리 망상이 만들어 낸
것이지 진짜 있는 그대로의 자기는 아니라 합니다.
이미 만들어져 있거나 불변의 실체로 존재하는 나는
없다는 뜻이겠지요. 나는 철저히 타자로 구성되어
있다는 것은 연기(緣起)의 가르침이기도 하고요. 내가
없다는 것을 받아들이면 남에 대해서는 물론 자기에게도
한없이 관대해지고 느긋해지는 것을 느낄 수 있습니다.
자기를 학대하지 않고 언제나 새롭게 시작할 수 있기

때문이겠지요.

여러분의 행복을 빌며 저도 우리 방을 떠나 세속으로

돌아가겠습니다.

10년 만에 다시 보는 하늘의 별

여섯째 날 아침. 화두는 더 단단해지고 몸은 달아올랐다. 화두
는 이마에 붙었다가 정수리에 붙었다. 몸이 그렇게 느꼈을 것이
다. 몸도 마음도 극도로 예민해졌다. 가슴속이 가득 차는 듯하더
니 온몸이 떨렸다. 몸이 떨리니 방바닥과 창문과 천장도 떨렸다.
2012년 부산 안국선원 수행 때도 이런 조짐이 있었다.

　　최제우(崔濟愚, 1824~1864) 선생의 일이 떠올랐다. 내가 학
문을 시작할 무렵 아주 깊이 그분의 일을 사유했기 때문일 것이
다. 당시 선생의 집안은 암담하게 기울었고, 나라의 형편은 더했
다. 삼정(三政)이 근본에서 흔들렸고 제국주의는 야금야금 침략
해 들어왔다. 선생은 스스로 도를 통하는 것만이 난국을 해결할
수 있다 믿고 목숨 건 수행을 시작했다.

　　1860년 4월 5일, 결정적인 득도 체험을 했다. 「안심가」(安心
歌)에 그 광경이 선하다. 이날 선생은 갑자기 몸이 떨리고 정신
이 아득해졌다. 천지가 흔들리고 하늘의 소리가 들려왔다. 선생
은 그 순간 어쩔 줄 모르고 통곡하기만 하는 집안사람의 모습을

포착했다.

    애고애고   내팔자야   무삼일로   이러한고
    애고애고   사람들아   약도사   못해볼까
    침침칠야   저문밤에   눌로대해   이말할꼬
    경황실색   우는자식   구석마다   끼어있고
    낵의거동   볼작시면   자방머리   행주치마
    엎어지며   자빠지며   종종걸음   한창할때

　세속에 구애되지 않을 도를 터득한 선생이었지만, 그 세계
를 이해 못 해 엎어져 울부짖는 자식과 아내를 외면하지 않았다.
부처님이 출가를 수행의 출발로 삼았다면 선생은 집안사람부터
안심시키려 했다.

    애고애고   어머님아   우리신명   이웬일고
    아버님   거동보소   저런말씀   어디있노
    모자가   마주앉아   수파통곡   한창할때

　자식은 아버지가 이상해졌다고 엄마를 끌어안고 통곡했다.
그러나 선생은 자신의 득의에 찬 모습을 보여 주며 집안사람을
안심시키고 세상 사람에게 희망을 주었다.

    칠팔삭   지내나니   가는몸이   굵어지고
    검던낯이   희어지네   어화세상   사람들아

선풍도골　내아닌가　좋을시고　좋을시고
이내신명　좋을시고　불로불사　하단말가

　　굵어진 몸과 희어진 얼굴, 신선의 얼굴. 선생은 집안사람과
세상 사람들이 다 그렇게 달라진 자신의 몸과 얼굴을 보고 앞날
에 대한 자신감과 희망을 갖게 해 주려 했다. 안심하게 했다. 그
리고 동학을 창도했고 곧 조선 민중이 동학 깃발 아래로 모여들
었다. 후천개벽이 이뤄질 듯했다. 조선 조정과 제국주의 세력은
그런 선생이 두려웠다. 그들은 '사악한 도로써 정도를 어지럽혔
다'는 사도난정(邪道亂正)의 죄목으로 선생을 대구장대(大邱將
臺)에서 처형했다. 선생의 송장은 대구에서 경주 용담으로 옮겨
졌다. 그 길목에 내가 근무하는 대학이 있었다. 나는 날마다 선생
의 송장이 옮겨 가신 길을 따라갔다가 돌아왔다.
　　그리고 지금 내가 앉아 있는 이곳 홍천은 최제우 선생의 거
룩한 뜻을 받든 동학 2대 교주 해월(海月) 최시형(崔時亨, 1827~
1898) 선생, 그리고 전봉준(全琫準, 1854~1895) 장군의 뜻이 서
려 있는 곳이다. 1894년 홍천 지방에서 동학농민전쟁이 크게 일
어났다. 김숙현(金肅鉉)을 중심으로 한 수천 명의 동학군이 최후
의 항전지인 자작고개에서 관군과 치열하게 접전했으나 결국 고
개를 넘지 못했다. 관군은 동학군 전사자와 부상자를 한 구덩이
에 묻었다. 홍천의 차기석(車箕錫) 대접주는 사실상 강원도의 총
수령으로 동학군을 지휘했다. 그가 이끄는 동학군은 홍천을 출
발해 서울로 진격해 권문세가를 멸하고 성도를 밝히고자 했다.
그러나 그들도 서석고개를 넘지 못하고 산화했다.

무문관 : 홍천 행복공장 2018

홍천 땅에 서린 동학군의 혼령이 나로 하여금 그 스승의 득도 장면을 다시 떠올리게 했을 것이다. 나는 풀처럼 사라졌다 다시 바람으로 되살아나는 그 위대한 분들께 삼가 절을 올렸다.

이마에 불이 붙는 듯 뜨거워졌다. 사방 벽에도 불이 붙은 듯했다. 몸은 더 떨렸다. 그러니 몸이 한층 뚜렷이 자각되었다. 내가 이 몸을 이리 잘 간수하고 여기까지 데려왔는데 송장이라니! 서러움이 북받쳤다. 억울하다, 억울하다. 분발심을 억누를 수 없었다. 왜 내 몸이 이런 대접을 받아야 하나. 송장이라니, 송장이라니. 그럴수록 몸이 더 떨렸다. 화두가 들숨 날숨을 정확하게 타니 몸이 더 세게 떨렸다. 안정되게 떨렸다. 화두가 이런 나를 바라보았다. 화두가 나를 연민하는 것 같았다. 죽비소리에 깨어났다.

길지도 짧지도 않은 낮잠을 자고 1시쯤 일어났다. 몸도 마음도 개운했다. 그로부터 끊김 없이 화두가 들렸다. 몇 시간이 흘렀는지 모르겠다. 어디선가 잔 종소리가 들려왔다. 독방에 들어와 처음 듣는 종소리다. 땡그랑땡그랑 그침이 없다. 창밖을 살폈다. 아, 하늘에 별들이 가득하다. 밤눈이 어두워진 10여 년 전부터 나는 하늘 별을 볼 수 없었다. 오늘 홍천 하늘에서 많고 많은 별들을 본다. 별들이 겸손하게 반짝인다.

부다가야 부처님 성도처 대보리수의 기운이 되살아난다. 뭇 수행자들의 독경 소리가 웅웅거린다. 부처님 출가하실 때 카필라 성에서 나와 지나가시던 곳. 저녁 안개 아련한 들판과 점점 나무들의 풍경이 떠오른다. 아미타 부처님이 서산 넘어온 달님을 보고 미소를 지으신다.

부모미생전

부모미생전(父母未生前) 본래면목(本來面目). 부모가 이 세상에 날 낳아 주시기 전 나의 본래 모습은 어땠나. 이 화두와 '이 송장 끌고 다니는 이 뭐꼬?' 화두가 동시에 들렸다. 새벽 108배 두 번째 축원을 올리면서였다.

'이 세상에 태어나게 해 주신 부모님께 감사하며 두 번째 절을 올립니다.'

화두를 들수록 어머니 생각에 가슴이 먹먹해졌다. 그 옛날 나는 이승에 태어나기 위한 기나긴 여행을 다하고 어머니 곁에 누웠다. 어머니 열 달 동안 순정한 피와 맑은 숨길을 주셨다. 혼몽 중에 나를 바라보시던 눈길 잊지 않는다. 어머니는 내가 눈을 감고 깊은 잠을 잘 때까지 그 눈길을 거두지 않았다. 한 생애 마칠 때까지 그 눈길 변함없었다. 그 눈길은 세상을 바라보는 나의 눈길이 되었다.

뒤꼭지도 참 반듯하네, 혼잣말 하시고 엉덩이를 톡톡 두드려 주셨다. 이 세상 반듯하게 살아가라고, 중심을 잘 잡아 흔들리지 말라고, 한 곳에 오래오래 앉아 좋은 일 일으키라고 그렇게 엉덩이를 톡톡 두드렸다. 어머니 손길 닿을 때마다 꿈결인양 내 엉덩이 도톰하게 되었다.

독방에 들어와 그 손길 더 또렷이 느낀다. 내가 하루 종일 가만히 앉아 있을 수 있는 바탕이 그 엉덩이라는 것을 알았다. 우리 어머니 따뜻하고 보드라운 손길이 나를 흔들리지 않고 오래오래 앉아 있게 해 주셨다.

없는 살림에도 몸에 좋은 것 자식 피살이가 되도록 하셨다. 지금도 앉은 품새 꼿꼿이 지탱해 주는 것은 어머니가 내 피에 돌게 해 주신 그것임을 안다. 대신, 당신은 딱딱하고 차가운 밭고랑에 앉았다. 앉아 있을수록 떠오르는 건 안타까운 생계에 대한 번뇌인지라 수행 일일랑 생각조차 못했다. 한평생 세속에 쪼들리다 생을 다했다. 부처님 가르침 넉넉히 받지도 못하시고 가셨다.

내 오래오래 잘 앉아 한 소식 하거들랑 저기 어디엔가 계시는 우리 어머니께 그 소식 전해야지. 우리 어머니 먼저 깨닫게 해드려 이승의 은혜 갚아야지. 보는 이 없는 독방에서 환갑 진갑 넘긴 사나이가 그냥 한참 울었다.

쇠북 소리

마음을 추스르고 다시 화두에 몰입했다. 엄연히 살아 꿈틀거리는 이 몸을 왜 죽은 송장이라 했는가. 나는 내 몸을 송장이라고 단정한 그분의 의도에 대해 의심을 집중시켰다. 화두가 더 단단하게 이어졌다.

어느 시점에 이르러, 송장이라고 일컬어지는 몸과 왜 산 몸을 송장이라 했을까 하고 의심하는 내가 분리되지 않는다는 사실이 벼락 치듯 각성되었다. 내 의식과 몸은 한 덩어리였다.

나는 여전히 화두 의심을 역동적으로 이끌고 있었다. 이 몸은 화두를 들고 있는 이 마음의 터전이 되고 있기에 송장이 아니었다.

내 몸과 마음이 송장이라는 단계에서 색즉시공(色卽是空: 색은 즉 공이다)이 절실하게 느껴졌다. 내 마음이 화두 의심을 강력히 일으키고 있기에 내 몸은 송장이 아니라고 각성하는 단계에서 공즉시색(空卽是色: 공은 즉 색이다)이 절실하게 느껴졌다. 또 '색즉시공'에서 일체 유위법이란 식(識)의 번다한 작동으로 만들어진 것임을 자각하고 받아들였다. 그래서 있는 그대로 세상을 보려고 애쓰는 사마타 수행과 삼마발제 수행이 이루어졌다. '공즉시색'에서는 열반과 번뇌, 부처와 중생이 서로 장애가 되지 않고 공존하며 작동하는 선나 수행이 이루어졌다.

마침내 태어난 적이 없는 송장으로 귀결되었다. 태어난 적도 없는 것을 송장이네 송장 아니네, 그 주인이 누구네 누구 아니네, 라고 떠드는 것은 얼마나 어리석은 짓인가.

이렇게 점검하면서 내가 알음알이에 빠져 들고 있을지도 모른다는 경각심을 가졌다. 그러나 그때의 화두는 이렇게 언어화된 여러 단계를 활발하게 오가며 익히 경험하지 못한 삼매를 이루게 했고 환희심을 감지하게 했다. 환희심으로 가슴이 터질 듯했다. 그것을 시어(詩語)로라도 방출하지 않으면 안 될 것 같았다. 나는 그 경지를 최대한 압축했다.

서산 나무 달빛 받아 그늘 나뭇잎 내려놓고
홍천 마당 눈 덮이니 하늘 별이 총총하네

무문관: 홍천 행복공장 2018

천리 길 달려 왔네 나의 송장이여

만 겹겹 그릇 속에 쇠북 소리 울려나네

저녁 8시경 차를 마셨다. 화두가 무르익어 빠르게 나아갔다. 내일 새벽도 환한 달빛을 받으면 수행이 절정에 이를 것 같았다. 새벽달을 보며 오도송(悟道頌)을 읊는 내 모습을 상상했다. 오도송은 잔 종소리 들려오기 시작하고 못 보던 하늘 별이 보이는 것을 담으리. 서산 산마루에 걸터앉아 검무를 추고 칼 노래 부르리.

그러다가 내가 마장에 끌리고 있다는 것을 감지했다. 깨닫는다는 것, 깨달을 수 있다는 것을 미리 예단하고 스스로 암시를 주고 분위기를 조성하려고 헐떡거리고 있었다. 나에게 강력한 경고를 주며 참회했다. 모든 것을 내려 두라 타일렀다. 이대로 두었다가는 괜한 일을 일으킬 것 같았다. 그 지점에서 그치게 하기 위해 자리에 드러누웠다.

하루가 남았다. 스스로 만든 감옥에서 환일 따름인 시간에 얽힌 나를 알아차렸다. 『원각경』에서 말하는 수행자의 아상이겠지 했다.

달과 구름

11시에 잠을 청했다. 발까지 이불을 단단히 덮었지만 왼쪽 엄지 발가락 끝으로 차가운 바람이 세차게 들어오는 듯했다. 발끝이 시리고 시렸다. 몸속으로 바람이 불어 왔다. 잠을 이룰 수 없어 일어났다. 한 시간도 지나지 않았다. 양말을 한 겹 더 신었다.

　　마지막 날의 수행은 내 의지와 달리 일찍 시작됐다. '이 뭐꼬?'의 '이'에 더 힘이 실렸다. 들숨 날숨의 아랫부분이 단단히 이어졌다. 그걸 타서 화두도 쭉 이어졌다. 화두가 밑동까지 끊어지지 않고 온전하게 되었다.

　　차를 마시며 하늘을 보았다. 별들이 보였다. 이러면 새벽달을 볼 것 같았다. 온 세상을 환하게 비춰 줄 밝디 밝은 달님을 뵐 수 있겠다. 깨달음의 순간이 또 떠올랐다. 땡그랑땡그랑 잔 종소리 들려온다. 종소리 들릴 때마다 세상은 조금씩 더 환해진다. 달님이 서쪽 하늘과 서쪽 마당을 환하게 만든다. 달빛은 내 화두에 붙은 불이 되었다. 독방 철문을 와락 밀어제치고 호탕하게 성큼성큼 밖으로 나간다. 어느새 서산 등성이에 오른다. 등성이에 걸터앉는다. 달님이 넘어가는 서쪽 세상을 향해 사자처럼 오도송을 토한다.

　　정신을 차려 다시 보니 구름이 흘러가고 있었다. 짙은 구름 옅은 구름이 제각각의 속도로 흘러가고 있었다. 가끔 옅은 구름 사이로 달님이 희미하게 나타났다가 곧 모습을 감췄다. 그래도 오늘이 마지막 날인데 제발 모습을 보여 주소서. 제가 올리는 마지막 차 한 잔과 절을 받아 주소서.

그러나 그건 달님의 뜻과는 상관없는 일이었다. 구름의 뜻이었다. 구름의 가르침이고 구름의 진리였다. 구름이야말로 상(相)에 얽매이지 말라고 가르쳤다. 하늘에 구름이 나타나니 달이 사라지고 구름이 걷히니 달이 나타났다. 달이나 구름은 있다고 해서 있는 것이 아니고, 없다고 해서 없는 것이 아니었다.

구름이 달을 가리지 않았다면, 달님이 새벽 서쪽 하늘과 땅을 훤히 비춰 주셨다면 나는 독방 철문을 와락 밀어제치고 서산 등성이에 올라 사자후를 토했을 것이다. 진땀이 났다. 다시 구름에 감사했다. 구름의 경책을 잊지 않을 것이다. 그러면서 세상에 언행일치가 안 되는 도인이 많은 까닭이 어렴풋 짐작되었다. 그날 구름이 아니었다면 나는 죽을 때까지 거짓 도인 행세를 했을 것이다.

오전 7시 50분에 모든 것은 끝났다. 방을 정돈하고 청소했다. 이불과 베갯잇을 벗겨 밖으로 가져갔다. 쓰레기통 쓰레기를 비닐봉지에 넣었다. 7일 동안 내가 만든 쓰레기는 몇 톨의 머리카락과 차 찌꺼기뿐이었다. 날숨과 입김을 창문 밖으로 날려 보내기도 했다. 그것들은 흙과 물과 불과 바람이었다. 따져 보니 배식구로 들어온 먹거리가 지수화풍(地水火風)이요, 좌변기와 창문으로 내가 배설한 것도 지수화풍이었다. 들어올 때 이 몸이 지수화풍이었고 나갈 때 이 몸도 지수화풍이다. 지수화풍 아닌 것이 없었다. 독방 밖의 나와 독방 안의 내가 지수화풍 아닌 게 없었다. 드디어 알았다. 나는 송장이 맞았다. 흙과 물과 불과 바람인 송장이었다. 송장은 나의 적멸(寂滅)이었다. 나는 적멸되어 있었다.

둘러앉아 간단한 소감을 나누었다. 밖은 햇살이 쨍쨍한데 까마귀들은 여전히 선회하고 있었다. 기념사진을 찍고 뒤를 돌아보았다. 거대한 까마귀가 우리 뒤에 서 있었다. 들어갈 때 본 그 까마귀였다.

저곳은 없다

돌아오는 길에는 며느리고개 터널이 나타나지 않았다. 며느리고개 터널은 세속 세계와 신성 세계의 결정적 경계가 아니었다. 경계이겠지 내가 생각했을 뿐이다. 며느리고개 너머에 세속과 단절된 신성 세계가 있을 것이란 상상은 잘못된 것이었다. 세속과 구분되는 또 다른 저곳은 없었다. 저곳은 없고 세속만 있는데 세속도 고정되어 있지 않고 끊임없이 달라지고 있었다.

고속도로에 들어서니 산곡 간 여기저기 평창올림픽 광고판이 보였다. 곧 온 세상의 이목이 이곳에 쏠리겠지. 거기서 남과 북이 만날 기운이 만들어지리라. 남과 북의 구분이 얼마나 큰 고통을 한민족에게 일으켰는가. 남과 북의 구분도 처음부터 존재하는 것이 아니기에 남과 북의 구분은 없어질 것이다.

내가 독방에 있는 사이 나의 부재 때문에 세상에서 일어나거나 일어나지 않은 일은 없었다. 나의 부재와 관계없이 그냥 일어난 일은 많았다. 이 세상에서 여성성이 희롱의 대상이 되었고 성희롱 혹은 성폭력이란 말로써 그것이 거듭 문제되고 있었다. 남자와 여자를 냉혹하게 구분하는 데서 비롯한 편견과 권력이 모두를 괴롭혔다. 얼마나 많은 여성이, 그리고 그렇게 규정될 수 없는 분들이 희롱과 폭력에 시달렸나. 내가 독방에 있을 때도 수많은 여성이 치를 떨고 한숨 쉬고 분노했다. 여성 잔혹사는 오랜 옛날부터 계속된 것. 독방에서 내가 꾼 악몽이 독방 안에 갇혀 있던 업식 탓만은 아니었다. 바깥 세상에 분출된 수많은 여성의 업식이 독방에 있는 남자에게까지 스며들기도 했겠다. 내가 남자로 태어나 남자로 누려 온 과분한 혜택이 떠올랐다. 남자와 여자의 이분법도 근본적으로 성찰되어야 할 때가 온 것 같았다. 구분과 단절, 편견과 폭력을 넘어서려는 기운이 무르익었다.

이 세상은 남과 여, 남과 북, 좌와 우, 동과 서, 양극으로 나뉠 것이 아니다. 나뉘었다가 다시 합치고 합쳐졌다 다시 나뉘기도 하는 것이다. 혹은 이것이면서 저것이다. 고착시키는 것은 왜곡이요 부패다. 독방과 독방 밖 세상도 나뉜 적이 없었다. 모든 것이 서로에게 깃들어 있고 서로 의존하는 연기 세계만이 진실이니 이제부터 흔들리지 않기로 했다.

근본에서 다시 보면 태어남과 죽음도 양극으로 나뉠 것이 아니다. 불사를 이루셨다는 부처님 가르침을 알겠다. 태어남이 있어 죽음이 있고 죽음이 있어 태어남이 있다. 태어남이 없으면 죽음도 없다. 지금까지 내가 당연하게 떠올려 온 나의 태어남은 애초 없었던 것이며 내 망상으로 부풀린 것이니 그것을 전제한 죽음의 공포는 성립되지 않을 것이다.